Le Phénix

Le Phénix

Carl Chiasson

ÉDITIONS
MONARQUE

Éditeur : Simon Rousseau
Révision éditoriale : Gabriel Thériault
Révision linguistique : Amélie Hamel
Conception de la couverture : Mathieu C. Dandurand
Photo de la couverture : © Getty images
Mise en pages : Sébastien Michaud
ISBN papier : 978-2-89818-003-3
ISBN PDF numérique : 978-2-89818-004-0
ISBN ePub : 978-2-89818-005-7
Première impression : 2020
Dépôt légal : 2020
Bibliothèque et Archives nationales du Québec
Bibliothèque et Archives Canada

Éditions Monarque Inc.
1385, boul. Lionel-Boulet
Varennes (Québec) J3X 1P7, Canada
www.ada-inc.com
info@ada-inc.com

Imprimé au Canada

Participation de la SODEC.
Nous reconnaissons l'aide financière du gouvernement du Canada par l'entremise du Fonds du livre du Canada (FLC) pour nos activités d'édition.
Gouvernement du Québec — Programme de crédit d'impôt pour l'édition de livres — Gestion SODEC.

Catalogage avant publication de Bibliothèque et Archives nationales du Québec et Bibliothèque et Archives Canada

Titre : Le phénix / Carl Chiasson.
Noms : Chiasson, Carl, 1967- auteur.
Collections : Collection Monarque.
Description : Mention de collection : Collection Monarque
Identifiants : Canadiana 20190038322 | ISBN 9782898180033
Classification : LCC PS8605.H523 P54 2020 | CDD C843/.6—dc23

À Lynda, Jean-Christophe et Cassandra,
sans qui rien ne serait possible.

Dans la mythologie grecque, le phénix est un oiseau légendaire, doué d'une grande longévité et caractérisé par son pouvoir de renaître de ses cendres après s'être consumé dans les flammes.

Prologue

La pluie s'est arrêtée.

La musique s'est tue.

Ses oreilles bourdonnent.

Ses pieds mouillés pataugent dans le sol boueux.

Pour une fois, il est heureux.

Heureux du spectacle.

Heureux d'avoir accepté l'invitation de son vieil ami.

Heureux de s'être extirpé, pour un moment, du bourbier dans lequel il s'enlise.

Heureux de ces quelques mots qui résonnent encore dans sa tête : « Appelle-moi, nous irons prendre un café. »

Première partie

FLAMMES

1

Jos, le vieux conducteur de la surfaceuse, étouffe un bâillement. Fonctionnaire municipal à la retraite, il a pris ce boulot pour échapper à l'ennui d'une maison vide.

Ce soir, les Phénix disputent furieusement la victoire aux Spartiates en lever de rideau de la nouvelle saison de la LESQC, la Ligue élite senior Québec-Centre. Tout en regardant cette partie d'un œil distrait, Jos désespère de ne pas pouvoir rentrer chez lui et se laisser choir devant la télé. Les Canadiens de Montréal, son équipe de hockey préférée, amorcent un périple sur la côte Ouest en affrontant les Kings de Los Angeles.

C'est donc sans grand intérêt qu'il entend Frédéric, le capitaine et entraîneur des Phénix, crier à son vétéran défenseur :

— Bernier ! Tu restes sur la glace !

Bien qu'il ait perdu de son lustre ces dernières années, Adam Bernier, le grand numéro 15, demeure l'homme de confiance de son capitaine lors des situations difficiles. Avec un match à égalité et moins d'une minute à jouer, les Phénix seraient très heureux d'entreprendre la nouvelle saison avec une partie nulle contre les puissants Spartiates, champions en titre de la ligue.

Il est donc exclu pour le capitaine d'envoyer sur la patinoire son nouveau venu, Dave, dont les incessants cafouillages ont mis l'équipe dans le pétrin à plusieurs reprises.

Après une mise en jeu remportée par les Spartiates, leurs attaquants foncent à vive allure vers la zone des Phénix. Adam garde le centre de la zone et ralentit pour forcer le porteur du disque à passer entre la bande et lui. Ce dernier, sachant Adam trop rapide, décide de couper au centre pour éviter le piège. Mais le vétéran défenseur n'attendait que ça. Il harponne le disque, qui bondit derrière le patineur.

Adam s'empare de la rondelle et, grâce à une passe précise, la remet aussitôt à Jean-Louis, le meilleur attaquant de l'équipe, qui entame la contre-attaque. Le défenseur quitte sa position et se lance à sa suite. L'entraînement estival et la perte de deux kilos ont grandement amélioré son accélération.

Adam entre en zone adverse à son tour. Un peu en retrait, il est troisième membre du trois contre deux qui se déploie dangereusement. Après une feinte, l'attaquant laisse la rondelle derrière lui pour Adam. Patinant à pleine vitesse, ce dernier décoche un puissant tir sur réception qui trompe la vigilance du gardien.

Adam marque son premier but de la saison. Son premier but depuis longtemps, en fait. Grâce à lui, les Phénix remportent le premier match de la saison.

L'euphorie déclenchée sur la glace par le but d'Adam se transporte dans le vestiaire où l'ambiance est survoltée à la suite de cette victoire inattendue. Les Phénix viennent de connaître plusieurs saisons difficiles et cette victoire permet d'espérer un meilleur sort pour celle qui s'amorce.

Lorsque Adam, le héros de la soirée, sort de la douche, une serviette autour de la taille, ses équipiers, qui admirent sa musculature, s'écrient à tour de rôle :

— Hé Bernier ! Tu t'es entraîné cet été !

— Combien d'heures as-tu passées au gym ?

— Dire que tu ne laisses aucune femme voir ce corps-là !

— C'est criminel !

Habitué aux moqueries de ses amis, Adam réplique :

— Allez donc chier, bande d'attardés !

Se ravisant, il regarde ses équipiers un à un, puis fixe son ami et capitaine, Frédéric, tout en exposant ses biceps qu'il contracte, les bras levés au-dessus de sa tête :

— T'es jaloux en tabarnak, hein ?

La réplique provoque l'hilarité générale, comme chaque fois d'ailleurs qu'une citation tirée du film culte *Lancer frappé*[1] est prononcée dans leur chambre de hockey.

Serge, le bouffon de l'équipe, prend place aux côtés d'Adam. Si Adam est athlétique et musclé, Serge est une masse taillée dans le roc.

En beuglant du plus fort qu'il le peut, ce dernier prend la pose du Hulk en colère, popularisée par Lou Ferrigno au début des années 80 :

— ARRRRGH ! ARRRRGH !

Ce qui provoque une nouvelle explosion de rires chez les Phénix.

Pendant ce temps, Dave, le dernier venu, regarde ses coéquipiers s'amuser comme des gamins avec indifférence, avant de sortir son cellulaire de la poche de son veston et de commencer à pianoter sur l'écran tactile, ce qui lui vaut un regard noir de la part d'Adam.

Mais celui-ci n'a pas le temps de laisser libre cours à sa frustration. Alors qu'un équipier lui lance une boulette de ruban usagé par la tête, un autre lui déclare :

---

1. *Slap Shot*, film culte américain de 1977 portant sur le hockey et mettant en vedette Paul Newman.

— En tout cas, mon Adam, tu retrouves tes jambes de jeunesse !

Jean-Louis, attaquant talentueux, s'enthousiasme. Il renchérit :

— Et la passe que tu m'as faite sur le dernier jeu… Wow ! Drette sur l'*tape* !

Marc, l'autre capitaine adjoint de l'équipe avec Adam, et l'un de ses meilleurs amis, intervient auprès de Jean-Louis :

— « Drette sur l'*tape* » ? Ton français est excellent !

— Hé ! Je ne suis pas professeur de français, moi !

— Quand même, tu peux faire un effort ?

Jusque-là muet, Simon se prévaut de son statut d'enseignant de français à l'école secondaire pour appuyer son ami.

— T'as le droit de dire « drette su'l'*tape* » si tu veux ! C'est ben correct !

Pendant que ses coéquipiers continuent d'argumenter sur la qualité de leur français, Adam va s'asseoir au côté de son ami de longue date, Frédéric dit le *Cap'tain*, pour enfiler ses vêtements.

— Est-ce que je viens d'assister à la renaissance du Grand Adam Bernier ? Où est-ce juste un exploit en souvenir du bon vieux temps ?

— À toi de me le dire, *Cap'tain*. Crois-tu que je peux redevenir un joueur d'impact dans un rôle de soutien ? Tu me connais depuis assez longtemps pour savoir que ça m'intéresse pas de jouer les seconds violons.

Son ami grimace en secouant la tête.

— Tu ne vas pas recommencer avec ça ?

Frédéric secoue la tête, un peu excédé. Puis les deux hommes se regardent. Tous deux semblent réfléchir aux frictions qui les ont opposés ces dernières semaines. Adam n'a pas encore accepté que son ami le remplace comme premier défenseur de l'équipe par un nouveau venu, Dave Roy, ayant jadis appartenu à une équipe de la LNH[2], les Red Wings de Détroit. Le colosse n'a jamais réussi à prendre sa place dans l'alignement régulier de l'équipe, jouant dans leur équipe-école jusqu'à récemment.

Frédéric est fier d'avoir réussi à convaincre Roy de rejoindre les Phénix cette saison, certain qu'il est d'avoir enfin trouvé un remplaçant digne de ce nom à son ami Adam comme leader en défensive.

C'est Adam qui revient à la charge le premier.

— En passant, ton nouveau est directement responsable des deux buts que l'équipe a accordés ce soir ! Ce gars-là n'est pas fait pour notre ligue, je te l'ai déjà dit.

Dave est un joueur costaud, robuste et lent. De l'avis d'Adam, il est mal adapté aux besoins de leur ligue, axée sur la vitesse et l'absence de mise en échec. Il possède cependant un tir foudroyant.

Frédéric sait tout cela. Avec dépit, il sourit un peu tristement, puis répond :

— Je sais. Laisse-lui un peu de temps.

— Comme tu veux. Mais ce n'est pas lui qui va relancer l'équipe !

— Je ne veux pas être méchant, Adam, mais ça fait des années que nous attendons que tu relances l'équipe. Nous attendons encore. Alors, je dois trouver des solutions.

Après une seconde de silence, il ajoute :

— Et tu commences à te faire vieux !

Adam se lève, le sourire aux lèvres.

— Moi aussi, je t'aime, Frédéric. Bonne soirée.

2. Ligue nationale de hockey.

Frédéric lui saisit le bras.

— Attends.

Adam se rassoit.

— J'ai parlé de toi à une fille au bureau. Elle est gentille et super jolie. Les gars tripent tous sur elle.

— Je t'ai déjà dit de laisser faire.

— Tu ne finiras toujours bien pas ta vie tout seul. Tu ne penses pas qu'il serait temps que tu passes à autre chose ?

— Peut-être, mais, ça ne me dit rien les rencontres arrangées, les sites de rencontre, etc.

— Sors de chez toi un peu. À part le travail, il y a juste quand tu joues au hockey que tu sors de la maison.

— Je n'ai pas vraiment le temps.

— Dis donc plutôt que tu ne le prends pas !

Adam soupire.

— Écoute, c'est bien gentil de ta part de te préoccuper de moi, mais je n'ai pas vraiment besoin d'une femme dans ma vie présentement.

Adam se relève et, cette fois, Frédéric ne le retient pas. Il se contente de lui dire :

— Tu vas aller te morfondre tout seul à la maison ?

— Non, je vais aller m'occuper de mes enfants. S'ils se souviennent encore qu'ils ont un père. Bonne soirée.

— C'est ça, bonne soirée.

2

Adam Bernier quitte sa voiture. Son premier regard se dirige vers le filet d'eau qui coule du terrain de son voisin et qui s'étend en une immense mare au centre de la rue. Cela lui rappelle que l'été tire à sa fin. Et il n'a toujours pas commencé les travaux de fermeture de la piscine. Ni aucun autre des travaux préparatoires à l'hibernation forcée qui arrive à grands pas.

Puis il reconnaît la Toyota Yaris de son aîné dans l'allée, mais pas la berline.

D'une démarche raide, Adam se dirige vers la porte d'entrée. Il a beau avoir retrouvé ses jambes de jeunesse, ses genoux, eux, ne rajeunissent pas. Ils le font souffrir après chaque match, une fois l'adrénaline retombée. Il ouvre la porte de la maison après avoir fouillé dans la poche de son pantalon pour trouver les clés. Il se demande pour la énième fois pourquoi il ne laisse pas les clés de la maison sur le même trousseau que ses clés de voiture. Le seuil franchi, il dépose l'immense sac contenant son équipement de hockey alors que Katniss, la golden retriever couleur caramel de la famille, accourt vers lui la langue pendante et en remuant la queue.

Attiré par le bruit, son aîné, Nathan, vient l'accueillir avec une brève accolade.

— Salut, papa.

— Salut, mon grand. Tu as fait bonne route ?

— Oui, merci. Je suis arrivé il y a une heure.

De taille moyenne, son aîné a hérité de la génétique de sa mère, alors que le cadet de la famille, déjà de la taille de son père, promet d'être un colosse.

— Ta sœur et ton frère sont là ?

— Roxanne est dans sa chambre et Cédric joue à des jeux vidéo avec des amis dans le sous-sol.

— Et tes cours ?

Nathan vient de terminer sa première semaine à l'université. Attiré par l'ingénierie électrique, il a choisi de poursuivre ses études à l'Université de Sherbrooke.

— J'adore. Je dois faire des ajustements, mais c'est bien.

— Des ajustements ? C'est sûr. L'université, c'est une grosse étape. À qui est la voiture ?

— Au chum de Roxanne.

— À son chum ? Il a quel âge, son chum, pour avoir une voiture ?

— Aucune idée.

Adam s'affaire à ranger son équipement de hockey lorsque, le visage perplexe, il regarde son aîné.

— Ils sont dans sa chambre ?

— Oui, je viens de te le dire.

— Tu ne lui as pas dit que c'était contre les règles qu'elle reste seule avec un garçon dans sa chambre ?

Son fils aîné lui jette un regard du genre « penses-tu sincèrement que je veux me risquer à lui dire ça ! » Bien qu'elle ne soit âgée que de quinze ans, *bientôt seize* comme elle ne cesse de répéter, Roxanne a le don de terroriser ses frères. Petite blonde aux yeux bleus, comme sa mère, elle a hérité d'un fort caractère. Caractère qui ne s'est pas amélioré avec l'adolescence et les événements des dernières années.

— Je reviens !

Adam monte l'escalier reliant le rez-de-chaussée au premier étage et frappe un coup sec à la porte de la chambre avant de l'ouvrir à toute volée, sans attendre d'invitation.

Roxanne et son ami sont blottis l'un contre l'autre. Ils s'éloignent rapidement lorsque la porte s'ouvre. Roxanne hurle son indignation :

— Hé ! On cogne avant d'entrer !

— Prérogative parentale !

Adam scrute minutieusement les deux adolescents ainsi que chaque recoin de la chambre, puis il ajoute :

— Et j'ai cogné, pour ton information.

Se sachant fautive, elle n'ose répliquer qu'il ne lui avait pas laissé le temps de l'inviter à entrer, et encore moins le temps de s'éloigner de son chum. Elle lui lance plutôt son regard séducteur et son magnifique sourire, les mêmes armes dont sa mère s'est servie des années plus tôt pour séduire son père.

— Ça va, papa ?

— Ça va. Vous descendez dans le salon. Ou dans le sous-sol.

— Oh non, papa. On reste ici.

— Non, non. En bas !

— Pourquoi ?

— C'est la règle.

— Mon frère va nous embêter avec ses amis.

— Si ton frère t'embête, viens me chercher.

Voyant que la séduction ne fonctionne pas, elle revient à son arme de prédilection : l'affrontement.

— Je reste ici.

Adam soupire. Il n'a pas envie d'une scène ce soir.

— Tu as deux choix. Tu descends avec ton ami ou tu restes dans ta chambre et ton ami retourne chez lui.

— Ce n'est pas juste. J'ai seize ans !

— Pas encore !

— Maman serait d'accord, elle !

Elle insiste sur le *L* longuement, sachant très bien que cette manie exaspère son père. Son ami se retourne pour dissimuler son sourire. Il ne veut pas indisposer le père de Roxanne encore plus. Il sait que le « bonhomme » peut devenir mauvais quand sa blonde s'oppose à lui.

— Ta mère n'est pas là et c'est moi qui dois gérer ça. C'est à prendre ou à laisser.

— Bon, d'accord. Toujours pareil... Mais mes frères, eux autres, toujours le droit de faire ce qu'ils veulent. Toujours.

— Pauvre de toi. Allez, en bas.

— Oui, oui.

— M'oblige pas à remonter !

— J'ai dit *OUI*, là !

Adam sort de la chambre en prenant bien soin de laisser la porte grande ouverte et redescend l'escalier pour rejoindre son aîné, qui s'affaire toujours au rez-de-chaussée.

— Ça ne s'arrange pas avec Roxanne ?

Adam fait la moue en haussant les épaules.

— Bof !

— Et toi, ta partie ?

— J'ai marqué ce soir !

Nathan donne une légère tape sur l'épaule de son père.

— Félicitations ! Ça faisait longtemps !

— Aucun but la saison dernière. Un seul l'année d'avant.

Nathan baisse le ton.

— C'est à cause de maman que ton niveau de jeu a baissé comme ça ?

— L'âge n'aide pas. Mais, oui, le départ de ta mère a probablement eu un impact sur mon jeu. Sur ma motivation.

— Ouin. C'est un bout *rough* pour tout le monde.

— T'as raison.

Le père penche la tête un instant avant de poursuivre :

— Et cette saison, le capitaine est allé chercher un excellent défenseur, un gars qui a déjà fait la Ligue américaine.

— La AHL[3] ?

— La filiale de Détroit, je crois. Un ancien choix de troisième ou quatrième ronde.

— Il va prendre ta place ?

— C'est à peu près ça.

Adam garde pour lui les doutes dont il a fait part à Frédéric sur les capacités d'adaptation du joueur dans leur ligue. Épuisé, il n'a plus qu'une seule envie : dormir. Il ajoute :

— Je suis crevé. On se revoit demain matin.

Avant de se mettre au lit, Adam se rend au sous-sol.

— Salut, les garçons !

— Salut, papa.

Les amis de son fils le saluent à leur tour.

— Bonsoir, monsieur Bernier.

— Cédric, il se fait tard. Il faut penser à aller dormir.

— Oui, oui, nous devons finir ce tableau avant.

— Tu as fait tes devoirs ?

Si son cadet a les mêmes aptitudes intellectuelles que ses aînés, il n'a pas la même discipline ni la même motivation.

---

3. American Hockey League.

— Nous sommes au début de l'année. Nous n'avons presque rien à faire.

— Presque rien, ça veut dire qu'il y a des choses à faire !

— C'est fait.

— Et ton entraînement ? Demain, nous n'aurons pas le temps.

Adam a toujours exigé que ses enfants pratiquent les sports. Tout comme leur père, ils ont des aptitudes naturelles à cet égard. Mais, tant pour les études que pour l'entraînement, Cédric est plutôt nonchalant. Voire négligent.

— C'est fait, je te dis.

— D'accord. Et tu montes dormir bientôt. Je veux pas être obligé de revenir !

Alors qu'Adam met le pied sur la première marche de l'escalier, Cédric lui répond sans même lever les yeux de son écran de jeu.

— Oui, mon Commandant !

— Cédric, ne commence pas !

Le cadet ne réplique pas et le chef de la famille remonte dans sa chambre.

3

Comme il en a l'habitude, Adam arrive tôt au bureau afin de travailler dans la tranquillité avant que ses employés se présentent à leur tour et qu'il soit pris par le tourbillon quotidien.

Avec pour seuls compagnons le vrombissement de l'électricité réchauffant le gaz dans les néons et le sifflement de l'air pulsé du système de ventilation, Adam profite de l'absence de ses employés pour avancer ses dossiers. Si ce vrombissement est sans conséquence dans le tumulte des journées de la compagnie, il peut devenir assourdissant dans la tranquillité. Mais, encore ce matin, Adam a trop à faire pour s'en soucier.

Son entreprise, Solutions Pégase, opère dans un secteur de pointe : l'information en nuage ou *cloud computing.* Elle arrive à ce stade critique où elle doit passer à l'étape supérieure ou être avalée par la concurrence.

Bill, son associé, lui a demandé de diversifier l'offre de service de la compagnie. Bill, ce cher Bill, qui pousse toujours à la découverte de nouveaux marchés, sans se soucier des capacités de l'entreprise à absorber la charge de travail nécessaire à l'intégration des besoins des nouveaux clients. Sans se soucier, surtout, de la capacité d'Adam à maintenir le rythme. Insouciant de nature, Bill fait fi des problèmes de liquidités de l'entreprise pour se moderniser et développer sa puissance de traitement.

Absorbé par son travail, Adam n'a pas entendu l'arrivée des premiers employés. Aussi, il sursaute lorsqu'on cogne à la porte de son bureau.

— Bonjour, Jean-Guy. Entre.

L'homme, dans la jeune cinquantaine, prend place face à Adam, de l'autre côté du bureau.

— Je ne veux pas te harceler avec ça, mais je voulais savoir si tu avais repensé à notre discussion.

Jean-Guy est l'un des premiers employés qu'il a engagés. Il est peu à peu devenu son meilleur technicien. Sa compétence et son expérience ont attisé la convoitise d'autres entreprises et il a reçu des offres alléchantes. Par loyauté, il en a informé Adam afin de lui permettre de bonifier ses conditions salariales.

Adam mord sa lèvre inférieure avant de lui répondre :

— Écoute, je tiens beaucoup à tes services. Tu es un des piliers de l'entreprise. Je peux augmenter un peu ton salaire. Mais, je ne peux pas égaliser l'offre que tu as reçue. Je suis désolé, mais je ne peux pas.

L'homme baisse la tête un instant avant de s'adresser à son patron, sans le regarder dans les yeux.

— Tu ne me facilites pas la tâche, tu sais. J'aime ça ici, mais la retraite approche et je dois penser à moi.

— Je comprends.

— Et j'aimerais m'offrir un gros VUS[4], moi aussi.

Adam soupire. Les gens qui gravitent autour de lui ne réalisent pas les risques qu'il prend et les efforts qu'il met dans l'entreprise pour l'avoir, son *gros VUS*. Ils semblent

4. Véhicule utilitaire sport.

penser qu'il est facile de gérer une entreprise avec une trentaine d'employés. Ou qu'il fait beaucoup d'argent juste parce qu'il a les yeux bleus. Avec plus d'irritation qu'il ne l'aurait souhaité, Adam répond un peu trop sèchement à son employé :

— Alors, hypothèque ta maison, travaille quatre-vingts heures par semaine et accepte de ne plus avoir de vie. Là, tu pourras l'avoir, ton gros VUS !

— Ne te fâche pas. Je disais ça de même.

Jean-Guy parti, malgré toute sa bonne volonté, Adam n'arrive pas à compléter le dossier qu'il doit présenter à Bill en prévision d'une offre à un nouveau client. La fatigue, occasionnée par l'effort et la pression des derniers mois pour faire croître l'entreprise, commence à laisser des traces sur les capacités d'Adam. Surchargé de travail, il doit en plus s'occuper de la gestion du personnel, tâche qu'il abhorre et qui prend de plus en plus de son temps.

Seule sa condition physique, exemplaire pour un homme de son âge, lui permet de soutenir les rigueurs de ses semaines. Sans être vieux, Adam est conscient qu'à la mi-quarantaine bien sonnée, il n'en est déjà plus à ses premiers printemps.

Délaissant le dossier en cours, Adam se redresse sur sa chaise, les bras derrière la tête, et repense à la proposition de son ami Frédéric. Et, à ce moment, une voix résonne dans sa tête. Une voix entendue l'été dernier, à la fin d'un concert en plein air, celle d'une ancienne collègue, Ève Bélanger.

« Appelle-moi, nous irons prendre un café. »

Il n'a pas été tout à fait honnête avec son ami. Il est vrai qu'il n'y a pas beaucoup de place dans sa vie pour une femme, mais depuis qu'il a revu Ève, il n'est plus aussi fermé qu'auparavant à l'idée d'une nouvelle relation.

« Appelle-moi, nous irons prendre un café. »

Ces mots ne cessent de résonner dans sa tête depuis leur rencontre.

Le chemin a été long avant d'en arriver à cette nouvelle ouverture. Dévasté par le départ de Valérie, son épouse, il a eu du mal à s'en remettre. La rupture a été brutale, douloureuse, et l'a empli d'une amertume qui ne l'a jamais quitté depuis. La douleur et le sentiment de trahison, encore très présents, l'ont toujours empêché de s'intéresser à d'autres femmes.

Si son célibat se prolonge autant, ce n'est pas parce que les gens de son entourage n'ont pas tenté de lui présenter quelqu'un. Voulant bien faire, comme Frédéric, tout le monde avait subitement une collègue, une amie, une cousine ou une belle-sœur à lui présenter. Il en avait rencontré quelques-unes, mais comme il était peu motivé, l'expérience avait tourné court. Il avait rapidement compris qu'il n'avait pas le cœur à ça.

« Appelle-moi, nous irons prendre un café. »

Il hésite encore à se lancer dans une nouvelle relation. Il doute d'être prêt pour ça.

Il se penche à nouveau sur son dossier pour tenter de chasser la vision d'Ève, la belle petite informaticienne. Avec effort, il se concentre de nouveau sur le travail. À la suggestion de son associé, ils avaient amorcé les contacts avec des entreprises de l'Ontario et avaient réussi à intéresser un client potentiel. Mais, comme Adam le lui avait annoncé, avoir des clients ontariens avait des implications importantes pour leur entreprise.

S'ils persévèrent dans cette voie, il leur faudra accroître leur personnel et trouver des ressources non seulement compétentes, mais également mobiles. Sans compter le remplacement de Jean-Guy, dont le départ semble imminent. Par-dessus tout, il faudra faire des investissements majeurs dans leur infrastructure. Et beaucoup d'heures supplémentaires de sa part.

Pour des raisons familiales, Adam n'est pas très mobile et il n'est pas certain de vouloir investir des sommes importantes sans avoir l'assurance d'avoir un retour sur investissement. Ni de se lancer dans des semaines de travail encore plus longues et intenses que celles qu'il vit déjà.

Incapable de se concentrer sur son dossier, son esprit divague vers le recrutement de personnel rendu nécessaire par le départ probable de Jean-Guy. Adam craint que son vétéran ne soit que le premier à quitter l'entreprise. Et le recrutement, il déteste ça !

« Appelle-moi, nous irons prendre un café. »

Et il revient encore à la belle informaticienne, dont la voix résonne sans cesse dans sa tête depuis leur rencontre.

Leur rencontre avait été assez inusitée : elle lui était rentrée dedans, tête baissée, en cherchant son parapluie à la fin d'un spectacle sur les plaines d'Abraham. Ce cocasse incident avait surtout ramené à son souvenir cette jolie petite brunette avec qui il avait travaillé lors d'un mandat dans un ministère. Elle l'avait toujours intrigué. À l'époque, bien que préoccupé par sa propre situation familiale, il la trouvait gentille et drôle, avec un rire franc qui le charmait.

« Appelle-moi, nous irons prendre un café. »

— Pourquoi pas !

Il était peut-être temps, après tout, de tenter quelque chose de nouveau.

Les jours suivants, rongé, torturé par une multitude de questions, dont celle de savoir si elle est célibataire, il cherche le courage de l'appeler. Timide de nature, particulièrement avec les femmes, il sait qu'il n'y a qu'une façon d'avoir réponse à ses questions : l'inviter.

Ce qui lui semblait si difficile quand il avait quinze ou seize ans, et même à vingt ans, soit de décrocher le téléphone et appeler une fille pour l'inviter à sortir, lui paraît encore tout aussi difficile après toutes ces années. L'an dernier encore, il ne comprenait pas les hésitations de son aîné à appeler une jeune fille. Et c'est son tour, aujourd'hui, d'éprouver les mêmes appréhensions. Pourtant, un homme de son âge, marié, père de trois enfants, homme de carrière, avait affronté des situations beaucoup plus complexes, voire périlleuses.

Il a beau se dire, comme à l'époque de sa jeunesse, que le pire qui peut arriver, c'est qu'Ève dise non, mais l'idée d'un refus l'empêche d'aller de l'avant.

Après avoir décroché, puis raccroché le téléphone à plusieurs reprises, plusieurs jours durant, il finit par prendre son courage à deux mains et composer le fameux numéro de téléphone.

À chaque sonnerie, Adam ne peut s'empêcher de souhaiter qu'elle soit absente et qu'il puisse raccrocher sans laisser de message, même si cela implique qu'il devra recommencer l'opération plus tard. Ou abandonner le projet pour de bon.

Ève répond après la troisième sonnerie.

— Ève Bélanger.

Et voilà, plus question de faire marche arrière. Quoiqu'il puisse toujours faire comme un adolescent attardé et raccrocher.

— Bonjour, Ève. Je suis Adam Bernier, de la compagnie Solutions Pégase. Je ne sais pas si tu te souviens.

— Pas vraiment, je suis désolée.

— Nous avons travaillé ensemble il y a quelque temps, au ministère des Transports. Nous nous sommes croisés cet été au Festival d'été, sur les Plaines. Tu cherchais ton parapluie.

— Oui, Adam ! Comment ai-je pu t'oublier ? Notre rencontre a été pour le moins, disons, fracassante ! Bonjour, Adam. Que puis-je pour toi ?

— Bien, cet été, tu m'avais proposé de prendre un café. Alors, voilà je t'invite.

— Je ne me souviens pas, mais oui, pourquoi pas ?

Les propos de la femme refroidissent un peu Adam.

— Tu sais, ne te sens pas obligée.

— Ce n'est pas ce que je voulais dire. J'aimerais te revoir. Et, je dois me faire pardonner pour la manière dont je t'ai heurté, cet été.

— C'est oublié depuis longtemps. J'aurais une proposition à te faire.

Il y a un court silence, puis Adam entend Ève reprendre la parole d'une voix légèrement hésitante :

— Une proposition ? Tu m'intrigues.

— Je t'expliquerai ça lors de notre rencontre. Es-tu libre un soir cette semaine ?

Cette fois, c'est Ève qui semble être refroidie. Elle observe un autre silence qui se prolonge quelques secondes. Au moment où Adam commence à croire que le mot

« proposition » était de trop et qu'elle rejettera finalement son invitation, elle reprend la parole :

— D'accord. Disons demain soir. Il y a un café devant l'immeuble où je travaille. Est-ce que dix-sept heures te convient ?

— Parfaitement. J'y serai.

— Alors à demain.

Adam coupe la communication, à la fois soulagé et épuisé par ces quelques minutes d'entretien. Qu'est-ce que ce sera de lui faire face ?

4

Englué dans la circulation, puis éprouvant de la difficulté à se trouver un stationnement, Adam entre dans le petit café avec un peu de retard. Entreprise servant principalement les travailleurs des immeubles adjacents, la place est presque vide en fin de journée. Il aperçoit aussitôt Ève, assise au fond de la salle. Un jeune cadre à l'air prétentieux est assis non loin d'elle. Elle n'a pas changé, toujours aussi belle que dans ses souvenirs. Le temps a caressé son visage, mais ne l'a en rien altéré.

Il s'arrête près du comptoir pour se commander un café, puis vient s'asseoir auprès d'elle.

— Bonjour, Ève.

— Bonjour, Adam.

Elle sourit. Elle est radieuse. Si elle a eu une hésitation lors de l'invitation, elle semble maintenant très détendue. Adam lui serre la main et s'assoit en face d'elle.

Sitôt assis, il amorce la discussion :

— Comment vas-tu ?

— Bien, merci. Toi, que deviens-tu ? J'ai appris que tu n'étais plus consultant. Tu es maintenant propriétaire de ta propre entreprise ? Je n'ai pas eu le temps d'aller sur votre site pour voir quels étaient les services que vous offrez.

— Je fais toujours de la consultation pour les entreprises, mais beaucoup moins qu'avant. Avec mon associé, nous avons lancé une entreprise de solutions infonuagiques, le fameux *cloud* dont tout le monde parle. Mais que personne ne comprend vraiment.

— Quelle clientèle ciblez-vous ?

Entretemps, le serveur apporte le café d'Adam. Il y met un peu de lait avant de remuer le liquide avec la cuillère.

— Nous nous concentrons sur les petites et moyennes entreprises : beaucoup de petites entreprises manufacturières, cabinet d'avocats, etc. Ceux qui sont assez gros pour avoir besoin d'un système informatique, mais qui ne veulent pas le gérer.

— Et ça prospère bien, votre affaire ?

Adam balance la tête, les lèvres pincées, indécis. Il n'aime pas parler de ses difficultés. Il veut montrer à son invitée l'image d'un homme sûr de lui, pas celui d'un homme qui peine à rentabiliser son entreprise. Aussi, il préfère dévier la discussion.

— Pas autant que nous le voudrions. Nous travaillons fort. Nous avons une belle équipe. Et toi, que deviens-tu ?

Ève hausse légèrement les épaules, comme si ce qu'elle s'apprête à dire ne présente pas grand intérêt.

— Toujours le même poste, mais j'ai changé de ministère. Je me dis depuis quelque temps que je devrais m'inscrire aux concours pour passer de technicienne à professionnelle. Mais je remets toujours ça à plus tard.

— Tu devrais. Je t'encourage à le faire. Dis-le-moi si je peux t'aider. Comme tu le sais, je m'y connais un peu en informatique.

Elle éclate de rire.

— Merci, j'apprécie. Je me doute bien que tu t'y connais *un peu*, comme tu dis.

Cette fois, c'est Adam qui sourit, ce qui semble charmer la dame qui ne l'avait pas encore vu sourire.

— Et toi, tu as une proposition pour moi?

— Euh... oui, en effet.

Si Adam croyait le pire fait après lui avoir téléphoné, il doit maintenant affronter un défi bien plus important : lui avouer la raison de son invitation. Et ce, face à face, plus derrière l'anonymat relatif du téléphone.

— Est-ce que tu es libre?

Elle secoue légèrement la tête.

— Non, pas réellement. Comme je te le mentionnais, j'ai toujours le même emploi. Ou plutôt, sensiblement le même emploi. Je ne songe pas vraiment à le quitter. Ce n'est pas toujours très motivant, mais avec les conditions, le fonds de pension, et tout, ça devient intéressant. Mais j'y pense. Ta proposition, c'est bien à propos de ta compagnie?

Adam rougit. Déjà qu'il lui a fallu beaucoup de courage pour prononcer ces mots, le voilà obligé de répéter la question. Il a l'impression que les mots lui râpent la gorge.

— Non. Euh... je voulais dire, es-tu célibataire?

— Oh!

Elle rougit à son tour. Adam, lui, est cramoisi. Ils ont l'air de deux adolescents.

Elle aussi est maintenant mal à l'aise. Elle bafouille :

— Eh bien... euh... Il se trouve que... euh... oui, effectivement, je suis célibataire... présentement...

— Je...

Adam tente de prendre la parole, mais il en semble incapable.

– C'était ça, ta proposition ?

– Ma question… oui. Ma proposition serait plutôt que… si ça t'intéresse… bien sûr… Eh bien… euh… bien, j'aimerais avoir la chance de te revoir. Avoir la chance de te connaître.

Encore un peu sous le choc, ils observent un moment de silence, qu'ils occupent à prendre quelques gorgées de café. C'est Ève qui retrouve la première l'usage de la parole :

– Je ne m'attendais pas à ça, je l'avoue.

Elle émet un petit rire. La nervosité, sans doute.

– Je ne sais pas trop à quoi je m'attendais, en fait. Mais pas à ça.

– Je suis désolé. J'espère que je ne t'offense pas.

– Non, non, ce n'est pas ça. La question se pose, c'est certain.

Elle reprend du café avant de s'adresser à nouveau à lui :

– La question peut paraître stupide, mais je présume que tu es aussi célibataire ?

– Libre comme l'air. Avec trois enfants à ma charge cependant. Des ados, pour être précis.

– J'ai aussi une fille. Elle a vingt-deux ans. C'est plus ma colocataire que ma fille maintenant.

La nervosité a fait boire à Adam son café à une vitesse inhabituelle. Comme il souhaite avoir quelque chose à faire pour chasser sa nervosité, il retourne se chercher un café au comptoir. Il revient, sa tasse à nouveau pleine à la main, et s'assoit avec un léger sourire. Elle répond à son sourire, mais lui lance en même temps un regard perplexe.

– Je suis surprise, je l'avoue. On ne se voit pas pendant des années, on se croise par hasard cet été, et tu m'appelles comme ça, un beau jour, et tu me dis que tu aimerais me connaître. Me connaître *autrement.*

— J'avais gardé de bons souvenirs de toi. Mais, à l'époque, j'étais préoccupé par ma propre situation familiale. Je n'avais pas à te courtiser. Aujourd'hui, je suis célibataire. Et, après une longue période de réflexion, ton souvenir s'est imposé à moi.

— Comme ça ?

— Comme ça !

Comme elle reste muette, il veut relancer la discussion de brillante façon. Sauf que l'inspiration n'est pas au rendez-vous. Tout ce qu'il trouve à dire, c'est un banal :

— Je comprends ta surprise.

— Remarque, je trouve ça flatteur.

Elle baisse un peu la tête, l'air timide, puis elle la relève rapidement, comme si elle venait de se souvenir d'un détail important.

— Tu dis que tu es libre, mais est-ce que c'est réglé avec ton ex ?

— On ne peut plus réglé. Ne t'inquiète pas pour ça.

— Parce que, les histoires compliquées, moi, j'ai déjà donné !

— Non, rien de bien compliqué dans mon histoire. C'est terminé. Et de façon définitive !

Les paroles semblent rassurer la femme, qui se détend un peu et qui poursuit, curieuse :

— Quelles sont tes attentes ?

— Ce soir, juste essayer de te convaincre de m'accorder quelques rencontres pour qu'on apprenne à se connaître davantage.

— Et si j'accepte de te revoir, qu'est-ce que tu recherches ?

— Je souhaite mieux te connaître. Voir si nous avons des affinités. Voir s'il y a des possibilités pour que nous fassions un bout de chemin ensemble. Ce que je recherche ? Ce que je recherche réellement ? Une compagne de vie, je crois. Je ne cherche pas une aventure ou quoi que ce soit du genre.

Il s'interrompt un instant et reprend avec un sourire narquois :

— Si en cours de route, nous nous plaisons, mais que, pour une raison ou une autre, tout ce que tu peux m'offrir c'est une relation torride de quelques semaines, j'imagine que je vais en profiter. Mais, ce n'est vraiment pas ce que je cherche.

— Tu es drôle. Ne compte pas trop sur ta dernière option. Ce n'est pas mon genre. Quant à avoir une relation à long terme, l'idée est intéressante. Mais je te préviens : je suis difficile ! J'ai vécu seule toute ma vie. Et je ne prévois pas habiter avec un autre homme : trop de mauvais souvenirs. Laissons-nous le temps.

— Oui, c'est sûr que je ne te demanderai pas en mariage à notre prochaine rencontre.

Elle rit, de ce rire dont il se souvenait et qu'il appréciait tant.

— Tu es vraiment drôle. Écoute, tu me sembles un gars sérieux. Ta démarche paraît sérieuse, réfléchie. C'est clair que tu as de l'intérêt pour moi et, sincèrement, je suis flattée. Mais, je ne peux rien te promettre.

— Promets-moi juste d'accepter de me revoir, d'être honnête. Et je serai très heureux.

— Si tu me promets toi aussi d'être honnête, considère-toi comme un homme heureux.

— Je te le promets.

Elle regarde soudain sa montre et, mal à l'aise :

– Je suis désolée, mais je dois me sauver. On avait dit quinze minutes… j'en avais compté trente. Mais ça fait déjà plus d'une heure et j'ai un autre rendez-vous.

– OK, je t'appelle ?

– J'espère bien.

Elle le quitte sur un merveilleux sourire.

5

Très heureux de leur première rencontre, Adam attend avec impatience de la revoir. Hélas, il ne voit pas les jours passer, toujours tiraillé entre son travail et ses obligations familiales. Il ne trouve pas de trou dans son horaire et, plus le temps file, plus il craint de la rappeler.

Un bon matin, entre deux rencontres, il décide de l'inviter à un premier rendez-vous officiel. C'est avec une appréhension tout aussi irrationnelle que lors de son premier appel qu'il compose le numéro d'Ève à son travail. Il entend la sonnerie tandis qu'il pianote sur son bureau. Un soupir de soulagement libère sa poitrine lorsque Ève répond à son appel.

— Bonjour, Ève, c'est Adam.

— Hé, bonjour Adam. Je commençais à croire que tu avais changé d'idée.

Sans être paranoïaque, il croit percevoir un léger reproche dans sa voix.

— Pas du tout. Je suis juste un peu débordé. Et toi, tu as changé d'idée ?

— Non. J'ai hâte de te revoir. Tu m'as intriguée. Mais je trouvais que tu prenais ton temps avant de me rappeler.

— Je suis désolé. Es-tu libre samedi soir ?

— Oui, et vendredi soir également.

— Je joue au hockey vendredi soir.

— Alors OK pour samedi. Que proposes-tu ?

— Que dirais-tu du classique combo restaurant-cinéma ?

— D'accord. Je te laisse choisir le restaurant. Nous discuterons du film samedi.

— Je passe te prendre ?

Ève hésite une fraction de seconde.

— Je préférerais te rejoindre au restaurant. D'accord ?

— Comme tu le souhaites.

— Texte-moi le restaurant que tu auras choisi et on se revoit samedi.

— Parfait, à samedi.

Adam enfile son équipement en silence sans se soucier du brouhaha habituel de ses coéquipiers, ce qui attire l'attention de son capitaine.

— Tu es bien silencieux. Un problème ?

— Juste un peu nerveux. Je rencontre une fille demain.

— Ben batinse ! Tu es sérieux ? C'est qui ?

— Tu ne la connais pas.

— Je suis content pour toi.

Frédéric se lève et hausse la voix :

— Les gars, Adam a rendez-vous avec une fille demain !

— Hein ? Quoi ? Monsieur le curé va défroquer ?

Cette remarque donne le coup d'envoi à une longue succession de théories sur les possibles motivations de leur ami. Théories toutes plus stupides et même plus salaces les unes que les autres. Adam secoue la tête.

— Hé calvaire. J'aurais dû fermer ma gueule. Merci, Fred, merci beaucoup.

Son ami lui envoie un clin d'œil, le sourire fendu jusqu'aux oreilles.

Adam s'observe dans le miroir et n'aime pas ce qu'il voit. Il a l'impression d'être habillé pour aller au travail. Il doute de faire une belle impression, vêtu de la sorte. Mais, puisque sa garde-robe n'est pas très élaborée, il devra se contenter de ce qu'il porte.

Roxanne, qui prépare le souper en compagnie de ses frères, aperçoit son père et confirme les doutes qui le tiraillent.

— Tu vas travailler ? Un samedi soir ?

— Non, Roxanne. J'ai un rendez-vous.

Elle scrute son père des pieds à la tête, le regard chargé de dédain.

— Pas avec une fille, j'espère ? Pauvre elle !

— Merci, Roxanne, c'est très gentil.

— Est-ce que tu peux me laisser chez mon amie ?

— Ça te gênera pas d'être dans la même voiture que ton père si mal foutu ?

Elle lui sourit en papillotant des yeux, mi-séductrice, mi-ironique.

— Ben, si tu restes dans l'auto, personne va te voir.

— Hé, seigneur ! T'es tellement fine, Roxanne. Tu me donnes tellement le goût de te faire plaisir.

Nathan et Cédric échangent un regard de connivence. Leur sœur aime vraiment se mettre dans le trouble. Mais, bon joueur, leur père capitule.

– C'est beau, je peux te laisser chez elle. Par contre, je ne sais pas si je pourrai aller te chercher.

Il se tourne vers son aîné.

– Nathan, tu pourrais t'occuper de ramener ta sœur ?

– Pas de problème.

Cédric profite du moment pour tenter d'obtenir une faveur, lui aussi.

– Et moi, je peux inviter des amis ?

– D'accord, Cédric. Jusqu'à vingt-deux heures, si vous êtres sages. Et à condition que tes devoirs soient terminés.

– Ah, papa !

– C'est à prendre ou à laisser.

– D'accord, d'accord.

Adam se dirige vers la microbrasserie dont le stationnement est adjacent à celui du cinéma. Cette fois, il est à l'heure et devance même son invitée. À l'arrivée de cette dernière, il se lève pour l'accueillir et, gêné, s'avance timidement pour lui faire la bise sur la joue. Il en profite pour humer son odeur, odeur qui le séduit d'emblée.

Après avoir commandé les bières, une blanche pour Ève et une rousse pour Adam, c'est Ève qui prend l'initiative de la discussion, Adam restant en retrait. Trop en retrait au goût d'Ève qui, manifestement, ne désire pas faire un monologue à leur première rencontre. Aussi, c'est avec une pointe de reproche dans la voix qu'elle ajoute :

– Tu n'es pas très bavard. Difficile d'apprendre à te connaître si tu ne parles pas.

— Excuse-moi. Je suis un peu nerveux. Et je n'ai jamais été très bon dans les jeux de séduction.

Elle s'avance légèrement vers lui en secouant la tête, baissant la voix pour prendre le ton de la confidence :

— Je ne veux pas que tu me séduises, Adam, je veux te connaître. Parle-moi juste de toi.

— Sur le Web, on conseille aux hommes de laisser parler les femmes pour les séduire. Ce n'est pas vrai ?

— Je pourrais pas te dire. Mais avec moi, les chances de succès sont minces avec cette méthode.

Elle plisse les yeux, sceptique.

— Tu es du genre à prendre tes conseils sur le Net ?

— Non. Et encore moins à écouter les conseils de mes amis.

— Ils ne sont pas de bon conseil, tes amis ?

— Vraiment pas, je t'assure. Mais, disons qu'il y a longtemps que j'ai pas eu à… comment dirais-je…

— À flirter ?

— Je n'aime pas l'expression, mais, oui, dans ce sens-là.

— Nous ne flirtons pas, Adam, nous apprenons à nous connaître.

— On peut le dire comme ça, mais ça ne change rien au fait que je dois te plaire pour que tu acceptes de me revoir.

Elle prend une gorgée de bière en lui faisant un clin d'œil.

— Pas faux.

Visiblement, Ève est tout aussi nerveuse que lui.

— C'est quoi ton genre de femme ?

— Euh, je ne sais pas. Je ne me suis jamais posé la question.

— Que recherches-tu alors ? Pourquoi m'as-tu invitée ? Moi ?

Surpris par la question, Adam prend un moment pour réfléchir.

— Pour ton rire, je crois.

— Pour mon rire ?

— Oui, j'aime t'entendre rire.

Elle rit à la déclaration de son compagnon.

— Comme ça ?

— Effectivement.

— J'avoue que c'est la première fois qu'un homme me dit ça à un rendez-vous.

Puis le repas arrive. Le serveur dépose les plats. Ils commencent à manger et la discussion ralentit.

Vers le milieu du repas, Adam commande une nouvelle bière, une rousse encore une fois. Ève sourit avant de lui lancer, mi-sérieuse, mi-blagueuse :

— Tu préfères les rousses ?

— Oui.

— Ça part mal, je suis brune !

— Mais, c'est qu'elle est drôle !

Elle sourit, l'air gêné. Elle est ravissante.

— J'essaie. Mais je ne suis pas très douée. Je préfère qu'on me fasse rire.

— J'essaierai, alors.

Mais, sur le moment, aucune histoire drôle ne lui vient à l'esprit et il se contente de manger en silence.

— Es-tu un gars de microbrasseries ?

— On peut le dire. J'aime bien goûter différentes bières.

Bien qu'Adam fasse des efforts, il ne parvient pas à alimenter une discussion soutenue. Ève doit constamment le relancer.

— Tu m'as dit que tu jouais au hockey le vendredi soir. Avez-vous gagné hier ?

— Oui, nous avons gagné. Nous n'affrontions pas une équipe très puissante.

— Tu as bien joué ?

Il émet un petit rire gêné.

— Honnêtement, non. J'avais déjà la tête à notre rendez-vous.

Elle sourit à son tour.

— Tu étais nerveux ?

— Rectification : je *suis* nerveux !

— Moi aussi, t'inquiète. Tu joues à quelle position ?

— Défenseur. J'ai toujours joué à la défense, même si plusieurs entraîneurs ont tenté de me faire jouer à l'attaque en raison de mon coup de patin.

— Donc, tu es bon.

— Il serait plus juste de dire que je suis un bon patineur. Que *j'étais* un bon patineur ! Tu connais le hockey ?

— Tu sais, je travaille dans des équipes informatiques, avec une bande de gars. Alors, j'entends parler de hockey tous les jours de l'année. Même en juillet ! Et mon père est un passionné. Quand j'étais jeune, il travaillait de longues heures à l'usine. Les seuls moments où je pouvais passer du temps avec lui étaient lors des parties de hockey. Je m'assoyais près de lui et nous bavardions en regardant le match. Nous parlions de hockey, surtout.

— As-tu des frères qui jouent ?

— Je suis fille unique, au grand désarroi de mon père. Il aurait bien aimé avoir un garçon pour le voir jouer dans la « grande ligue ».

— Conflit père-fille ?

— Non, mon père m'adore. Je l'adore aussi. Mais il aurait aussi souhaité avoir un fils.

— Il n'a pas essayé de te convaincre de jouer ?

— Penses-tu ? Avec mon physique, chaque coup de vent m'emportait lorsque nous patinions à l'extérieur. Imagine avec un équipement de hockey sur le dos, avec les brutes du village me courant après !

Il est vrai que, de petite taille, Ève est plutôt délicate. Très délicate, même. Ce qui fait ajouter à Adam :

— Quand même. T'aurais peut-être été assez talentueuse pour pas qu'ils soient en mesure de te toucher.

Elle gonfle les joues en une espèce de sourire moqueur.

— J'en doute. Parle-moi de tes enfants …

Elle ne termine pas sa phrase. Ses traits se durcissent. Son expression a changé brusquement lorsque Adam a porté sa bière à ses lèvres. Celui-ci s'inquiète.

— Un problème ?

— Peut-être.

— Ai-je fait quelque chose de mal ?

Ève secoue la tête, dubitative.

— Depuis notre rencontre, il y avait quelque chose qui me tracassait. Je n'arrivais pas à mettre le doigt dessus. Je comprends tout d'un coup. C'est ton alliance !

Adam est stupéfait.

— Quoi ? Mon alliance ?

— Tu portes toujours ton alliance !

— Euh… oui. Ce n'est pas très délicat de ma part, je l'admets.

Ève s'avance vers lui, inquisitrice, presque menaçante.

— Avec ton ex, pourquoi ça n'a pas fonctionné ? Pourquoi est-ce toi qui as la garde de tes enfants ?

Adam recule sur sa chaise, soudain sur la défensive.

— Euh... C'est vrai, je t'ai pas encore parlé de ça.

— Tu as l'air impatient de m'en parler ! Tu m'as dit que c'était réglé avec ton ex ! C'est quoi, l'histoire ? As-tu des choses à cacher ?

Le ton est vindicatif. Elle est peut-être de frêle constitution, mais elle semble avoir du caractère.

— Non, rien de tout ça. Ma femme est décédée.

Ève accuse le coup, sa suspicion soudainement envolée.

— Je suis désolée. Pourquoi ne pas l'avoir dit plus tôt ?

Adam hausse les épaules et secoue la tête.

— Par habitude, je pense. J'aurais dû te le dire la première fois. Je voulais pas que ça ait une incidence sur ta décision. Que tu acceptes de me revoir uniquement par empathie. Ou par pitié. Les quelques rencontres que j'ai eues auparavant, les femmes étaient au courant de ma situation et j'avais toujours l'impression qu'elles essayaient de trop en faire, d'être peut-être plus gentilles qu'elles n'auraient dû. Est-ce que ça change quelque chose ?

— Non, rien ne change. C'est juste que...

— Ne t'inquiète pas, ce n'est pas moi qui l'ai assassinée.

Ève sursaute à cette remarque.

— Si c'est une blague, c'est pas drôle !

Adam sourit bêtement.

— Tu as raison, excuse-moi. Mécanisme de défense, sans doute. Effectivement, il n'y a vraiment rien de drôle dans cette histoire !

Ils sont quelques instants sans parler. Le commentaire d'Adam a créé un malaise chez Ève. Il le ressent lui aussi.

— Elle a été assassinée ?

Perdu dans ses pensées, Adam a oublié sa mauvaise blague et perdu le contexte de la discussion.

— Hein ? Quoi ? Assassinée ?

— Ton épouse, tu dis qu'elle a été assassinée ?

L'horreur peinte sur le visage d'Ève déforme ses jolis traits.

— Ah ! Non, non, non. Excuse-moi. Non, c'est un cancer qui l'a emporté. Long et pénible foutu cancer.

Un long silence suit cette déclaration alors que l'émotion gagne Adam. Ève, toujours sous le choc, cherche ses mots.

— Je suis navrée. Sincèrement…

Adam prend une gorgée de bière.

— Si ça ne te dérange pas, je préférerais ne pas en parler. Pas maintenant.

— Je respecte ça, Adam

Ils mangent quelques instants sans échanger un mot avant qu'Adam ne relance la discussion.

— Et toi, tu es célibataire depuis longtemps ?

— Ma dernière relation remonte à un peu plus d'un an.

— Vous habitiez ensemble ?

— Non, non, non. Il y a longtemps que je n'ai plus habité avec un homme. Je ne suis pas certaine que je le referai un jour.

— Mauvaises expériences ?

— On peut le dire.

Le souper tirant à sa fin, Adam demande à Ève quel film elle désire voir.

— Il y a bien le dernier film de Scarlett Johansson qui vient de sortir. Mais pour un premier rendez-vous, je trouve que la compétition serait trop forte pour moi !

Adam feint l'ignorance.

— Je ne comprends pas ce que tu veux dire.

— J'ai vraiment besoin de t'expliquer ?

Gentilhomme, Adam ne rouspète pas lorsque Ève propose une petite comédie romantique mettant en vedette un couple de jeunes acteurs en début de carrière. Il ne dit mot non plus sur le choix du siège lorsque sa compagne choisit un siège au fond de la salle. Pourtant, il aime s'asseoir près de l'écran afin d'être immergé par l'action.

Le film terminé, il la raccompagne à sa voiture en discutant du film et réalise que sa voiture est stationnée tout près de la sienne. Ève aperçoit avec surprise le gros et luxueux VUS d'Adam.

— C'est ta voiture ?

— Effectivement.

— Wow ! Elle est superbe.

— Tu aimes les voitures ?

— Un peu…

Elle s'approche et lui touche le bras.

— Merci, Adam. J'ai passé une belle soirée. On se revoit bientôt ?

— Je l'espère.

— Aimes-tu les musées ? Il y a une exposition d'un peintre que j'aime bien au Musée national des beaux-arts du Québec.

— Celui sur les plaines d'Abraham ?

Devant la moue dubitative de son compagnon, elle réalise alors qu'il n'est pas réellement amateur de musées.

— Tu n'aimes pas ça ?

— En fait, je suis plus Musée de la civilisation ou musée d'histoire naturelle.

— Préfères-tu qu'on aille au Musée de la civilisation?

— Non, c'est correct. Je n'ai pas l'occasion d'aller souvent au Musée du Québec. Je ne connais pas grand-chose à la peinture, mais ce sera le temps de débuter mon apprentissage.

— Certain?

— Oui, nous irons au Musée de la civilisation la prochaine fois.

— OK.

Après lui avoir fait la bise, elle le quitte sur un magnifique sourire.

Adam sent son cœur se réchauffer. Il a déjà hâte de la revoir.

De retour à la maison, encore sous l'effet de l'adrénaline, Adam sait qu'il sera boudé par le sommeil.

Les enfants étant déjà au lit, Adam, n'ayant pas le goût de regarder la télé, descend dans le sous-sol et ouvre la porte de son bureau. Il se dirige vers son matériel informatique.

Depuis quelques années déjà, comme s'il ne travaillait pas suffisamment pour sa compagnie, Adam travaille à l'élaboration d'un logiciel de cryptographie.

Lors de ses longues veilles, durant la maladie de Valérie, il s'était découvert une nouvelle passion pour les mathématiques. Il était tombé par hasard sur un livre au titre accrocheur à la bibliothèque municipale et sa lecture nocturne, au chevet de son épouse, lui avait ouvert de nouveaux horizons. Tout naturellement, sa nouvelle passion l'avait mené vers la science de la cryptographie. L'idée d'un nouveau protocole de cryptographie avait lentement émergé de son cerveau et le projet avait pris forme.

Comme il ne s'y consacre qu'à temps perdu, le projet ne progresse pas très rapidement. Cependant, il a fait quelques avancées significatives dans le développement de ses algorithmes lors de la dernière année.

En venant à redouter le comportement de son associé, il a entamé les procédures permettant l'obtention d'un brevet pour son logiciel. Pour ses algorithmes, plus spécifiquement. Mais les démarches traînent en longueur, car ses données sont très théoriques, les essais n'ayant été faits que dans son laboratoire. Pour accélérer les choses, il devrait en faire l'essai dans son entreprise. Mais il doute que ce soit une bonne idée.

Aux prises avec un divorce difficile et onéreux, son associé a beaucoup changé dans la dernière année et est devenu très attaché à l'argent. Adam craint qu'il tente de profiter des essais dans les équipements informatiques de la compagnie pour s'approprier une partie des revenus éventuels de la commercialisation de ses efforts.

Loin d'être égoïste, Adam n'entend toutefois pas partager le fruit de ses efforts avec Bill. Pas avec lui.

Après quelques heures de travail, le sommeil finit par rattraper Adam. Mais avant d'y sombrer, c'est avec une pointe de culpabilité que sa traditionnelle pensée pour Valérie se mêle au souvenir d'Ève.

6

Frustré par la défaite, une deuxième en autant de matchs, Adam entre la tête basse dans la chambre des joueurs et aperçoit Dave texter sur son cellulaire. Cette fois, c'en est trop ! Adam l'apostrophe sèchement pour lui interdire l'utilisation du cellulaire dans la chambre. Devant son refus d'obtempérer, Adam s'emporte.

— Crisse, on vient ici une fois par semaine pour jouer au hockey. Te passer de ton cell deux ou trois heures, c'est trop te demander ?

Frédéric intervient avant que le colosse ne puisse rétorquer :

— Qu'est-ce que ça peut bien faire, qu'il utilise son cellulaire ? La partie est finie, il peut bien faire ce qu'il veut.

— Ouais, tu peux ben manger de l'ostie d'marde ! J'ai pas de compte à te rendre, réplique Dave.

Adam réagit promptement :

— Eille, tu vas me parler comme du monde, câlisse !

Frédéric s'interpose entre les deux hommes.

— Bon, là, fermez vos gueules pis calmez-vous !

Dave et Adam se jettent un regard noir avant de regagner leur place sous les yeux ahuris des autres joueurs de l'équipe. L'agressivité d'Adam les surprend. Certes, ils savent que le vétéran défenseur a vécu des moments difficiles ces dernières années et que ces événements ont affecté son rendement et sa personnalité. Ils savent aussi qu'il n'accepte pas la décision de Frédéric et que les deux sont à couteaux tirés depuis le début de la saison. Pour ne rien arranger, Dave n'est pas le joueur élite annoncé en grande pompe par leur capitaine. De plus, il n'a pas le profil type d'un Phénix : il lui manque ce dévouement à l'équipe, cet esprit de camaraderie presque familial qui caractérise les membres de l'équipe.

Comme d'habitude, Adam et Frédéric prennent leur temps pour retirer leur équipement, si bien que, encore une fois, ils se retrouvent seuls dans le vestiaire de l'équipe. Malgré le laps de temps écoulé depuis l'altercation avec Dave, Adam ne décolère toujours pas.

— Calvaire, Fred ! C'est un temple ici, tu l'sais. Et tu permets à ton petit nouveau de venir le profaner.

— Ce n'est pas un temple, c'est une chambre de hockey. On est ici pour gagner.

— Pour moi, c'est un temple. Cette chambre et les Phénix, ce sont les seules choses qui m'ont permis de passer à travers le départ de Valérie.

— Content pour toi si ce *temple* te permet de recoller les morceaux de ta vie. Mais moi, je m'en sacre un peu. Je dois gagner pour la survie de l'équipe.

— Les choses changent, hein ? On est rendus prêts à vendre notre âme pour gagner un match.

— Pas un match, Adam, un championnat.

Adam ne répond pas.

— Un championnat, Adam, tu sais ce que c'est ? Tu sais, la chose dont tu m'as privé !

— Ah ! Va chier !

Frédéric lui répond par un geste obscène. Adam pointe son index vers lui, comme un avertissement, toujours agressif :

— Le championnat, c'est à Valérie que je l'ai promis ! Pas à toi.

— Je m'en crisse. Si on ne gagne pas, les commanditaires vont nous lâcher. Je t'ai toujours vendu comme un gros nom. Mais ça ne fonctionne plus. Dave est le gros nom dont j'ai besoin pour assurer l'avenir financier de l'équipe.

— Un gros nom ? Dave Roy ? C'est sept lettres, ça ! Ce n'est pas un gros nom ! Pierre-Alexandre Duquette-Boriskovich, ça, c'est un gros nom !

La blague de son ami prend le capitaine des Phénix au dépourvu. Il ne peut s'empêcher d'éclater de rire et gratifie son ami d'une tape sur l'épaule.

— Crisse que t'es cave quand tu t'y mets.

À la sortie du musée, malgré le froid de cette soirée d'automne qui annonce un hiver rigoureux, Adam propose à Ève une promenade sur les plaines d'Abraham. Ils marchent lentement vers le fleuve.

C'est Ève qui amorce la discussion avec un sourire admiratif.

— Tu m'avais dit que tu ne connaissais pas la peinture. Pourtant, tout à l'heure, tu avais l'air de plutôt bien maîtriser le sujet.

— J'ai fait mes devoirs. J'ai lu un peu sur le peintre vedette de l'exposition afin de pouvoir mieux apprécier son œuvre.

— Oh ! Je pensais que c'était pour m'impressionner.

Timide, Adam sourit malgré lui.

— Peut-être un peu, aussi. Et ça fonctionne ?

— Oui. J'avoue.

Ils arrivent à ce moment au bord de la falaise découvrant le panorama du fleuve Saint-Laurent. Ils sont cueillis aussitôt par une bourrasque glaciale. Ève grimace en frissonnant.

— Brrr ! Il fait froid par ici.

Adam jette un regard furtif sur sa compagne. Le court manteau d'automne qu'elle porte lui va à ravir, mais disons qu'il ne la protège pas beaucoup. Pas plus que sa jupe qui lui descend aux genoux, en laissant ses jambes nues. Malgré ses efforts, Adam n'arrive pas à se souvenir la dernière fois qu'il a reluqué les jambes d'une femme. Il en éprouve un sentiment étrange, à la fois plaisant et troublant. Vraiment troublant.

Heureusement, Ève ne semble avoir rien remarqué, tandis qu'il lui lance :

— Tu veux que nous allions prendre un café ?

— J'aimerais, oui. Je suis plutôt frileuse.

Tous deux sont maintenant installés au chaud dans un petit café pas très loin du musée. Adam a commandé un latté qu'il n'aime pas particulièrement.

Ève le regarde plisser le visage de dégoût en souriant.

— Est-ce que c'est possible que tu sois un peu bourgeois ?

Il hausse les épaules.

— Je ne sais pas, peut-être. Et, si je suis un peu bourgeois, c'est un problème ?

— Non, je te taquine. C'est juste que tu es… comment le dire… différent des hommes que je fréquente habituellement.

— Et c'est bien ?

— Disons que ça ne me déplaît pas.

— Disons que ça ne te déplaît pas ! Je présume que je devrai me contenter de cette réponse pour l'instant.

Ève le regarde avec un demi-sourire. Son expression est gênée, un peu mystérieuse.

— Ce n'est pas négatif, tu sais ?

Dubitatif, Adam décide de changer de sujet.

— Le père de ta fille… Audrey ? C'est bien ça ? Tu le vois encore ?

Elle secoue la tête en signe de négation.

— Non. Je ne le vois pas. Audrey — c'est bien Audrey —, elle n'a pas connu son père.

— C'est dommage. Que s'est-il passé, si ce n'est pas indiscret ?

Elle réfléchit un instant avant de répondre.

— Honnêtement, je ne l'ai jamais su. Tu sais, c'est un peu gênant de l'avouer, mais c'est l'histoire classique, l'histoire pathétique d'une fille qui tombe en amour avec le mauvais gars et qui n'écoute personne.

— Il n'y a pas de honte à avoir. Tu n'es pas la seule à qui c'est arrivé.

— Peut-être, mais ça ne m'aide pas.

Adam ne réplique pas, tandis qu'elle décide de poursuivre son explication :

— Nous étions jeunes, mes parents désapprouvaient. Je suis tombée enceinte rapidement, j'ai été négligente. Il ne voulait pas que je garde le bébé. Mais moi, il n'était pas question d'avorter ou de le donner en adoption.

— Et alors ?

— Audrey pleurait beaucoup, surtout la nuit. C'était difficile. Mais il n'a jamais dit un mot. Il s'occupait d'elle quand c'était son tour. De jour comme de nuit. Et un matin, toujours sans un mot, il est parti. Je ne l'ai jamais revu. Et comme je n'avais jamais rencontré ses parents, je n'ai jamais eu de nouvelles.

— Ouch ! Tu t'es débrouillée comment ?

Ève hausse les épaules et détourne la tête.

— Difficilement. Mes parents ont été extraordinaires, même s'ils n'habitent pas la porte d'à côté. Et les membres de ma famille étendue, cousins, cousines, ils m'ont bien entourée.

— Et après, jamais rencontré d'autres hommes ?

— Quelques-uns, mais le départ du père d'Audrey a laissé des marques. J'ai toujours eu de la difficulté à faire confiance à un autre homme par la suite. Tu sais ce que c'est. Blessée, humiliée, j'ai perdu confiance en moi. Je ne croyais plus avoir ce qu'il faut pour combler un homme. Je me blâmais pour son départ. Comme si c'était de ma faute !

Elle prend une gorgée de café, le regard baissé.

— J'ai aussi perdu confiance dans les hommes. Ça a compliqué mes relations par la suite. Je ne voulais plus être dépendante des autres. Je m'organisais toute seule.

Elle garde à nouveau le silence un long moment. Adam ne reprenant pas la parole, ne sachant quoi dire, Ève décide de poursuivre :

— J'ai habité par la suite avec quelques hommes, mais ça n'a jamais duré. Je suis toujours sortie avec des gars du même type. Comme si je ne comprenais pas la leçon. Ça a augmenté ma méfiance, mon amertume. J'en suis venu à me dire que j'étais mieux seule. C'était surtout mieux pour Audrey.

Elle cesse de parler et, cette fois, ne donne pas signe de vouloir reprendre la parole. Adam se sent obligé de parler :

— Bref, nous avons une vie pourrie tous les deux !

— Non, tu exagères. Difficile, mais pas pourrie. Je me suis occupée d'Audrey. Elle a grandi, elle est devenue quelqu'un de bien. Ma grande amie aussi. Ma colocataire, comme je t'ai déjà dit.

— De quoi a-t-elle l'air ?

— Elle me ressemble un peu. Elle est très jolie.

— Si elle te ressemble, elle est certainement très jolie.

Ève rougit. C'est le premier compliment que lui fait Adam depuis leur rencontre.

— Arrête, tu me gênes.

— C'est vrai.

— Non, je ne suis pas si jolie que ça.

— Si, si, crois-moi.

Elle garde un moment le silence, les yeux dans le vague, l'air songeur, puis elle fixe son attention sur lui.

— Et toi ?

— Quoi, moi ?

— Depuis le départ de ton épouse, tu as fait quoi ?

— Mon possible.

Elle sourit en secouant la tête. Elle devrait s'habituer aux réponses brèves, très brèves de cet homme mystérieux, intrigant.

— Peux-tu élaborer ?

— Je me suis occupé de mes enfants du mieux que je le pouvais. Et j'ai travaillé. Beaucoup. Trop.

— Pour oublier ?

— Je crois, oui.

— Tu n'as jamais rencontré personne depuis le décès de ton épouse ?

— Niet ! Rien ! Néant !

— Je suis la première ?

— J'ai eu quelques rencontres avec des femmes qu'on voulait me présenter. Certaines étaient très bien. Mais, je n'avais pas le cœur à ça.

À l'écoute, Ève l'invite à poursuivre d'un hochement de tête.

— J'ai été longtemps seul. Je n'étais pas prêt. Le deuil, les enfants à élever. Ils étaient encore jeunes au décès de leur mère. J'avais beaucoup à faire. Et Valérie, c'était l'amour de ma vie. Jamais je n'avais pensé la perdre. Je n'avais jamais imaginé devoir aimer une autre femme.

Adam se replace sur sa chaise, alors qu'Ève en face demeure toujours aussi silencieuse.

— Quand mon fils est parti pour l'université, j'ai compris qu'un jour, je me retrouverais seul. Ça m'a donné un choc.

Il plisse les yeux, songeur.

— Je ne me vois pas vivre seul. J'aime partager ce que je vois, ce que je vis avec quelqu'un. Là, même si je suis peut-être trop distant avec mes enfants, je peux partager avec eux. Quand ils feront leurs vies, je n'aurai plus ce privilège. Je ne l'aurai plus autant, disons. Alors, pour répondre à ta question, oui, tu es la première. La première pour qui j'éprouve de l'intérêt. Assez d'intérêt pour l'inviter et désirer la connaître.

Elle penche la tête, un peu de côté, en une sorte de révérence.

— Je suis flattée. Et maintenant ?

— J'ai évolué.

Ève fixe son regard dans le sien quelques instants, comme si elle tentait de l'évaluer, de lire en lui.

— Le défi sera de taille pour te faire oublier ta femme !

Il réfléchit un moment.

— Tu as raison, ce sera un défi. Pour toi. Et pour moi.

Elle le regarde avec un air moqueur, mais Adam voit le sérieux dans ses yeux. Il l'entend aussi dans le timbre de sa voix lorsqu'elle pose sa question.

— Est-ce qu'il y a de l'espoir ?

— J'ai cru longtemps qu'il n'y aurait jamais de place pour une autre. Je crois cependant être maintenant prêt à aimer. Mais ma partenaire devra accepter la présence du spectre de Valérie. Je l'aimerai toujours.

Elle lui sourit, satisfaite de la précision. Il est clair que l'homme en face d'elle ne sera pas une proie facile.

— Pourquoi moi ?

— Je ne sais pas. Je t'avais beaucoup appréciée lorsque nous avions travaillé ensemble. Étrangement, je n'ai jamais réussi à te chasser de mon esprit.

— Que me trouves-tu de si spécial ?

— Tu es jolie, c'est certain.

Elle rougit, gênée. C'est la deuxième fois en moins de cinq minutes qu'il lui mentionne qu'elle est jolie.

— Arrête !

— Si, si. Je ne sais pas, je te trouve drôle, gentille. Honnêtement, je ne saurais te dire.

Il réfléchit.

— En fait, je me sens bien avec toi. Oui, je pense que c'est ça.

— C'est drôle. Je ne me souviens pas d'avoir fait quelque chose de particulier.

— Non, rien de particulier. Je sais pas vraiment. Il y a ce petit quelque chose. Une attitude chez toi qui me plaît. Un bien-être en ta présence.

Ève le regarde fixement, intéressée par son propos. Il lui lance un sourire moqueur et bredouille une théorie à l'eau de rose pour la faire rire :

– Qui sait, peut-être es-tu l'Élue ? Peut-être es-tu la Ève avec qui je bâtirai mon jardin d'Éden !

Elle saisit la balle au bond et rétorque, du tac au tac :

– Et j'espère ne pas être la Ève qui t'offrira une pomme ! Si c'est comme dans la Bible, notre histoire finira mal ! Très mal même !

C'est plutôt Adam, finalement, qui éclate de rire devant cette répartie.

– Mais, elle est drôle !

– Tu m'as fait une passe sur la palette, comme vous dites au hockey.

Adam est accroché à ce moment par un client qui tente de joindre des amis. L'homme s'excuse de sa maladresse avant de poursuivre son chemin. Adam lui signifie d'un geste de la main de ne pas s'en faire, puis reporte son attention sur son invitée.

– Et toi, comment vois-tu l'avenir ? Les prochaines années ? Audrey prend de l'âge. Que vas-tu faire lorsqu'elle te quittera ?

– Je ne sais pas. Je préfère ne pas y penser. C'est certain que ça créera un grand vide. Un peu comme tu viens de le mentionner.

– C'est un choc de les voir partir.

Ève hoche la tête, pensive.

– J'aimerais avoir quelqu'un dans ma vie. Je désespère un peu de trouver la perle rare, celui avec qui je pourrais finir ma vie. Trouver quelqu'un avec qui je serais bien jusqu'à la fin, même si nous n'habitons pas ensemble.

— Finalement, nous recherchons un peu la même chose. À l'exception que moi, quand j'aurai trouvé l'élue, j'aimerais partager ma vie avec elle.

— Vivre ensemble et tout?

Il répond simplement :

— Oui!

Elle le regarde avec un air malicieux.

— En ce cas, qu'as-tu à m'offrir pour me convaincre que tu seras mon partenaire de vie idéal?

Adam se redresse sur sa chaise et désigne son corps d'un mouvement de la main.

— Ce splendide corps!

Elle sourit et acquiesce de la tête. Elle a rapidement remarqué son corps athlétique. Il poursuit avec un grand mouvement circulaire, comme s'il voulait englober l'univers :

— Et une vie de luxe : voyage dans le Sud tous les hivers, l'été dans mon château en Espagne, des choses de ce genre...

— Rien que ça?

Il acquiesce de la tête d'un air entendu, avant de lui faire un clin d'œil, accompagné d'un sourire narquois.

— Tout ce que je te demande en échange, c'est d'élever mes enfants, maintenir la maison en ordre et que le souper soit prêt quand je reviens de travailler.

Elle secoue la tête de dépit.

— Je sais que tu es un gars sérieux. Mais tu réponds toujours par des pitreries!

Le sourire en coin n'a pas quitté son visage lorsqu'il répond :

— Pas du tout, je suis très sérieux!

— Bien oui! J'ai peut-être mal posé la question. Sérieusement, qu'est-ce que tu recherches? Et pourquoi je m'intéresserais à toi?

— Je suis honnête. En amour comme dans les autres facettes de ma vie. Et même si mes enfants te diraient le contraire, je suis gentil. Enfin, je peux me montrer gentil. Et...

Il roule les épaules et détourne le regard pour masquer sa gêne.

— Je ne veux pas que ce soit un facteur... mais... financièrement, je ne suis pas dans le besoin.

L'air satisfait de cette réponse, Ève revient néanmoins à la charge :

— Mais encore ? C'est quoi tes défauts ? De quoi je dois me méfier ? De quoi je dois avoir peur ?

— On dirait une entrevue d'embauche... Je crois que tu devras être patiente. Mieux vaut que tu le saches tout de suite. Pour le reste, je ne raconterai jamais d'histoire.

Terminant son café, Ève jette à regret un regard vers l'extérieur.

— Il se fait tard. Il faudrait que j'y aille.

— D'accord.

— Remarque, c'est si froid dehors, je ne suis pas pressée d'y retourner.

— Je peux aller chercher mon auto et te prendre ici dans quelques minutes. Je te reconduirai à ta voiture ensuite.

— C'est gentil, Adam. Mais, je n'oserais pas te demander ça.

— Tu ne me le demandes pas, je te le propose.

— Sincèrement ? Ça me gêne un peu.

— Attends-moi, je reviens.

7

La saison est encore jeune, mais déjà, les soupçons d'Adam se confirment. Dave, le nouveau défenseur de l'équipe, est trop lent pour leur ligue. Même à l'entraînement, il se fait contourner comme un cône orange.

Mais, comme il est là pour de bon, il faudra vivre avec les carences de son jeu.

Adam profite d'une pause entre deux exercices pour rejoindre Dave près de la bande, alors que les autres joueurs prennent une gorgée d'eau. Adam s'adresse à son rétif coéquipier en choisissant bien ses mots, leur relation étant toujours tendue depuis leur dernière prise de bec.

– Tu manques un peu de vitesse lorsque les adversaires entrent dans notre zone. Il faudrait...

Le colosse le regarde en fronçant les sourcils.

– Pardon ? Je manque un peu de vitesse ? Hé ! J'ai joué chez les pros, moi !

Respirant à fond pour ne pas répliquer aux insinuations de son équipier, Adam reprend ses explications.

– Chez les pros, avec les mises en échec et l'accrochage, le jeu est moins rapide. Ici, ça va plus vite. Il faut juste que tu changes ton positionnement en zone défensive.

Dave se redresse pour le toiser, forçant Adam à lever la tête pour le regarder dans les yeux. Le nouveau venu doit faire au moins six centimètres de plus que lui.

– Écoute-moi bien. Moi, j'ai été engagé pour marquer des buts et faire gagner l'équipe.

– Le problème, pour l'instant, c'est que tu provoques plus de buts que tu en marques.

La colère gronde dans la réponse du costaud défenseur :

– Ce n'est pas un petit joueur universitaire qui va venir me faire la leçon. Si tu étais capable de faire la job, ton chum ne serait pas venu me chercher. Alors, occupe-toi de tes affaires et laisse-moi m'occuper des miennes. *Right ?*

Fulminant, Adam s'adresse à Frédéric qui s'est approché.

– Quelque chose à ajouter, *coach*?

Comme Frédéric ne dit mot, Adam s'éloigne en levant les mains et en maugréant :

– C'est beau, j'ai compris.

Dimanche matin, Adam se lève trop tôt, comme d'habitude, après une autre mauvaise nuit. Il doit être victime d'un problème d'origine psychosomatique. Toutes les nuits, il s'éveille à 2 h 42, précisément l'heure du décès de Valérie. Toutes les nuits depuis son décès. Lorsqu'il est en période de stress, il éprouve du mal à retrouver le sommeil. Comme ce fut le cas cette nuit.

Il déguste lentement son café en attendant que les enfants émergent des limbes du sommeil. Le dimanche matin est le seul temps de la semaine où Adam peut relaxer un peu. Il en profite pour rattraper son retard en lecture.

Cédric, le lève-tôt des enfants, est le premier debout. Il fixe son père quelques secondes avant de s'adresser à lui.

— Bonjour, monsieur. Je peux savoir qui vous êtes ?

Adam ne peut s'empêcher de sourire.

— Très drôle !

— Ah, vous êtes mon père ! Désolé, je ne vous ai pas reconnu.

— C'est correct là, j'ai compris. Tu veux un chocolat chaud ?

Cédric est peut-être le plus joyeux des enfants, mais le caractère propre à l'adolescence émerge lentement. Sa blague a des allures de reproches, son père étant absent très souvent.

Les deux aînés font leur entrée, des traces de sommeil encore sur le visage. Ils marmonnent un « bonjour » sans enthousiasme avant de prendre place à la table. Après avoir bavardé un moment, ils se mettent au travail.

L'élément clé pour survivre aux semaines effrénées de la famille Bernier est la discipline presque militaire qu'Adam impose à ses enfants. La journée du dimanche débute toujours, outre le café solitaire du chef de famille, par le traditionnel brunch familial. Puis c'est la corvée de cuisine où tous mettent la main à la pâte, sans jeu de mots, pour cuisiner la majorité des repas pour la semaine à venir. Nouveauté cette année, on y inclut des repas « à congeler » que Nathan emportera avec lui à son appartement. La journée se termine avec le souper en famille avant le départ de Nathan pour Sherbrooke. Ça aussi, une nouveauté cet automne.

Évidemment, adolescence oblige, la journée ne se passe pas sans récriminations. Roxanne est frustrée de la rigidité de son père au sujet de sa relation avec son chum. Cédric est mécontent de ne pouvoir jouer aux jeux vidéo avec ses amis. Nathan, lui, préférerait être ailleurs. Du mieux qu'il peut, Adam cherche à calmer le jeu.

– Vous le savez, le dimanche est réservé à la famille et à la préparation de la semaine. Vous aviez vendredi soir et toute la journée d'hier pour vos loisirs.

Si Nathan est plus posé, Cédric se montre plus vindicatif.

– Ah ! Je hais les dimanches !

Et Roxanne, elle, tente toujours d'attirer l'attention :

– Pis moi, mon chum, est-ce qu'il peut venir au brunch avec nous ?

Encore une fois, le père s'oppose à la venue dudit chum, ce qui n'est pas au goût de l'adolescente, évidemment.

– Pas aujourd'hui. Le brunch, c'est en famille. Il n'en fait pas encore tout à fait partie.

– Tout le temps pareil avec toi !

– Regarde, nous verrons la semaine prochaine. Pour l'instant, c'est non.

Avant le souper, Adam demande les agendas de tout le monde afin de coordonner les activités de la semaine. Le père réalise que, encore cette semaine, entre le travail, l'école et leurs activités, il ne verra pratiquement pas les enfants.

Nathan fait le tour de la table et s'approche de son père.

– J'ai rencontré une fille.

– Je suis content pour toi.

– Elle pourrait venir en fin de semaine prochaine ?

– Vos amis sont toujours les bienvenues, pas besoin de ma permission. Cependant, c'est gentil de me prévenir auparavant.

Il fixe son regard dans celui de son fils.

— Mais, tu connais la règle, elle dormira dans la chambre d'amis. Et toi dans la tienne.

Nathan lève les bras en signe de désarroi.

— *Come on*, papa, j'ai dix-neuf ans. Elle en a vingt.

— C'est la règle, Nathan.

— On n'est plus des enfants, calvaire.

— Hé ! Attention à ton langage. Je ne peux pas faire d'exception. Ta sœur n'attend que ça. Et bientôt, ce sera au tour de ton frère. Je gère une maison, moi, pas un bordel.

— Un bordel, franchement ! Il serait peut-être temps que tu t'assouplisses un peu, que tu arrives dans le troisième millénaire.

— Nathan, ta mère était une négociatrice, pas moi. Je déteste ça et je n'ai pas le temps. Compris ?

— Ben oui. Bienvenue dans la Dictature Bernier.

Le père étire le menton et grogne son mécontentement.

— Hé !

Après l'altercation, l'atmosphère se détend et la journée se termine par le souper tranquille de la famille Bernier avant le départ de l'aîné de la famille pour Sherbrooke. Même s'il ne le lui avouera jamais, Adam s'ennuie de son fils lorsqu'il est au loin. Aussi, il s'informe de sa prochaine visite.

— Tu reviens la semaine prochaine ?

— Oui, bonne semaine.

— Avec ton amie ?

— Je verrai.

— Elle est la bienvenue, tu sais. J'aimerais bien la rencontrer.

— Ouais, ouais.

— Bonne semaine.

Adam suit des yeux la voiture de son fils qui finit par disparaître au coin de la rue, se gardant de montrer à ses deux plus jeunes l'humidité qui humecte ses paupières. Il ne s'est pas encore habitué à voir son fils partir chaque dimanche soir. À chaque départ, il est envahi par un sentiment de perte, de vide.

Adam retrouve Ève au restaurant le samedi suivant. S'ensuit un cinéma, à la sortie duquel il la reconduit à son auto. Alors, Ève se fait hésitante.

— Pour notre prochain rendez-vous, est-ce que ça te dérangerait de faire une sortie à l'extérieur ?

— Genre, une promenade ?

— Genre, comme tu dis.

— Pas de problème.

Elle baisse la tête et sourit timidement. Il la trouve adorable quand elle a cet air.

— Ça me gêne un peu de t'avouer ça. J'adore te voir, mais disons que nos sorties finissent par peser lourd sur mes finances.

— Oh ! Je suis désolé. Oui, pas de problème. Et, tu sais, c'est avec plaisir que je prendrais l'addition.

— Non, merci. C'est gentil, mais, je ne préfère pas.

— Certaine ? Car ça me ferait plaisir. Vraiment.

— Non, merci.

— Je ne veux pas me vanter ni tenter de t'impressionner, mais, sans être riche, je vis bien. J'ai bien des soucis dans la vie, mais l'argent n'en fait pas partie. Alors…

Elle l'interrompt sèchement :

– J'ai dit non ! N'insiste pas.

Adam sursaute à sa réplique. Le ton est ferme, sans appel.

– D'accord. Je n'insiste pas.

Il la regarde avec un léger mouvement de recul, sur la défensive.

– Je suis désolé si je t'ai offensée.

Ève hésite avant de le regarder et de reprendre d'une voix plus douce :

– C'est moi qui suis désolée. Je sais que ta proposition est honnête. J'apprécie ta gentillesse. Mais, je ne souhaite pas que notre relation soit basée sur ça.

– C'est pas le cas.

– Pas aujourd'hui, pas plus tard, jamais ! Et surtout pas maintenant.

– Des problèmes avec les autres gars ? Pourquoi surtout pas maintenant ?

– Parce que j'aime être avec toi. Nous sommes à un point critique de notre relation, et je ne veux pas que nous prenions de mauvais plis, ou que nous nous mettions dans une situation d'iniquité.

– Alors, que proposes-tu pour notre prochaine sortie ?

Ève propose un bar pour danser. Elle adore danser. Et, une consommation ou deux, c'est plus à la portée de ses finances.

Adam s'oppose. Il n'aime pas vraiment les bars. Ils sont trop bruyants. Et il n'aime pas du tout la danse. Il propose plutôt des promenades.

Cette mise au point faite, ils enchaînent, les jours qui suivent, des rencontres dans le Vieux-Québec, sur les Plaines ou sur la promenade Champlain. Lorsque le froid les saisit, ou lorsque l'envie de juste bavarder tranquillement les prend, ils arrêtent dans un petit café.

Déchiré entre les obligations familiales, les problèmes au travail et une saison de hockey en deçà des attentes, Adam se surprend à attendre de plus en plus impatiemment leurs rencontres. Il apprécie particulièrement chacune de leurs courtes étreintes, auxquelles il a droit en guise de bonjour et avant de la quitter. Et à ce moment, il se retient fortement de ne pas l'embrasser, hésitant encore sur la nature de ses sentiments. Et sur ceux de sa compagne.

Le plaisir éprouvé en sa présence le déroute, lui qui croyait que plus jamais une femme ne pourrait combler le vide que le départ de Valérie avait créé.

Au fil des rencontres, Ève se dévoile peu à peu. Pas très sportive, bien qu'elle ait pratiqué le ballet quand elle était jeune, elle marche beaucoup et fait un peu de vélo. À l'opposé d'Adam, un sportif, elle est plutôt portée vers les arts et aimerait faire de la peinture un jour.

Discret, il se plaît à l'écouter, à se laisser charmer par son rire.

Après avoir bravé une fois de plus les rafales pour observer le fleuve à partir de la terrasse Dufferin, ils remontent la rue Saint-Louis.

Le vent froid gagne en force en s'engouffrant dans les rues étroites du Vieux-Québec. Ève en frissonne. Plutôt que suivre les rues, Adam trouve un raccourci pour joindre la rue Saint-Jean en coupant par une petite ruelle, entre deux vieux immeubles.

Absorbé par leur discussion, Adam ne porte pas attention à un itinérant surgissant d'un enfoncement dans le mur d'un des immeubles, puis bondissant vers Ève en tenant haut et fort des propos incompréhensibles.

Surpris, Adam réagit néanmoins au quart de tour. Tout en repoussant Ève derrière lui, il s'interpose entre elle et le nouvel arrivant. Légèrement penché, les poings serrés, menaçant, Adam s'écrie :

— Qu'est-ce que tu veux ?

L'homme s'adresse à eux de façon peu intelligible, alors qu'Adam poursuit :

— Je n'ai rien pour toi !

Après avoir marmonné encore un peu, l'itinérant s'éloigne et disparaît aussi rapidement qu'il était apparu.

Un peu secouée et brusquée par les événements, Ève revient vers Adam et reste près de lui, cherchant sa protection. Son protecteur lui touche le bras avant de s'informer de son état, conscient qu'il l'a bousculée lors de son intervention.

— Ça va ? Tu n'as rien ?

— Je ne pense pas qu'il soit méchant. Je crois plutôt que nous l'avons dérangé.

C'est au tour d'Adam, les traits crispés, de marmonner.

— Peut-être, mais je n'aime pas non plus me faire déranger de la sorte.

Ève le regarde alors avec un sourire magnifique.

— C'est qu'il a l'instinct protecteur, le monsieur !

— J'ai manqué ma carrière. J'aurais dû être garde du corps. Comme dans le film avec Kevin Costner.

— Et je serais ta Whitney ?

Elle a dit ça avec une voix et un sourire tellement adorable qu'il se sent fondre. Quelle maudite drogue incapacitante a-t-il ingurgitée pour être incapable de la plaquer contre le vieux mur de briques et l'embrasser avec toute la fougue et la passion qu'il sent monter en lui ?

Au fond de lui, il le sait très bien. Cette drogue incapacitante, c'est Valérie. Son souvenir. L'obligation qu'il s'impose de lui rester fidèle.

Mais alors, pourquoi me suis-je lancé dans cette aventure ? s'interroge-t-il.

Il n'a pas la réponse. Mais il devra bien la trouver s'il veut continuer de voir cette femme magnifique qui fait battre son cœur.

D'ici là, il doit jouer le jeu de la séduction et répondre à la question d'Ève.

– Toi, devenir ma Whitney ? Qui sait ? Mais je ne suis pas aussi beau que Kevin et je doute que tu chantes aussi bien qu'elle.

Simulant la stupéfaction et l'indignation, elle s'adresse à lui :

– Qu'est-ce que tu en sais ? Tu m'as entendue chanter ?

– Non, tu as raison. Tu veux me faire entendre ?

Riant de cette répartie, elle capitule d'une petite voix implorante :

– Une autre fois ?

– Comme tu veux. Je t'offre un café pour nous remettre de nos émotions.

Adam s'en veut. Ses idées se bousculent dans sa tête alors qu'il observe cette charmante femme qui lui sourit de façon si adorable. *Un café ? Vraiment ? Imbécile ! Invite-la donc à danser pour la prendre dans tes bras. Un café ? Calvaire !*

Ignorant le débat intérieur de son compagnon, mais ayant espéré une proposition plus romantique, Ève n'a d'autre choix que d'accepter l'offre d'Adam si elle veut prolonger encore un moment le rendez-vous avec cet homme certes un peu froid, parfois bourru, mais qui peut si montrer si charmant.

Le nez plongé dans la carte du menu, elle souffle sur ses mains pour les réchauffer.

— Tu sais ce qu'est un café américano ?

— C'est un expresso allongé. En fait, il y a l'expresso allongé et le café américano est, en quelque sorte, un café allongé qui est encore plus allongé.

— Je ne savais pas.

— Ce café provient de la Seconde Guerre mondiale. Les soldats américains trouvaient le café européen trop fort. Alors, pour ne pas perdre cette précieuse clientèle, les restaurateurs ont décidé de diluer leur expresso allongé pour leur faire plaisir. Ils lui donnèrent le nom de « café américano », café pour les Américains.

Ève le regarde en souriant.

— Tu as toujours plein d'histoires à conter. Si je décide de prendre un thé plutôt qu'un café, auras-tu aussi une histoire ?

Adam la regarde, suspicieux, se demandant si elle fait preuve d'ironie.

— Tu me moques de moi ou tu es sérieuse ?

Ève relève les yeux avec circonspection.

— Je suis sérieuse. Tu es très intéressant. J'aime t'entendre conter des histoires.

— Désolé de ma suspicion. On se fout souvent de ma gueule.

— Non, non. J'aime tes histoires, vraiment.

— Alors, pour revenir à ta question, j'ai effectivement une histoire à propos du thé. Les Anglais…

Ève l'interrompt aussitôt :

— J'aimerais l'entendre, bien sûr, mais je préférerais que tes histoires parlent un peu plus de toi. Tu ne parles pas beaucoup de toi, tu sais.

— Je n'aime pas parler de moi. Que veux-tu savoir ?

— Tout ?

Adam fait la grimace.

— Hi ! C'est un peu vague.

— Commence par me dire… comment ils sont, tes enfants ?

— Brillants, sportifs.

Elle pose les mains à plat sur la table et feint l'admiration.

— Wow ! Je reconnais bien là ta concision !

Adam hausse les épaules.

— Laisse-moi le temps de développer… Nathan, l'aîné, est calme, discret. Roxanne, la deuxième, c'est notre tigresse. Cédric, c'est encore notre grand bébé.

— C'est tout ?

Ève feint de ne pas relever le « notre », consciente que Valérie est encore présente. Adam balance la tête, indécis. Un moment qu'Ève met à profit pour continuer son interrogatoire :

— Nous nous sommes rencontrés quelques fois, déjà, mais je ne sais toujours pas qui est Adam Bernier. Tu ne parles pas beaucoup.

— Pourtant, je n'arrête pas de parler.

— Mais tu ne parles pas de toi. Tu parles de ton travail, du monde, de la société, un peu de tes enfants, tu racontes de belles histoires. Mais rien sur toi.

— Pas grand-chose à dire. Tu connais l'essentiel.

Elle secoue la tête en haussant les épaules.

— Pas vraiment.

Avec agacement, Adam répond avec plus de sécheresse qu'il ne l'aurait souhaité :

— Je n'ai pas de vie secrète : je ne suis pas un tueur en série ou un agent secret gouvernemental. Juste un homme simple, dont la femme est morte d'un cancer et qui doit élever, seul, ses trois enfants.

Visiblement, Ève s'attendait à plus d'ouverture de son compagnon. À preuve, son faciès boudeur est sans équivoque, ce qui irrite Adam. Il reprend alors d'un ton bourru :

— Bon, alors, je vais faire ça court! J'aimais ma femme, elle m'aimait, nous étions heureux. Elle a développé un cancer, je suis resté à côté d'elle jusqu'à la fin. Aux funérailles, j'ai pleuré, les enfants aussi. Au retour à la maison, les enfants ont continué à pleurer. Moi, j'ai dû arrêter parce qu'il fallait que quelqu'un s'occupe d'eux. Et il n'y avait plus personne d'autre que moi. Voilà.

Insultée, Ève hésite entre laisser éclater sa colère ou se lever et abandonner là cette tête de mule.

— Je suis désolée pour tout ça, Adam. Sincèrement désolée. C'est triste, ce qui t'est arrivé. Je comprends que tu ressentes de la colère. Mais moi, je ne t'ai rien fait.

— Tu voulais savoir. Tu sais.

Un grand froid s'installe. Ève, déçue et furieuse, hésite à reprendre la parole. Adam, réalisant sa maladresse, tente de se reprendre :

— Je suis désolé. Je n'aime pas parler de ça.

— Laisse tomber.

— Ève, je sais que je me suis mal conduit.

— En effet ! Ne me réponds pas plutôt que me dire des vacheries !

Devant la frustration, la colère de sa compagne, Adam ne répond pas immédiatement. Au bout d'un moment, il ajoute sincèrement, simplement :

— Le pire, c'est que c'est la vérité que je viens de te dire.

— C'est bon. On oublie ça. Ne me raconte pas ta vie si tu veux pas, c'est correct. Mais, à la place, parle-moi de toi, de tes enfants. Ils sont comment, tes enfants ? Toi, mis à part le hockey et ton travail, tu aimes quoi ? Ce n'est pas compliqué, il me semble.

— Tu as raison.

— Excuse-moi, je dois aller à la salle de bain.

Adam croit à un prétexte, mais un temps mort n'est pas une mauvaise idée pour briser la spirale destructrice dans laquelle ils ont été aspirés.

À son retour, sans être souriante, elle semble moins crispée. Feignant l'innocence, Adam lui tend la main par-dessus la table.

— Adam Bernier. Consultant informatique et souvent juste un con.

Ève sourit légèrement, malgré elle. Se laissant prendre au jeu, elle lui saisit la main.

— Enchantée. Ève Bélanger. Fonctionnaire et pas toujours patiente.

— Vous habitez toujours chez vos parents ?

Elle secoue la tête, découragée par la bêtise de cet homme dur à comprendre.

— Non, je n'habite plus chez mes parents. Je suis une grande fille, maintenant.

Adam tape dans ses mains.

— Alors, chez vous ou chez nous ?

Cette fois, elle rit de bon cœur.

— Me semble, oui. Je te connais assez pour savoir que ce n'est pas ton genre.

Fier de son coup, Adam termine son café.

— Bon, qu'aimerais-tu savoir ?

Ève répond d'une petite voix, d'une voix de petite fille timide :

— Presque tout ?

— Je ne sais pas par où commencer… Ce serait plus facile de me vendre si tu étais un client ou un partenaire d'affaires.

— Pas pour le moment… Bien, commence par me dire ça que tu as fait hier soir ?

— Hier soir, hier soir… Pas grand-chose.

Ève expire bruyamment, la colère toujours latente, la petite voix soudainement envolée.

— Aah ! Adam ! Je suis sérieuse. Tu es frustrant, là !

— Pourtant, je n'ai rien fait, hier soir. J'ai *zappé* la télé près d'une heure avant d'aller au lit. Et toi ?

Ève, le regard ailleurs, lui répond d'une voix absente où perce la frustration :

— Des affaires de filles…

— C'est-à-dire ?

Ève le regarde, un peu plus détendue. Du moins, en apparence.

— J'ai brossé les cheveux d'Audrey. Ça faisait longtemps que je n'avais pas fait ça.

— Ça fait un bout, moi aussi, que je n'ai pas brossé les cheveux de ma fille.

L'intérêt de la femme s'éveille soudain. La tête de mule assise en face d'elle va-t-elle enfin commencer à s'ouvrir ?

— Tu brosses les cheveux de ta fille ?

— Et je lui fais des tresses aussi.

— Je suis surprise.

— Tu sais, elle était encore jeune quand Valérie est tombée malade. Et rapidement, elle ne pouvait plus s'occuper de Roxanne. Ni de personne. Pas même d'elle.

— Comment était-elle ?

— Valérie ?

— Oui, Valérie, ton épouse.

— Je peux te parler d'elle si tu veux, et si ça ne te dérange pas. Mais ne me demande jamais de te parler de sa maladie. De sa mort. Et de mon deuil. J'ai trop mal.

— Je sais. Comment était-elle ?

Ève met doucement sa main sur celle d'Adam. Au contact de sa main, Adam tressaille fortement, forçant Ève à retirer vivement sa main. Gêné, Adam regarde vers le plancher.

— Je suis désolé. Les contacts physiques… Je suis plus habitué qu'on me touche.

— C'est moi qui suis désolée. Comment était-elle ?

— Belle, merveilleuse. Une avocate douée qui venait d'ouvrir son propre cabinet avec ses amies. Et une maman fabuleuse.

Adam détourne le regard et cherche un point d'attention. Le silence persistant d'Ève l'oblige à poursuivre.

— J'avais une confiance aveugle en elle. Elle était jolie et très charmante. Les collègues et les clients flirtaient fréquemment avec elle lors des cinq à sept et autres rencontres professionnelles. Elle a même souvent eu des avances très directes de clients. Mais ça ne m'inquiétait pas. Elle était fidèle et avait le don de se dégager avec tact et classe.

Le regard d'Adam se voile et Ève comprend qu'il est préférable de changer de sujet.

– Comment l'as-tu rencontrée ?

Adam lève les yeux au ciel en souriant.

– Histoire classique, moi aussi.

– C'est-à-dire ?

– Nous nous sommes rencontrés à l'université. J'étais le meilleur joueur de hockey de l'équipe universitaire et elle était la fille la plus courtisée. Un ami commun nous a présentés.

Ève émet un petit rire, anticipant la suite.

– Et ce fut le coup foudre au premier regard ?

– Dans un film, c'est ce qui serait arrivé. Mais non, le conte de fées n'a pas été immédiat. De mon côté, du moins.

– Et du sien ?

– Il semblerait qu'elle soit tombée amoureuse rapidement. Follement amoureusement, selon ses dires et ceux de ma sœur. Mais reste qu'on s'est livré un parcours en chassé-croisé pendant un bon moment avant que notre relation s'établisse pour de bon.

Adam s'interrompt et garde le silence. Ève comprend qu'il n'ira pas plus loin et que l'heure des révélations n'est pas encore venue.

– Tu dis que tu étais le meilleur joueur de l'équipe ? Tu es si bon que cela ?

– J'ai été bon.

– Plus maintenant ?

– Moins bon, trop vieux.

— Ben oui, t'es *tellement vieux* ! Tu as joué professionnel ?

— Plus ou moins. Officiellement oui, mais je n'appelle pas ça professionnel.

— Peux-tu préciser ?

— Bof ! Ligue mineure, très mineure, moins d'une saison.

Encore une fois, Ève sent qu'elle n'aura pas plus de précisions.

— Junior majeur ?

— Oui, j'ai joué à Shawinigan. Moins d'une saison, là aussi. Ça n'a pas fonctionné. J'ai été blessé et je ne m'entendais pas avec l'entraîneur. Alors, je suis parti.

— Qu'est-ce qu'il te reprochait ?

— Pas assez dur, pas assez *tough*. Et je refusais de me battre. Alors...

Adam arrête de parler. Mais comme Ève garde aussi le silence, l'invitant à continuer, il cherche une façon de clore le sujet.

— Je ne devrais pas te dire ça, tu vas croire que je ne suis pas courageux.

Elle sourit en secouant la tête.

— Au contraire, je te trouve très courageux. Tu t'es occupé de ta femme dans sa maladie. Elle est décédée et tu élèves seul tes enfants. Je trouve que ça prend du courage. Et, de la façon dont tu t'es interposé entre l'itinérant et moi l'autre soir, tu es courageux.

Adam accepte le compliment d'un sourire timide alors qu'elle continue de le questionner :

— Et à propos des enfants ?

— Quoi, les enfants ? Je viens de t'en parler.

Ève préfère ne pas faire la remarque qu'Adam ne lui a presque rien dit. Souligner le simple fait qu'ils sont brillants et sportifs reste peu de choses. Elle oublie donc ce sujet et précise sa pensée.

— Non, pas tes enfants. Mais *les* enfants. Ce que je veux savoir, c'est si tu veux en avoir d'autres avec ta nouvelle *compagne de vie*. Biologiquement, je peux encore avoir des enfants. Mais en réalité, je n'envisage pas trop cette option.

— Chirurgicalement, je ne peux plus avoir d'enfant.

— Alors, ça règle la question.

Puis ils s'empressent de terminer leur café avant qu'il ne devienne trop froid.

— Un dernier pour la route ?

Ève fait la moue avant de répondre :

— D'accord, mais juste un dernier. Je vais encore avoir de la difficulté à dormir.

Lorsque Adam revient avec les cafés qu'il dépose sur la table. C'est encore Ève qui relance la discussion.

— Tu as une sœur ?

— Oui, Diane, mon aînée de deux ans.

— Vous êtes proches ?

— Très proche, depuis notre enfance. Et c'était la meilleure amie de Valérie. Elle est ce qu'on pourrait dire la mère de mes enfants, maintenant. Parfois, je me demande même si les enfants ne sont pas plus proches d'elle que de moi.

Ève reprend d'une voix rêveuse :

— J'aurais aimé avoir un frère ou une sœur … Je n'ai jamais osé demander à mes parents pourquoi j'étais fille unique.

Pour une fois, c'est Ève qui arrête de parler, troublée. Adam reste un moment silencieux avant qu'elle ne relance la discussion :

– Et ta compagnie, ça se passe bien? Je sais que tu es propriétaire, mais c'est quoi ton rôle, précisément?

– Je suis copropriétaire. Mais la compagnie, c'est moi. Mon associé est un très bon vendeur. Je m'occupe de tout le reste.

– Solutions Pégase, ça vient d'où? La constellation Pégase, parce que vous travaillez dans le *cloud*?

Adam se redresse et sourit, impressionné par l'analyse de son amie.

– Bien vu. Ton idée est brillante, mais non, ce n'est pas pour la constellation. C'est le cheval ailé Pégase, dans la mythologie grecque, qui m'a inspiré. L'idée est semblable : un cheval volant pour aller dans le *nuage informatique*.

Ève accepte le compliment avec un sourire radieux.

Comme elle sait qu'il aime la voir sourire, Adam se demande chaque fois si elle lui sourit avec sincérité ou juste pour le charmer.

8

La colère gronde chez les Bernier. En retard pour son rendez-vous avec Ève, Adam est aux prises avec son cadet depuis près de trente minutes. Silencieux, Nathan et Roxanne observent la scène. Mais à voir Roxanne se tortiller, il semble évident qu'elle aimerait bien ajouter son grain de sel à la discussion.

C'est en peignant ses cheveux récalcitrants qu'Adam s'était rappelé un fait important.

— Cédric, montre-moi ton bulletin.

Son cadet, plutôt nonchalant, ne réussit pas très bien à l'école depuis son entrée au secondaire. Comme il l'appréhendait, les résultats de son fils sont tout juste acceptables.

— Là, mon garçon, il va falloir agir. Je te coupe tes heures de jeux vidéo jusqu'à ce que tes résultats s'améliorent.

Évidemment, cette sentence crée une violente réaction, pleine de cris, de mouvements brusques et de mots à la limite de ceux acceptés par son père. Son fils reste conscient de l'importance de ne pas aggraver son cas.

— Cédric, c'est assez ! La décision est prise, fin de la discussion.

La fureur déforme les traits de l'adolescent.

— Comme d'habitude, hein? Jamais le droit de ne rien dire. T'es jamais ici! Et quand t'es là, tu fais que donner des ordres et nous hurler dessus!

— Tu l'as bien cherché. T'as un argument intelligent à m'offrir pour justifier tes résultats et éviter cette punition?

Devant le mutisme de son fils, Adam s'approche de lui.

— Cédric, écoute...

— Non, y a rien à écouter. Des fois, je me dis...

Le père attend la suite. Qui ne vient pas.

— Des fois quoi, Cédric?

Roxanne tente de prendre la parole, mais elle est interrompue par le regard sévère de son frère aîné. Nathan craint que la situation dégénère entre son père et son frère. S'il faut que sa sœur s'en mêle, c'est la guerre assurée.

Mais Cédric finit par répondre à son père :

— Des fois, je me dis que c'est toi qui aurais dû mourir! Nous serions mieux avec maman.

Le coup porte. Adam baisse la tête et reste silencieux. Roxanne sourit. Nathan lève les yeux au ciel, secouant la tête.

— Tu as sûrement raison, Cédric. Et j'aurais aimé qu'il en soit ainsi, crois-moi. Mais ce n'est pas le cas. Et bien que tu sembles en douter, je t'aime. Je vous aime. Je fais juste du mieux que je peux.

Nathan choisit ce moment pour intervenir :

— Papa, attends.

— Quoi, Nathan? C'est ce que tu penses aussi? Que ça serait mieux sans moi?

— Bien sûr que non.

— C'est pour ça que tu as quitté?

— Papa, c'est pour mes études...

— Tu n'étais pas obligé d'aller à Sherbrooke.

Son aîné capitule, la tête baissée.

— C'est difficile de vivre ici, tu sais.

— Ouais, je commence à le comprendre.

Sans attendre la réplique de son aîné, il tourne les talons, se dirige vers la porte, prend son manteau en passant et part pour son rendez-vous.

Cette fois, ils se sont donné rendez-vous sur les plaines d'Abraham pour une nouvelle ballade.

Ève s'est habituée à l'attitude taciturne de son compagnon. Mais aujourd'hui, peut-être en raison du vent d'automne qui la fait frissonner ou du calme des lieux où ils sont les seuls marcheurs, elle désespère. Son compagnon dépasse les bornes. Marcher avec un mort serait plus joyeux. Irritée, elle ne peut s'empêcher de lui en faire la remarque.

— C'est quoi le problème ? Toi ou moi ?

Interpellé, il s'efforce de sortir de ses sombres pensées.

— C'est moi.

— Alors c'est quoi, ton problème ? Si tu ne voulais pas me voir, pourquoi n'as-tu pas annulé ? Ça n'aurait pas été la première fois ! Et, si tu t'ennuies avec moi, pourquoi continuer ?

Annuler aurait certainement été plus sage, mais sans qu'Adam puisse se l'expliquer, la présence d'Ève a le pouvoir de le calmer. De calmer sa douleur. Et Dieu sait que ce soir, il a besoin d'atténuer sa douleur.

— Excuse-moi. Je veux être avec toi. Ta présence me fait du bien.

Ils marchent côte à côte, silencieux.

— J'ai eu une dispute avec mes enfants avant de partir. Une grosse dispute. Surtout avec Cédric, mon plus jeune. Nous nous sommes dit des choses…

— Tu es triste.

Il ne répond pas tout de suite.

— Mortifié, en fait.

Elle avance la main et effleure la sienne du bout des doigts. Voyant qu'il ne réagit pas, elle lui prend la main, doucement, et le tire vers un banc, sur le côté du sentier, sur lequel ils s'assoient. Ève tourne son corps pour lui faire face.

— Tu veux partager ta douleur avec moi ?

Adam soupire. Il faudrait bien qu'il fasse un effort.

— Je ne veux pas rentrer dans les détails.

— Pas besoin. Dis-moi seulement l'essentiel.

L'homme blessé ne répond pas immédiatement.

— Quand Audrey était en colère, comme ton fils, elle me disait que c'était de ma faute si son père nous avait abandonnées.

— Évidemment. C'est dans ce sens-là.

Il réfléchit un moment. Sa compagne n'est pas dupe, elle se doute bien de la teneur des accusations de son fils.

— Le départ de leur mère a été difficile pour eux.

— Et pour toi.

— Pour tout le monde. Elle leur manque beaucoup. Je ne suis pas doué pour la remplacer. Je suis sévère, je n'ai pas le temps de m'arrêter aux caprices de chacun. Inévitablement, cela crée des tensions.

Il s'interrompt avant d'avouer :

— J'ai mal, moi aussi. Elle me manque.

Ève acquiesce en silence, émue. Elle est reconnaissante de la confiance qu'il lui démontre en lui exposant la profondeur de ses blessures.

— Tu as consulté quelqu'un, après son décès ?

— Un psychologue, tu veux dire ? Non, mais j'ai discuté avec un prêtre, l'abbé Poitras. Il était prêtre à notre paroisse. Un soir où je n'allais pas bien, je suis arrêté à l'église. J'étais en colère, j'avais mal. Pour une fois, les portes étaient ouvertes. Je me suis assis dans un banc près de l'autel et je me suis mis à pleurer comme un enfant.

Adam prend un temps d'arrêt pour endiguer la montée des émotions.

— L'abbé Poitras, attiré par mes sanglots sans doute, s'est approché de moi pour me demander ce qui me rendait si triste. Nous avons parlé un long moment. À la fin de notre discussion, il m'a invité à venir le voir chaque fois que j'en aurais besoin.

Il se tait.

— Et ?

— Je suis retourné le voir quelques fois, puis il a changé de paroisse et j'ai perdu sa trace.

— Je comprends.

De la main, elle l'invite à se lever pour reprendre leur marche.

— Tu es toujours aussi affecté, après une dispute avec tes enfants ?

— Non, c'est pire cette fois.

— Pourquoi ?

— Je ne sais pas vraiment.

Insatisfaite de la réponse, Ève penche la tête de côté pour lui lancer un regard de biais.

— Mais encore ?

— Longtemps, je me suis fermé à mes émotions. J'étais un peu comme un robot. C'est le seul moyen que j'ai trouvé pour rester fonctionnel.

— Ce n'est plus le cas ?

— Pour tenter de te connaître, j'essaie de baisser ma garde. J'essaie de retrouver mon humanité.

— Donc, c'est de ma faute ?

Il sourit.

— On pourrait dire ça.

Elle lui rend son sourire avant de poursuivre :

— C'est bien, non, de se sentir humain à nouveau ?

— C'est douloureux, d'être humain.

— Je peux te faire une confidence ?

— Laquelle ?

— Je préfère les humains aux robots.

Ils poursuivent leur route, côte à côte, un moment. Ève se mord les lèvres pour ne pas poser la question qui lui vrille les entrailles depuis quelque temps.

Le moment est peut-être approprié. Son partenaire est plus ouvert, disponible, ce soir. Ce n'est pas le bloc de glace habituel.

— Tu éprouves des sentiments pour moi ?

Il rougit en baissant la tête.

— Oui, évidemment.

Le cœur de la quadragénaire s'emplit d'espoir. Adam, lui, se mord l'intérieur de la joue. Il s'est échappé. Il n'aurait pas dû dire ça. C'est trop tôt. Il n'est certain de rien. Et, malgré ses efforts, il se sent affreusement coupable d'avoir des sentiments et même du désir pour une autre femme que Valérie.

— Mais, je ne sais pas encore de quelle nature ils sont.

Le cœur de la quadragénaire se vide d'espoir.

Elle baisse la tête à son tour. Pour un homme qui affirme ne pas aimer danser, il danse très bien. Chaque fois qu'il fait un pas en avant, il fait aussitôt un pas arrière, suivi d'un pas de côté.

Elle pensait que ça y était. Qu'Adam se laisserait enfin aller. Si seulement il pouvait s'ouvrir, ne serait-ce qu'un peu ! Ce bel homme aux yeux bleus qui jettent sur elle des regards si doux a tant à offrir à une femme. Il a tant à lui offrir, à elle.

Au lieu de cela, elle devra encore s'armer de patience. Et la patience, malheureusement, ce n'est pas sa qualité première.

Combien de temps devra-t-elle encore attendre ?

Combien de temps encore sera-t-elle prête à attendre ?

Pourtant, il est peut-être celui qu'elle attendait.

Mais il ne sera peut-être jamais prêt ! Elle commence d'ailleurs à le craindre.

Avec effort, elle masque le trouble qui s'est insinué en elle et lui sourit pour le rassurer.

— Au moins, tu éprouves quelque chose.

Il serre les lèvres et plisse les yeux.

— C'est difficile à expliquer. Je suis bien avec toi. Je me sens calme. Je ne sais pas.

— Tu vois, on avance. Merci d'avoir partagé ça avec moi.

À son retour, il trouve un mot de la main de Roxanne lui mentionnant de rappeler « tante Diane », la sœur d'Adam et marraine de son aîné. La note spécifiant « ce soir », Adam appelle sa grande sœur malgré l'heure tardive.

— Bonsoir, Adam. Peux-tu me dire ce qui se passe ? Cédric m'a appelé en pleurant ce soir pour me demander s'il pouvait venir vivre avec nous.

Adam expire deux, trois fois.

— Nous nous sommes disputés. Ce n'est pas la première fois.

— Il ne m'a jamais appelée auparavant.

— C'était peut-être un peu plus violent que d'habitude.

— Pourquoi ?

— Une broutille.

— Et quand j'ai demandé à Roxanne ce qui se passait, elle m'a répondu que tu es une merde comme père et qu'elle viendrait bien vivre avec nous, elle aussi.

— Cédric a des difficultés à l'école et je lui ai retiré des privilèges, dont le droit de jouer à ses jeux vidéo. Évidemment, il s'est fâché. Très fort. Tu sais, ces dernières années, il a souvent vu Roxanne me faire la guerre. Alors, il doit penser que c'est comme ça qu'on règle les problèmes.

— Et toi, comment tu agis ? Avec tes enfants ?

Il secoue la tête en pinçant le haut de son nez, près des yeux, pour endiguer un début de migraine. Il ne peut s'empêcher de penser : *C'est reparti.*

— Diane, j'apprécie ton aide. Je ne sais pas ce que je ferais sans toi. Mais me critiquer à tout coup ne m'aide pas beaucoup.

— J'essaie de t'aider. Je sais que ce n'est pas facile, sans Valérie. Cependant, je me demande toujours si tu fais tous les efforts nécessaires, avec tes enfants.

La soirée a été difficile. Il n'a pas envie de remettre ça maintenant !

— Je fais ce que je peux. Je dois travailler beaucoup. Je ne suis pas présent souvent.

— T'es sûr que tu n'utilises pas ça comme prétexte pour ne pas les voir, car ils te rappellent trop leur mère ?

Adam ne répond pas. Que pourrait-il répondre, d'ailleurs ?

— Tu ne peux pas être chef d'entreprise, joueur de hockey et père monoparental. Et je ne te parle même pas de te trouver une nouvelle compagne. Tu ne peux pas tout faire ça en même temps. Tu ne peux pas.

— Tu veux que je fasse quoi ? Faire vœu de chasteté et devenir père à la maison ?

— Pourquoi pas ? D'ailleurs, ton vœu de chasteté, tu le respectes depuis déjà trop longtemps.

— C'est un reproche ?

— Au contraire, Adam. Je t'admire. Je crois juste que tu devrais passer à autre chose. Je... je crois que voir une autre femme te ferait du bien.

— Je voudrais bien. C'est difficile, tu sais. Mais comme tu le dis si bien, je n'ai pas de temps à consacrer à une femme.

— Quoi qu'il en soit, tu dois être plus présent, Adam. Ils ont besoin de toi.

Il baisse la tête et ne répond pas tout de suite. Lorsqu'il reprend la parole, Diane peut sentir la tristesse et le découragement dans sa voix :

— Je sais tout ça, Diane. Je peux juste pas. Tu as raison : chaque fois que je les vois, je revois Valérie. Et la douleur revient. Encore. Toujours. J'aimerais que Valérie soit là. J'aimerais tellement. Mais elle n'est pas là. Elle n'est plus là. Je suis bien placé pour le savoir. J'ai tellement mal, Diane, que je m'arracherais le cœur, si je pouvais. Depuis son départ, tout ce que j'ai envie de faire, c'est de m'asseoir dans le noir et brailler toutes les larmes de mon corps. Mais non, je me lève chaque matin pour aller travailler, pour que les enfants ne manquent de rien.

— Je sais.

— Diane, la seule raison pour laquelle je n'ai pas rejoint Valérie, ce sont eux.

— ADAM!

Elle a hurlé, épouvantée par les propos de son frère. Puis elle continue ensuite sur un ton plus calme :

— Je t'interdis de dire ça!

— C'est pourtant la vérité. J'ai voulu prendre sa place. Chaque soir, j'ai prié pour prendre sa place. Chaque soir. Mais non. C'est elle qui est partie. Je ne pouvais rien faire. Rien, sauf la regarder mourir, chaque jour un peu plus.

Stupéfaite, Diane garde le silence. Pour une fois, son frère accepte de parler de son deuil.

— C'est elle qui aurait dû rester, pas moi. Ça s'est pas passé comme ça. Je me consacre à mes enfants, du mieux que je peux. Alors, t'as pas le droit de critiquer mes interventions auprès d'eux.

Émue, la grande sœur tente de maîtriser ses larmes. Silencieuse, impuissante, elle écoute les sanglots étranglés de son frère qui se laisse enfin aller.

— Oh, Adam!

Il lui est difficile de maîtriser la charge émotive qui menace de la submerger. Elle aimerait tellement le prendre dans ses bras, le serrer fort contre, le bercer pour le consoler.

— Je sais que tu l'aimes encore. Je l'aime, moi aussi. J'aimerais te la ramener. Mais je ne peux pas. Elle est partie. Et les enfants, tes enfants, ils ont besoin de toi.

Adam arrive tard, encore une fois. Dès son entrée, leur fidèle compagne Katniss se rue vers lui en remuant la queue pour avoir sa dose d'affection avant de retourner se coucher près du foyer.

Avant d'aller dormir, il aperçoit une lueur dans le sous-sol. Il descend l'escalier et trouve Cédric à sa table de travail.

– Hé, bonhomme ! Que fais-tu encore debout à cette heure ?

Les yeux rouges, les traits tirés, Cédric regarde son père avec frustration.

– Je n'ai pas encore terminé mon travail de science. Et je ne comprends rien.

– Pourquoi tu m'as pas demandé d'aide ?

Cédric répond d'un ton sec et plein de reproche :

– Comment veux-tu que je te demande quoi que ce soit ? T'es jamais là !

Adam acquiesce d'un signe de tête.

– Tu pouvais m'appeler ou me texter.

– Et tu serais venu ?

La suspicion dans la voix de son fils ne fait aucun doute.

– Bien sûr que je serai venu.

– Ton travail est toujours plus important !

D'un mouvement de la tête, Adam fait signe que non avec énergie.

– Pas quand vous avez besoin de moi. Et, tu aurais pu demander à Roxanne.

– Elle veut pas m'aider. Elle veut jamais m'aider.

– Et Nathan ?

Cédric relève la tête avec colère.

– Il est à SHER-BROO-KE-EE !

Adam baisse la tête. Comment les jeunes, qui passent leur vie sur les réseaux sociaux à s'échanger des banalités, voire des stupidités, ne réalisent-ils jamais que ces applications peuvent aussi être des outils de travail ?

– Skype ? FaceTime ?

Cédric regarde son père, la surprise dans les yeux, la bouche grande ouverte.

– J'y ai pas pensé.

Adam s'assoit près de son cadet et tente de l'aider. Près d'une heure plus tard, n'ayant fait aucune avancée significative, le père de famille referme l'ordinateur.

– Bon, il est tard. Allons dormir et nous verrons ça demain.

– Je dois le rendre demain, mon travail.

Adam se gratte la tête.

– Je vais écrire à ton enseignant et lui expliquer la situation. J'arriverai tôt demain et je t'aiderai. D'accord ?

– D'accord.

Cédric se lève et se dirige vers l'escalier avant de changer d'idée et de venir embrasser son père.

– Merci, papa.

– Bienvenue, mon fils. Ça me fait plaisir.

Pendant qu'il observe son fils monter l'escalier, Adam tente de se rappeler la dernière fois qu'un de ses enfants l'a embrassé.

Le lendemain matin, dès son arrivée au bureau, il appelle Ève pour annuler son rendez-vous, prévu pour le soir même, en prétextant des raisons familiales. Bien qu'elle dise comprendre, Adam entend bien la déception dans la voix de son amie.

Le soir, Adam est déjà assis à la table de la salle à manger quand Roxanne arrive de l'école.

— Salut, jeune fille. Viens t'asseoir, je dois te parler.

Roxanne expire bruyamment et laisse tomber son sac d'école.

— Qu'est-ce qu'il y a encore ?

Trop occupée à bougonner, elle n'a pas réalisé que son père est déjà à la maison, bien plus tôt qu'à l'habitude.

— Qu'est-ce qu'il y a ? Ton frère t'a demandé de l'aide hier soir et tu as refusé.

— Eille ! Je suis pas sa mère !

Adam lui réplique avec dureté :

— Change de ton !

Roxanne obtempère, sachant que, quand son père hausse le ton, les conséquences s'ensuivent rapidement.

— Il est allé se plaindre, le p'tit frère ? On sait bien, le pauvre petit Cédric, hein, c'est le bébé, il faut en prendre soin. Nous autres, par exemple…

Adam baisse le ton.

— Roxanne, tu es injuste. Cédric a vieilli et il est capable de s'occuper de lui. Mais il a encore besoin d'aide, parfois. Comme tout le monde. Et je me suis occupé de Nathan et de toi autant que de lui.

— Et qui m'aide, moi, quand j'ai besoin ? Pas lui certain !

— Pour tes devoirs, Nathan ou moi.

Elle lève les yeux vers le plafond.

— Bien oui !

Adam baisse encore un peu le ton pour forcer sa fille à se concentrer sur ses paroles.

— Roxanne, je sais que c'est pas toujours facile de vivre ici. Je vous en demande beaucoup. Plus que je devrais. Surtout cet automne, avec le départ de Nathan, je t'en demande beaucoup plus à toi. Quand je ne suis pas là, c'est un peu toi, la cheffe de la maison. Je te fais confiance, je sais que tu es capable. Mais, nous n'avons pas le choix. C'est plate, c'est injuste, sors-moi tous tes arguments si tu veux. Tu as raison. Mais c'est comme ça.

Elle plisse le front et appuie son menton dans ses mains, les coudes sur la table, boudeuse.

— Nathan est chanceux, lui. Il ne vit plus ici. Il n'a plus de soucis à se faire.

— Il se sauve peut-être de certaines corvées et de certaines règles, mais il se crée d'autres obligations. Alors, tout n'est pas rose pour lui non plus.

— N'empêche… J'ai hâte de pouvoir faire comme lui.

La remarque de l'adolescente blesse le père, dont le sentiment d'échec se concrétise.

— Quand tu auras le même âge, si c'est ton souhait, tu partiras si tu veux. Je n'ai pu empêcher ton frère de partir, je ne pourrai pas plus t'en empêcher.

Il laisse passer un moment.

— Et je serai triste que tu me quittes.

Surprise par la dernière affirmation de son père, Roxanne réplique avec énergie :

— Pourquoi tu serais triste ? Ça change quoi dans ta vie, que nous soyons là ou pas ? Tu n'es jamais ici. Et quand t'es là, tu t'occupes pas de nous.

— Je suis désolé que tu le voies comme ça. Je suis absent souvent, c'est vrai. Mais, je suis toujours là quand vous avez besoin de moi.

— Ouais, c'est presque la seule façon de te voir.

Roxanne baisse le ton.

— Et je sais que c'est moi qui passe pour la méchante, comme toujours, mais... je ne suis pas la seule à penser comme ça.

— Je sais. Ton jeune frère me l'a dit en fin de semaine dernière.

— Exactement!

Après un instant de silence, que Roxanne n'a surtout pas envie de briser, Adam reprend :

— Mais pour l'instant, Roxanne, ça ne change rien. Je te demande de faire ton possible et d'aider ton frère du mieux que tu peux. Quand ça ne va pas, viens me voir. Que tu le croies ou non, je suis toujours là. Je serai toujours là.

Après un autre silence, croyant que son père ajouterait quelque chose, elle lance :

— Je peux y aller, là?

Frustré, ne sachant quoi répondre, Adam désespère. Roxanne se montre encore peu collaborative. Au moins, elle ne lui a pas fait de scène, cette fois. Il lui donne donc son congé.

— Oui, c'est beau, tu peux y aller.

9

Adam et Ève passent une agréable soirée. Il arrive même à la faire rire a plusieurs occasions. Mais elle voit bien que l'ouverture qu'elle avait cru apercevoir lors leur dernière rencontre s'est vite refermée.

Peu à peu, Ève s'exaspère du comportement d'Adam. Après s'être confié à elle à leur dernière rencontre, Adam redevient lui-même. Il se retranche derrière son visage inexpressif et son attitude distante, se contentant de discuter de choses superficielles sans s'ouvrir sur ses émotions profondes. Comme s'il regrettait d'avoir parlé de ses sentiments. S'il veut toujours lui faire croire qu'il essaie de baisser sa garde, il devra repasser !

Adam perçoit le froid grandissant, sa compagne étant de plus en plus réservée.

Au moment de le quitter, Ève s'informe du prochain rendez-vous.

— C'est toujours moi qui choisis notre rendez-vous. Je veux que tu choisisses le prochain.

— Je ne sais pas.

— Il y a un drame sportif qui prend l'affiche en fin de semaine prochaine. Tu es un gars et tu fais du sport, tu dois aimer ce genre de film ?

— Oui, si tu veux.

Elle lève les mains, les doigts écartés, puis les pose de chaque côté de sa tête, plus haut que les oreilles.

— Aaaaah ! Tu es désespérant !

L'irritation perce sa voix. Une irritation toujours présente lorsqu'elle reprend, quelques instants plus tard :

— Adam, sérieusement, je te le demande : est-ce que ça vaut la peine de continuer ?

Adam la regarde, hébété.

— Pourquoi tu dis ça ? J'aime te voir. J'aime être avec toi.

Elle lui lance un regard perplexe avant de poursuivre :

— Je veux que tu sois bien dans nos rencontres.

— Je suis bien. Elles me conviennent, nos rencontres.

— C'est sûrement pour ça que tu as annulé deux de nos trois derniers rendez-vous.

— Pas du tout.

— Et que ce soir, tu sembles avoir envie d'être ailleurs.

— Je suis désolé. Je suis fatigué, c'est vrai. Mais, les rendez-vous que j'ai annulés, ce sont pour des raisons familiales uniquement. Et ça me déplaisait grandement de te faire ça. C'est juste que, entre mes enfants et mon travail, j'ai des semaines assez chargées.

— Avant de m'inviter, tu n'as jamais pensé qu'il te faudrait du temps pour me rencontrer, si tu voulais apprendre à me connaître ?

— Pour être honnête, non, je n'y avais pas pensé. Je croyais que tout se déroulerait parfaitement bien. Je réalise que la vie se déroule différemment que la manière dont je l'avais planifiée et que mes actions te blessent.

Ève reste silencieuse, sans le regarder, un brin boudeuse.

Adan sait que leur relation ondule comme des montagnes russes. Chaque rencontre est agréable, mais se termine presque toujours sur un malentendu ou un malaise. Chacun attend quelque chose que l'autre n'est pas prêt à lui donner. Ou plutôt, dans le cas d'Adam, qu'il n'est pas *encore* prêt à donner. Cela dit, il désire poursuivre leurs rencontres.

— Ève, je te le répète, tout ce que je veux, c'est être en ta compagnie. Je pourrais être assis près de toi sur un banc pendant des heures sans parler et ce serait correct pour moi.

— Tu es sérieux ?

— Oui, je suis sérieux. Ça ne sert à rien d'être compliqué.

— Je te prends au mot. Que proposes-tu ?

Adam hésite un instant avant de sourire.

— Il serait mal avisé de ma part de te répondre « je ne sais pas », n'est-ce pas ?

Elle lui rend son sourire, en le regardant un peu de biais.

— Plutôt, oui.

Adam se gratte la tête en réfléchissant.

— Je n'aime pas beaucoup les bars. Mais un petit groupe que je connais joue dans un pub, la semaine prochaine, dans le Vieux-Québec. Ça t'irait ?

— Oui, j'aimerais. Tu m'envoies les coordonnées ?

— D'accord.

Les Phénix connaissent une saison correcte, mais bien en deçà de leurs attentes. Des attentes de Frédéric, particulièrement.

Adam joue bien, sans plus. Il fait son travail, sans rien faire de spectaculaire. Il joue également sans grande conviction. Après son but au premier match, il est revenu à la normale et sa contribution se limite à exceller en défensive. Et à relancer l'attaque quand il en a l'occasion. Il est vrai que, dans le deuxième duo de défenseurs, il ne profite pas des meilleurs attaquants de l'équipe. Attaquants qui éprouvent des difficultés, en conséquence des trop nombreuses relances hasardeuses de Dave, le nouveau venu.

Après une autre défaite crève-cœur, Simon, un des meilleurs attaquants de l'équipe, est en furie. Dès la fin de la partie, il apostrophe Frédéric avant même que celui-ci ne quitte la patinoire pour lui faire part de son mécontentement sur la façon dont il gère l'équipe. Il lui reproche l'utilisation qu'il fait des joueurs, surtout la gestion du temps de glace d'Adam, à ses yeux le meilleur défenseur de l'équipe, pourtant sous-utilisé. Évidemment, Frédéric ne s'en laisse pas imposer et l'échange est virulent.

Attirés par l'altercation, les joueurs commencent à se regrouper autour des deux hommes. Adam sait qu'il est au cœur de la dispute. C'est pourquoi il ne veut pas s'en mêler. Et il ne souhaite pas plus que les autres joueurs s'en mêlent pour ne pas aggraver le malaise déjà grandissant au sein des Phénix. Aussi décide-t-il qu'il est temps pour tout le monde d'aller aux douches.

— Ok, les gars. Ça suffit ! Dans la chambre !

Hypnotisés par les propos acerbes que s'échangent leurs amis, aucun coéquipier ne réagit au propos d'Adam. Ce dernier reprend d'une voix plus forte :

— Dans la chambre. Laissez-les s'engueuler tranquilles.

Lentement, les joueurs regagnent le vestiaire. Comme il le fait toujours, Adam demeure près de la porte jusqu'à ce que tout le monde soit entré. Au passage, Simon lui lance :

— Au moins, toi, tes passes, tu nous les fais sur la palette. Pas dans les patins, ostie !

À son retour dans le vestiaire, Frédéric s'assoit près d'Adam pour se défaire de son équipement. Il s'adresse à son vieux compagnon en retirant son chandail.

— Nous ne sommes pas partis pour gagner le championnat encore cette année.

— Si tu le dis.

— Ça ne te tente pas d'en donner un peu plus ?

— As-tu des choses à reprocher à mon jeu ?

Frédéric baisse la tête, n'osant regarder son ami.

— Non. Tu ne commets pas d'erreur. Mais tu ne crées rien non plus.

— Tu as engagé un gars pour le faire. Ça ne fonctionne pas ?

Frédéric projette son gant avec violence dans son sac d'équipement.

— Arrête, crisse, avec cette histoire-là.

— Tu ne me fais plus jouer au profit de ce gars-là. Qu'est-ce que tu veux que je fasse ?

Concentré à retirer ses patins, Frédéric ne répond pas immédiatement. À son grand désarroi, le capitaine doit admettre les faiblesses de son nouveau venu.

— Il est toujours mal positionné en défense.

— C'est une catastrophe, oui. Et il faudrait qu'il soit capable de patiner à reculons pour commencer.

— Aux entraînements, tu pourrais lui apprendre le système défensif.

Adam serre les poings en regardant son capitaine.

— Ce n'est pas moi l'instructeur. Et rappelle-toi, au début de la saison, ce qui m'est arrivé, quand je lui ai offert mon aide. Il m'a répliqué qu'il était le seul à avoir joué professionnel et que ce n'était pas un *petit joueur universitaire* qui lui apprendrait à jouer au hockey. Il m'a dit ça devant tout le monde pis tu n'as pas dit un ostie de mot. Alors, pour ce qui est de le former, tu peux penser à quelqu'un d'autre.

Frédéric ne répond pas. Irrité, Adam poursuit :

— Avant Dave, il n'y a jamais eu un Phénix qui m'a parlé comme ça. En fait, il n'y a jamais un Phénix que s'est adressé à un autre Phénix comme ça.

Frédéric ne répond toujours pas.

— Si tu veux mon avis, je pense que les problèmes de l'équipe ne se situent pas juste sur la glace.

Bill se tient de l'autre côté du bureau, les traits tendus, penché vers l'avant, les mains appuyées sur le bureau, le regard fixé sur son associé.

Les semaines se suivent et se ressemblent pour la compagnie. Les affaires ne prospèrent pas au goût de Bill et il en fait constamment le reproche à Adam.

— Bill, tu me sers toujours les mêmes arguments ! Je ne peux pas mettre tout ça en place tant que je n'ai pas l'argent pour le faire. Signe tes contrats et je règle la situation en moins de deux semaines.

— Toi et moi, nous ne parlons pas le même langage. Il va falloir que ça change. Je ne travaillerai pas autant encore longtemps pour les salaires de misère que l'on fait.

Exaspéré, Adam lève les bras.

— Ah ! Bill, calvaire. Salaire de misère, exagère pas !

— L'objectif de démarrer cette compagnie, c'était de devenir riches.

— Non, l'objectif était d'être maîtres de notre destin et de bâtir une belle petite entreprise avec un climat familial.

— Laisse-moi te dire qu'on s'est fourrés quelque part.

Les deux hommes restent silencieux un moment. Songeur, Adam reprend :

— On n'avait pas prévu que Valérie allait mourir et que ton divorce te ruinerait.

— C'est vrai, admet Bill à contrecœur. Et je suis écœuré de travailler et que ça rapporte pas assez. Si ça ne fonctionne pas, on va vendre. C'est tout.

— Tu oublies que je détiens 60 % de la compagnie, objecte Adam.

— Je m'en crisse ! Mes parts, je peux les vendre à qui je veux et quand je veux.

Adam se redresse et le pointe du doigt en guise d'avertissement.

— J'ai le premier droit de regard.

— Bien, tu les achèteras… si tu en as les moyens. Je ne te ferai pas cadeau.

— C'est clair, grogne Adam. Je vois encore une fois ta grandeur d'âme.

— Les beaux sentiments, je te laisse ça.

— Dans ce cas, va faire ton travail et signe-les, tes maudits contrats. Arrête de dire que c'est moi le problème si t'es pas capable de conclure tes ventes.

— Va chier, rugit Bill !

— Merci. À demain.

Sur ce, Bill quitte le bureau en claquant la porte, faisant sursauter au passage Aline, la secrétaire. Adam, habitué aux sautes d'humeur de son associé, de plus en plus fréquentes, retourne à son écran d'ordinateur.

10

Après avoir assisté au spectacle du petit groupe musical suggéré par Adam, ils marchent lentement sur la Grande Allée, dans le Vieux-Québec.

— Ils sont bons, tes amis. J'ai bien aimé.

Ils poursuivent leur promenade sans qu'Adam prenne la parole. Ève tente quelques amorces, sans grand succès :

— Et au hockey, ça va ?

— Moi, ça va. Mon ami ne pense pas comme moi. C'est son problème !

— Des tensions ?

— Des reproches mutuels. Comme un vieux couple !

— Tu es drôle, parfois. Tu joues bien ?

— Pas autant qu'il le souhaiterait. En fait, l'équipe ne va pas bien. Nous connaissons une autre mauvaise saison et il croit que je devrais en faire plus pour aider l'équipe.

— Et tu pourrais en faire plus ?

Il hausse les épaules et fait la moue quelques secondes avant de répondre.

— Je ne sais pas. Je joue bien, mais je ne suis plus le joueur que j'ai été. Il semble l'oublier. D'ailleurs, il m'a rétrogradé. Je joue beaucoup moins que les saisons passées.

— Tu en as discuté avec lui ?

– Oui.

– Oh, Adam, que j'aime ta concision, ironise Ève, avec un léger froncement de sourcil. Tu le connais depuis longtemps ?

– Il était le capitaine de mon équipe à l'université. Nous sommes amis depuis ce temps. Nous avons nos hauts et nous avons nos bas.

Elle plisse les lèvres pour retenir son rire.

– Et présentement, vous avez *vos bas* !

Adam sourit à son tour, un peu malgré lui.

– Effectivement.

Ils font quelques pas en silence avant qu'elle ne lui touche le bras.

– Tu aimerais que j'aille te voir jouer ?

Adam ne peut contenir son rire en imaginant Ève derrière le banc des joueurs.

– Crois-tu vraiment être prête pour ça ? Tu n'imagines pas à quel point ils vont être après toi. Ils ne sont pas très subtils, je te préviens. Et ils vont me faire vivre un véritable enfer, j'en suis convaincu !

– Je suis capable d'en prendre, tu sais. Les milieux d'hommes, ça ne m'intimide pas vraiment.

Ils font encore quelques pas avant qu'il ne la regarde avec un sourire où perce la joie.

– J'aimerais bien que tu viennes me voir jouer. Je serai nerveux, je jouerai affreusement mal, mais je serai content que tu sois là.

– Je suis certaine que tu ne seras pas si mauvais.

Voir s'enthousiasmer son compagnon lui réchauffe le cœur. Il est si beau et si attachant quand il sourit et lui offre autre chose que son côté taciturne.

Chemin faisant, ils passent devant le Dagobert, populaire discothèque de Québec. Une longue file de personnes attendent patiemment pour entrer.

— Tu veux que nous allions danser ? questionne Ève.

Adam sourit timidement en secouant la tête.

— Pas vraiment. La danse et moi, nous ne faisons pas bon ménage.

— Allez, pour me faire plaisir.

— Je suis désolé.

Ève prend son petit air boudeur qui agace Adam. Pourtant, ça allait si bien, ce soir.

— Ève, nous n'allons pas nous disputer à ce sujet ?

Se plaçant devant lui pour lui bloquer le chemin, elle plante son regard dans le sien. Mais, au lieu de se fâcher, elle lui pose les deux mains sur le bras et lui jette un regard suppliant en sautillant sur place comme une petite fille.

— S'il te plaît ! S'il te plaît ! S'il te plaît ! S'il te plaît ! S'il te plaît !

Il ne peut s'empêcher d'éclater de rire, puis il avance la tête pour venir appuyer son front contre celui de la petite coquine qui va réussir à le faire danser.

— D'accord. On y va !

— Certain ?

— On ne peut plus certain. Pas toute la nuit, par contre.

— Juste un peu alors.

La place est remplie au maximum de sa capacité et ils doivent jouer du coude pour se rendre jusqu'à la piste de danse où Ève démontre tout son talent. Elle bouge avec fluidité et grâce. Il sourit à la chance qu'il a de l'avoir rencontrée. Elle n'a jamais été aussi belle, aussi rayonnante.

Au moment où il a cette pensée, les stroboscopes font tomber un jet de lumière sur elle, dont les yeux et le chemisier de soie scintillent aussitôt. Elle est magnifique.

Adam ne voit pas le temps passer et réalise tout à coup que la musique a abandonné son rythme enjoué, frénétique, pour adopter un rythme plus lent, plus doux, plus sensuel. Il esquisse un mouvement pour quitter la piste de danse lorsque Ève l'agrippe par le bras.

– Tu m'accordes cette danse?

– Je ne sais pas.

Ève est surprise.

– Pourquoi?

– Je suis mal à l'aise.

– Adam, je ne te demande rien de trop compliqué ni d'intime. Juste danser un peu plus collé. Rien de plus.

Adam capitule et la prend doucement par la taille. Avec trop de distance au goût de belle danseuse, qui s'approche résolument de lui. Se laissant bercer par la musique, elle fixe son cavalier dans les yeux en souriant. Adam, lui, sent grandir son malaise.

– Tu peux me prendre dans tes bras, tu sais.

Adam ne prenant aucune initiative, c'est Ève qui vient se blottir contre lui. La sentir contre lui, humer son odeur, éveille en lui des émotions qu'il croyait disparues. Il resserre son étreinte. Ève enfouit son visage contre la poitrine de son partenaire de danse. Adam, le nez dans les cheveux de sa cavalière, constate qu'ils ont une douce odeur de lavande. Oubliant tout le reste, il se laisse bercer par la musique et les lents mouvements de sa cavalière.

Peu à peu, comme chaque fois qu'elle le touche, il sent le désir monter en lui. Et plus le contact se prolonge, comme ce soir, plus la violence du désir augmente. Ah, si seulement il pouvait de défaire de son sentiment d'infidélité ! Qu'il serait bon de le serrer très fort contre lui, de l'embrasser, de lui montrer ses sentiments !

La musique reprend tout à coup son rythme effréné, un prétexte sur lequel saute Adam pour mettre un peu de distance entre eux. Ève lève les yeux de quelques centimètres pour le regarder.

— Tu vois, ce n'était pas si difficile.

— Tu as raison. J'ai survécu.

— Merci pour la danse. On y va ?

Soulagé, il met tout de même fin à regret à leur contact physique.

Il reconduit Ève à sa voiture.

— Merci, Adam. J'ai passé une excellente soirée.

— Merci à toi. J'ai aussi passé une excellente soirée. On se revoit samedi prochain ?

Stupéfaite, Ève ne peut croire que la soirée va se terminer ainsi. Aussi, elle bafouille les seuls mots qui lui viennent à l'esprit.

— Euh... oui. Tu m'appelles ?

— D'accord.

Elle pensait qu'il allait contre-attaquer, lui proposer de prolonger la soirée. Lui faire un compliment. Lui dire quelque chose de gentil. Qui sait, peut-être même tenter de l'embrasser ! Hélas, il se contente de s'approcher d'elle et de lui donner la bise avant de retourner à son véhicule.

Il va vraiment me laisser comme ça ? Je peux pas croire, se dit-elle, plantée au milieu du stationnement.

Et pourtant, si.

Voyant qu'Adam, déjà derrière le volant de son VUS, semble attendre qu'elle démarre, elle se décide à monter dans sa voiture, démarrer et quitter le stationnement.

11

Assis sur le banc, Adam regarde défiler les dernières secondes au tableau indicateur avant que la sirène ne vienne confirmer la fin de la partie et une autre défaite des Phénix.

En punition à son refus de « former » Dave, Frédéric n'a pratiquement pas fait jouer Adam de la partie. Si bien que celui-ci se demande s'il a besoin de prendre une douche.

Il rumine sa frustration en marchant vers le vestiaire. Assistant-capitaine et leader incontesté de l'équipe, il n'a pas le droit de laisser éclater sa colère. Aussi, fidèle à son habitude, il demeure à l'entrée du vestiaire pour encourager au passage chaque joueur des Phénix. Les joueurs répondent à ses encouragements sans lever la tête, chacun sachant qu'Adam aurait pu les aider dans ce match serré si Frédéric l'avait fait jouer plus souvent.

Le dernier joueur passé, il file directement s'asseoir et enfile ses vêtements à une vitesse inhabituelle avant de partir en saluant sommairement ses équipiers.

Frédéric ne prend même pas la peine de lui répondre.

Dans l'auto, Adam consulte son cellulaire et constate qu'Ève lui a laissé un message pressant. Après leur soirée de danse, il a annulé le rendez-vous suivant. Ève le relance maintenant et le somme de confirmer le rendez-vous qu'elle a fixé pour le lendemain.

L'impérativité de la requête laisse présager une sérieuse explication. Explication qu'il redoute.

Ils sont assis, face à face, au resto. Adam a hésité longtemps avant d'accepter la rencontre au resto. Il appréhende que la discussion soit désagréable et peut-être courte. Voire orageuse. Il doute qu'un restaurant soit le meilleur endroit pour ce genre d'explication. Mais il ne veut pas donner l'impression d'abandonner tout espoir avant même le début de la rencontre.

Alerté par le ton de la missive, il constate qu'il était dans le vrai. Ils viennent de recevoir leurs apéritifs et le malaise d'Adam ne cesse de grandir. La discussion ne lève pas, Ève a le regard fuyant. Le malaise est palpable.

Pourtant, lors de leur dernière rencontre, tout s'était bien passé. Ils avaient même dansé, collés l'un contre l'autre.

Profitant d'un autre silence, il aborde le sujet.

— Qu'est-ce qui se passe ? Je vois bien que ça ne va pas.

Ève remue sur sa chaise, nerveuse.

— Il faut que je te parle.

— Oh ! Ça, ce n'est jamais bon signe !

Il se recule dans son siège. Il sent la pièce tourner. Parfois, il déteste avoir raison.

— Ce n'est pas ce que tu crois.

— OK. Et que suis-je censé croire ?

— Je ne veux pas rompre, si c'est ce que tu crois.

— En fait, techniquement, on ne peut pas rompre puisque nous ne sortons pas ensemble.

— Adam, s'il te plaît, je n'ai pas envie de jouer sur les mots ce soir.

Il secoue la tête et émet un grognement.

— Moi non plus, car j'ai l'impression que je n'aimerai pas ce que je vais entendre !

Ève se tortille sur sa chaise puis porte son verre à ses lèvres avant de poursuivre :

— Dès le départ, nous avons parlé d'honnêteté. C'est très important pour moi.

— Pour moi aussi !

— Je sais.

Elle baisse les yeux, cherchant ses mots.

— Il y a un homme que je connais depuis un certain temps. Bien avant que tu ne viennes me voir. Nous sommes déjà sortis ensemble quelques fois avec des amis. Et aussi en amis. Il n'y avait rien là. Et c'est pour ça que j'ai accepté de te voir et que je ne t'ai pas parlé de lui.

— Ce n'est plus le cas ?

— Disons que récemment, il m'a dit qu'il aimerait être plus que mon ami.

— Combien récemment ?

— Très récemment, ne t'inquiète pas.

— Et ?

— Bien... pour être honnête... ça m'a troublée.

— C'est ce que je disais ! Ce n'est jamais bon signe. C'est quoi la suite ?

— Je ne la connais pas, la suite. Je l'apprécie beaucoup. Je t'apprécie beaucoup. Et, je ne sais pas vraiment.

Ébranlé, Adam ne réplique pas. Redoutant la rencontre, il n'avait pas envisagé pareil cul-de-sac. Il s'attendait à des reproches ou il ne sait quoi, mais pas à l'arrivée impromptue d'un rival.

— Je m'interroge sur notre relation, continue Ève. Nous dansons, puis tu annules notre rendez-vous suivant. Et tu n'en proposes pas d'autres.

— J'y venais. Mon horaire est chargé...

— Bien sûr.

La voix chargée de reproches, elle poursuit :

— Je me demande où est ce gars plein de confiance en lui. Ce gars drôle, qui voulait développer une relation.

— Il est toujours là, ce gars-là. Il a juste besoin de temps.

— De temps ? De combien de temps, avec ton horaire chargé ? Ça fait déjà plus de trois mois qu'on se voit, et j'ai pas l'impression que nous avons progressé beaucoup depuis notre première rencontre.

Adam entend les reproches, les non-dits, la frustration dans les paroles d'Ève. Il aimerait bien la rassurer, mais il n'est pas certain de pouvoir trouver les mots qu'il faut.

— J'ai pensé à toi longtemps avant de me décider. Je t'ai choisie. Maintenant que je commence à te connaître, j'apprécie vraiment ce que je découvre de toi.

— Je l'apprécie. Je suis flattée même. Mais moi, je ne peux pas partager les mêmes sentiments que toi à ce moment, c'est trop tôt.

— Je peux comprendre. Mais, comment veux-tu que ça fonctionne si tu ne nous donnes pas une chance ? Il faut faire l'effort pour voir si ça fonctionnera.

— Je te l'accorde. Le problème, c'est que, pour le moment, j'ai trop d'incertitudes. Envers toi, envers moi, envers notre relation. Et j'ai envie de mieux apprendre à le connaître, cet autre gars.

Adam détourne la tête un instant, sonné par la déclaration d'Ève. Il croyait leur relation plus solide, plus sérieuse.

Il n'est pas question d'entrer en compétition avec un autre. Il est déjà assez difficile de lutter avec Ève et avec lui-même pour tenter de la séduire, il n'acceptera pas un niveau de difficulté supplémentaire.

— C'est vrai que je ne peux te demander l'exclusivité. J'aurais juste aimé que tu nous donnes une chance.

— Je nous la donne, la chance.

— Je ne suis pas d'accord. Tu ne pourras pas vraiment t'impliquer pour savoir si nous avons une chance. Pas tant que tu penseras à un autre.

— En fait, tu l'as eue, ta chance !

Le ton est sec, sans appel. Un jugement. Un verdict.

— Et, selon toi, je n'ai pas su la saisir ?

Elle secoue les épaules dans un mouvement de frustration.

— Je ne sais pas quoi te dire.

Il garde le silence en baissant la tête.

— Tu sais, j'essaie, mais ce n'est pas facile de te connaître. Je… tu es fermé, tu ne t'ouvres pas, je n'arrive pas à te saisir.

Elle inspire plusieurs fois avant de reprendre. La discussion est difficile, pénible, pour elle aussi.

— Tu as tes enfants et tout, je comprends. Lui, je le vois tous les jours au travail et une ou deux fois par semaine. Toi, je suis chanceuse quand je te vois une fois par semaine. Tu as même annulé des rendez-vous. J'aime ça être avec toi. Tu es gentil, prévenant… mais… en même temps… tu es toujours froid, tu es distant. Tu ne me touches pas. Je ne peux pas te toucher…

— C'est faux. Nous avons dansé un *slow* samedi dernier.

— Oui, assez *straight*, merci !

— Tu t'attendais à quoi ? Il aurait fallu que je t'embrasse pour garder mes chances ?

— Non, pas vraiment. Ce n'est pas ça…

— L'autre, c'est ça qu'il a fait, t'embrasser, pour te séduire ?

Plutôt que de s'offusquer de la remarque, Ève détourne le regard. Ce qu'il remarque aussitôt.

— C'est ça, vous vous êtes embrassés !

Adam sent la colère monter en lui. Heureusement, l'enclos de ses dents réussit à endiguer le flot de jurons commandé par son cœur blessé.

Ève, elle, se met sur la défensive.

— Ce n'est pas ce que tu crois.

— Laisse-moi quelques instants pour digérer ça.

La serveuse arrive à ce moment avec leurs plats, qu'elle dépose délicatement. Ils regardent la nourriture par réflexe, sans aucun intérêt.

Après un long silence, meublé à manger sans appétit, Adam regarde Ève à nouveau.

— Vous vous êtes embrassés ? C'est bien ça ?

Ève détourne la tête avant de se raviser et de regarder Adam droit dans les yeux.

— Nous discutions. Il venait de me parler de ses sentiments. Il m'a invitée à danser. J'adore danser, tu le sais. Je me suis laissée aller par la musique. Il m'a embrassée. Nos lèvres se sont à peine touchées, une fraction de seconde. Je n'avais même pas réalisé ce que je faisais. J'ai tout de suite su que je venais de faire une erreur. Je me suis retirée et je suis partie.

— OK, je crois en avoir entendu assez.

Adam dépose sa serviette de table et recule sa chaise, s'apprêtant à partir. Ève s'avance aussitôt vers lui en agitant les mains devant elle pour tenter de l'apaiser.

— Ça ne voulait rien dire. Ce n'était rien. Une erreur.

Adam interrompt son mouvement et reporte son attention sur elle.

— Il ne t'a pas forcée non plus. Et tu hésites encore entre lui et moi. Ça ne t'a donc pas répugnée.

— Écoute, je n'étais pas obligée de t'en parler. Je suis honnête. J'aimerais que ça ne se soit pas passé. Mais c'est fait. Je me suis sentie mal. Je me suis sentie malhonnête, après ce que nous nous étions dit. Je ne suis pas une fille comme ça. Mais, c'est fait. Je suis désolée, sincèrement désolée. Je ne peux revenir en arrière, effacer ça. Et, oui, j'hésite encore entre vous deux.

Elle baisse les yeux, dodelinant de la tête.

— En te disant ça de même, je réalise que j'ai l'air d'une mauvaise fille. Je sais. Mais ce n'est pas le cas, tu le sais, n'est-ce pas ?

Le silence de son compagnon l'irrite. Elle supporte difficilement pareil jugement. Elle doit inspirer profondément pour se calmer et reprendre ses esprits.

— Quand j'ai dansé avec toi… Non, je ne m'attendais pas à un baiser. Pas vraiment. Pas nécessairement. Mais… je ne sais pas. Une caresse, une marque de tendresse. Une marque d'affection. Et lorsqu'on s'est quittés… tu m'as laissée comme on laisse une amie. Parfois, je me dis que c'est ça, tu ne cherches peut-être qu'une amie.

Adam s'oppose avec véhémence à cette déclaration. Il montre alors des signes d'émotion qu'elle n'est pas habituée à voir chez lui.

— C'est faux. Tu es plus qu'une amie. Je veux que tu sois plus qu'une amie. C'est juste que…

— C'est juste que quoi ?

Adam expire profondément et serre les poings.

— C'est juste que... je ne sais pas.

— Tu ne sais pas quoi, Adam ? Dis-le-moi, s'il te plaît.

La tête baissée, il regarde fixement ses mains, qu'il ouvre et ferme à plusieurs reprises, concentré comme s'il cherchait des réponses qui n'étaient pas en sa possession.

— J'aime être avec toi.

Adam s'arrête, mais Ève ne reprend pas la parole.

— Je suis bien avec toi. Mais...

Ève demeure toujours silencieuse.

— Et j'aimerais m'ouvrir à toi... comme tu le souhaites... mais... je ne sais pourquoi... je... je n'y arrive pas.

Ève demeure silencieuse. Adam reste muet, lui aussi. Elle comprend alors que son compagnon n'ira pas plus loin. S'avançant vers lui, par-dessus la table, elle pose ses mains sur ses épaules et les glisse lentement vers ses bras.

— Tu as une belle armure !

Elle appuie ses mains sur sa poitrine, puis tape doucement sur sa poitrine.

— Et elle est très solide !

Elle le regarde.

— Il est très difficile de la percer. J'ai beau essayer, je n'y arrive pas.

Elle recule et appuie son dos contre le dossier de la chaise. Ils restent un long moment à se fixer, les yeux dans les yeux, sans ciller.

Rompant le contact visuel une fraction de seconde, Ève fixe à nouveau son regard sur celui d'Adam avant de reprendre la parole :

— J'aimerais continuer à te voir. J'aime être avec toi, moi aussi. Mais je ne crois pas que tu sois prêt à aller plus loin. J'ai l'impression que tu ne cherches qu'une amie. Que jamais personne ne remplacera Valérie !

Elle se déplace sur son siège.

— Je croyais vouloir finir ma vie seule. Mais, en te fréquentant, j'ai compris que j'aimerais avoir quelqu'un dans ma vie. Et pour le moment, tu ne m'as pas convaincue que tu pourrais être cette personne.

Adam ne répondant toujours pas, une habitude chez lui, Ève poursuit son monologue :

— Après tes enfants, ton travail et le hockey, il ne te reste plus grand temps pour moi. Je le comprends. Je le respecte. Mais, pour bâtir une relation, au-delà de l'amitié, ça demande un peu plus d'investissement.

Elle le regarde un bon moment. Adam, dont l'univers s'écroule encore une fois, persiste dans son silence.

— Il me serait facile de te choisir, Adam. Tu as tout ce qu'une femme recherche chez un homme. Tout ce que moi, je recherche. Tu es un gars sérieux, gentil, si gentil, un véritable gentleman. Je sais que tu prendrais soin de moi. Tu n'es peut-être pas riche, mais il est évident que tu as de l'argent. Je sais tout ça, mais je cherche plus que ça. Adam, je suis convaincue — non, je sais — que tu es quelqu'un de bien. De très bien. Tu t'occupes de tes enfants, tu es honnête, fidèle, loyal. Tu étais un bon mari, et je pourrais continuer.

Elle s'arrête un instant, le temps de rassembler ses idées et de prendre une gorgée de vin.

— Adam, j'aime beaucoup être en ta compagnie. Crois-moi. Tu es intéressant, plein de connaissances, plein de choses à dire.

Il l'interrompt sèchement :

— Je suis un bon gars, j'ai compris ! Et nous savons tous que les bons gars arrivent toujours derniers !

— C'est faux, Adam. C'est faux. Pour être sincère, j'éprouve de l'attirance pour toi.

Elle se mord la lèvre inférieure, le fixant avec intensité. Adam reste de marbre.

— Je t'aime beaucoup, Adam, mais je ne suis pas amoureuse. Et je ne sais pas si pourrai l'être un jour.

Il grogne faiblement.

— Ne me sors surtout pas le « restons bons amis » !

Ève le regarde un instant, pinçant les lèvres.

— Il est évident que tu as beaucoup souffert, que tu souffres encore. Tu es plein d'amertume. C'est compréhensible. Mais tu gardes tout ça pour toi. Tu n'en parles pas. Je ne peux savoir, je ne peux comprendre où tu en es, comment je peux t'aider, t'apprivoiser. Je ne sais rien.

Se redressant sur son siège, Adam prend la parole d'une voix rauque, les mots écorchant sa gorge :

— Je vais te faciliter les choses. Je me retiens de tomber amoureux de toi trop tôt, trop vite, sans savoir ce que tu éprouves. Mais, dans l'état des choses, je vais te laisser te consacrer entièrement à l'autre gars. Moi, je ne m'implique plus là-dedans.

Fidèle à ses habitudes, Adam parle peu, mais parle directement.

— C'est fini ? Aussi simple que ça ?

— Tu viens de me dire que tu ne seras jamais amoureuse de moi. À qui ça sert de continuer ?

— Tu pourrais tenter de me convaincre.

— Non !

Elle relève la tête et écarquille les yeux. La prise de position radicale de son compagnon la prend au dépourvu.

– Explore ta relation avec l'autre, poursuit Adam. Si elle ne te convient pas, reviens me voir. Nous verrons alors où nous en sommes. J'aime être avec toi, je suis bien avec toi, mais j'ai pas besoin d'une amie.

Hébétée, elle secoue la tête. La décision de son compagnon est claire, sans appel. Elle avait cru qu'en le bousculant un peu, elle le forcerait à réagir. Elle se trompait. Désemparée, elle reprend :

– Tu es difficile à suivre. Tu dis tenir à moi. Tu dis que tu pourrais tomber amoureux de moi. Mais en même temps, tu es prêt à tout laisser tomber à la première occasion.

– Tu peux le voir comme ça. Je t'ai fait part de mes sentiments. Tu as tes doutes. J'ai les miens. J'aime mieux te laisser faire tes choix sans pression.

Elle bondit de sa chaise, furieuse.

– Sans pression ? Qu'est-ce que tu es en train de faire, tu crois ?

– Écoute, je me lancerai pas là-dedans, c'est tout. J'ai pas le goût de me battre contre un autre gars.

– Tu lui laisses toute la place. Et tu penses que je vais croire tout ce que tu me dis ? Que tu tiens à moi ?

– Crois ce que tu veux.

Elle fait fausse route. Sa stratégie ne donne rien. Plutôt que de le secouer, il est en train de lui glisser entre les doigts.

– Tu as peur de quoi ?

Les traits d'Adam se durcissent.

– De quoi j'ai peur ? De quoi j'ai peur ? DE QUOI J'AI PEUR !

Il élève le ton à chaque répétition; les gens des tables avoisinantes se tournent vers eux. Il a envie de s'emporter. Envers eux. Envers Ève. Envers lui.

Brusquement, il sent les larmes monter. Il prend un moment pour les contenir, souhaitant qu'Ève ne s'en rende pas compte. Il boit une gorgée de bière. Ève l'imite, sans parler, consciente que les sentiments se bousculent dans la tête d'Adam. Enfin il reprend, d'un ton plus posé :

— De quoi j'ai peur ? Je ne croyais pas que tu avais besoin de poser la question.

— J'ai besoin que tu me le dises.

Elle a parlé d'une voix douce, l'invitant à poursuivre, à se confier.

— De quoi j'ai peur ? J'ai peur de m'investir dans une cause perdue... Et de souffrir !

Il baisse la tête et fixe son verre. Puis il ajoute, en baissant le ton et en parlant presque pour lui-même, si faiblement qu'Ève doit faire un effort pour réussir à l'entendre :

— J'ai peur de me faire arracher le cœur. Encore une fois. J'ai vu l'amour de ma vie mourir peu à peu, un peu plus chaque jour, sans ne rien pourvoir faire. L'impuissance, la colère, la douleur...

Il relève la tête pour regarder Ève, ne cachant plus ses yeux humides.

— J'en ai assez de la douleur, je ne veux plus revivre ça. JE NE VEUX PLUS AVOIR MAL !

Ève demeure silencieuse. Il prend une autre pause, puis poursuit :

— La vie m'a réservé plusieurs claques sur la gueule. Et je viens d'en prendre une autre. Alors, je préfère arrêter maintenant, car je crois que la prochaine fera encore plus mal.

Ève pose sa main sur la sienne. Elle ne sait plus trop quoi dire. Pourtant, elle trouve quelques mots à lui offrir :

— Je le vois que tu souffres, que tu aimes ta femme. C'est admirable, comment tu l'aimes. J'ai rêvé toute ma vie qu'un homme m'aime comme tu l'aimes. Mais, pour moi, ce n'est pas rassurant. Je me demande toujours s'il y a un peu de place pour moi, dans ce petit cœur. Est-ce que tu le comprends, ça ?

Adam grogne faiblement sa réponse :

— Oui, je comprends. Et j'aimerais te rassurer, mais je ne le peux pas.

Ève baisse les épaules en signe de capitulation, à court d'arguments, avant d'ajouter :

— Je suis désolé que tu le prennes comme ça. Je t'apprécie beaucoup, tu sais.

Il acquiesce d'un léger signe de tête. Elle reprend, presque pour s'excuser :

— Mais je ne peux te donner ce que tu demandes. Pas tout de suite. Peut-être plus tard. C'est trop tôt.

— C'est ce que je viens de comprendre.

Il se tait et baisse la tête, plongé dans une profonde réflexion. Une réflexion partagée entre la colère, la frustration et la tristesse. La douleur, aussi, se mélange à cet amalgame de sentiments semblable à celui éprouvé au décès de Valérie, bien que d'une intensité moindre.

C'est la colère, avec une pointe de désir de vengeance, qui l'emporte lorsqu'il reprend la parole :

— Finalement, tu n'as pas eu à me convaincre de me faire croquer la pomme. Tu t'en es chargée toi-même.

Ève portait une bouchée à ses lèvres, mais se fige net, et aussitôt, ses yeux s'emplissent de larmes. Des larmes qui se transforment vite en colère.

— Salaud ! Espèce de salaud.

Il ne l'a jamais vue furieuse à ce point. Pour peu, il a peur qu'elle lui lance la nourriture qui pend de sa fourchette.

C'est vrai, il voulait lui faire mal. Se venger de cette douleur qu'elle lui cause. Mais maintenant qu'il la voit blessée, ça l'attriste. Ça ne lui fait aucun bien. Pire, il est désolé de lui avoir fait mal. Mais il n'en dit mot.

Silencieuse, elle reprend contenace et essuie ses yeux avec avec sa serviette de table avant de reprendre calmement, mais d'une voix dure :

— Tu peux me reprocher tout ce que tu veux si ça te fait du bien. J'avoue d'ailleurs être responsable de bien des choses dans notre histoire.

Elle dépose sa serviette de table et poursuit :

— Je te bouscule, je suis pressée, je me jette dans les bras d'un autre, rien de ça n'est faux. Mais regarde-toi. Pogné dans ta douleur. Comme si tu étais le seul sur terre à vivre un drame.

Cette fois, c'est Adam qui est blessé. Et furieux.

— Tu ne peux pas…

— … comprendre, je sais. Mais secoue-toi, fais quelque chose de ta vie. J'étais prête à t'aimer et tu fous tout en l'air. Si tu ne m'aimais pas, je comprendrais. Mais je suis certaine que tu as des sentiments pour moi. Sinon, tu ne serais plus là depuis longtemps. Mais tu es trop imbécile pour réagir !

Adam est sous le choc. Peu de gens ont osé lui parler de cette façon dans sa vie.

— Moi, au moins, je ne t'ai pas trahie.

Elle frappe la table du plat de la main et réplique d'une voix où pointe l'ironie :

— Oh non, ça, je sais. Le grand, le vertueux Adam Bernier ne trahit jamais personne. C'est bien là notre drame. Tu ne trahiras jamais Valérie !

Adam dépose sa serviette et se lève.

— Bon, ben moi, j'en ai assez entendu.

— Ça tombe bien, j'ai plus rien à te dire!

Lui non plus, il n'a plus rien à dire

Alors, il se lève et lui jette un regard furtif avant de partir et de lui dire :

— Au revoir.

Elle ne lui répond pas, le regard fixé sur la fenêtre donnant sur l'extérieur, le visage crispé.

12

Assis dans son véhicule, Adam est frappé avec violence par la réalité. Contre toute attente, malgré toutes les précautions qu'il a prises, il s'est attaché à Ève. Même s'il refuse de se l'avouer, il s'est épris d'elle.

Il a été honnête avec elle lorsqu'il lui a dit qu'il se retenait de ne pas tomber amoureux, d'aller trop vite. C'est avec lui qu'il n'a pas été honnête. Il le comprend, là, maintenant, qu'il est déjà amoureux. Le choc est brutal.

Encore une fois, ses sentiments lui sont arrachés avec violence, provoquant une douleur qu'il ne veut plus endurer.

Est-ce qu'Ève est la méchante ? Y a-t-il réellement un méchant dans l'histoire ? Peut-il blâmer l'indécision de son amie ? A-t-il été à la hauteur ? A-t-il juste fait l'effort de la séduire ? De la rassurer ? Certainement pas. Elle a raison, Valérie est encore trop présente. Elle sera probablement toujours trop présente.

Ève avait pourtant tout ce qu'il fallait. Il avait pensé qu'en la fréquentant, le souvenir de sa femme s'estomperait quelque peu. Mais ça n'a rien changé.

Il a pris son temps avant de tenter l'aventure avec une autre femme. Il a été prudent. Probablement trop. Certainement trop. Pourtant, il doit à nouveau vivre avec la douleur, la perte. En fait, il n'a fait qu'aggraver encore plus sa douleur, cette douleur qui ne l'a jamais quitté depuis qu'il avait acquis la certitude que Valérie ne survivrait pas à la maladie.

Il a été naïf de croire qu'une autre femme pourrait combler sa perte. Qu'elle pourrait soulager sa douleur. Il est futile de penser qu'une autre femme pourrait chasser les souvenirs d'un bonheur perdu.

Il a l'envie soudaine de détruire le volant de son véhicule à coups de poing. Mais il a déjà tenté l'expérience lors du décès de Valérie. Tout ce qu'il a récolté, c'est une fracture de la main et 1500$ de réparation que son assurance a refusé de couvrir.

Plus triste que furieux, il ne souhaite pas rentrer à la maison ni aller dans un bar. Et encore moins de subir le discours moralisateur de Frédéric.

Il prend l'autoroute, traverse le pont et s'engage sur la 20 en direction de Montréal. Pendant près d'une heure, il roule, le regard fixé sur les pointillés blancs qui tracent la voie à l'infini.

Finalement, il comprend que la route, tout comme l'infini, tout comme sa douleur, est sans fin.

Il prend une sortie et retourne sur l'autoroute en sens inverse, en direction de la maison.

Il finit par entrer chez lui, plus tôt qu'il ne l'aurait souhaité. L'auto de l'ami de sa fille est encore dans l'entrée, derrière celle de son fils.

Il les trouve tous les quatre dans le sous-sol, regardant un film. Il blêmit lorsqu'il réalise qu'ils regardent *Hunger Games*.

Ce n'est vraiment pas le bon soir pour revoir ce film, un classique dans l'histoire de la famille. Pas un soir où il vient de se faire larguer par la seule femme qui lui a plu depuis la disparition de Valérie.

Valérie était tombée en amour avec Katniss Everdeen, l'héroïne de l'histoire, dès la lecture du premier roman que lui avait suggéré une amie, à tel point qu'ils avaient prénommé leur chienne en son honneur. Elle avait attendu impatiemment la sortie du film et avait traîné son mari presque de force au cinéma. À sa grande surprise, Adam avait lui aussi été renversé par le film. La scène où Katniss fait des funérailles à la petite Rue avait ému son épouse aux larmes.

Malgré le ton quelque peu morbide du film, Valérie avait écouté le film à répétition tout au long de sa maladie. Peut-être que le courage et la sérénité de Katniss devant une mort presque inévitable lui donnaient le courage de se battre.

Aux funérailles de Valérie, lors de la lecture de l'éloge funèbre, Adam avait conclu avec le célèbre baiser à trois doigts de Katniss faisant ses adieux à Rue, le visage baigné de larmes.

C'est l'esprit encore troublé, par le film et par le dénouement de sa rencontre avec Ève, qu'il salue les enfants.

— Bonsoir, les jeunes !

Sa fille s'empresse de s'éloigner de son chum, contre lequel elle s'était blottie, alors que son aîné met le film en arrêt sur image.

— Nous ne t'attendions pas aussi tôt !

— La soirée a été écourtée. C'est plaisant de vous voir écouter un film tous ensemble.

— Tu le termines avec nous ?

Adam hésite. Il entend la supplique, l'espoir. Il devrait dire oui, comme il passe peu de temps avec eux. Mais, encore ce soir, surtout ce soir, il cherche la solitude.

– Désolé, pas ce soir.

Puis il s'adresse à sa fille :

– Si vous ne faites rien de déplacé, vous pouvez rester collés. C'est correct pour moi.

Avec un sourire, elle retourne aussitôt se blottir contre son ami.

Il laisse les enfants à leur film et se met au lit. Rapidement, il imagine les bras de Valérie l'envelopper et, pendant un moment, il se laisse au bien-être de cette illusion.

– Pardonne-moi, Valérie, d'avoir voulu te remplacer. C'était une mauvaise idée.

Puis, alors qu'il revient à la réalité, la douleur revient, elle aussi. Plus forte.

– Tu me manques tellement !

Il met très longtemps à trouver le sommeil. Un sommeil agité où des ombres tentent de l'attraper.

Deuxième partie

CENDRES

13

Lundi matin, 6 h, le réveille-matin hurle les informations pour tirer Adam du sommeil. Bourreau de travail, Adam a l'habitude de se lever dès les premières paroles de l'annonceur, mais ce matin, la simple pensée de s'arracher aux couvertures lui draine toute son énergie.

Lorsqu'il se lève enfin, Roxanne et Cédric sont déjà douchés et assis à la table devant leurs déjeuners. Cédric regarde son père, surpris.

— Tu ne vas pas au travail ce matin?

— Oui, oui, je vais juste y aller un peu plus tard.

Au tour de Roxanne d'intervenir :

— Tu n'oublies pas de venir me chercher à l'école ce soir, après mon entraînement?

— Oui, Roxanne, je serai là.

— Parce que la semaine dernière...

Adam réplique sèchement :

— Je sais. Je serai là.

— OK, OK!

Les enfants partis, Adam se force à manger une rôtie à contrecœur, puis il file sous la douche. Bien qu'il manque de motivation, il sait qu'une tonne de travail l'attend au bureau et que personne ne le fera à sa place.

D'humeur sombre, il a de la difficulté à se concentrer et n'a pas surtout pas envie de se faire emmerder par Bill. Hélas, son associé débarque encore une fois sa mauvaise humeur dans le bureau de son collègue.

— Pas ce matin, Bill, pas ce matin !

Mais, Bill étant Bill, il ignore les avertissements et revient à la charge, inlassablement. Assez pour faire éclater Adam.

— Dehors !

C'est mal connaître Bill que de croire que le simple fait de lui dire de sortir serait suffisant. Pour le meilleur ou pour le pire, Bill est un véritable pitbull qui ne renonce jamais.

— Je n'ai pas fini…

Adam se lève et fait un pas vers lui.

— Dehors j'ai dit, tabarnak !

Tout dans son attitude démontre sa fureur. Son associé comprend qu'il est temps de battre en retraite.

— Nous reprendrons ça quand tu te seras calmé.

Bill sort du bureau et claque une nouvelle fois la porte. Saisi d'un accès de rage, Adam attrape la boule à neige offerte par ses enfants quelques années plus tôt et la lance contre le mur, près du cadre de porte. À l'impact, le verre éclate et l'eau coule le long du mur.

Bill ouvre la porte pour le narguer.

— C'est toi qui vas payer pour ça !

— DEHORS !

Hors de lui, Adam saisit sa chaise et, d'un mouvement rotatif du haut du corps, la propulse vers la porte que Bill s'empresse de fermer. Après un court vol, la chaise heurte la porte avec violence. Sous la force de l'impact, la chaise se disloque alors que les charnières de la porte cèdent.

Cette fois, Bill ne réapparaît pas. Adam contourne son bureau et s'appuie sur le classeur pour regarder par la fenêtre, songeur.

Quelques instants plus tard, Aline interrompt ses pensées. Elle frappe discrètement à la porte avant de passer la tête dans l'entrebâillement de la porte à demi arrachée.

— Les gars ont besoin de vous dans la salle des serveurs.

— Pourquoi ne sont-ils pas venus eux-mêmes ?

Aline, cette brave Aline, regarde par terre. Dotée d'une force tranquille, elle gère avec doigté les relations tendues entre le colérique Bill, l'intransigeant Adam et les employés qui n'osent pas toujours s'adresser directement à leurs patrons, surtout en des moments comme celui-ci.

— Ils n'ont pas osé, monsieur Bernier.

— Je comprends. Je suis désolé, Aline.

La porte, coincée après l'impact avec la chaise volante, refuse de s'ouvrir. D'un geste rageur, il la saisit et l'arrache de ses charnières dans un craquement sonore avant de la déposer contre le mur, sous le regard horrifié de son adjointe administrative. Cette dernière trouve néanmoins le courage de s'adresser à son patron.

— Vous savez, il n'y a pas seulement la porte qui est sortie de ses gonds.

— Je sais. Je suis désolé, Aline.

— Je crois que vous auriez dû le faire plus tôt.

Avec son petit sourire narquois, elle a l'air coquine. Un trait de sa personnalité qu'il ne connaissait pas. D'ailleurs, n'a-t-il jamais pris le temps de connaître ses employés ?

— Oh, Aline!

Il prend la direction de la salle des serveurs, avant de rebrousser chemin.

— Aline, faites venir quelqu'un pour réparer les dégâts. Et faites facturer les travaux à mon nom. La compagnie n'a pas à payer pour ça.

— Bien, monsieur Bernier.

— Merci, Aline.

Il se dirige vers la salle des serveurs avant de revenir une fois de plus sur ses pas.

— Aline, il faudra aussi me commander une nouvelle chaise. Le même modèle, s'il vous plaît.

— Vous ne souhaitez pas le modèle renforcé?

Adam sourit.

— Ce ne sera pas nécessaire. Cela ne se reproduira plus. Merci, Aline.

Malheureusement, son impatience et sa mauvaise humeur se transportent aussi à la maison. Et les enfants en font les frais, même Nathan, pourtant le plus calme et le moins chicanier des enfants.

Le samedi suivant, tentant de mettre sur pied un voyage dans le Sud durant la période des Fêtes, c'est lui qui subit les foudres de son paternel.

— C'est vrai ce que les jeunes disent: tu n'es vraiment pas reposant ces temps-ci.

— Excuse-moi. Je suis désolé. Disons que je n'ai rien dit.

— Ça ne règle pas le problème. Les dates que tu proposes pour le voyage, c'est impossible pour moi.

— Écoute, c'est ton choix. Ce sont les seules dates que je peux avoir.

— Dans ce cas, je peux pas y aller.

— C'est vraiment dommage.

— Je sais.

Au hockey, ça ne va pas très bien non plus. Et Dave ne s'améliore pas. Il est une véritable catastrophe.

Même si Frédéric a recommencé à le faire jouer, Adam a perdu toute motivation après le départ d'Ève et ses performances sont en dessous de ses capacités, pour ne pas dire qu'elles sont pitoyables. De plus, l'attitude de Frédéric à son égard l'a complètement écœuré.

Comme il ne joue pas très bien, le rendement de l'équipe est médiocre. L'humeur des joueurs n'est pas au beau fixe non plus.

L'amitié et la fraternité habituelles entre les joueurs font place à la grogne et à la frustration. Les joueurs ne le lui reprochent pas ouvertement, mais la plupart croient qu'Adam devrait en donner plus, qu'il est le pilier du club même si Frédéric préfère utiliser Dave à sa place. D'ailleurs, les relations entre Adam et Frédéric, pourtant amis de longue date, n'ont jamais été aussi tendues.

Les choses s'aggravent lorsque Dave, le défenseur format géant, frustré d'être contourné à chaque présence par le même habile petit joueur, lui donne une violente mise en échec. Le geste est totalement gratuit et interdit dans la ligue de surcroît. Le joueur croule sous l'assaut et reste étendu sur la patinoire.

Les esprits s'échauffent et les capitaines des deux équipes tentent de contrôler leurs joueurs. Adam se dirige vers le défenseur fautif et lui ordonne de quitter la patinoire pour permettre aux autres de se calmer. Devant le refus d'obtempérer du géant, il l'agrippe par le col et le tire brusquement vers le vestiaire. Dave perd l'équilibre et se retrouve à genoux sur la glace.

— Hé, lâche-moi, mon tabarnak!

— Oui, mais tu sors de la glace. Tout de suite!

Alors qu'Adam finit par pousser Dave hors de la patinoire, des secouristes accourent vers le joueur blessé toujours étendu sur la glace. Par mesure de précaution, il est évacué sur une civière et conduit à l'hôpital.

Le calme revenu, les joueurs quittent la patinoire. De retour au vestiaire, Adam est hors de lui. Depuis qu'Ève a mis un terme à leur fréquentation, il a transformé sa douleur en colère. Il est comme un volcan en fusion, prêt à entrer en éruption à tout moment. Furieux, il interpelle Dave :

— Qu'est-ce qui t'a pris, crisse de gros bouffon? Tu dois faire 80 livres de plus que lui!

Menaçant, Dave s'avance vers lui. Des équipiers interviennent, particulièrement Serge, qui est le seul à avoir le physique pour s'interposer entre les deux hommes. Mais il semble plus préoccupé d'empêcher Dave de s'approcher d'Adam que de vraiment les séparer. Il est clair que jamais personne ne touchera à un Phénix en sa présence. Et surtout, personne ne touchera à Adam Bernier devant lui.

Malgré l'intervention de Serge et des autres Phénix, Dave ne décolère pas et fustige Adam :

— Tu vas me parler sur un autre ton!

— Je vais te parler sur le ton qui me convient. Je ne tolérerai jamais qu'un joueur vienne ici pour en blesser un autre. Ce gars-là a une femme et des enfants. Il doit aller au travail demain. Comme nous tous.

Ne s'apaisant pas davantage, Adam prend une longue inspiration pour ne pas se laisser aller à la violence. Déjà qu'il a des remords pour le saccage de son bureau, il veut éviter d'en ajouter d'autres à sa conscience. Il reprend, toujours en colère, mais un peu plus calme :

— Tu ne viendras pas briser l'esprit de la ligue. C'est une ligue amicale, ici. Si tu veux frapper et te battre, ta place est ailleurs. Je vais te le répéter pour que tu comprennes bien. C'est inacceptable ! Câlissement inacceptable ! Je peux pas tolérer ça !

— Tu ne toléreras pas ça ? Comme si c'était à toi de décider !

Adam s'avance à nouveau vers le géant, malgré l'intervention de quelques équipiers qui tentent toujours de les séparer tant bien que mal, alors qu'il s'écrie en le pointant du doigt :

— Si la ligue ne t'expulse pas, elle devrait au moins te suspendre. Et si tu refais un coup pareil…

Il regarde Frédéric.

— … soit tu l'expulses de l'équipe, soit je sacre mon camp !

Le capitaine, muet jusque-là, intervient :

— OK, tout le monde se calme. Adam, je me charge de ça. Change-toi, va te reposer et je t'appellerai demain. Dave, toi et moi, on va discuter quand tout le monde sera parti.

14

Adam arrive à l'aréna et, en stationnant sa voiture, il aperçoit du coin de l'œil le flamboyant VUS allemand de Dave. Il sort du véhicule et, vaguement anxieux, ouvre le hayon pour prendre son sac de hockey et ses bâtons.

Ce soir, c'est le retour du colosse après deux matchs de suspension pour sa mise en échec. Frédéric a fait des pieds et des mains, usant de toute son influence auprès des dirigeants de la ligue, afin que Dave ne soit pas définitivement expulsé. Mais le géant a été prévenu qu'il devrait se tenir à carreau. Sur la glace, du moins.

Ils ne se sont pas revus depuis leur dernière altercation et Adam se doute que Dave lui réserve « un chien de sa chienne ». En prévision d'un affrontement possible, Adam décide de conserver son sac dans sa main, malgré son poids, plutôt que de le mettre sur son dos, par-dessus son épaule, comme il le fait d'habitude. Ainsi, si les choses s'enveniment, il pourra le laisser tomber plus rapidement.

Comme prévu, Dave l'attend au centre de l'allée menant à l'aréna. De toute sa haute et large stature, il lui bloque le passage. Certes, Adam a suffisamment d'espace entre son équipier et la rangée de voitures pour passer sans problème.

Mais il a toujours refusé de céder à l'intimidation. Ce n'est pas aujourd'hui qu'il commencera à le faire.

Il avance droit sur Dave et s'arrête près de lui. Les deux hommes sont presque nez à nez. Sans ciller, Adam s'adresse à son opposant d'une voix calme où perce la détermination.

— Tu veux me parler ?

— En fait, je te casserais bien la gueule, mais Frédéric me renverrait de l'équipe.

— C'est toi qui vois. Pour ton information, sache que je ne reculerai pas. Ni aujourd'hui, ni un autre jour.

Aussi costaud soit-il, Adam ne fait pas le poids. Son opposant fait six centimètres et une dizaine de kilos de plus que lui. Un colosse qui, de plus, possède une longue feuille de route pugilistique. Malgré tout, et même si Adam n'aime pas trop la violence, il a une forte envie de se défouler sur ce prétentieux pour évacuer sa frustration. À propos d'Ève. De Valérie. De Frédéric. De Bill. De la vie.

Et s'il devait perdre le combat, ce qui était probable, la douleur physique lui ferait peut-être oublier l'autre douleur, la vraie, la plus difficile à supporter.

Mais Dave semble hésitant, peut-être encore impressionné par la force physique démontrée par Adam l'ayant jeté sur la glace lors du dernier match, peut-être aussi hésitant à frapper un coéquipier et ainsi signer sa sortie de l'équipe.

Alors qu'ils se fusillent du regard, une voix se fait entendre :

— Du calme, les gars. Gardez ça pour l'adversaire !

Marc a le don de toujours arriver au bon moment. Adam lui emboîte le pas. Laissant sur place Dave et sa frustration, les deux hommes marchent côte à côte vers l'entrée de l'aréna.

Marc reprend d'une voix basse :

— Tu voulais vraiment te battre avec ce gars-là ? Crisse, t'es malade. C'est un vrai monstre. Trouve-toi une femme au plus vite !

— C'est justement à cause des femmes que je *feel* aussi croche !

Marc baisse la tête.

— Rappelle donc Kathleen. Elle vient de rompre.

Adam le regarde sans comprendre.

— J'ai toujours pensé que vous finiriez ensemble. J'aime mieux que ce soit toi que n'importe qui d'autre. Pour elle et pour les enfants.

Adam l'observe, gêné. Son ami vient-il vraiment de lui proposer de se mettre en couple avec son ex-femme ?

Il n'a d'ailleurs jamais compris ce qui n'a pas fonctionné entre ces deux-là. La belle Kathleen. La belle et douce Kathleen. S'il y a une femme qui aurait pu le faire fléchir, c'est bien elle. Et elle avait bien failli réussir, un certain soir.

Après le décès de Valérie, Adam avait souvent été dépassé par les événements. Mais c'est à la puberté de Roxanne qu'il s'était retrouvé le plus démuni. Il avait appelé Diane, sa sœur. Mais sa sœur, tout attentionnée soit-elle, était à plus de deux heures de voiture. En désespoir de cause, il avait appelé Kathleen, dont les enfants étaient chez Marc cette semaine-là. Alliée précieuse, elle lui avait donné un sérieux coup de main.

Une fois les enfants couchés, elle était restée un temps pour discuter. Et ce soir-là, Adam avait senti qu'elle attendait quelque chose de lui. Quelque chose qu'Adam n'était pas prêt à lui donner. Pas encore. Et ça n'avait aucun lien avec le fait qu'elle soit l'ex de Marc, un Phénix et surtout, un ami.

C'est la dernière fois qu'elle est venue chez lui. Encore aujourd'hui, ce souvenir le trouble. Il confie son malaise à son ami.

— Je ne crois pas que ce soit une bonne idée. Et, honnêtement, je serais mal à l'aise face à toi, si j'étais avec elle.

15

Rêvant d'un samedi soir tranquille à la maison après des festivités du temps des Fêtes épuisantes avec les enfants et le traditionnel voyage chez Diane pour le réveillon de Noël, Adam s'est tout de même laissé convaincre par son ami Frédéric d'aller prendre un verre dans un petit bar tranquille qu'ils fréquentent régulièrement.

Malgré le prétexte évoqué de souligner le début de la nouvelle année, Adam pense que son ami veut plutôt profiter de l'occasion pour alléger les relations entre eux devant une bière et en évoquant les habituels et nostalgiques souvenirs du passé.

À peine arrivé au bar, il aperçoit son ami avec une jolie jeune femme. Se demandant si Frédéric n'a pas changé d'idée et ne préférerait pas rester seul avec son invitée, Adam s'approche du couple en douceur.

— Salut.

— Salut, Adam. Laisse-moi te présenter Marianne, une collègue de travail.

La jeune femme se lève et lui lance un sourire resplendissant.

— Enchantée. Frédéric m'a beaucoup parlé de toi.

— Enchanté.

Adam ne peut s'empêcher de lancer un regard de feu à son ami. Malgré son avertissement, Frédéric a passé outre et a persévéré à vouloir lui présenter sa collègue. La jeune femme s'aperçoit de la tension entre les deux hommes.

— Il y a un problème ?

N'ayant jamais été un bon joueur de poker, Adam ne peut cacher sa contrariété.

— Non, je suis désolé. C'est que mon ami ne m'a pas prévenu qu'il voulait me présenter quelqu'un. Alors, j'ai un peu l'impression de m'être fait piéger.

Frédéric intervient :

— Avec ta tête de mule, tu aurais refusé de venir si je t'avais prévenu.

La jeune femme remue sur sa chaise, mal à l'aise.

— Tu sais, si je ne te plais pas, rien ne t'oblige à discuter avec moi.

— Ce n'est pas que tu ne me plais pas. C'est la situation qui ne me plaît pas. Frédéric aurait dû me prévenir.

Elle consent d'un hochement de tête.

— D'accord avec toi. Je croyais que tu étais au courant. On peut se reprendre un autre soir si tu préfères.

Adam réfléchit un moment. Certes, la situation est imprévue et il est furieux contre son ami. Cependant, la jeune femme semble charmante et a démontré son intérêt en se déplaçant pour le rencontrer.

— Non, je te dois des excuses. Si je ne t'ai pas donné l'impression d'être un goujat, j'aimerais passer un peu de temps en ta compagnie. Je t'offre une bière ? Ou autre chose ?

Frédéric en profite pour filer en douce.

— Bon, bien moi, je vous laisse.

— D'accord, Fred. Mais nous ne sommes pas quittes pour autant, toi et moi.

Finalement, il se laisse aller au charme de la jeune femme et passe une excellente soirée. Jeune trentenaire, divorcée et mère d'une petite fille, Marianne s'avère une personne agréable et gentille. Et réellement jolie.

Bien que prenant plaisir à sa compagnie, et même tiraillé par un désir naissant, Adam reste cependant distrait par la pensée d'Ève. Décidément, la petite informaticienne a vraiment réveillé quelque chose en lui.

Ayant abordé le sujet de sa rupture fraiche en soirée, Adam conclut la rencontre en mentionnant que, pour le moment, il pense encore trop à elle.

— Il ne serait pas honnête de ma part de te conter des histoires. J'ai perdu espoir qu'elle me revienne, mais je pense encore beaucoup à elle. Je ne voudrais pas te blesser en te laissant croire que ça pourrait marcher. Pour l'instant, ça ne fonctionnerait pas. Je suis désolé.

— J'apprécie ta délicatesse. Je n'ai pas besoin non plus d'une déception. Mais, si tu parviens à l'oublier, je serais très heureuse que tu me rappelles.

— Ce sera avec plaisir.

Elle sourit et lui touche doucement le bras.

— Et pour Frédéric, ne sois pas trop dur avec lui. Il ne s'y est pas pris de la bonne manière, mais il a été très gentil.

Elle baisse la tête, timide, tandis qu'elle poursuit :

— Il m'avait assuré que tu étais un gars correct et que tu ne me raconterais pas d'histoire juste pour coucher avec moi.

Gêné à son tour, Adam tente de se justifier :

— Effectivement, je ne t'aurais jamais fait ça.

— J'en suis convaincue.

— Ce n'est pas que tu n'es pas de mon goût, tu sais. Tu es très gentille et agréable. Jolie aussi, c'est indéniable. Tu trouveras, j'en suis certain.

— J'espère. Et qui sait, peut-être me rappelleras-tu un jour ?

— En effet. Qui sait !

Ils se laissent sur un baiser sur la joue et repartent chacun de leur côté, déçus.

Les Phénix ayant quitté le vestiaire, Adam demeure seul avec Frédéric. Il attendait ce moment pour revenir sur le sujet de la jeune femme.

— Ne me refais jamais un coup pareil.

— Tu n'aurais jamais voulu que je te la présente autrement.

— Informe-moi avant.

— Elle ne t'intéresse pas ?

— Ce n'est pas la question.

— Au pire, baise-la, elle n'attend que ça.

Adam regarde son ami, les sourcils froncés, avant de grogner sa réponse :

— Commentaire surprenant de ta part ! Elle m'a dit que tu lui avais assuré que je n'étais pas *un gars comme ça.*

— Je pensais juste que tu serais assez intelligent pour sortir avec elle. Au moins quelque temps, si tu ne voulais pas la marier.

— Écoute, saute-la si tu veux. Mais laisse-moi en dehors de ça.

– Ce n'est pas la question. Ça te ferait du bien de sortir avec elle, de t'amuser un peu. Je pensais que tu étais enfin casé l'automne dernier, mais non, il fallait que tu t'entêtes.

– Que je m'entête ?

Soudain mal à l'aise, Frédéric réalise qu'il en a trop dit. Adam réagit aussitôt, piqué par le commentaire de son ami.

– Que je m'entête ?

– Écoute… j'aimais Valérie… beaucoup… je t'enviais même d'avoir une femme comme elle…

Ne sachant pas où son ami voulait en venir, Adam garde le silence. Frédéric cafouille, conscient qu'il aborde un sujet sensible.

– C'est moche, ce qui lui y est arrivé. Ce qui vous est arrivé. Mais…

– Mais ?

– Elle n'est plus là, Adam. Elle n'est plus là. Tourne la page, refais-toi une vie.

Livide, Adam respire à fond avant de prendre la parole :

– Me refaire une vie ? De quoi tu te mêles ?

– De quoi je me mêle ? C'est simple. Je suis ton chum, vieux. Ton meilleur chum. J'aime pas ça te voir comme ça. Je veux le mieux pour toi. Tu n'es pas heureux, Adam, c'est évident. Tu n'as pas fait ton deuil et tu refuses de voir d'autres femmes. En plus, ton travail te rend malheureux. Pas étonnant que tu joues comme un pied.

– On y revient, évidemment.

– Nah… C'est pas ça l'important. L'important, c'est toi. Et je ne te parle même pas de tes enfants.

Ni l'un ni l'autre ne veulent briser le nouveau silence.

Au bout de quelques secondes, Frédéric ose néanmoins reprendre la parole :

— Je fais ça pour ton bien, tu sais.

— Mon bien, je suis capable de m'en occuper tout seul.

— À te voir jouer ces temps-ci, je ne suis pas certain !

— Coudon, y a-t-il juste l'ostie de championnat qui compte pour toi ?

— Tu m'en dois un, n'oublie pas !

— Le championnat, c'est à Valérie que je l'ai promis. Sur son lit de mort. Toi, je ne te dois rien du tout. Tu as fait tes choix tout seul comme un grand. Assume, maintenant.

Après un silence, Adam assène le coup de grâce :

— Et rappelle-toi pourquoi nous sommes allés jouer en Autriche.

Le visage de Frédéric s'empourpre. Il n'aime pas se le faire rappeler. Mais Adam a raison. Le défenseur avait accepté de l'accompagner en Autriche, tournant le dos à une excellente offre d'une équipe suisse.

Le capitaine secoue la tête pour chasser la colère. S'en prendre à Adam n'était pas le but de la manœuvre. Il souhaite l'aider. Il finit par lui dire :

— Rappelle Marianne. Fais-toi du *fun* avec elle. Je sais que tu as des principes, mais sois honnête avec elle. T'es pas obligé de la marier.

Adam ne répond pas.

— Elle attend ton appel, Adam. Profites-en donc.

16

Frédéric a raison au moins sur un point : Adam n'a pas la tête au hockey. Il le prouve à la partie suivante alors qu'il joue probablement son plus mauvais match avec les Phénix. Peut-être même de sa carrière.

Mais il n'a pas encore touché le fond, ce qui ne saurait tarder. Jouant avec nonchalance, Adam prend possession de la rondelle dans le coin de la patinoire et, sans regarder, effectue une passe molle en plein centre de son territoire, pile sur le bâton d'un attaquant adverse. Une passe parfaite !

Le joueur adverse, seul avec le gardien des Phénix, déjoue ce dernier d'une habile feinte.

La tête basse, Adam s'approche de son gardien pour l'encourager d'un léger coup de bâton sur les jambières et marmonne :

— Désolé !

C'est ce moment que choisit Marc, l'autre capitaine adjoint des Phénix, pour l'apostropher :

— Crisse, Adam ! Le fais-tu exprès ? Si ça ne te tente pas de jouer, retourne donc chez toi !

Il ajoute, en fracassant son bâton sur l'armature du filet :

— Ciboire !

Adam ne répond pas et retourne au banc sans regarder ses équipiers. La remarque de son équipier le blesse profondément. Travailleur infatigable et patineur rapide, Marc est respecté de tous malgré son talent limité. Doté d'un tempérament calme, il n'est pas du genre à s'emporter. Alors, Adam réalise à quel point il est médiocre pour mériter une telle remontrance de son ami.

Frédéric espace les présences d'Adam sur la glace pour le reste de la partie. Mais Adam a compris et, chaque fois qu'il saute sur la patinoire, il fait un effort pour ne pas mettre son équipe dans le trouble.

Le match se conclut par une autre défaite et l'ambiance est morose dans le vestiaire.

Adam avait pensé se changer rapidement et filer à l'anglaise avant que ses équipiers ne déchaînent leur colère. Mais une fois assis devant son casier, le découragement s'abat sur lui. Prostré, il reste assis, sans un mot, fixant le sol sans le voir.

Par pitié plus que par charité, les autres membres de l'équipe le laissent dans sa solitude, s'abstenant de l'accabler encore plus avec leurs reproches.

Pour la première fois depuis longtemps, il songe à tout abandonner. *Non, pas cette fois !* se jure-t-il. Il avait quitté son équipe en pleine saison à deux reprises déjà. Cette fois-ci, il fera les choses dans les règles. Il terminera la campagne et ensuite, ensuite seulement, il se retirera. Pour de bon.

Un à un, les joueurs partent à destination de leur maison. Bientôt, il ne reste plus que lui et son vieil ami. Ce dernier s'approche de son joueur mortifié.

— Tu sais, vieux, il faut libérer la chambre.

Adam lui fait comprendre qu'il a entendu d'un signe de tête. Mais il n'ajoute rien d'autre.

— Ça n'a pas l'air d'aller.

— Ma vie, c'est de la marde !

L'ami, pas le capitaine, s'assoit près de lui.

— Ce n'est pas si pire.

Adam expire fortement pour se moquer. Enfin, il poursuit :

— Tu n'es pas dans ma peau.

— Tu es amoureux ?

— Je ne le sais pas. Je pense.

— Bien oui, tu l'es. Arrête de te raconter des histoires.

— Tu les connais, les filles. Elle voulait qu'on reste amis.

— Pourquoi tu la rappelles pas ?

— Pas une bonne idée. Je n'ai pas besoin de ça.

— Et Marianne ?

— Pas une bonne idée non plus.

— C'est quoi la solution, alors ?

— Je t'enverrai un texto quand je l'aurai trouvée.

Le capitaine, pas l'ami, se lève lentement.

— Tu sais, avec la partie que tu viens de jouer...

Son vétéran défenseur lui coupe la parole :

— Ne t'inquiète pas, ça ne se reproduira plus. Je ne te promets pas de redevenir le joueur étoile que j'ai été. Mais les erreurs et le jeu erratique, c'est terminé.

— D'accord, je t'accorde le bénéfice du doute. Mais, au prochain match...

Adam l'interrompt à nouveau :

— Ça va être correct, je te dis.

17

Non seulement Adam n'a plus le goût de retourner à la patinoire, mais les journées au bureau lui pèsent de plus en plus. La charge de travail est importante et le stress, élevé.

Après une autre épuisante journée de boulot, doublée d'une soirée d'obligations parentales telles que reconduire les enfants à leurs activités, faire le souper et, en l'absence desdits enfants, préparer les lunchs du lendemain, Adam se prépare à se laisser choir sur le divan pour un repos bien mérité lorsque le téléphone interrompt son mouvement. Le nom de l'interlocuteur est masqué, mais le numéro apparaissant sur l'écran numérique lui est vaguement familier.

Il répond, plus agacé qu'autre chose, et reconnaît aussitôt la voix d'Ève.

— Bonsoir, Adam. Est-ce que je te dérange ?

— Non, du tout. Mais, pour être honnête, je n'attendais pas ton appel.

En fait, il n'attendait *plus* son appel. Les premiers jours, il souhaitait désespérément qu'elle l'appelle. Il vérifiait son cellulaire et son courrier électronique toutes les cinq minutes et se jetait sur le répondeur dès son retour à la maison. Il se disait qu'elle se rendrait sûrement compte qu'elle avait fait une erreur de le laisser partir.

Puis c'est lui qui avait pris le téléphone plusieurs fois pour l'appeler, raccrochant rageusement chaque fois sans avoir composé le numéro.

Les jours, puis les semaines avaient passé et il en était venu à ne plus attendre l'appel. Il avait fini par se résigner à faire une croix sur la jolie brune qui l'avait fait vibrer quelque temps.

Ève laisse passer un court moment de silence. Puis elle reprend, d'une voix hésitante :

— Es-tu encore fâché contre moi ?

— Je n'ai jamais été fâché après toi.

— Allons…

— Déçu, triste peut-être, mais pas fâché.

— D'accord. J'aimerais te voir.

— Euh…

Ève l'interrompt :

— Je crois que nous avons des choses à nous dire. Un petit retour à faire sur la façon dont nous nous sommes quittés la dernière fois…

Oui, la dernière fois ! Adam n'est pas certain de vouloir y revenir. Pas plus qu'il n'est certain de vouloir la revoir alors qu'il essaie de toutes ses forces de l'oublier.

— Je ne sais pas si c'est une bonne idée…

Ève lui coupe à nouveau la parole avant qu'il ne termine sa phrase, comme si elle ne voulait pas entendre son objection :

— Adam, s'il te plaît, permets-moi d'insister.

Il sait que, de toute manière, s'il n'a pas encore réussi à l'oublier, il ne l'oubliera pas de sitôt. Surtout pas après son appel. Il doit crever l'abcès et effectivement tirer au clair la façon dont ils se sont quittés.

— Pourquoi pas, après tout?

— Veux-tu que nous allions dîner cette semaine?

— Cette semaine, ce n'est pas vraiment possible. Et, à vrai dire, je préférerais un café.

Le court silence lui indique qu'Ève hésite.

— D'accord... La semaine prochaine, ce n'est pas idéal, mais... hum... d'accord. Et tu préfères vraiment un café?

— Oui.

Si la discussion tourne mal, il ne souhaite pas être obligé de demeurer assis en face d'elle et prolonger le calvaire. Juste évoquer une rencontre lui retourne l'estomac; il n'ose s'imaginer leurs retrouvailles, encore moins une discussion tournant au vinaigre. Car il a bien l'intention de clarifier certains points, si l'objectif d'Ève est de recommencer à le voir. Sans grande surprise, elle acquiesce à sa proposition.

— Alors, disons mardi, propose Adam. Au même café que lors de notre première rencontre?

— D'accord, confirme Ève.

— J'y serai à 17 h.

Adam raccroche le téléphone et croise les bras sur sa poitrine. Il respire lentement pour calmer les battements de son cœur. Son rythme cardiaque revenu à la normale, il ne peut s'empêcher de se questionner : a-t-il pris la bonne décision?

Une autre fin de match serrée. La marque est à égalité, trois à trois, et les Phénix ont bien besoin de ce point au classement. Adam récupère la rondelle dans le fond de son territoire. Apercevant Simon près de la ligne bleue, il lui fait une passe vive. Trop vive. L'attaquant, pourtant talentueux, ne peut conserver la rondelle, qui file à l'autre bout de la patinoire. Le juge de ligne rend son verdict : le dégagement est refusé. Le jeu est rappelé dans la zone des Phénix.

À la reprise, près du gardien des Phénix, leur joueur de centre perd la mise au jeu. La rondelle se déplace vers le joueur de défense adverse, qui décoche un lancer frappé qui trompe la vigilance du gardien. Les Phénix s'inclinent à nouveau.

Dans le vestiaire, la colère gronde. Frustré, Simon s'en prend à Adam. Du jamais vu !

– C'était quoi, c'te passe-là, tabarnak ! Tu pouvais pas lancer plus fort ?

– Ostie ! C'est-tu de ma faute si tu as des poignets de fillette, calvaire ? On est dans une ligue d'hommes, ici !

– Fillette ? C'est drôle que tu me dises ça, toi qui touches à personne sur la glace. Et qui arrêtes de jouer quand tu reçois un coup de bâton.

– Mange donc de la marde !

– Avec ton physique, tout le monde dans la ligue devrait avoir peur de toi, à part peut-être le gros macho.

Ce faisant, il pointe Dave du doigt. Celui-ci réagit aussitôt :

– Hé ! Laissez-moi en dehors de vos petites histoires d'amateurs.

Simon se tourne vers lui :

– Amateurs ? Crisse de faux professionnel. Si t'étais si bon que ça, pourquoi es-tu avec nous, câlisse ? Il serait peut-être temps que tu comprennes ça et que tu commences à jouer en équipe.

– Je jouerai en équipe quand vous serez à mon niveau.

— VOS GUEULES !

Tous les joueurs se tournent vers Marc, qui vient de hurler. Lui, c'est vers Frédéric qu'il se tourne.

— Crisse, Fred, fait quelque chose. C'est toi, le boss de ce club-là.

Presque à contrecœur, le capitaine s'avance vers le centre de la pièce.

— OK, les gars, on va tous prendre une grande respiration et se calmer.

À sa grande surprise, personne ne rouspète.

— Cette partie-là, c'est pas sur le dernier jeu que nous l'avons perdue.

Il laisse passer un moment de silence que personne n'interrompt, la plupart des joueurs étant occupés à regarder par terre.

— On peut s'engueuler toute la soirée, reprocher à tout le monde leurs défauts, la réalité c'est que, ce soir, nous avons été médiocres. Je pense que, pour le moment, on va tous retourner à la maison et méditer là-dessus. À la prochaine pratique, on reparlera de tout ça calmement.

Avant de partir, Adam s'approche de Marc.

— Ça va ?

— Non, ça va pas !

Le ton sec de l'homme est inhabituel. Adam reprend doucement :

— Est-ce que je peux t'aider ?

— Excuse-moi, mais t'es même pas capable de t'aider toi-même !

— C'est très gentil de ta part !

— Tu sais ce que je veux dire. Tout le monde le sait. Tu ne t'es jamais remis de la mort de Valérie. Ta vie est à la dérive depuis son décès. Et nous comprenons tout ça. Alors, pour ce qui est d'aider les autres…

— Je peux au moins t'écouter.

— Ouais, c'est vrai. Tu peux.

— Alors ?

Son ami inspire profondément, avant de reprendre :

— Tu es mon chum depuis longtemps et je sais que ce n'est pas facile depuis la maladie de Valérie. Je n'échangerais pas ma place avec toi. Mais, tu sais, nous autres aussi, on vit des boutes *tough*.

Adam s'assoit près de lui et centre son attention sur son ami.

— Mon divorce avec Kathleen n'a pas été facile. Je ne trippe pas plus que ça sur mon job et mon boss me fait crissement chier. Je ne roule pas sur l'or et les enfants sont en pleine crise d'adolescence.

Adam ne répond pas. L'homme dépité poursuit :

— J'attendais les matchs toute la semaine avec impatience pour venir avoir du *fun*. Me défoncer en jouant et en faisant des blagues avec vous autres, à parler du bon vieux temps et des carrières que nous aurions pu avoir.

Il se tait, le temps de ranger une pièce d'équipement dans son sac. Il reprend, le regard fixé dans le fond de sa poche de hockey :

— Avant, on allait prendre une bière après tous les matchs. Combien de fois on s'est réuni la fin de semaine pour bâtir un cabanon ou pour finir le sous-sol d'un gars de l'équipe ? Rappelle-toi la fois où on avait organisé un lave-auto pour payer le voyage de fin d'année de la fille à Martin. Maudit qu'on avait eu du *fun*.

— Je me rappelle, oui. Comment oublier, avec Serge qui faisait le pitre ?

— Là, c'est rendu lourd en ostie. Dave joue tout seul, Fred ne veut que gagner et toi, tu fais la baboune dans ton coin. Il n'y a plus de *fun* à avoir ici !

Il range une nouvelle pièce d'équipement, tout en poursuivant sa confession :

— C'est quand, la dernière fois qu'on est allés prendre une bière ensemble ? Les gars sont tellement écœurés. Ils arrivent tout juste avant le match et se dépêchent de partir aussitôt que c'est fini. On s'engueule presque à chaque match.

— Tu exagères un peu, là. Ce n'est pas si pire.

— Peut-être, mais ce n'est plus le *fun* comme avant. Pis, on arrive plus à gagner un match.

— Sois patient, ça va revenir. Tout va s'arranger.

— Ah oui ? J'ai hâte de voir.

Adam met la main sur l'épaule de son ami.

— Ouin, moi aussi.

18

La semaine, sans être agréable avec tous les tracas professionnels et familiaux, a passé vite et ce n'est pas sans une certaine anxiété qu'il se rend au rendez-vous avec Ève. Il se doute bien qu'elle ne l'a pas relancé pour rien. Il souhaite garder la tête froide et mettre les choses au clair avant de se lancer à nouveau dans une relation… si jamais elle est ouverte à ça.

Il arrive au café, avec son malaise toujours présent. La boule dans l'estomac qu'il sent depuis le matin pèse de tout son poids. Franchir la porte de l'établissement augmente encore son malaise. La revoir lui fait peur.

Elle a été plus rapide que lui, encore une fois. Elle est assise au fond et boit déjà un café. Malgré ses tentatives, il n'a jamais réussi à l'oublier et le simple fait de la voir assise à une table suffit à éveiller en lui des sentiments qu'il aurait préféré avoir enfouis beaucoup plus profondément.

Il s'approche d'elle d'un pas hésitant. La peur de trahir ses sentiments, la peur de se rendre vulnérable lui taraude l'estomac.

Toujours jolie et élégante lorsqu'il la voyait, Ève semble avoir fait un effort supplémentaire cette fois-ci. Elle est ravissante. Souriante, un peu hésitante, elle se lève à son approche et prend la parole :

— Allo. Ça fait longtemps.

Il lui donne la bise. L'odeur de son parfum lui fait tourner la tête. Plein de sentiments tentent de remonter à la surface. Les contenir ne sera pas chose aisée. Garder la tête froide non plus. Il la salue avant de s'asseoir.

— Hé ! Tu es tout bronzé.

— Oui, j'ai fait un voyage dans le Sud. Il y a quelques semaines déjà.

— Où es-tu allé ?

— À Cuba.

— Tu as fait un beau voyage ?

— Oui.

Adam commande un café, qu'il reçoit rapidement.

Comme lors de leur rupture, et même avant, la discussion ne lève pas. Elle tente d'être légère, mais c'est trop forcé. Lui est distant.

Le malaise persiste. Ève n'ose aborder le sujet et Adam, la gorge nouée, est déterminé à attendre qu'elle se décide à le faire. Mais elle cherche à gagner encore un peu de temps.

— Tu y es allé seul ?

— Non, avec les deux plus jeunes. Mon aîné ne pouvait pas venir. J'ai essayé de faire concorder les dates, mais ça n'a pas fonctionné.

— Voyage tranquille ?

— Cuba, c'est bien beau. Mais il n'y a pas grand-chose à faire. Nous avons fait une sortie de plongée en apnée, les enfants adorent ça. Le reste du temps, nous étions à l'hôtel ou à la plage.

— C'est quand même bien. Je n'ai jamais eu l'opportunité d'y aller.

Elle a un sourire timide, avant de poursuivre :

— Je vois que tu n'as pas beaucoup changé. Tu es toujours aussi laconique. Peut-être un peu amer, aussi.

Il hésite à peine un dixième de seconde avant de lui balancer la seule réplique qui lui vient à l'esprit :

— Il faut dire que, à la lumière des derniers mois, rien ne me laisse présager que ma situation s'améliore. Te rencontrer a été tout au moins aussi néfaste que bénéfique pour moi.

Ève reçoit la remarque comme un boxeur encaisse un crochet dévastateur et doit reculer dans son coin pour un compte de huit. Tel un boxeur, elle secoue légèrement la tête, comme pour remettre ses idées en place.

Elle a saisi immédiatement le reproche. Elle n'avait pas été tendre avec lui lorsqu'ils s'étaient quittés. Les derniers mots qu'elle lui avait adressés étaient durs, lourds de reproches. Quand il l'avait accusée d'avoir elle-même mangé la pomme, elle avait pété un plomb, elle doit l'avouer.

Elle s'était attendue à une remarque du genre. Mais néfaste ? Vraiment ? Elle a été néfaste pour lui ? Ce n'est pas ce qu'elle souhaitait entendre. Surtout pas ce soir.

Malgré elle, le reproche la touche, il lui fait mal. Il est vrai qu'elle ne s'est pas protégée, elle qui s'apprête à ouvrir son cœur, avec l'espoir qu'Adam soit prêt à l'ouvrir lui aussi.

Mais, prise d'un léger vertige, elle ne peut qu'admettre la dureté des propos de son vis-à-vis.

— Wow ! Tu frappes fort !

Adam, lui, n'a pas encore réalisé l'impact de ses paroles.

Contrite, elle continue :

— Tu n'as pas été méchant souvent avec moi. Je ne devrais pas me plaindre, j'imagine que je l'ai mérité.

Adam secoue la tête. Il veut une explication, pas un règlement de compte.

— Je… tu interprètes mal mes propos. Je ne faisais que constater ma situation. Je suis désolé, je me suis peut-être mal exprimé.

Elle prend une gorgée de café en baissant la tête. Un peu de café qu'elle prend beaucoup de temps à avaler. Une éternité. Elle finit par relever la tête, encore un peu confuse.

— Tu as passé de belles Fêtes ?

Il hoche la tête, songeur.

— Oui. Je dois spécifier cependant que les réveillons sont encore un peu difficiles. Le souvenir de Valérie reste présent et douloureux.

— Je présume.

— Et toi ?

— Oui, j'ai pris quelques jours de vacances pour aller dans la famille. C'était bien.

Elle observe un court silence avant de le regarder dans les yeux, à la fois déterminée et nerveuse.

— Adam, je… j'aimerais… Adam, est-ce que tu as quelqu'un dans ta vie ?

Adam lève un sourcil et pince les lèvres.

— Quelqu'un comme… quelqu'un que je fréquente ?

Ève fait un léger signe d'approbation de la tête, anxieuse. Adam, lui, l'observe fixement, tandis qu'il ajoute :

— Non. Et toi ?

Ève se rassérène. La tension qui crispait son visage semble se relâcher un peu.

— Non. Tu dois t'en douter un peu. Non ?

— Ça m'a traversé l'esprit. Ça n'a pas fonctionné avec l'autre gars ?

— Non, pas vraiment.

— Ça fait longtemps ?

— Oui.

— Tu n'as pas appelé avant ?

— Je voulais te laisser un peu de temps.

Elle prend une gorgée de café avant d'avouer, du bout de lèvres :

— Et je t'en voulais un peu.

— Pourquoi ?

— De m'avoir quittée. De ne pas avoir donné de nouvelles. Pour... pour tout ça.

— Et maintenant ?

— J'ai pris moi aussi un moment pour réfléchir.

Elle marque un temps d'arrêt, comme pour réfléchir encore, comme si elle doutait encore de ce qu'elle devait dire, que sa décision n'était pas encore prise. Ou encore, juste pour préparer son effet.

— Écoute, poursuit Ève. Tu m'as manqué. Quand nous avons cessé de nous voir, j'ai réalisé à quel point j'aimais être avec toi. J'ai compris que j'avais peut-être fait une erreur. Je n'étais pas prête pour ce que tu me demandais. Je n'étais pas certaine.

— Tu l'es maintenant ?

Elle inspire profondément.

— Pour être honnête, non. En revanche, je sais que j'ai envie d'être avec toi et que je veux apprendre à te connaître. J'ai peut-être voulu aller trop vite avant la période des Fêtes.

Tu avais besoin de temps et je t'ai bousculé un peu. Je le comprends mieux maintenant. Et là, j'ai envie de m'investir dans notre relation. De voir ce qu'on peut développer.

— Et l'autre gars ?

— Tu le fais exprès ? Tu ne rends pas les choses faciles, tu sais. Je m'ouvre là, je me livre à toi.

Malgré l'irritation évidente d'Ève, Adam veut s'assurer qu'elle sait où elle va.

— C'est vrai. Excuse-moi. Mais je ne suis pas ici pour te faciliter les choses. Je suis ici pour les clarifier. Alors, l'autre gars ?

— Fini depuis longtemps. En fait, il n'y a jamais rien eu. Disons qu'il a bien caché sa véritable personnalité. Enfin, il ne fait plus partie de l'équation.

Ève baisse les épaules, lui donnant l'air d'être abattue, puis elle lui demande timidement, en relevant la tête :

— Et toi, tu en es où ?

— J'ai attendu ton appel quelques semaines. Puis j'ai essayé de t'oublier. J'en ai été incapable.

Adam réfléchit à son tour. Il reprend en la regardant intensément :

— Si tu es certaine de vraiment vouloir qu'on se fréquente, je serais très heureux. Mais je veux que tu sois vraiment certaine.

Ève expire et reprend, en serrant les dents :

— T'es fatigant avec tes exigences de certitude… Je serais ici, tu penses, si ce n'était pas ce que je voulais ? Je ne te promets pas de faire ma vie avec toi, OK ? Ni même de tomber amoureuse de toi. Mais, je suis prête à essayer.

Sa voix s'adoucit.

— Et je crois bien que je pourrais y parvenir, si tu me laisses une chance.

— Et pour l'autre gars, si c'est clair pour toi, est-ce que ça l'est pour lui ? Parce que s'il revient jouer dans mes plates-bandes, tu auras juste une chance de lui faire comprendre de s'éloigner. S'il ne comprend pas, je me chargerai de le lui faire comprendre !

Enfin, Ève se laisse aller à un sourire qui accompagne ses paroles :

— Mais, c'est qu'il peut devenir méchant !

— Quand il le faut, tu n'as pas idée à quel point !

— Oui, c'est clair. Pierre — il s'appelle Pierre — ne l'a d'ailleurs pas très bien pris.

— Tu lui as sorti le célèbre « restons bons amis » ?

Elle émet un petit rire.

— Pas exactement. Mais c'était l'idée générale. Il a manifesté haut et fort son mécontentement. Il m'ignore depuis.

Elle baisse les yeux et garde le silence un instant, pensive.

— Ironiquement, à ne pas pouvoir, ou à ne pas vouloir choisir, j'ai risqué et je risque toujours de vous perdre tous les deux.

Adam ne sait que répondre à son affirmation. C'est effectivement elle qui s'est mise dans cette situation. Pour sa part, il a encore des interrogations sur les motivations d'Ève.

— Tu m'as dit la dernière fois que j'ai une armure solide. Qu'est-ce qui te fait croire que mon armure est moins solide qu'avant ?

— J'ai aussi dit que tu avais une belle armure. Et je maintiens ce que j'ai dit.

Elle sourit et précise sa pensée.

— J'ai eu beaucoup de temps pour affûter mes armes. Et, à ce moment-là, j'avais des doutes, je n'étais pas certaine.

Elle sourit de nouveau, lui prend la main par-dessus la table. Un geste tout en douceur, sachant Adam très farouche.

— Mais je n'ai plus de doutes maintenant. Tu vas vite t'apercevoir que quand je veux quelque chose, je peux être persévérante. Très persévérante !

Elle lui serre la main tout doucement.

— Et je suis certaine que, si je réussis à percer ton armure et que je cherche bien, je vais y trouver un petit homme tout brisé, tout triste. Un petit homme qui ne demande qu'à être aimé. Et ce petit homme-là, je suis certaine que je pourrai en être amoureuse et que je voudrai le consoler.

Ébranlé par la remarque, Adam souhaite intérieurement qu'Ève ne remarque pas la lueur d'humidité qui embue ses yeux.

19

L'heure de la fermeture de l'établissement approchant à grands pas, la serveuse tourne autour d'eux en montrant des signes d'impatience de plus en plus manifestes. Ils se préparent donc à partir, quand Ève lance son invitation :

— Ma fille n'est pas à la maison ce soir. Veux-tu que nous y allions ? Nous serions plus à l'aise. Pour parler, si tu veux parler. Ou juste pour écouter un film si tu préfères.

— Euh… je ne sais pas…

— Ne crains rien, je ne te violerai pas. De toute façon, j'ai mes règles. Alors…

— Ce n'est pas la question.

— Allez, je te le demande.

Il hésite encore un moment avant de se décider. Ève se fait insistante.

— Allez !

— D'accord.

Au volant de son volumineux VUS aux couleurs sombres, Adam suit la voiture d'Ève dans un court trajet qui les mène là où elle habite, dans un vieux quartier résidentiel où trônent des bungalows typiques des années 70. Ève tourne dans l'entrée de l'avant-dernière maison d'une petite rue. Adam se stationne derrière elle et la rejoint.

— Voici ma modeste demeure.

— Elle est très bien.

— Heureusement, je l'ai achetée avant la montée des prix. Sinon, je n'aurais pas pu me le permettre. Je l'ai probablement payée moins cher que tu as payé ta voiture.

— N'exagère pas, quand même.

Ils entrent et elle lui présente rapidement les lieux, un petit bungalow tout simple, avec une décoration sobre quoiqu'un peu trop florale au goût d'Adam. Mais rien de surprenant pour une maison habitée par deux femmes.

— Veux-tu une bière ? J'ai acheté ta rousse préférée.

— Merci. Tu sais, ce n'était pas nécessaire. Je sais que tu me trouves un peu bourgeois, mais je bois toutes les bières.

Elle lui met la main sur l'épaule et le regarde dans les yeux sans ciller.

— Je voulais te faire plaisir. Est-ce que je peux ?

Quelque chose dans son regard et le ton qu'elle a employé indique qu'elle ne souffrira aucune réplique.

— C'est très gentil. J'apprécie.

Après lui avoir remis une bière, elle pose délicatement sa main sur le bras d'Adam.

— Ça te dérange si je mets quelque chose de plus confortable ? Notre discussion m'a épuisée.

— Non. Fais comme chez toi !

— Tu es drôle.

Elle s'absente quelques minutes. Il en profite pour prendre place sur le divan.

À son retour, vêtue d'une robe plus ample que la jupe et le chemisier ajustés qu'elle portait plus tôt en soirée, elle semble plus détendue. Elle s'assoit près de lui.

Alors qu'ils se jettent des coups d'œil timides, c'est Adam, pour une fois, qui lance la discussion.

— Pour la bière, tu étais certaine que je viendrais ce soir ?

— Je l'espérais fortement. Avant de t'appeler, je me disais qu'avec tout ce que tu m'avais dit avant de me quitter, j'avais encore des chances. La seule raison pour que tu ne me donnes pas une deuxième chance était que tu aies rencontré quelqu'un d'autre.

— Si c'était arrivé ?

— Je m'en serais voulu longtemps. Et quand tu as accepté de me rencontrer, je me suis dit que tu n'avais personne d'autre, sinon tu me l'aurais dit.

— Je ne suis pourtant pas le genre à donner une deuxième chance.

— Tu m'avais invitée à te rappeler une fois que j'aurais « exploré ma relation avec l'autre », pour reprendre ton expression. Quand tu as accepté de me revoir, je m'accordais de bonnes chances d'avoir un deuxième essai. Et que tu accepterais de venir ici ce soir. Ou encore un autre soir.

Elle s'étire langoureusement : le jeu de la séduction est commencé. Elle a déjà eu l'occasion de remarquer la façon subtile dont le regard d'Adam s'illumine lorsqu'il la regarde. Et c'est pleine d'espoir qu'elle reprend :

— Je dois t'avouer que je m'attendais à une rencontre difficile, mais pas à ce qu'elle me rentre dedans comme ça.

— Désolé si ça t'a paru difficile. Je voulais juste que nous repartions sur de bonnes bases.

— Et ? Je t'ai convaincu ?

— Je ne serais pas ici sinon.

— Tu veux que nous regardions un film ?

— D'accord. Je crois que j'ai suffisamment parlé pour ce soir.

— Évidemment. Je suis passée au club vidéo cet après-midi. J'ai pris quelques films qui devraient, je l'espère, t'intéresser.

— Tu as pensé à tout !

— J'ai essayé…

Confortablement installés sur le divan, ils commencent le visionnement du film. Rapidement, Ève allonge la main pour prendre celle d'Adam. Il se raidit instantanément. Ève commence à retirer sa main quand Adam referme doucement sa main sur la sienne.

Peu à peu, discrètement, elle s'approche de lui. Bien que concentré sur le film, Adam observe du coin de l'œil l'approche furtive de la belle séductrice. Il la laisse faire, n'ayant aucunement envie de la repousser. Ève complète sa manœuvre et vient se blottir contre lui. Puis elle murmure :

— J'avais oublié que tu sentais si bon.

Comme il ne répond pas, elle enchaîne en se serrant un peu fort contre lui :

— Tu m'as manqué.

— Toi aussi.

Étroitement enlacés, ils regardent le film dont Adam oubliera bien assez vite l'histoire.

Il se fait tard une fois le film terminé. Ils savent qu'Adam devrait partir bientôt. Pourtant, aucun d'eux n'amorce de mouvement. Le murmure d'Ève vient rompre le silence.

— Je suis si bien dans tes bras. Je n'ai pas envie de te laisser partir.

— Tu as promis de ne pas me violer, tu te rappelles ?

— Oui, mais je n'ai jamais promis de ne pas t'embrasser.

– Ce n'est pas un peu tôt? On commence juste à se revoir.

– Tôt? Pour baiser, oui. Pour *un* baiser, non! Ça fait déjà longtemps que j'attends ça. J'ai hâte que tu te décides! Je ne suis pas retournée te chercher pour que nous soyons amis, tu sais!

D'un mouvement lent, elle lui pose la paume de sa main sur la joue, les doigts près de l'œil, lui caressant les lèvres de son pouce. Adam n'amorçant aucune esquive, elle s'approche de lui et pose doucement ses lèvres sur les siennes, très légèrement, puis se retire en le regardant dans les yeux. Un baiser presque chaste.

Adam ne bougeant toujours pas, semblant l'inviter à recommencer, elle s'avance à nouveau, yeux fermés, lèvres tendues, et presse ses lèvres plus fermement cette fois contre celles de cet homme têtu qui semble enfin prêt à succomber à ses charmes.

Fermant les yeux à son tour, Adam se laisse aller au plaisir de ce contact. Les lèvres minces entourant cette petite bouche s'avèrent être beaucoup plus charnues qu'elles n'y paraissent. Agréablement charnues.

Ève se retire lentement. Il sent les lèvres de la belle séductrice effleurer encore les siennes. Il ouvre les yeux et aperçoit ceux d'Ève le regardant fixement, à un ou deux centimètres des siens, semblant attendre qu'Adam prenne une décision.

Enfin, il se laisse aller à ses sentiments, qu'il refoule depuis des mois. Il prend Ève dans ses bras, la bascule sur le divan et l'embrasse avec passion.

20

Sa relation débutante avec Ève donne un second souffle à Adam. Il avait oublié l'allégresse des aurores amoureuses, le bien-être d'être en compagnie d'une femme douce et attentionnée, ainsi que le délice des baisers, des plus doux aux plus passionnés.

Bientôt, Ève célèbre son anniversaire. Elle insiste pour qu'Adam participe à la sortie que ses amies ont organisée pour elle. Adam tente de se désister, détestant la danse et les bars, mais Ève sait se rendre convaincante.

Occupé comme toujours, Adam arrive alors que la soirée est déjà commencée. Et Ève a bien amorcé la soirée. Dès qu'elle l'aperçoit, elle se rue vers lui pour l'embrasser.

— Bonsoir, mon amour. J'avais hâte que tu arrives.

Ève a déjà le débit ralenti de quelqu'un s'approchant de l'état d'ivresse.

Elle le présente rapidement à ses amies, toutes impatientes de rencontrer l'homme qui a réussi à conquérir « Ève la Farouche », avant de l'entraîner sur la piste de danse. Adam se laisse faire et se retrouve bientôt avec une Ève belle et sensuelle comme jamais qui se blottit contre lui langoureusement.

La soirée se poursuit et Ève continue de s'enivrer, enchaînant les verres et les déclarations d'amour de plus en plus insistantes et éthyliques à son *tchuummm*, ce qui fait sourire ses amies et qui gêne un peu, beaucoup même, un Adam de nature timide. Et encore, pour la énième fois, elle lui proclame son amour.

– T'es mon amooour.

– Oui, je sais.

– Embrasse-moooi…

À la fin de la soirée, il doit la reconduire chez elle. Bien que ce fût déjà prévu, il n'aurait pu en être autrement maintenant, car elle est dans un état d'ébriété avancé. Heureusement, il a eu la présence d'esprit d'enregistrer les coordonnées de la demeure d'Ève la première fois qu'il s'est rendu chez elle. Car Ève n'est d'aucune utilité pour le guider jusqu'à son domicile. Aussi, il sélectionne l'onglet « Ève » de son GPS après avoir installé la belle et comateuse jubilaire sur le siège passager de son véhicule.

Il conduit lentement dans la circulation, plus dense qu'il ne l'aurait cru à cette heure, lorsqu'il entend le haut-le-cœur de sa passagère. Malgré ses efforts, il ne peut immobiliser la voiture avant qu'il ne soit trop tard. Lorsqu'il réussit à stopper, le mal est fait. Les vêtements d'Ève sont souillés et l'intérieur de la voiture est dû pour un nettoyage. Il l'aide à sortir pour prendre un peu d'air frais avant de compléter le trajet.

Enfin! Ils sont enfin arrivés. Avec Ève toujours dans les vapes, il doit se résoudre, un peu découragé, à fouiller dans son sac à main afin de trouver les clés de la maison.

Il la porte sans effort jusqu'à l'entrée, où il la pose sur le sol. Il la maintient contre le mur de la maison d'une main, le temps de déverrouiller la serrure et d'ouvrir la porte de l'autre. Il doit à nouveau la transporter jusqu'à la chambre à coucher, où il la dépose sur son lit et lui retire manteau et chaussures.

Les haut-le-cœur reprennent. Il la traîne jusqu'à la salle de bain et lui tient la tête au-dessus de la cuvette, lui retenant la natte de cheveux dans les airs et lui tapotant le dos alors qu'elle fait des efforts pour évacuer le surplus d'alcool.

— Allez, laisse sortir, ça va faire du bien.

S'il n'est pas doué pour la séduction ou pour se laisser aller à ses sentiments, il sait comment prendre soin d'une femme malade. Valérie l'a tellement été lors de ses traitements de chimiothérapie, il s'en est occupé avec tant de dévotion et de tendresse !

Vaguement coupable, il s'étonne du tourbillon d'émotions et de souvenirs qui remontent en lui tandis qu'il s'occupe d'Ève de la même manière qu'il le faisait de sa défunte épouse.

Les vomissements terminés, il verse un peu d'eau dans un verre pour qu'elle se rince la bouche et lui lave avec douceur le visage avec un linge humide. Il la conduit ensuite dans sa chambre et la dépose à nouveau sur son lit. Puis il l'aide à remonter les couvertures et à se couvrir avant de l'embrasser sur le front.

— Allez, bonne nuit.

— Mmrmrm…

Il l'observe un moment. Ce petit corps recroquevillé dans le lit lui rappelle plus sa femme malade que sa blonde sensuelle qui a fait monter le désir en lui sur la piste de danse, quelques heures plus tôt.

Il s'assoit ensuite dans le salon jusqu'à l'arrivée d'Audrey. Surprise de trouver un étranger dans son salon, la jeune femme s'approche de lui avec un brin de méfiance.

— Bonsoir. Vous êtes Adam, je présume ?

— Effectivement. Tu es Audrey ?

— Oui.

— Enchanté.

Il lui tend la main, que la jeune femme accepte avec empressement, contente d'enfin rencontrer le *fameux* Adam. Néanmoins, elle s'interroge toujours sur la présence du chum de sa mère dans le salon. Elle aurait été moins surprise de le savoir dans le lit de sa mère que de le trouver dans le salon !

— Pardonnez-moi, questionne la jeune fille, mais puis-je savoir ce que vous faites dans le salon ?

— Disons que ta mère a un peu abusé de l'alcool. Je l'ai reconduite et l'ai déposée dans son lit. J'attendais ton retour, car je n'osais la laisser seule.

— Ah ! Je suis surprise, ce n'est pas dans ses habitudes.

— As-tu besoin d'aide ?

— Merci. C'est gentil de le proposer. Mais je vais m'en occuper.

— D'accord. Je suis content de t'avoir rencontrée. Bonne nuit.

Laissant sa blonde aux bons soins de sa fille, Adam regagne son véhicule d'un pas lourd. Sur la piste de danse, ce soir, il a désiré Ève comme jamais. Qui sait ce qui serait arrivé si elle s'était contentée de boire raisonnablement ! Se serait-il enfin laissé aller ?

Aussi, la rencontre avec Audrey, une charmante jeune femme, rend sa relation avec Ève beaucoup plus concrète. Peut-être trop concrète. Jusque-là, ils ont tenu à distance leurs petits mondes respectifs de leur amour naissant. Il doit avouer que cette nouvelle réalité l'angoisse un peu.

Car cela implique qu'il devra aussi présenter ses enfants à sa compagne. Autant il n'est pas prêt à lui faire une telle place dans sa vie, autant il redoute le moment où Ève exigera une plus grande intimité entre eux. Une intimité physique qui, à ses yeux, constituera une grave infidélité envers Valérie.

21

Adam vient de fermer les yeux, du moins le pense-t-il, quand l'alarme du réveille-matin le tire du sommeil. Il tente sans succès de fermer l'alarme en frappant de plus en plus fort sur l'appareil avant de réaliser que c'est la sonnerie de son cellulaire qu'il entend. Il ouvre les yeux. Il n'est que 5 h.

Il répond d'une voix pâteuse, l'esprit encore engourdi par le sommeil.

— Adam Bernier !

— Bon matin, Adam, c'est Éric.

Éric est le technicien de garde cette semaine.

— Salut. Qu'est-ce qui se passe ?

— Les systèmes sont tombés cette nuit. Ils ne répondent plus depuis 2 h 42 ce matin.

— Depuis 2 h 42 ?

— Oui, pourquoi ? Tu as l'air surpris.

— Non, rien. On peut relancer les transactions quand ?

— On y travaille. J'ai fait rentrer tout le monde. Les gars épluchent les journaux d'événements afin de déterminer le moment où les systèmes ont cessé d'émettre. Après, il faudra redémarrer les systèmes et contacter les clients pour relancer les opérations. Le problème, c'est que nous ne sommes pas capables de relancer les serveurs. On aurait besoin de toi. Tu viens ?

— Les serveurs, c'est normal. J'ai implanté un système de sécurité de mon cru. J'arrive. Donne-moi juste le temps de me doucher et d'arriver… Et merde !

— Qu'est qu'il y a ?

Le patron n'a pas vraiment envie de s'étendre sur le sujet.

— Un petit problème avec la voiture.

Aller au travail avec cette voiture souillée n'est pas évident, mais il n'a pas le choix. Il n'a pas le temps de la nettoyer ce matin et la BMW est entreposée pour l'hiver.

— OK, je fais vite, reprend Adam. Et appelle Bill. Il devra contacter les clients tôt ce matin. Demande-lui d'être là pour 8 h.

— Je m'en occupe.

Après avoir pris une douche et s'être rasé, Adam met en marche la cafetière et sélectionne la fonction « double expresso ».

Puis il fixe bêtement l'appareil. Regardant distraitement le liquide foncé couler dans la tasse, il tente d'éveiller son esprit alors que son corps ne souhaite que se rendormir. Le café prêt, il boit à petites gorgées le liquide tonifiant.

Il s'appuie ensuite sur le dossier de la chaise et attend que la caféine fasse son effet.

Adam arrive d'un pas précipité dans les bureaux de la société et fonce vers la salle des serveurs où les gens s'affairent déjà.

— Salut, tout le monde. Allez. Donnez-moi un état de la situation !

C'est Éric, le technicien qui l'a réveillé un peu plus tôt, qui lui répond.

— Nous avons évité le pire. Quelqu'un a essayé d'infiltrer les systèmes. En fait, il a réussi à pénétrer nos défenses, mais les serveurs se sont tous fermés immédiatement.

— J'avais prévu le coup. Dès que le système de sécurité détecte un début d'intrusion, il lance un programme pour fermer les serveurs que j'ai développé.

Adam s'approche de la console de gestion.

— Vous l'avez trouvé, celui qui a voulu nous pirater ?

Son regard ne rencontre que des visages concentrés et soucieux. Au grand bonheur de son patron, Éric a pris les choses en main.

— Pas encore, Adam. On y travaille. Mais je pense que tu devras t'y mettre. Ceux qui ont perpétré l'attaque s'y connaissent. C'est au-dessus de mes compétences.

— OK, je m'en occupe. Assurez-vous de remettre tous les systèmes en marche au plus tôt. Vous avez contacté les clients ?

— Oui, c'est fait. Et dès que nous sommes prêts, on recommence tous les traitements de données qui ont été faits depuis le début de la soirée d'hier. On attend la fin de la restauration des bases de données et on relance le tout.

— Parfait, je vous laisse avec ça. Moi, j'analyse l'attaque pour voir d'où ça vient. Au travail.

Adam se dirige vers la porte. Il doit s'entretenir avec Bill, ce qui est souvent pire que d'affronter des pirates informatiques.

Au milieu de l'avant-midi, les systèmes sont relancés et le travail a repris normalement. Adam demande alors à Bill de le rejoindre dans son bureau. Depuis leur violente dispute, la relation s'est améliorée entre les deux hommes. Enfin, elle est moins orageuse. Adam résume son analyse de la situation.

— J'avais des doutes sur un de nos clients. C'est probablement lui qui a lancé l'attaque de cette nuit. Ou quelqu'un chez lui. C'est pour ça que j'ai mis mon programme en place.

— Qui ?

— Notre client le plus important. Ce n'est pas la première fois qu'il nous cause des problèmes.

— Qu'est-ce qu'il a fait ?

— Un virus a été inséré dans le dernier transfert de données. Une attaque en deux temps. Cette nuit, le virus s'est activé et a créé une importante brèche dans nos pare-feu. Une deuxième attaque a eu lieu de l'extérieur. Elle visait à s'engouffrer dans la brèche.

— Et les systèmes se sont fermés, comme ça ? Ce n'est pas un peu radical ?

— Tu sais, je suis mal outillé pour parer à une attaque. Tout fermer demeure le meilleur moyen. On perd une journée de traitement, mais on ne risque pas de voir les données de nos clients en vente sur le *dark Web.*

Adam se recule sur sa chaise et croise les bras pour renforcer son verdict :

— Moi, je n'ai plus confiance.

Bill se gratte la tête.

— C'est notre plus gros client… On ne peut pas le mettre dehors…

— Je sais. Je vais l'isoler des autres clients. Mais ça limite encore nos ressources.

Bill pose ses pieds sur le bureau d'Adam, sans se soucier du fait que cette manie irrite son associé. Ce dernier plisse les yeux, mais préfère rester concentré sur le problème de leur client.

— Il faut trouver une solution, affirme Adam.

— Que proposes-tu ?

— J'y réfléchis. D'ailleurs, je dois te parler de nos équipements.

Bill expire bruyamment en levant les yeux vers le plafond de la pièce.

— Qu'est-ce qu'il y a encore ? grogne Bill.

— J'utilise chaque serveur au maximum de ses capacités. Plusieurs d'entre eux ont déjà dépassé de beaucoup le temps normal d'utilisation. Il va vraiment falloir moderniser nos équipements. Sinon, ce n'est plus d'attaques informatiques dont nous devrons nous inquiéter, mais des pannes d'équipement. L'équipe fait un travail presque surhumain pour maintenir le tout en marche. Mais bientôt, ça ne suffira plus.

— De quoi as-tu besoin ?

— Que tu signes des contrats, Bill, que tu signes des contrats !

Bill soupire et croise les jambes, les pieds toujours sur le bureau d'Adam, avant de protester avec véhémence :

— J'essaie, vieux, j'essaie. Mais la compétition est féroce. Tu te rappelles, au début, tout le monde se foutait de notre gueule, disant que le marché que nous ciblions n'existait pas ? Et bien maintenant que le marché existe, tout le monde se lance dans la course. Et, à ne pas avoir été assez agressifs au début, nous sommes en train de nous faire damer le pion.

— Il faut trouver une solution !

Bill retire ses pieds du bureau d'Adam et se lève, les mains agitées, incapable de cacher son irritation.

— Qu'est-ce que je viens de te dire ? J'essaie, calvaire, j'essaie.

À son tour, Adam montre des signes d'impatience.

— Ben essaie plus fort et arrête de perdre ton temps à venir me faire chier.

22

Adam est de plus en plus nerveux

La Saint-Valentin approche à grands pas.

Misère!

Il ne sait pas quoi faire. En début de relation, il souhaite souligner la fête de manière significative. Mais il ne souhaite pas trop en faire afin qu'Ève ne se crée pas trop d'attentes. Il a encore besoin de temps, de franchir les étapes une à une, chacune au moment opportun.

Les conseils de ses amis hockeyeurs n'ayant évidemment été d'aucune utilité, il se résigne à demander à Ève elle-même ce qu'elle souhaite.

— Je te fais confiance, Adam. Je suis certaine que, peu importe ce que tu décideras, je serai très heureuse.

L'aveu de confiance de sa belle ne le rassure pas sur ses attentes.

Après avoir longuement réfléchi à la question et entrepris les démarches nécessaires, Adam voit ses plans déjoués dès son arrivée chez Ève. En ouvrant la porte, il voit son amoureuse mal en point. Habillée de ses vêtements d'intérieur, un brin négligée, enrhumée, fiévreuse, elle fait peine à voir.

— Bonjour, Adam.

— Bonjour. Ça n'a pas l'air d'aller.

— Je suis enrhumée.

Elle recule lorsqu'il veut l'embrasser.

— Ne vaut mieux pas ! Je vais te contaminer.

— Ça ne m'inquiète pas.

Il l'embrasse sur la joue, malgré les protestations de sa valentine.

— Je suis désolé, confesse Ève. Je sais que tu as travaillé fort pour organiser la soirée. Je ne crois pas que je serai de bonne compagnie.

— Tout ce que je souhaite, c'est d'être avec toi.

Elle se tourne, gênée.

— Excuse ma tenue. Je n'avais pas le courage de me changer, alors je retardais toujours le moment de le faire. Et tu arrives un peu à l'avance.

— Ne t'en fais pas.

Ils passent au salon et lorsque Ève s'assoit, elle lance la tête vers l'arrière et gémit.

— Qu'est-ce qu'il y a ?

— J'ai le cou en compote.

— Viens, je vais te masser.

Elle se laisse glisser au sol et Adam vient se placer derrière elle. De là, il se met au travail, lentement, doucement.

Le corps d'Ève s'alanguit sous les mains efficaces d'Adam. Après s'être occupé des épaules, il remonte ses pouces le long des vertèbres cervicales, vers la base du crâne.

— Oh, oui ! Ça fait du bien. Tu es doué. Et plus fort que ma fille.

Le massage terminé, il l'aide à se relever. Elle s'assoit sur lui. Adam se penche vers l'oreille de son amoureuse.

— Ça va mieux ?

— Oui, merci.

Elle se laisse aller contre lui.

— Mon coquin, je crois que tu es passé en mode séduction.

— Non, je suis juste un gentil garçon.

— Adorable, plutôt. Tu es gentil, c'est vrai. Mais tu es plus que ça. Et tu as tellement de beaux yeux.

— Ils ne sont que le reflet de ta beauté !

— Oh non !

Elle lui sourit et colle sa joue contre la sienne.

— En fait, ça va toujours mieux quand tu es avec moi.

Elle l'embrasse doucement avant de se réfugier dans ses bras et de lui glisser amoureusement à l'oreille :

— Je suis tellement bien. Je passerais la soirée comme ça.

— Faisons-le.

— Tu ne veux pas sortir ? Tu avais prévu quelque chose ce soir, non ?

— Ça n'a pas d'importance. Je veux juste être avec toi.

— Et si on reste ici, que veux-tu que nous faisions ?

— Ce que tu veux. Si tu le veux, je vais te bercer toute la soirée. Jusqu'à ce que tu t'endormes. Et je te mettrai au lit.

— Et tu partiras.

— Malheureusement, oui.

Blottie contre son amoureux, elle profite de sa chaleur et du confort de ses bras. Adam la berce un long moment, le serrant contre lui, comme s'il avait peur qu'elle se sauve.

— Adam ? Je tiens à m'excuser pour le soir de ma fête. Je l'ai échappé.

— C'est correct, il n'y a pas de problème.

— Quand même ! Le spectacle que je t'ai offert, la tête dans la cuvette de toilette, vomissant toutes les conneries que j'avais avalées dans la soirée. J'ai même souillé ta belle auto.

— Tu sais, les vomissures, je connais ça. C'est juste les souvenirs qui s'y rattachent qui sont moins drôles.

— Ton épouse ?

— Oui. Ses traitements de chimiothérapie… ça… elle était très malade. Et je l'ai accompagnée tout le long. Donc, ce n'est pas plaisant… de revoir ça.

— Vraiment désolée, Adam. Ça ne se reproduira plus.

— Ce n'est pas grave, je te dis.

— J'ai eu ma leçon. Je n'ai pas trouvé ça drôle non plus, le lendemain. Et Audrey qui m'a fait la gueule…

— Ça m'a au moins permis de la rencontrer.

— Elle t'a trouvé très gentil de t'être occupé de moi. Mes amies aussi, d'ailleurs.

Elle resserre son étreinte, cherchant une caresse de la part de son chum auquel elle susurre un nouveau compliment :

— Et moi aussi, je te trouve gentil.

— Après tous les efforts que nous avons faits, j'espère que tu ne me trouves pas juste *gentil*.

— Oh, non ! Ne crains rien. Tu veux que nous écoutions un film ?

— D'accord

— Tu connais *Sissi* ?

— *Sissi ?* Les films ?

— Oui.

— Tout le monde de notre génération connaît *Sissi*. Jeune, je l'écoutais avec ma mère. Après, je l'écoutais avec mon épouse.

— Je suis une fan finie.

— Ah ! Donc tu l'écoutes tous les ans ?

— Quand je suis en amour. Quand j'ai une peine d'amour. Quand ça me tente…

— Et là, tu es en amour ?

Elle relève la tête pour fixer son regard dans les yeux de son compagnon. Ce dernier sent Ève lui enfoncer les griffes dans le dos.

— À ton avis ?

Il ne répond pas, mais l'enveloppe de ses bras et la serre contre lui.

— Tu veux que nous l'écoutions ?

— Pour la Saint-Valentin, avec mon super amoureux, qui me berce, je trouverais ça génial.

— Alors, *go* si c'est aussi génial que tu le dis.

Le générique de fin est terminé depuis longtemps, mais Ève garde la tête enfouie dans la poitrine de son chum, ne faisant aucun signe démontrant son envie que l'étreinte se termine. Puis, la voix rauque, comme si elle émergeait d'un long sommeil, elle retrouve peu à peu la parole :

— Je voulais appeler ma fille Élisabeth. Son père n'a jamais voulu. Encore moins Romy ! Mais, connaissant la suite, j'aurais dû suivre mon idée…

— Audrey, c'est très joli.

— Oui, je ne le regrette pas.

Adam envoie la tête vers l'arrière et s'étire, étouffant un bâillement.

— Le pire, c'est que j'ai vécu en Autriche et que je ne suis jamais allé voir le palais à Vienne.

— Sérieux ? Tu as vécu en Autriche ?

— J'ai joué au hockey là-bas.

— Tu ne m'as jamais parlé de ça.

— Un jour, je te raconterai.

Malgré le regard d'envie, puis de réprobation d'Ève, Adam ne poursuit pas plus loin son explication.

Il se fait tard, Adam se prépare à partir. Ève l'embrasse tendrement, lui murmurant plein de mots doux avec l'espoir de le retenir encore un moment.

— J'ai passé une magnifique soirée.

— Moi aussi.

Elle se blottit contre lui, hésitante.

— J'aimerais que tu dormes ici, cette nuit.

— Euh...

— Pour me faire plaisir. Juste dormir. Je te le promets.

— Je... je n'aimerais mieux pas... pas ce soir.

Adam craint que, une fois au lit, ils ne se contentent pas de dormir. Le désir, la proximité... Il n'est pas prêt pour ça. Il souhaite franchir toutes les étapes dans le bon ordre pour ne pas se perdre.

— D'accord. Je m'en doutais.

Ce disant, elle prend son petit air boudeur si adorable.

— Je te vois demain ?

— Oui. Bonne nuit.

— Tu vas rêver de moi ?

Il l'embrasse du bout des lèvres en souriant et en lui soufflant :

— J'en suis certain.

23

Frédéric arpente la chambre de long en large, pensif, regardant un à un les joueurs de son équipe revêtir leur équipement sans motivation apparente.

— Les gars, si vous n'avez pas consulté le classement récemment, sachez qu'on se dirige vers une exclusion des séries éliminatoires. Depuis que les Phénix existent, c'est jamais arrivé.

À sa grande surprise, cette annonce est accueillie par une absence presque totale de réaction, tant la morosité a atteint le club.

Les frictions entre Adam et Frédéric ont assombri l'esprit d'équipe, maintenant sans vie, et ont contribué à une fin de saison médiocre. Et la dernière engueulade a fini de démoraliser la troupe. Ils viennent d'encaisser trois défaites consécutives, dans le plus total je-m'en-foutisme.

— Je ne blâme personne, il n'y a personne à blâmer. Mais j'aimerais que vous réagissiez un peu quand je vous dis ça !

À travers les murmures, il entend :

— Ouais, on va se forcer.

Pour la première fois de sa vie, il a lui aussi envie de lâcher.

— C'est tout ce que ça vous fait ? Ça vous laisse indifférents, de gagner ou de perdre ?

Un des équipiers lui lance :

— Y en a qui donnent pas ce qu'ils peuvent donner.

Adam bondit sur ses pieds à la déclaration et pointe son index vers ce joueur, qui sursaute.

— Tu as raison. Et ça va changer.

Il parcourt la pièce du regard, s'arrêtant sur chaque visage.

— Vous allez vous lever, aller sur la glace et faire ce que vous avez à faire. Vous allez donner tout ce que vous avez.

Personne n'ose répliquer à Adam, mais plusieurs aimeraient lui dire que tout est de sa faute. Adam se dirige vers Frédéric et s'adresse à lui en baissant la voix :

— Bon, ça va faire le niaisage. Je vais jouer comme du monde, mais tu me mets sur le premier duo avec Dave. Pis tant qu'à faire, fais-moi jouer sur les deux lignes.

— Pourquoi je ferais ça, Adam ? Tu joues comme de la marde depuis le début de la saison.

Adam fixe son regard dans le sien.

— Que tu le veilles ou non, je suis ta seule chance de faire gagner le club. À toi de décider.

Adam pointe ensuite Dave du doigt.

— Toi, attache tes patins bien serrés. C'est ce soir que tu vas apprendre à jouer au hockey.

Il retourne à sa place avant de voir le regard noir que lui jette le colosse.

Frédéric abdique et, motivé, Adam joue une excellente partie. Fiable en défense, il corrige les failles dans le jeu de son partenaire qui, prenant confiance, peut se concentrer sur son jeu offensif. Adam se permet même quelques sorties de zone spectaculaires.

Inspirés par le vieux guerrier, les Phénix mettent l'épaule à la roue et l'équipe signe une victoire convaincante.

Dans le vestiaire, les sourires sont revenus. Marc, qui avait critiqué vertement Adam, s'approche et lui touche l'épaule.

— Sommes-nous repartis pour vrai, Adam ? Ou était-ce seulement pour ce soir ?

Adam hausse le ton pour être certain que tous ses équipiers entendent sa déclaration :

— C'est reparti, mon ami. Les Phénix renaissent.

Une acclamation accueille ses propos.

Frédéric s'assoit près de lui pour saluer sa performance.

— Tout un match, mon Adam. J'ai même vu des flashes de génie que je n'avais pas vu depuis longtemps.

— Merci, *Cap'tain*. Il n'est pas question que nous rations les séries.

Adam observe un silence avant de reprendre :

— Mais je ne dois pas être le seul à tirer la charrette. On dirait que tout le monde compte tout le temps sur moi pour sortir le club du trou. Je suis d'accord pour assurer le leadership et jouer un rôle important sur la glace, mais ça reste un jeu d'équipe.

— Tu as raison. Mais n'oublie pas que, quand tu veux jouer, tu es le meilleur joueur de l'équipe. Et quand tu veux vraiment jouer, tu es le meilleur joueur de la ligue.

Songeur, Adam scrute l'ensemble de ses équipiers avant de revenir vers son capitaine.

— Il fut un temps, peut-être. Mais plus maintenant. Mais je peux tirer le club vers l'avant encore, si vous mettez l'épaule à la roue vous autres aussi.

24

Ève était hésitante. L'argent est un sujet délicat lors de leurs sorties. Pourtant, Adam a réussi à la convaincre de manger au restaurant avant d'aller au cinéma.

Dès leur entrée au restaurant, Adam se fait interpeller.

— Bonjour, Adam.

Il se retourne et aperçoit Marianne, souriante, s'avançant vers lui.

— Bonjour, Marianne.

Il lui donne la bise et lui présente Ève avant de poursuivre la discussion avec la nouvelle venue. Rapidement, Ève comprend qu'elle dérange et avise Adam qu'elle va s'asseoir à leur table.

Lorsque Adam la rejoint et qu'il s'assoit en face d'elle, Ève passe aussitôt en mode interrogatoire, impatiente d'aller aux informations.

— C'est qui, cette fille-là ?

— Ce n'est rien.

Le visage d'Ève se durcit.

— Rien ? On a dit : HONNÊTETÉ !

— Il n'y a rien à dire.

— Pourtant, elle est très jolie et semblait très déçue de te voir avec moi. Quand une belle femme, une très belle femme je devrais dire, discute avec mon chum en me jetant des regards envieux, je ne pense pas qu'il n'y a rien là.

Adam lève les yeux et secoue la tête.

— Ah ! Ève, il n'y a rien là, je te dis !

Puisqu'elle conserve le silence en le fixant comme si elle voulait le transpercer du regard, Adam se sent obligé de développer un peu ses explications.

— Nous avons un ami commun qui nous a présentés. Qui m'a même un peu piégé. Il m'a invité à prendre une bière un soir et quand je suis arrivé au bar, il était avec cette fille-là. Je n'étais pas content et elle s'en est aperçue. Mais elle n'y était pour rien. Alors, je lui ai payé un verre et j'ai tout de même passé la soirée avec elle. Elle est très gentille. Mais, je lui ai dit que mon cœur était toujours pris et de ne pas attendre mon appel.

— Et c'est tout ?

Sa moue boudeuse et son regard suspicieux irritent Adam. Agacé, il tente de rester calme.

— Oui, c'est tout. Je n'ai pas couché avec elle, je ne l'ai pas embrassée, rien.

Puis il ajoute :

— Quoique, officiellement, j'aurais pu. Nous n'étions plus ensemble.

Se détendant quelque peu, Ève acquiesce de la tête.

— Pourtant, elle est plus jeune et plus jolie.

— Plus jeune, oui. Plus jolie, pas certain.

— Adam, honnêtement ? Pendant qu'elle me jetait des regards meurtriers, c'est à toi que les autres hommes de la place envoyaient des regards brûlants de jalousie. Dans les bars, les hommes ne se détournent pas pour me regarder comme ils le font avec elle.

Il expire longuement, au bord de l'exaspération.

— Tu me testes ou quoi ?

— Je te taquine !

— Je n'en suis pas certain !

Certains sont flattés par une crise de jalousie ; pas Adam. Il la perçoit plutôt comme un manque de confiance.

Voyant son chum au bord de l'exaspération, Ève change de sujet.

— Tu pensais encore à moi ?

— Je n'ai jamais cessé de penser à toi !

Satisfaite, elle lui lance un sourire enjôleur.

— OK, je te crois.

— Ève…

Elle l'interrompt :

— Ça fait drôle de t'entendre m'appeler par mon nom.

Il poursuit sur sa lancée, sans tenir compte de cette interruption :

— … s'il y a une chose qui est certaine, c'est que je ne te mentirai jamais. Celle que je veux, c'est toi ! Je ne suis peut-être pas capable de te le dire comme tu voudrais l'entendre ni te le montrer comme tu aimerais le voir, mais c'est toi que je veux. Personne d'autre !

— Si tu souriais, ce serait plus romantique. Avec ta voix rude et ton visage crispé, je ne sais jamais si tu me fais une déclaration d'amour ou si tu me disputes.

Il sourit, admettant que sa compagne a raison, et ajoute :

— Je crois bien que tu devras t'y faire.

Elle rit un peu puis retrouve son sérieux en lui prenant la main.

— Adam, puisque nous abordons le sujet. Avec Pierre, tu sais, il ne s'est jamais rien passé.

Adam reprend aussitôt son attitude austère.

— Comme je viens de dire, ajoute-t-il, nous n'étions pas ensemble. Alors, ce que tu as fait, ou ce que tu n'as pas fait, ne me regarde pas.

— Je sais. Mais je tiens à te dire qu'il ne s'est rien passé. Je trouve important que tu le saches.

Adam acquiesce d'un simple hochement de tête, satisfait de la précision.

— Ce Pierre, tu le revois, parfois ?

— Je ne l'ai jamais revu en dehors du travail. Disons qu'il n'a rien voulu savoir de mon amitié. Et la situation ne s'est pas améliorée lorsqu'il a appris que je te fréquentais.

Adam fronce les sourcils.

— Que veux-tu dire ?

— Après notre « rupture », si on peut appeler cela ainsi, il a cessé de me donner des nouvelles. Et lorsque le boulot nous obligeait à nous voir, il m'ignorait.

— Et après ?

Ève se replace sur sa chaise, comme hésitante.

— Quand il a su que je te fréquentais — je lui ai parlé de toi évidemment —, il est devenu… disons… mesquin. De petits commentaires désobligeants en ma présence, des commentaires sur moi à nos collègues, des choses comme ça. Rien de vraiment grave, mais c'est plutôt déplaisant.

Adam se raidit devant les explications de sa compagne.

— Tu sais, tu n'as pas à endurer ça. Tu peux porter plainte. C'est du harcèlement !

— Je ne veux pas envenimer les choses. Je me dis que ça va passer.

— Comme tu veux. Mais tu devrais réagir.

Ève n'ose répliquer alors qu'Adam continue de la questionner, en tentant de contenir sa colère grandissante :

— Comment a-t-il su que tu me fréquentais ?

— Par nos collègues. À la pause, je présume. Mes amies ont propagé la nouvelle que j'avais enfin quelqu'un dans ma vie. Il a rapidement conclu que ce devait être toi. Mais, que ce soit toi ou un autre, je pense qu'il aurait agi de la même manière.

— Tu veux que je lui parle ?

Elle sursaute et le regarde avec effroi, les yeux écarquillés.

— Surtout pas ! Je suis capable de m'occuper de mes affaires comme une grande fille, ne t'inquiète pas.

— Reste que je n'aime pas qu'il te harcèle.

Elle sourit, se lève et se penche au-dessus de la table pour l'embrasser.

— C'est bien d'être si protecteur. Mais tout va bien. Crois-moi.

Ils sont interrompus par le serveur qui vient prendre leur commande. Après quoi, Ève relance la discussion :

— Pour en revenir à ton amie, tu me trouves vraiment plus jolie qu'elle ?

— À mes yeux, il n'y a pas de femme plus jolie que toi.

Elle lui jette un regard aguicheur du coin de l'œil, malicieuse.

— Tu ne m'as encore jamais vue nue ! Tu pourrais avoir des surprises.

Surpris, Adam rougit et détourne le regard.

— Tu es très bien, j'en suis certain. Je n'ai aucune crainte à ce sujet.

Elle sourit étrangement.

— Qui te dit que je n'ai pas un immense tatouage du diable ou quelque chose du genre qui me recouvre le dos ?

Cette fois, Adam devient cramoisi. Il se tortille son siège, ne sachant plus où regarder.

— En fait, je l'ai déjà vu, ton dos. Et il n'y a pas de tatouage.

Elle referme quelque peu son œil droit, suspicieuse.

— Ah oui ?

— Quand je t'ai mise au lit, le soir de ta fête.

— Ah !

Elle plisse les yeux et étire un peu les lèvres, à la fois séductrice et prédatrice.

— Et le reste ?

— Quoi, le reste ?

— Comment as-tu trouvé le reste de mon beau petit corps ?

D'une timidité qui émeut sa partenaire, il relève la tête pour fixer son regard dans le sien.

— Je n'ai pas regardé.

Devant l'expression de surprise de sa compagne, il ajoute :

— Je ne trouvais pas ça convenable.

Elle éclate d'un rire franc, sincère.

— Pas convenable ? Le pire, c'est que je te crois. Tu es un véritable gentleman, Adam Bernier.

Adam saisit la bouteille de vin en espérant détourner le sujet, qui commence à le troubler un brin. Ève regarde son compagnon lui verser du vin. Puis il s'en sert un peu, tourne le liquide couleur rubis dans la coupe, entre son nez dans le buvant de la coupe, hume le nectar et finalement le boit, l'air concentré.

— Hum ! Très bon.

Elle le regarde, la tête penchée vers la droite, les yeux et les lèvres plissés, l'air moqueur.

— Tu as vraiment un petit côté bourgeois.

À la grande surprise d'Ève, plutôt que de faire sourire son amoureux, le commentaire l'irrite. Elle le voit au regard d'Adam qui se durcit. Elle n'aime pas voir les beaux yeux bleus qu'elle adore s'obscurcir de la sorte.

— Bourgeois ? Va pour le gentleman, mais bourgeois ?

— Voyons, mon amour. Je te taquine. C'est tout. Ce n'est pas méchant. Je ne suis juste pas habituée à certaines de tes habitudes. Je trouve ça juste un peu drôle.

— Je ne trouve pas ça drôle.

Riant, Ève recule sur sa chaise en levant les mains pour apaiser son compagnon un peu trop susceptible.

— Du tout, je trouve juste ça mignon. Je ne suis pas habituée à des manières si raffinées chez un homme. Tu sais, tu es mon petit bourgeois d'amour.

Adam fait la moue et garde le silence, le visage sérieux. Elle se penche au-dessus de la table et approche son visage du sien.

— Mon petit bourgeois d'amour.

Elle l'embrasse sur le bout des lèvres en lui murmurant :

— Juste à moi.

25

Au matin, une nouvelle altercation avec Bill. Ça devient quotidien. Presque banal. Mieux vaut l'oublier rapidement.

Sur cette pensée, Adam s'affaire à compléter son dossier avant d'aller rejoindre Ève au restaurant. Il a hâte de la revoir. Il s'attache à elle plus vite qu'il ne l'aurait cru et il trouve que la fréquence de leurs rencontres n'est pas assez élevée.

La sonnerie de son cellulaire le tire de ses réflexions. Il répond et reconnaît aussitôt la voix de sa fille.

— Il y a un problème, Roxanne ?

— Euh... non. Je voulais savoir si tu allais arriver avant la période d'échauffement. J'aimerais que tu m'apportes mes nouvelles espadrilles. J'ai apporté mes vielles.

— Avant la période d'échauffement ? Euh, je ne sais pas encore.

Sa fille observe un silence, puis reprend d'une voix où pointe l'exaspération :

— Tu m'as encore oubliée, n'est-ce pas ?

— Non. Je veux dire... oui. J'étais en train d'oublier, c'est vrai. Je vais être là, ne crains rien. Mais peut-être pas avant la période d'échauffement.

— Promis ?

— Oui, Roxanne, je te le promets.

Piégé, Adam doit annuler son rendez-vous avec Ève. Cette dernière ne semble pas apprécier, bien qu'elle se dise compréhensive. Mais, pleine de ressources, elle offre une autre option à son compagnon :

— Et si je t'accompagnais ?

La perche est tendue. Adam a toujours refusé de lui présenter ses enfants, ni même de leur dévoiler leur relation.

— Pourquoi pas !

Arrivés au gymnase de l'école alors que la période d'échauffement est déjà commencée, ils vont s'asseoir dans les gradins, où Adam présente rapidement Ève aux autres parents. Lorsque Roxanne les aperçoit, elle fronce les sourcils.

— Ma tigresse vient de t'apercevoir. Et elle n'est pas contente !

En colère contre son père, elle boude, au déplaisir de son équipe. Elle joue mal et sans effort. Sans compter son indiscipline. Cela n'empêche pas Adam d'être survolté, criant ses encouragements aux Cyclones, et particulièrement à sa fille, bien qu'il soit irrité par son comportement. L'attitude de sa fille lui fait cependant prendre conscience de ce qu'il a lui-même imposé à ses équipiers cette saison.

Ève, quant à elle, s'émerveille de voir son Adam, habituellement si réservé, en effervescence, trépidant sur le banc, ne cessant de gesticuler en hurlant ses encouragements :

— GO ! GO, ROXY ! GO !

Ève agrandit les yeux.

— Roxy ?

— Ouais, c'est son « cri de guerre ». Je n'aime pas les surnoms, mais au sport, ça arrive souvent.

— Et toi, quel est le tien ?

— Oh, juste « Bernier ».

Au sifflet annonçant la mi-temps, il bondit de son siège et fonce droit sur sa fille qui se rend à l'abreuvoir.

— Bonsoir, jeune fille. Je peux savoir ce que tu fais ? Tu as le droit de mal jouer, mais tu n'as pas le droit de te traîner les pieds. Encore moins de mettre de ton équipe dans l'embarras.

Elle le regarde avec son petit regard colérique des grandes occasions, croyant impressionner son père.

— Tu as fini ? Je t'avais dit d'amener mes espadrilles AVANT l'échauffement ! C'est ce que je t'ai dit au téléphone !

— Je m'excuse. J'ai été débordé.

— C'est toujours la même excuse. T'as pas de temps pour moi. Mais t'as du temps pour ta copine par exemple !

— C'est ça, l'affaire ? Tu boudes parce que j'amène une amie voir ma fille ? Lui montrer comment elle excelle au basketball ?

Elle hausse les épaules pour exprimer sa frustration.

— Ben oui !

— Nous devions dîner ensemble et elle a accepté de manger un sandwich dans l'auto pour venir te voir jouer. Mais ce n'est pas important. En deuxième demie, joue comme tu en es capable. Fais-le pour ton équipe, pas pour moi. Si ma présence, si notre présence te dérange, je vais quitter et reviendrai te chercher après la partie. D'accord ?

— OK, OK, restez. Je vais faire un effort.

— Merci.

Elle s'éloigne en direction de l'abreuvoir. Adam élève la voix :

— Je t'aime, Roxanne Bernier !

Elle se tourne vers lui et ne peut s'empêcher de lui sourire. Son père n'a pas l'habitude de démonter son affection. Encore moins en public. Mais elle se garde bien de lui répondre. *De toute de manière,* se dit-elle, *c'est certainement pour impressionner sa copine !*

Adam retourne vers Ève.

— C'est arrangé, demande-t-elle ?

Son chum fait la moue.

— Je pense. Mais ne t'attends pas à être sa meilleure amie dès ce soir.

— Je n'ai pas cette prétention-là.

Adam se rassoit près d'Ève, qui lui pose la main sur la cuisse.

Roxanne, à l'instar de son père, joue de façon beaucoup plus inspirée en deuxième demie et permet à son équipe de revenir de l'arrière pour arracher la victoire en fin de match.

À sa sortie du vestiaire, elle se dirige sans sourire vers son père et son amie. Adam les présente sommairement. Ève avance la main vers l'adolescente avec un large sourire.

— Enchantée, Roxanne. Je suis contente de te rencontrer.

Roxanne lui serre brièvement la main et, pour toute réponse, fait un léger signe de tête.

L'adolescente fait preuve d'un profond mutisme pendant tout le trajet.

Une fois l'auto stationnée devant la maison d'Ève, Adam s'adresse à sa fille avant de descendre de voiture :

— Je reviens, je ne serai pas long.

Adam reconduit son amie jusqu'à la porte. En marchant, il se penche sur l'épaule d'Ève pour lui demander :

— Ça te vexe si je ne te tiens pas la main et si je ne t'embrasse pas ?

— Je vais jouer la bonne petite amie et je vais te faciliter la tâche.

Ils marchent silencieusement vers la maison. Ève lui avoue :

— J'ai aimé ça, ce soir. Je t'ai vu différemment. Dans ton élément, avec les tiens.

Se faisant violence, elle s'abstient de lui caresser la joue.

— Le Adam que je connais, toujours réservé, poli, stoïque même, je l'aime bien. Mais celui que j'ai vu ce soir, passionné, enflammé, père d'une belle fille, je l'aime encore plus.

Après une brève et chaste salutation, Ève retourne à la maison, et Adam à son auto. Son père à peine entré dans le véhicule, Roxanne retrouve soudainement la parole :

— C'est qui, *ÈVE* ?

Elle a mentionné le nom d'Ève avec un dédain forcé, exagéré.

— C'est une très bonne amie.

Attendant une suite qui ne vient pas, l'adolescente replonge dans son mutisme.

26

Adam déteste les matchs en milieu de semaine. Il doit changer toute sa routine d'avant-match, les parties ayant lieu plus tôt que lors des parties du vendredi soir.

Plus âgé maintenant, Adam a besoin de donner à son corps un peu plus de temps pour s'échauffer. Il patine lentement plusieurs minutes avant d'effectuer quelques accélérations, puis il prend des lancers sur le gardien lorsqu'on l'interpelle :

— Hé ! Bernier !

Il regarde vers le banc, où un équipier lui lance, en pointant les gradins au-dessus de lui :

— Il y a quelqu'un pour toi !

Adam se dirige vers le banc et aperçoit Ève qu'il salue aussitôt, surpris de sa présence.

— Allo ! Que fais-tu ici ?

— À ton avis ? Encourager l'autre équipe ?

— C'est le *fun* que tu sois venu. Tu restes toute la partie ?

— Oui. Veux-tu que nous allions prendre un café après ?

— OK !

Tels des adolescents attardés, les membres de l'équipe se mettent à siffler et à lancer des « oh ! ». Adam lève les yeux au ciel, puis regarde Ève, à laquelle il affirme :

— Ils sont fous ces Romains ! À tout à l'heure.

— Va, mon preux chevalier.

Les joueurs reprennent, tous en cœur :

— Oh !

Motivé, survolté même par la présence d'Ève, Adam démontre toute l'étendue de son talent. Survolant la patinoire, il tue dans l'œuf toute tentative de compter de l'équipe adverse en plus de s'acharner à tailler en pièces leur défensive, inscrivant trois buts en plus d'enregistrer une passe sur l'un des rares buts de Marc.

Dans la chambre, après la partie, il est victime des blagues de ses équipiers :

— Ta soirée n'est pas finie. Il y a une belle qui t'attend...

— Tu en as scoré trois ce soir. Vas-tu encore scorer après la *game* ?

Secouant la tête, il se défend comme il peut :

— Ostie qu'vous êtes innocents !

Les répliques fusent pourtant.

— Penses-tu sincèrement qu'elle est venue ici juste pour tes beaux yeux ?

— Allez donc chier !

Adam ajoute à sa réplique un doigt d'honneur, geste obscène généralement bien accepté dans une chambre de hockey.

Un de ses persécuteurs conclut en s'exclamant de façon à se faire entendre de tous :

— Bien moi, je vais inviter la belle dame à assister à tous nos matchs.

Sa déclaration est saluée et approuvée par les acclamations des coéquipiers.

À la sortie de la chambre, Adam aperçoit Ève qui l'attend, souriante, accoudée à la baie vitrée. Il s'approche d'elle pour l'embrasser.

— C'est une belle surprise, lui déclare-t-il.

Il se retient de l'embraser une deuxième fois, lorsqu'il réalise que l'équipe presque entière est regroupée autour d'eux en les regardant, avec un sourire niais sur le visage.

— Allez, Adam ! Embrase-la, ne te gêne pas pour nous.

— Ah ! Allez donc… chez le diable !

Frédéric s'avance sous les rires des joueurs et s'adresse à Ève :

— Vous venez prendre une bière avec nous ?

À la brasserie, les joueurs, charmés par la présence d'Ève, profitent de l'occasion pour raconter les anecdotes entourant l'équipe. Adam est, bien entendu, leur principale tête de Turc. Selon l'expression populaire, il en prend pour son rhume. Ève, accrochée à son bras, rit à gorge déployée et pose parfois sa tête sur l'épaule d'Adam, un sourire de béatitude au visage.

Soudain, deux mains larges comme des battoirs s'abattent sur les épaules du vétéran défenseur. Après s'être légèrement affaissé, Adam sent les mains puissantes de Serge, des mains de charpentier habituées à manier des madriers, lui labourer les trapèzes avant de lui administrer deux puissantes tapes qui forcent encore une fois Adam à courber l'échine.

— Tu as changé de talisman, mon Adam? Celui-là te réussit mieux!

— Merci, Serge.

Après un timide sourire à Ève, le rude gaillard poursuit son chemin en riant fort et en lançant des piques aux autres joueurs.

S'avançant vers son chum en souriant, Ève baisse la voix :

— C'est quoi, cette histoire de talisman?

Adam lui rend son sourire.

— Je t'expliquerai.

Lorsqu'elle se lève pour aller à la salle de bain, Adam la regarde, rêveur, marcher jusqu'à ce qu'elle disparaisse derrière le mur du couloir. Toujours habillée avec élégance, Ève porte ce soir une tenue plus décontractée, des jeans et un chandail sport en coton. D'ailleurs, il trouve que son jeans ajusté lui galbe les fesses de façon ravissante. Vraiment ravissante!

Le capitaine s'approche et le tire de sa rêverie.

— Comment ça va, vous deux?

— Bien. On s'entend bien.

— Bien? Arrête! Cette fille-là est folle de toi.

— Voyons, Frédéric. Ce n'est pas si pire que ça.

— Je te le dis.

— Bah...

Adam détourne les yeux et change de sujet. Pour peu de temps, car Ève est déjà de retour. Le capitaine en profite alors pour lui faire un résumé de la carrière d'Adam avec les Phénix.

— Il était notre meilleur défenseur. À la mort de sa femme, il a raté presque une saison. À son retour, il manquait de synchronisme, mais surtout, il n'était pas là. Cette saison, ça va mieux.

Il n'a pas le temps de continuer sa phrase, qu'un nouvel intervenant le coupe, en se tournant vers la demoiselle :

— Ça va mieux depuis qu'il te fréquente, pour être précis !

Adam jette un regard moqueur vers le nouveau venu, qui repart aussitôt, avant de se reconcentrer sur Ève. Sa blonde questionne Frédéric :

— Les Phénix, ce nom, il vient d'où ?

Frédéric pointe son ami du doigt.

— C'est Adam qui a trouvé le nom. C'est un passionné de l'histoire grecque.

— J'aurais dû y penser : Phénix, Pégase…

Adam sourit avant de conclure :

— Je trouvais qu'il était approprié. Nous sommes tous des joueurs de hockey en fin de carrière. Le meilleur de nos carrières est derrière nous. L'équipe des Phénix nous permet de revivre, de faire revivre nos carrières et notre passion.

Lorsqu'ils se décident enfin à quitter les Phénix, Adam raccompagne Ève à sa voiture. Elle le questionne sur la réaction de coéquipiers d'une toute petite voix adorable :

— Tu ne t'es pas trop fait *niaiser* par les gars parce que je suis venue te voir jouer ?

— Bah… les blagues de gars habituelles. Rien de bien grave.

Arrivée à la voiture, Ève hésite à quitter son amoureux. D'un mouvement lent, elle vient se blottir contre Adam. Il la serre dans ses bras un moment avant qu'elle ne lui demande, presque avec timidité :

— Tu viens faire un tour à la maison ?

— J'aimerais ça, mais je suis tellement fatigué. Et je dois travailler demain.

— Moi aussi, je dois travailler.

Comme Adam ne semble pas enthousiaste à l'idée de se rendre chez elle, Ève insiste :

— Oh, allez… J'aimerais me coller un peu. Et avoir un vrai baiser d'amoureux. Pas juste un petit bec d'adolescent dans un stationnement.

Elle appuie sa requête d'un long baiser. Adam sent fondre ses arguments sous la douceur des lèvres et de la langue. Il sait qu'avec la fatigue, il aura du mal à s'arracher aux bras d'Ève. Encore moins aux efforts de son amoureuse pour l'attirer dans son lit, ce qu'elle tentera certainement. Pourtant, il ne se sent pas encore prêt à trahir la mémoire de Valérie.

— OK. Mais pas longtemps.

Elle lui sourit malicieusement

— Non, non.

Un court trajet les mène à la demeure d'Ève, qui n'est qu'à quelques minutes de la brasserie. Parvenu au salon, Adam se laisse choir sur le canapé alors qu'Ève lui offre à boire.

— De l'eau seulement. Je peine à garder les yeux ouverts. Et il faut que je reprenne la route.

Elle saisit la balle au bond :

— Tu sais, si tu acceptais de dormir ici…

— Tu connais ma réponse.

Elle se lève et se dirige vers la cuisine, puis elle aperçoit le sourire béat du hockeyeur.

— Qu'est-ce qui te fait sourire comme ça ?

— J'aime bien ton jean.

— Ah oui ?

— Tes fesses sont magnifiques !

Jamais encore il n'avait fait de commentaires aussi *osés*, directs.

Coquine, elle tourne sur elle-même avec un léger déhanchement.

— Tu aimes mes fesses ?

— Oui !

Elle s'approche de lui.

— Quoi d'autre ?

— Tes yeux.

— Encore ?

— Tes lèvres.

Oubliant le verre d'eau, elle se jette sur lui. Ses baisers n'ont plus rien de tendre ou de léger. Ils sont fougueux, passionnés. Avec une vigueur surprenante, elle le renverse sur le canapé. Même les joueurs les plus costauds ne l'ont jamais renversé aussi facilement sur une patinoire.

Adam a l'impression de se noyer sous les vagues successives de baisers d'Ève. Est-ce seulement la fatigue ? Ses défenses, sa conviction croulent sous les assauts fougueux et enthousiastes. Il n'a plus la force de résister. Peut-être n'a-t-il juste plus envie de résister ? À bout de résistance, il a une dernière pensée pour Valérie. *Pardonne-moi, mon amour.* Ève choisit ce moment pour relâcher ses attaques quelques secondes.

— Je reviens.

Tirant profit de ce répit inespéré, Adam reprend ses esprits et lance avec désarroi :

— Je dois y aller.

– Non, Adam, non !

– Oui, il le faut.

– Reste, s'il te plaît. Reste.

– Je dois vraiment y aller.

– Je t'en prie, Adam, reste.

– Désolé, je ne suis pas prêt.

Il se lève malgré la main d'Ève agrippée à son bras et se dirige vers la sortie, saisissant son manteau au passage, Ève sur les talons. Désespérée, elle lui lance :

– Tu ne changes vraiment pas d'idée ?

– Non, je suis désolé.

En coup de vent, il sort et s'enfuit presque dans la nuit.

Ève accourt derrière lui, sans succès. Abandonnée, seule sur le seuil de la porte, elle sent la colère chasser la frustration. Avec rage, elle claque la porte derrière lui.

27

Au volant de son véhicule, Adam sillonne machinalement les rues devenues familières du quartier où habite Ève. Il se stationne derrière son auto et s'avance avec appréhension vers la porte d'entrée. Ils ne se sont pas reparlé depuis qu'il l'a quittée alors qu'elle s'apprêtait à l'amener dans son lit. Elle ne lui a pas rendu ses appels et il craint qu'elle lui en veuille toujours.

Encore déconcerté par la passion démontrée lors de leur dernière rencontre, il hésite à se rendre chez elle au milieu de la nuit. Il n'est pas prêt pour cette intimité. Mais ce soir, il a besoin d'elle. Il a besoin de sa tendresse.

Aline, sa fidèle secrétaire, la première employée que Bill et lui avaient engagée, a été victime d'un AVC en après-midi. C'est Adam qui est venu à son secours, les autres employés étant tétanisés lorsqu'elle s'est affaissée, le visage déformé par la paralysie, tenant des propos incompréhensibles.

Après le départ des ambulanciers en direction de l'hôpital avec Aline à bord du véhicule, Adam avait décidé de renvoyer tout le monde à la maison. De toute manière, ils étaient totalement choqués, incapables de travailler. Adam s'était occupé seul de tout jusqu'à la fin de la journée.

Puis il avait à son tour pris le chemin de l'hôpital pour prendre des nouvelles de son amie. Il y avait rencontré le mari d'Aline, Roger, très inquiet. Il avait tenté de le rassurer.

Les deux fils d'Aline étaient là aussi. Deux jeunes hommes dynamiques qui entouraient leur père avec amour. Pendant un instant, Adam les avait observés avec une pointe de jalousie. Il leur enviait cette complicité, cette connivence que lui n'avait jamais su développer avec ses propres enfants.

Au retour à la maison, il avait soupé avec ses deux plus jeunes. Cédric s'était montré volubile et lui avait raconté sa journée. Roxanne, par contre, était dans une autre mauvaise journée et il n'avait rien pu en tirer. Adam leur avait parlé des événements de la journée et les avait rassurés sur l'état de santé d'Aline, la « madame aux bonbons » comme l'appelaient les enfants, car elle leur offrait toujours des friandises lors de leurs visites aux bureaux de la compagnie. Elle avait frôlé la mort, mais elle était maintenant hors de danger.

Alors qu'ils faisaient leurs devoirs, Adam avait appelé son aîné pour s'informer de lui. Nathan était en train de préparer un examen pour le lendemain et ils n'avaient pas pu discuter longtemps ensemble. Mais, à entendre le ton de sa voix, il semblait heureux que son père prenne des nouvelles.

Après les devoirs, Adam avait accompagné son fils lors de l'heure quotidienne qui lui était accordée pour s'adonner aux jeux vidéo. Il était tellement content que son père lui offre de jouer avec lui qu'il n'avait fait aucune remarque sur les performances pitoyables de son paternel.

En remontant du sous-sol, Adam avait compris que Roxanne était allée dormir sans le prévenir. Il s'était rendu à la porte de sa chambre, qu'il avait ouverte avec précaution. Sa fille dormait, paisiblement. Il l'avait regardée un moment, souhaitant qu'elle soit bientôt aussi calme le jour que la nuit. Forcément, regarder ce petit corps endormi dans la pénombre avait éveillé le souvenir de Valérie.

Il allait se mettre au lit quand tout était remonté : Aline, la maladie, le stress de la journée, Valérie, la mort.

La vague d'émotion l'avait submergé et il avait eu une envie pressante : voir Ève. L'idée qu'il portait malchance aux femmes de son entourage le terrorisait. Il voulait s'assurer qu'elle allait bien. Il désirait la prendre dans ses bras, l'embrasser.

L'émotion était trop forte. Il n'avait pas pu se contenir. Il s'était précipité vers son véhicule et avait roulé à tombeau ouvert droit chez Ève.

Arrivé maintenant près de la porte, il hésite quelques secondes. À cette heure tardive, il se doute bien que sa bien-aimée soit déjà endormie. Il se permet cependant d'insister. Peu après la troisième tentative, c'est une femme au visage endormi qui ouvre la porte et dont les yeux s'agrandissent de surprise à la vue de son amoureux.

— Adam ? Que se passe-t-il ?

— Je suis désolé. J'avais besoin de te voir.

Elle s'efface d'un pas de côté pour le laisser entrer.

— Je suis tout retourné, dit-il aussitôt. Je devais te voir.

— Je sais, j'aurais dû te rappeler. Je te rassure, je ne suis pas en colère. Je l'ai été un peu, je l'avoue. Je ne le suis plus. J'ai manqué un peu de temps.

— Ce n'est pas pour ça que je suis là.

— Un problème avec les enfants ?

— Non.

Il lui tend les bras. Sans attendre, elle se blottit contre lui.

— Qu'est-ce qui se passe, Adam ?

— Une amie a eu un accident : Aline, la secrétaire de la compagnie. Je l'apprécie beaucoup.

— Oh ! Qu'est-ce qui s'est passé ?

— Un AVC, selon les médecins. Il est trop tôt pour en être certains, mais ils croient qu'elle s'en remettra rapidement. Mais, c'est tout un choc.

Ève le serre plus fort contre elle.

— Et là, tu es triste.

— Oui. Plein de choses remontent à la surface.

Il baisse la tête.

— Je ne sais pas ce que tu m'as fait, mais depuis que je te fréquente, je suis très émotif.

Ève sourit et lui caresse doucement la lèvre avec le pouce.

— Je ne t'ai rien fait, mon chéri. Ta sensibilité a toujours été là. Je l'ai toujours sentie. C'est pour ça que je suis restée avec toi. Tu l'avais seulement refoulée tout au fond de toi, enfermée. La seule chose que j'ai peut-être faite, c'est de t'aider à la faire revenir à la surface.

— Peut-être bien, oui. Mais ça fait mal.

— C'est vrai. Et ça me permet de te consoler.

Elle approche son visage du sien et pose délicatement ses lèvres sur celles de son amoureux, adorable lorsqu'il laisse tomber son armure et se montre aussi vulnérable, humain. Il répond à son baiser et se perd un instant dans les yeux pleins de tendresse de sa blonde. Puis il lui pose la main sur le front et la fait glisser sur la joue, repoussant ses cheveux derrière l'oreille.

— Je peux dormir ici ?

La requête la surprend. Ses yeux s'agrandissent et sa bouche s'entrouvre.

— Bien sûr, viens.

Elle l'entraîne à sa suite en le tenant par la main. Éveillée par le bruit, Audrey ouvre la porte de sa chambre.

— Qu'est-ce qui se passe, maman?

— Tout va bien, ma grande, tout va bien. Tu peux retourner dormir.

Quelques enjambées plus loin, ils pénètrent dans le domaine nocturne d'Ève. Près du lit, pudique, Adam se dévêt lentement, le dos légèrement tourné vers Ève. Conservant son sous-vêtement et son t-shirt, il s'allonge près d'elle.

Leurs yeux s'étant habitués à l'obscurité, leurs têtes reposant sur l'oreiller, ils restent un long moment à s'observer, face à face. Il met du temps à s'apaiser. Elle se contente de le regarder. Lorsqu'il semble enfin calme, elle lui demande :

— Ça va mieux?

— Un peu.

— Je suis contente que tu sois venu.

— Je ne me voyais nulle part ailleurs.

Touchée, elle plisse les yeux, qui prennent la forme d'amendes et elle arrondit les lèvres en un «oh!» silencieux.

— Tu es tellement mignon. Je te croquerais.

Il espère que non. Il ne saurait résister.

Elle lui tend les bras.

— Allez, viens.

Elle lui passe les mains derrière la tête et l'attire à elle, lui appuie le visage contre sa poitrine. Elle le presse doucement contre elle et lui caresse le dos, les cheveux, la nuque.

— Dors maintenant. Je veille sur toi.

Elle vient enfin de trouver le petit homme tout triste, tout brisé qui se cachait au fond de l'armure. Celui qu'elle espérait tant dénicher. Mais, contrairement à ce qu'elle avait pensé, elle est tombée amoureuse d'Adam bien avant cette découverte. Elle est éprise de lui depuis longtemps déjà. Avant même de le trouver, ce petit homme tout triste, tout brisé, caché au fond de l'armure.

Adam ouvre lentement les yeux avec une curieuse impression. Désorienté, il met quelques secondes à réaliser qu'il n'est pas dans son lit. À travers le brouillard qui brouille ses yeux encore endormis, malgré ses efforts, il n'arrive pas à reconnaître la pièce. Un petit corps tout chaud est blotti contre le sien.

Ève! Il se rappelle maintenant.

Il profite encore un instant de son contact. Il avait oublié la douceur d'un corps chaud de femme endormie contre lui. À nouveau, il sent le désir monter en lui. À la disparition de Valérie, jamais il ne s'était imaginé ressentir un jour autant de désir pour une autre femme. Il replace son corps ankylosé. Ève suit son mouvement afin de rester collée contre lui.

Par peur de la réveiller, il se lève doucement et se dirige vers la cuisine où Audrey observe son arrivée d'un sourire entendu et le salue avec une pointe d'ironie dans la voix :

— Bon matin, cher étranger.

— Bonjour, Audrey.

— Tu veux un café pour te remettre de ta nuit?

Adam rougit avant de bafouiller :

— Oh! Ce n'est pas ce que tu crois!

Son sourire s'élargit.

— Tu sais, ça ne me regarde pas vraiment. Vous êtes des adultes, non?

Puis son sourire disparaît et son visage se fait plus sérieux, presque sévère :

— J'aime ma mère. Elle n'a pas été très chanceuse avec les hommes dans sa vie.

— Je sais. Je l'aime, moi aussi.

Audrey partie, il entame sa deuxième tasse de café lorsque Ève fait son apparition dans sa ravissante robe de nuit. C'est la première fois qu'Adam la voit sans maquillage, les cheveux défaits. Et pourtant, il la trouve toujours aussi magnifique. Elle s'approche de lui, radieuse, pour l'embrasser.

— Hé, bon matin, lui murmure-t-elle à l'oreille.

Elle s'assoit sur ses genoux et lui caresse le visage avant de l'embrasser.

— J'étais déçue de me réveiller seule dans mon lit ce matin.

— Je suis un lève-tôt. Je ne voulais pas te réveiller.

— Bien dormi ?

— Oui.

Il lui entoure la taille de ses bras. Il approche son visage et lui susurre à l'oreille :

— Merci pour la nuit.

Elle sourit comme une enfant fière de son coup.

— Tout le plaisir est pour moi. Tu recommences quand tu veux.

Une dernière caresse et elle se lève pour se servir un café.

— Tu as vu Audrey ?

— Oui, elle est partie. Elle s'est imaginé des choses…

— Ah oui ? Tant pis pour elle.

— Elle m'a dit que nous étions adultes et que ça ne la regardait pas.

— C'est vrai.

— Et elle m'a menacé de me faire du mal si je n'étais pas gentil avec toi.

— Pauvre petit.

— Non, non, elle a été bien gentille.

— Je lui parlerai ce soir.

28

Prenant un plaisir fou à déguster un croissant en compagnie d'Ève, mignonne comme tout ce matin, Adam étire son café et le bonheur du moment, tant et si bien que le temps passe sans crier gare.

Tant qu'à être en retard au bureau, Adam propose à Ève de la reconduire. Dans la voiture, sa compagne revient sur le match auquel elle a assisté.

— Les gars t'aiment, c'est évident!

— Disons qu'ils m'aimaient un peu moins avant que nous entamions notre relation.

— Pourquoi?

— Je jouais de façon réellement affreuse.

Adam s'interrompt, le temps de prendre sa place dans la circulation. Une fois la voiture engagée sur la voie, c'est Ève qui relance la discussion :

— Je suis surprise du niveau de jeu. Quand tu m'as dis que tu jouais dans une ligue de garage, je m'attendais à du jeu un peu plus, disons «mononcle».

— Non, c'est une ligue élite. On essaie de rester «amicaux» pour éviter les blessures, mais presque tous les joueurs ont joué junior, collégial ou universitaire. Quelques-uns ont même joué professionnel.

— Et toi ?

— J'ai fait une demi-saison avec Shawinigan, dans le junior.

— Pourquoi une demie ?

— J'ai été blessé deux fois. À l'hiver, un soir, j'en ai eu assez. J'ai quitté l'équipe.

— Qu'est-ce qui s'est passé ?

— Longue histoire. De vieilles histoires, en fait. Des histoires que je préfère oublier… Par la suite, j'ai joué collégial pour finir mon DEC et après, j'ai eu une bourse pour jouer à l'université de Trois-Rivières. Une université américaine m'avait approché, mais ça n'a pas fonctionné. Il y a eu… un souci…

— Quel souci ?

— C'est sans importance. Une broutille de négociation.

— Tu n'as pas joué chez les pros ?

— En refusant de retourner dans la LHJMQ[5], mon chien était mort. Les recruteurs m'avaient étiqueté. Pour eux, je manquais de caractère. Mais c'est correct, je le savais en faisant mon choix. J'étais jeune, mais conscient de ce que je faisais. Mes parents, mon père en particulier, n'étaient pas d'accord.

— Pourquoi t'es pas retourné ?

— Oh… pour plusieurs raisons… et aucune en particulier…

— Tu ne pourrais pas être plus précis ?

— C'est sans grande importance, tu sais. J'y suis pas retourné, c'est tout.

— Comment peux-tu être si gentil et parfois si… mufle !

Adam s'esclaffe.

— Je suis un mufle ?

5. Ligue de hockey junior majeur du Québec.

– Oui ! Et ce n'est pas un compliment !

Adam cesse de rire et prend un air songeur, sérieux même.

– Ève, nous avons tous des histoires dont on souhaite qu'elles ne soient jamais arrivées. Nous avons tous un côté sombre, obscur, que nous tentons d'oublier.

– C'est presque épeurant, ton affaire. Pourtant, lors de notre première rencontre, tu m'as dit ne pas avoir de vie secrète et ne pas être un tueur en série.

– Non, il n'y a pas de raison d'avoir peur.

Comique, elle pousse un soupir exagéré en posant la main sur sa poitrine.

– Ouf ! Tu me rassures. Je croyais que tu allais m'annoncer que tu étais un Seigneur Sith, avec tes histoires de Côté Obscur.

Adam s'esclaffe à nouveau devant la référence à *La guerre des étoiles.*

– Pas du tout. Juste des histoires qui me font mal quand j'y pense.

– Un jour, peut-être ?

Adam imite avec exagération la mimique boudeuse d'Ève, ce qui la fait rire.

– Un jour, oui, je te le promets.

Puis il revient au hockey :

– Reste que dans la NCAA[6]...

– La quoi ?

– La NCAA, la ligue qui regroupe les équipes des universités et des collèges américains. Là, mon développement aurait été meilleur. Ma visibilité aussi. Peut-être que j'aurais fini par avoir une chance avec un club professionnel.

---

6. National Collegiate Athletic Association.

Adam se souvient subitement d'un élément capital :

– Remarque, c'est quand même à l'Université de Trois-Rivières que j'ai rencontré Valérie. J'ai pas à me plaindre. J'ai gagné au change.

Ève hoche la tête pour indiquer qu'elle comprend son point, tandis qu'Adam s'étend sur les explications :

– En réalité, pour répondre plus précisément à ta question, j'ai joué pro. Une demi-saison en Europe. Mais, je ne considère pas cette aventure comme réellement professionnelle.

– Pourquoi ?

– C'était une ligue très mineure, le niveau de jeu n'était pas très élevé. Ah, il semble que je devrai poursuivre plus tard. Nous sommes arrivés.

– Sauvé par la cloche !

L'arrivée devant l'immeuble du VUS, avec Ève à l'intérieur, intrigue les collègues qui arrivent au même moment. Adam descend, contourne le véhicule, ouvre la portière et tend la main à Ève pour l'aider à descendre. Un parfait gentleman. C'est à ce moment qu'ils entendent une voix près d'eux lancer :

– Je comprends maintenant pourquoi elle t'a choisi. Ton véhicule vaut plus que ce qu'elle gagne dans une année.

Ils se retournent vers l'intrus et Adam, irrité par la remarque, voit l'expression de sa bien-aimée qui se hérisse. Suspicieux, il la questionne :

– Un problème ?

Elle n'a pas le temps de répondre que l'homme poursuit, en regardant Ève directement cette fois :

– Est-ce que c'est un vrai riche, celui-là, ou encore un faux riche qui tente d'en mettre plein la vue au monde entier ?

Adam déduit qu'il doit s'agir de Pierre, son « rival ».

Il se dirige aussitôt vers lui, calme, déterminé, les épaules carrées, la tête un peu penchée, tel un boxeur, le regard planté dans celui de son opposant, prêt à en découdre au besoin. Ève agrippe Adam par le bras et tente de l'arrêter. Impossible ! Aussi bien essayer de stopper un train dans sa course.

— Non ! Adam, calme-toi. Pas ici.

— Ne t'inquiète pas.

Arrivé près de l'homme, Adam lui tend la main.

— Vous êtes Pierre, je présume ?

Déconcerté, ne s'attendant pas à une confrontation directe, l'homme ne saisit pas la main tendue.

— Oui. Et vous êtes ?

— Adam Bernier.

À l'annonce de son nom, l'homme ne réagit pas.

— Comme vous le constatez, je fréquente Ève.

— Et alors ?

Adam roule la tête et les épaules.

— Je vous retourne la question. Ça vous cause un problème ?

— Euh... non.

— Bien. Alors, j'apprécierais que vous cessiez les commentaires désobligeants tels que ceux que vous venez de proférer. C'est proche du harcèlement.

— Et ?

— Je n'apprécie pas !

Les deux hommes s'affrontent du regard. Bientôt, Pierre détourne les yeux. Calme en apparence, Adam démontre des signes manifestes d'agressivité. Ses yeux, surtout, brûlent d'un feu ardent prêt à consumer son adversaire.

— Si Ève a la gentillesse de ne pas dénoncer votre comportement, moi, je ne serai pas aussi gentil.

— Tu te prends pour qui ?

Malgré le changement du « vous » pour le « tu » de Pierre, Adam reste flegmatique.

— Pour celui qui va revenir vous voir si vous continuez de l'importuner !

— J'aimerais bien voir ça.

Adam s'approche un peu plus de lui et baisse la voix :

— Parfait alors. Nous nous reverrons bientôt.

Après avoir échangé un dernier regard avec l'homme, Adam retourne auprès d'Ève, qui souhaiterait disparaître sous terre. À son approche, elle le tance sévèrement :

— Tu n'aurais pas dû te mêler de ça. C'est à moi de gérer ça.

— Je ne tolère pas qu'on s'en prenne aux miens.

— Je ne suis pas à toi.

— Façon de parler, Ève. Je ne veux pas me disputer.

— Alors, laisse-moi régler ça moi-même la prochaine fois. Je n'aime pas qu'on se mêle de mes affaires. J'espère juste qu'il n'y aura pas de vague. Il faut que j'y aille. Bonne journée.

Elle l'embrasse à la sauvette, du bout des lèvres. Il saisit le baiser au vol, navré que l'événement assombrisse une matinée si bien commencée.

— Bonne journée.

29

Après une importante victoire, obtenue à l'arraché, les gars sont fort joyeux dans la chambre. Adam échange quelques blagues avec ses équipiers lorsqu'il aperçoit encore une fois Dave isolé dans son coin, pianotant avec frénésie sur l'écran tactile de son cellulaire.

Encore sur son cell ! Une fois de plus. Une fois de trop pour Adam. Il se lève et se dirige vers lui. Aussitôt, toute l'équipe s'interrompt, dans l'attente d'un affrontement entre les deux joueurs de défense. Marc s'est déjà levé à demi, prêt à intervenir.

Alerté par le silence, Dave relève la tête pour regarder Adam s'approcher. Ce dernier lève la main en signe de paix, pour l'apaiser. Il ne veut pas donner l'impression de le provoquer en restant debout. Il écarte doucement l'équipement du colosse pour s'asseoir à ses côtés.

— Dave, toi et moi, nous ne serons jamais des amis.

— Je ne crois pas, non.

Adam hoche la tête avec gravité.

— Mais nous sommes des équipiers. Plus que ça, Dave, nous sommes des Phénix.

Le défenseur format géant le regarde comme s'il ignorait ce dont Adam lui parle.

— C'est un privilège d'être un Phénix. D'être membre d'une confrérie où tous les disciples sont prêts à se saigner les veines pour les autres. Au hockey comme dans la vie.

— Tu aurais dû penser à ça en début de saison. Je ne t'ai pas vu te saigner les veines pour les autres bien souvent.

Il a raison. Adam n'a pas été un bon Phénix cette saison. Il a laissé tomber ses amis un long moment.

— Je l'admets.

— Moi, je suis ici pour jouer au hockey. Vos affaires mystiques, je vous laisse ça.

Adam penche la tête un instant, frottant ses mains l'une contre l'autre. En face et autour, les Phénix demeurent pendus à ses lèvres.

— Dave, je ne te demande pas de devenir un Phénix. Je ne te demande pas de devenir un ami. Je te demande juste de devenir un membre de l'équipe. Range ton cellulaire et discute avec nous. Fais partie de l'équipe, c'est tout ce que je te demande. S'il te plaît.

Sans attendre la réponse, Adam retourne à sa place. À mi-chemin, il se retourne vers le joueur récalcitrant et lui dit en élevant la voix, pour que tous l'entendent :

— Tu as bien joué ce soir.

Puis il poursuit sa route jusqu'au côté de Frédéric pour finir de retirer son équipement et enfiler ses vêtements. Muets jusque-là, en attente d'un affrontement musclé, les Phénix reprennent peu à peu leurs discussions et leurs plaisanteries.

Discrètement, Dave glisse son cellulaire dans la poche de son veston.

Arrivé un peu à l'avance, Adam attend patiemment devant la porte que sa compagne vienne lui ouvrir.

Passionnée de danse, Ève réalise un rêve ce soir. Le Ballet du Bolchoï, dans sa tournée en Amérique du Nord, fait un arrêt à Québec. Elle devait partager ce moment privilégié avec sa fille. Audrey retenue à Montréal, Ève a demandé à Adam de l'accompagner.

La porte s'ouvre enfin sur une Ève tout en beauté, vêtue d'une classique robe noire, coiffée et maquillée comme il ne l'a jamais vue.

— Va dans le salon, s'il te plaît, je ne suis pas encore prête.

— Tu es certaine ? Tu n'as jamais été aussi magnifique.

— Tu es gentil.

Elle revient quelques minutes plus tard, la tête penchée en avant, les mains s'agitant derrière la nuque.

— Je n'arrive pas à fermer mon collier. Tu voudrais bien m'aider ?

— Avec plaisir.

Adam s'approche d'Ève qui lui tourne le dos et saisit le fermoir rébarbatif. Avant de s'y attaquer, il se penche sur elle, lui embrasse la nuque et lui murmure à l'oreille :

— Tu es magnifique.

Il l'embrasse à nouveau, avant d'ajouter :

— Je t'aime.

Émue, Ève attend qu'il ait fermé le collier, puis se tourne vers lui et le regarde.

— C'est gentil, Adam. Tu ne me dis pas ça souvent.

— Que tu es magnifique ?

Ève lui lance un regard désapprobateur. Chaque fois qu'il s'avance d'un pas sur un sujet important, il recule aussitôt, tentant toujours de se défiler par une blague ou un à-propos inopportun.

— Non, Adam, que tu m'aimes.

Il la regarde un instant sans rien dire. Puis il lui sourit piteusement.

— Tu as raison. Je suis désolé.

La sincérité désarmante de son chum la bouleverse.

— Embrasse-moi, exige-t-elle.

Avant de se rendre au restaurant, Adam rappelle à sa compagne qu'elle a une promesse à tenir.

— Tu as promis de me montrer tes photos de danse.

— Ça me gêne…

— S'il te plaît.

Toute timide, elle lui montre les photos d'elle. Les âges défilent : jeune enfant, cinq ans peut-être, jusqu'à une quinzaine d'années. Adam admire sa bien-aimée passer de l'enfance à l'état de jeune femme en devenir.

— Tu étais déjà magnifique dès la plus tendre enfance.

— Tu me gênes quand tu dis ça. Je ne suis pas si belle que ça.

— Oh oui, crois-moi.

Elle remet les photos en place.

— Tu aurais aimé danser pour les Grands Ballets Canadiens ?

— Penses-tu ? Gamine, j'en rêvais. J'étais bonne, enfin c'est ce qu'on me disait, mais je n'étais pas assez douée pour faire carrière.

— Dommage. J'aurais aimé t'attendre au pied de la scène avec un bouquet de fleurs.

— Tu sais, tu peux m'offrir des fleurs même si je ne danse pas !

Adam ne sait pas si c'est un reproche, une demande ou un souhait, mais il se sent soudainement mal de ne jamais lui avoir offert de fleurs.

– Tu as raison. Je le ferai.

De l'aveu d'Adam, le spectacle est exceptionnel. Bien que néophyte en la matière, il ne peut qu'être impressionné par pareilles prouesses. À les voir, tout semble si facile !

Ève, elle est fascinée, envoûtée. Tout au long du spectacle, alors que les danseuses et danseurs russes évoluent avec grâce, elle ne cesse de réagir et de commenter. Adam ne l'a jamais vue dans un tel état de béatitude.

Encore en pâmoison à la fin du spectacle, elle semble voler sur un nuage. Adam lui propose de prolonger la sortie, histoire d'étirer ce moment de bonheur.

– Tu veux que nous allions prendre un verre ou un dessert ?

– C'est gentil, mais je préfère ne pas avoir d'autres distractions ce soir. Je veux conserver intacts les souvenirs de cette soirée. De ce spectacle.

– Comme tu le souhaites.

Le véhicule est à peine stationné devant la maison qu'Ève prend les devants :

– Tu entres prendre un dernier verre ?

– Avec plaisir.

30

Une fois au salon, Ève lui sert une coupe de vin avant de s'asseoir contre lui. Sa voix à la tonalité rêveuse s'élève dans le silence :

— Je suis encore sur un nuage. Ça me donne le goût de danser.

— Pourquoi ne le fais-tu pas ?

— Tu aimerais me voir danser ?

— Bien sûr.

— Je reviens.

À son retour, elle ferme les lumières quelques secondes, pour préparer son entrée en scène. Elle remet la lumière et exécute gracieusement quelques pas et tournoiements devant un Adam émerveillé par le talent de son amoureuse.

Elle ralentit le mouvement, plie les bras derrière la tête puis tourne lentement sur elle-même en relevant les bras, faisant glisser sa robe doucement jusqu'au sol.

Elle se retrouve devant lui presque nue, la fine dentelle laissant peu de place à l'imagination.

Stupéfait, le souffle coupé, Adam l'admire sans dire un mot.

Il la savait belle, il la devinait belle. Il découvre qu'elle a un corps sublime. Un corps qui, comme son visage, semble à l'abri des années. Un corps mûr, qu'il trouve parfait.

— Je te plais?

Adam émet un murmure à peine audible, la voix étranglée par l'émotion :

— Tu es… tu es magnifique!

Elle s'avance vers lui avec la grâce féline d'une prédatrice. Elle s'assoit sur lui et l'embrasse tendrement.

— Mon chéri, ça fait un moment que nous sommes ensemble.

— Et alors?

Adam a beau feindre l'ignorance, il devine de la suite de la discussion.

— Il est temps, maintenant.

— Temps de?

Elle fixe son regard dans le sien, mi-séducteur, mi-sévère.

— J'ai envie de faire l'amour avec toi.

Le flot de désir refoulé qu'il tente de contenir depuis si longtemps menace de rompre la digue de la culpabilité qu'il a dressée pour se protéger et qui lui a permis de rester fidèle au souvenir de Valérie jusque-là.

— Je ne crois pas être prêt.

— Quand seras-tu prêt, alors? À notre nuit de noces? Tu sais, il est bien possible qu'on ne se marie jamais. Et, même là, je ne suis pas certaine que je veuille attendre si longtemps.

Elle lui saisit délicatement le menton pour le forcer à la regarder et plonge son regard dans le sien.

— Moi, je suis prête. Depuis un moment déjà.

— Je sais.

Adam baisse les yeux, puis la tête.

— J'ai peur d'avoir un blocage. J'ai peur de perdre mes moyens. J'ai fait mon deuil, je crois. Mais, j'ai de la difficulté à m'imaginer faire l'amour avec une autre femme que Valérie. En fait, j'ai peur de ne pas y arriver.

— Je ne suis pas Valérie. C'est vrai. Je suis Ève. Une femme que tu aimes. Une femme qui t'aime. Je t'ai laissé beaucoup de temps, nous avons franchi les étapes une à la fois. Ce soir, c'est le moment.

Il relève la tête, mais n'ose toujours pas la regarder dans les yeux. Ève poursuit d'une voix douce, pleine de sensualité :

— Je comprends ton hésitation. On va y aller doucement, tout doucement, fais-moi confiance. Et, nous ne sommes pas obligés d'aller jusqu'au bout. Si c'est trop dur, on en reste là.

— Si c'est trop dur, c'est qu'il n'y aura pas de problème !

Elle rit malgré elle.

— Niaiseux.

Elle reprend aussitôt son sérieux. Cette fois, elle n'a pas l'intention de le laisser changer de sujet avec une blague comme il le fait toujours.

— Ne change pas de sujet. Si c'est trop… *difficile*… nous en resterons là, je te le promets. Mais je te garde dans mon lit, nu toute la nuit !

Adam garde le silence, le regard fixe, le souffle court, aux prises avec une tourmente émotionnelle désagréable.

Elle l'entoure de ses bras, l'attire contre elle et pose sa joue contre la sienne.

— Tôt ou tard, il faudra que tu essaies. Moi, je veux faire l'amour avec toi. Ce soir. Maintenant. Je viens de passer une soirée de rêve. Et je veux la terminer en faisant l'amour avec mon chum. Que j'aime. Dont j'ai très envie. Depuis longtemps.

— Je sais. Et je… j'ai peur de te décevoir. De ne pas être à la hauteur de tes attentes. C'est stupide, je sais, mais… tu sais… il y a longtemps.

Elle sourit et lui caresse les lèvres de son pouce avant de l'embrasser.

— Arrête de te chercher des excuses. Je ne serai pas déçue, je te l'assure. Je veux juste faire l'amour avec toi. Rien de compliqué. Tu as trois enfants, tu sais comment faire. Je suis certaine que tu n'as pas oublié.

Il détourne la tête, comme si ce simple mouvement pouvait lui éviter de prendre une décision qu'il ne semble pas prêt à assumer.

Mais Ève, sentant la victoire proche, revient à la charge, déterminée à convaincre son amoureux de devenir, enfin, son amant.

— La seule manière de me décevoir serait de ne pas essayer !

Adam reste silencieux. Elle l'embrasse à nouveau. Encore et encore, un peu plus longuement chaque fois. Elle s'arrête seulement pour lui dire :

— J'ai très, très envie de toi. Et toi ?

Il murmure :

— Depuis notre premier café !

— Alors, qu'est qu'on attend ?

— Ça me fait peur.

Elle lui caresse la joue.

— Je serai très douce, je te promets.

Il sourit faiblement.

— Ce n'est pas ce qui m'inquiète.

— Allez, viens.

Devant son mutisme, elle l'embrasse à nouveau et lui murmure à l'oreille :

— Ne m'oblige pas à te supplier. Allez, viens.

Tremblante, elle le prend par la main et le guide vers la chambre puis, vers le lit près duquel ils s'arrêtent.

Pétrifié, Adam laisse Ève lui retirer sa chemise. Elle prend un moment pour admirer le corps athlétique de son amant, la musculature saillante des bras, des épaules, de la poitrine.

— Que tu es beau, mon amour !

Elle incline la tête et lui embrasse les pectoraux.

— Je n'en demandais pas autant, soupire-t-elle.

Elle entreprend de défaire la boucle de sa ceinture alors qu'Adam s'acharne sur les agrafes du soutien-gorge. Il n'a jamais été très doué pour cet exercice et les années sans pratiquer n'améliorent en rien sa dextérité.

Adam s'éveille lentement, les cheveux d'Ève dans le visage, son petit corps chaud blotti contre le sien. Ses doigts glissent légèrement le long des cuisses de son amante, sa merveilleuse amante, puis sur les fesses qu'il englobe dans sa main.

Il l'observe dormir paisiblement contre lui, la chaleur et la douceur de la peau nue contre la sienne lui donnant encore des frissons.

Des frissons lui évoquant leur nuit de passion.

Ève a été extraordinaire. Étant lui-même pétrifié par la nervosité, c'est elle qui a pris l'initiative, l'embrassant doucement, l'attirant à elle sur le lit.

Elle avait entrepris de le caresser avec tendresse avant qu'Adam ne la laisse, stupéfaite, pour accourir à la salle de bain et vomir la coupe de vin prise quelques instants plus tôt.

Après s'être nettoyé et rafraîchi, il était resté quelques minutes à se regarder dans le miroir, les mains appuyées sur le comptoir, à se dire qu'il devait y retourner et à se demander comment il arriverait à lui faire l'amour.

C'est gêné, des larmes de honte coulant sur les joues, qu'il était enfin revenu vers Ève qui l'attendait avec tendresse. Elle lui avait murmuré « ça va ? » en lui caressant la nuque d'une main, essuyant les larmes avec le pouce de son autre main. Puis elle l'avait attiré à nouveau vers le lit.

— Détends-toi. Laisse-moi faire.

Ils avaient repris leurs caresses. Ève, en amante douce et attentionnée, guidait les caresses de son amant nerveux et hésitant avec sagesse et douceur jusqu'à ce que, lentement, il reprenne confiance en lui et s'abandonne, enfin, au plaisir et à la passion. Elle s'était alors métamorphosée en une amante passionnée et fougueuse, capable de rivaliser d'ardeur avec lui.

Finalement, épuisée, elle avait sombré dans le sommeil. Adam l'avait regardée dormir un long moment. Elle était belle, calme, sereine. Il avait fini par succomber au sommeil, lui aussi.

Serein, il aimerait l'être lui aussi, mais il ne peut ignorer cette douleur qui irradie de son cœur, qui se répand à travers son corps en pulsions successives et lui vrille les entrailles.

Cette nuit, Ève s'est donnée à lui avec générosité, sans aucune retenue. Elle n'a pas hurlé de plaisir. Elle a littéralement rugi, telle une lionne affamée. Ce n'était pas le sexe. Pas juste le sexe. Adam a ressenti à quel point elle est profondément amoureuse.

Et c'est à ce moment qu'il a eu mal. Il a réalisé à quel point il était malhonnête. À quel point il était un voleur.

Dans les derniers soubresauts de l'orgasme, le corps encore tendu, Ève l'avait attiré contre elle dans une étreinte d'une puissance surprenante. Elle lui avait murmuré « je t'aime » en rafale, à dix ou quinze reprises.

Adam aurait tellement voulu pouvoir lui dire la même chose. Chaque « je t'aime » d'Ève trouvait écho dans tous ceux que Valérie lui avait si souvent dits, murmurés, susurrés, soupirés ou hurlés.

Pire, il est toujours aux prises avec cette peur latente, cette peur viscérale de perdre à nouveau la femme qu'il aime. Cette peur implacable dont il ne peut se débarrasser. Cette peur qui refuse de s'estomper, quoi qu'il fasse.

À nouveau, il reporte son attention sur elle. Qu'elle est belle ! Un corps mûr, parfaitement conservé, avec tout ce qu'il faut de courbes et de rondeurs. Un corps fait pour être embrassé, caressé, chéri. Il en avait embrassé chaque parcelle, de ce petit corps si désirable, si désiré. Elle avait réagi avec une passion dévorante.

Toujours blottie contre lui, elle s'éveille lentement. Apercevant les yeux d'Adam l'observant, elle lui fait un sourire extatique et lui murmure d'une voix rauque :

— Bonjour, mon amour.

Il l'embrasse doucement.

— Bon matin.

Elle s'étire langoureusement, dévoilant presque entièrement son corps. Adam ne peut s'empêcher d'admirer, à la lumière du jour cette fois, son amoureuse.

— Je suis une femme comblée.

Elle tend les bras pour l'attirer à elle et lui mordiller l'oreille, dans laquelle elle murmure :

— Une nuit parfaite pour couronner une soirée parfaite.

— Oui, c'était un échange de fluides corporels très satisfaisant.

Ève recule la tête, une grimace de dégoût déformant son visage. Puis elle lui donne une légère poussée pour protester contre pareilles inepties :

— Oh, Adam, s'il te plaît, sois sérieux. Nous partageons un moment extraordinaire. N'empêche, je suis aux anges. Pour un gars qui avait peur de me décevoir…

— Je n'ai pas de mérite, c'est toi qui as tout fait.

— Je ne crois pas. Peu importe, je souhaite juste recommencer.

Alors qu'elle s'affaire à préparer le petit déjeuner, il demeure muet, le regard fixe.

— Tu es bien silencieux.

Elle fronce les sourcils et ajoute :

— Tu as même l'air soucieux. Un problème ?

Il fait signe que non de la tête avant de parler d'une voix enrouée :

— Je crois que je deviens sérieusement amoureux de toi.

Elle vient s'asseoir sur lui.

— C'est agréable de t'entendre dire que tu es amoureux de moi. Mais je ne comprends pas ton air sérieux. Tu n'es pas heureux ?

— Ça me fait tellement peur !

— Peur de quoi ?

— Peur que ça se finisse, que tu partes, je ne sais pas…

Elle appuie sa poitrine contre la tête d'Adam, qu'elle enveloppe de ses mains.

— Sois sans crainte, je ne partirai pas ! Fais-moi confiance.

— Le Destin, lui, il peut en décider autrement !

Elle recule pour le regarder et lui demande avec douceur, en lui caressant le visage :

— Tu as peur qu'il m'arrive la même chose qu'à Valérie ? C'est ça ?

Il ne répond pas et enfouit à nouveau son visage contre la poitrine de la femme qu'il aime.

— Mon amour, je peux pas te promettre que ça n'arrivera pas. Mais je te promets que si le Destin se met en travers de notre chemin., je vais lui botter les fesses ! D'accord ?

Il répond, la voix étouffée par le contact de sa bouche avec la poitrine d'Ève :

— D'accord.

Elle penche la tête pour l'embrasser sur le front et pour lui confesser son désir :

— Tu sais quoi ? J'ai encore envie de faire l'amour !

31

Ce soir-là, la jolie Audrey, habituellement toujours gentille et souriante, l'accueille avec une froideur inhabituelle.

— Bonsoir, Adam. Ma mère est dans le salon.

La fin de semaine précédente, Ève avait présenté Adam à ses parents. Audrey les avait accompagnés. Après une visite et un repas chaleureux en compagnie de monsieur et madame Bélanger, d'adorables retraités, le retour avait donné lieu à une mise au point avec Audrey, qui les avait accompagnés. Elle devait avoir pris conscience que si sa mère présentait son chum à ses parents, c'est que les choses devenaient sérieuses. Elle avait voulu sonder les motivations d'Adam, provoquant l'ire de sa mère et un malaise chez l'homme.

Adam se dirige vers le salon pour retrouver son amoureuse. Après avoir embrassé Ève et s'être assis près d'elle, Adam s'informe de la situation.

— Audrey n'a pas l'air d'aller. C'est notre dernière discussion qui l'embête ?

— Nous nous sommes un peu disputées.

— Pourquoi ?

Ève prend un air gêné avant de répondre :

— À cause de toi.

— De moi ?

— De toi et moi, plutôt.

— Pourquoi ? Elle ne m'aime pas ?

— Non, ce n'est pas ça. Elle t'aime bien. Elle trouve notre relation envahissante.

— Elle est jalouse ?

— Je ne crois pas. Au contraire, elle se dit contente pour moi. Mais elle trouve que nous sommes souvent ici et elle se sent de trop.

— Oh ! Je suis désolé.

— Ne t'en fais pas, ce n'est pas grave. Juste une mauvaise journée.

Affectée par le conflit avec sa fille, elle se blottit contre lui et le serre très fort contre elle.

— Tu sais, la maison est petite, nous avons juste une télé…

Adam la serre à son tour et l'embrasse sur la tempe, là où ses lèvres rencontrent un mélange de peau et de cheveux à l'odeur délicieuse.

— Écoute, le temps est peut-être venu que nous soyons plus souvent chez moi.

Ève se redresse, se défaisant de l'étreinte d'Adam.

— Tu es prêt à me présenter à tes enfants ?

Il sourit en hochant de la tête.

— Il le faudra bien un jour. Et si tu commences à avoir des frictions avec Audrey, alors il faut trouver une solution. Elle n'a pas tort : nous sommes souvent ici. J'ai été un peu égoïste.

Il la reprend dans ses bras et l'embrasse, avant qu'Ève ne blottisse le visage contre sa poitrine. La caressant, il soupire :

— Oui, j'ai envie que les enfants te connaissent. Je suis bien avec toi et je veux qu'ils le sachent.

Il lui caresse les cheveux.

— Qu'ils le voient. Qu'ils le sentent.

À la sortie du complexe sportif, la neige fraîche émet un craquement en se compactant sous les pas des trois amis. Les Phénix ont poursuivi leur poussée victorieuse, au grand plaisir de leur capitaine. Il faut dire qu'Adam joue comme un demi-dieu et inspire ses équipiers.

— On va-tu prendre une bière ? lance Marc. Je n'ai pas les enfants cette semaine, ils sont chez Kathleen.

Adam secoue la tête.

— Nah... il faudrait pas. J'ai une grosse journée demain.

— Ah, *come on*, Adam. Pour une fois que je peux aller prendre une bière avec vous autres ! Vous avez toujours le don d'y aller la semaine que j'ai les enfants.

Fred s'y met :

— Juste une, Adam. J'ai pas le goût de rentrer à la maison.

— Ben oui, juste une... Je vous connais trop bien, après une bière, vous aurez toujours pas le goût de rentrer. Ça va en prendre une autre, pis encore une autre...

Ses deux amis lui lancent des regards suppliants. Ils sont risibles. Mais ce sont ses amis, Adam ne peut leur résister.

— OK ! Juste une ! Après, moi, je m'en vais. Je vous le dis !

La joie éclaire le visage des deux autres. Mais Adam a éveillé la curiosité de Marc :

— Qu'est-ce t'as de si important, demain ?

— Je fais de la bouffe, les copains.

— Oh boy ! C'est Ève qui va subir ça ? ironise son ami.

— Hé oui, elle vient souper à la maison demain soir… pour une première fois. C'est la grande présentation aux enfants.

— Oh !

— Ouais. C'est assez stressant.

Fred, jusque-là muet, lance avec un large sourire :

— Si tu l'invites à la maison, c'est que tu l'as enfin sautée ?

— Ah, Fred, crisse que tu es décourageant !

Marc se porte à la défense de son ami :

— Il nous a assez fait chier de même cette saison, laisse-le tranquille maintenant que ça va bien.

Interloqué par le reproche de Marc, Adam ne peut étouffer une exclamation :

— Hé !

— Tu sais ce que je veux dire.

Perplexe, Adam secoue la tête avant de convenir que Marc n'a pas tout à fait tort.

— Je ne suis pas prêt à dire que je vous ai fait chier, mais j'avoue que je n'ai pas été l'ami que vous attendiez. Depuis que je suis avec Ève, ça va mieux.

Songeur, le capitaine écoute ses amis échanger alors que Marc confie :

— On a remarqué, oui.

— J'ai l'impression de me réveiller après une longue nuit hantée de cauchemars.

— Bah, ne t'en fais pas, suggère Marc. Tout est redevenu normal. Presque normal.

Sortant de sa torpeur, Frédéric saute sur l'occasion :

— Il ne reste que le championnat à aller chercher.

Ses amis lèvent les yeux au ciel et prononcent d'une même voix :

— Et le voilà reparti !

32

Adam s'affaire encore à la cuisine lorsque le carillon de la porte se fait entendre.

— J'y vais !

Il ne souhaite pas qu'Ève soit accueillie par un des enfants. Inquiétude bien inutile, puisque les enfants ne se ruent pas vers la porte. Ils ne semblent pas empressés de la rencontrer.

Bien que Roxanne ait eu des doutes depuis la soirée du basket et qu'elle les ait partagés avec ses frères, l'annonce que leur père avait une blonde a été un choc. Mais la venue prochaine d'Ève a frappé plus fort encore. Elle a semé stupéfaction, contestation et mécontentement.

Adam retire son tablier et se lave rapidement les mains avant de se rendre à la porte d'entrée. La porte s'ouvre pour laisser apparaître une Ève magnifique et toute timide. Elle lui fait un petit geste de la main, un geste presque enfantin.

— Allo.

Il lui fait signe d'entrer afin de pouvoir l'embrasser. Elle retire son manteau, qu'il range dans la penderie attenante au vestibule, près de l'entrée.

— As-tu eu de la difficulté à trouver ton chemin ?

— Mon GPS m'a conduite directement. J'avoue par contre que j'ai douté de son bon fonctionnement quand je suis arrivée dans le quartier.

Adam relève la tête, les sourcils froncés :

— Pourquoi ?

— As-tu vu les maisons du coin ? Et quand je suis arrivée devant la tienne, wow, j'en revenais pas.

La gêne rougit un peu les joues d'Adam :

— Bien… elle n'est pas si pire, la maison, non ?

— Pas si pire ? Dans le patelin d'où je viens, on appelle ça un *château*.

— Tu exagères. Allez, viens.

Immobiles, inexpressifs, les enfants attendent au salon, comme convenu. Adam avance vers eux en tenant la main de sa compagne, visiblement nerveuse.

— Je vous présente Ève.

Il présente un à un ses enfants, de l'aîné au cadet. Adorablement timide, elle tend la main à chacun d'eux.

Sans démontrer un enthousiasme trop fort, les enfants sont polis et plutôt accueillants, même Roxanne, dont la commissure de lèvres se relève d'un iota, dans ce qui semble être un sourire réprimé.

Adam propose ensuite à son invitée le tour du propriétaire.

Une émotion intense envahit Adam à l'approche de la chambre à coucher.

— Et ici, c'est ma chambre. Bientôt peut-être *notre* chambre. Celle où tu dormiras un jour.

— Tu seras OK avec ça ?

Il inspire une fois ou deux et parle d'une voix basse :

— Nous verrons à ce moment.

La photo de Valérie trône toujours sur le mur. Ève s'approche pour l'admirer.

— C'est ton épouse ?

— Oui. C'est Valérie.

— Elle est jolie.

— Oui, elle l'était. Elle l'a été jusqu'à la fin.

Ève touche le cadre bordant la photo du bout des doigts puis regarde Adam avec amour.

— Elle le sera toujours.

Adam lui sourit, appréciant la gentillesse de son invitée.

Lentement, ils poursuivent la visite guidée, Adam présentant, Ève s'émerveillant. Lorsqu'ils arrivent dans le garage, Ève s'exclame :

— Wow ! Tu as aussi une BM ?

Une rutilante BMW blanche, décapotable par surcroît, occupe majestueusement une bonne superficie du garage. Une bâche bleue est négligemment roulée en boule sur le côté de la voiture.

— C'est la voiture de Valérie. Elle en était tellement fière. Elle l'a achetée lorsqu'elle a ouvert son cabinet. Je ne me suis pas encore résigné à la vendre.

Ève marche vers l'auto pour l'admirer.

— Tu ne t'en sers pas ?

— Parfois l'été. Il faut qu'elle roule un peu. Jamais l'hiver.

— Dommage.

— Nathan croyait en hériter en entrant à l'université. J'ai refusé. Je ne trouvais pas sain de laisser un jeune de dix-neuf ans commencer sa vie au volant d'une BMW. Une BMW qu'il n'a même pas payée !

Délaissant la belle Germanique, Ève retourne vers son amoureux.

— Tu as tout pour me plaire!

Adam approche ses lèvres de celles de son invitée pour cueillir un baiser.

— J'ai toujours su que c'est mon argent qui t'intéressait.

Le repas s'amorce dans la tranquillité. Les enfants sont plus réservés qu'à l'ordinaire. Adam tente d'animer le moment et forcer les enfants à discuter avec Ève.

— Ici, tout le monde doit faire deux choses : étude et sport.

Cédric intervient, son père ayant oublié un point important :

— Tu oublies le ménage, papa!

Adam sourit en se reprenant :

— Et le ménage, c'est vrai.

— Tu n'as pas de femme de ménage? questionne Ève, curieuse.

— Seulement une journée par semaine. Trop peu, avec une maison de cette taille et un troupeau d'ados indisciplinés…

Il est brièvement interrompu par les protestations des enfants.

— … il me faudrait une gouvernante. Et je n'ai pas ces moyens. Alors, tout le monde doit faire sa part.

Devant le visage dubitatif d'Ève, il ajoute :

— Je sais que tu sembles croire que je suis millionnaire, mais je ne suis pas riche, tu sais.

De son bout de table, Cédric profite de l'occasion pour se plaindre de son sort :

— Nous ne sommes pas riches, ça, c'est certain. Moi, je dois encore jouer avec ma vieille PS3[7].

Tout le monde rit, même Roxanne. Le chef lance un regard entendu à son invitée.

— Tu vois ? Je ne suis pas riche !

Peu loquace, Cédric est tout de même celui qui est le plus volubile, ses deux aînés étant particulièrement taciturnes.

Lorsque vient le tour d'Ève de parler d'elle, de sa « grande fille », de son travail, Roxanne tire sa propre conclusion :

— Bref, tu n'es qu'une technicienne. Maman était avocate, elle.

— Rox-ANNE !

Adam élève le ton sur la deuxième syllabe en guise d'avertissement, sa fille ayant atteint les limites de la politesse.

— Quoi ? Je faisais juste dire que maman était avocate.

Le père de l'adolescente poursuit d'une voix où gronde toujours l'avertissement :

— Euh ! Euh ! Fais attention !

Souriante, Ève intervient :

— Je sais qu'elle était avocate, ton père me l'a dit. Il m'a dit aussi qu'elle était jolie et je n'ai aucune difficulté à le croire.

— Pourquoi ?

Se gardant de mentionner qu'elle avait vu la photo de sa mère dans la chambre à coucher, Ève prépare astucieusement son effet :

— Tu es très jolie. Et comme tu ne ressembles pas à ton père, je présume que tu ressembles à ta mère.

Roxanne sourit au compliment, malgré elle.

---

7. PlayStation 3, console de jeu remplacée par la PlayStation 4.

Un court silence s'installe alors, tandis que chacun se rabat sur la nourriture, que les convives avalent avec appétit. Ève se tourne vers Adam :

— C'est délicieux ! À qui dois-je faire des compliments ?

Adam a fait un effort pour la recevoir. Sans l'admettre, il souhaitait l'impressionner. Il a concocté un potage aux légumes en entrée, suivi d'un plat d'agneau somme toute assez simple à préparer, mais plutôt savoureux. Pour le dessert, il est passé chez le pâtissier.

— Moi, principalement, répond Adam.

— Je ne te savais pas aussi bon cuisinier.

Sur ce, Cédric ne peut se contenir :

— Vous n'êtes pas obligée de le complimenter, vous savez.

Les enfants se mettent à rire. Nathan vient en aide à son père :

— Disons que mon père s'est amélioré. Beaucoup amélioré. Parce qu'au début…

Cédric persiste :

— Nous en avons mangé, du pâté chinois…

L'aîné reprend son jeune frère :

— Parmentier, qu'il faut dire !

Le cadet retient une insulte et ajoute simplement :

— Laisse donc faire…

Même Roxanne décide d'ajouter son grain de sel :

— Et des lasagnes congelées !

Cette fois, c'est Nathan qui acquiesce.

— Ah oui ! Les lasagnes congelées. Je me rappelle.

Sous le feu nourri de leurs attaques, Adam doit capituler. Bon joueur, il lève les mains pour admettre sa défaite et demander une trêve.

— Bon, bon, bon, ça va faire là, les critiques culinaires! Qu'est-ce qu'Ève va penser de moi maintenant?

Ève lui sourit. Ce qu'elle peut être adorable, se surprend à penser le chef de la famille Bernier.

— Je pense que tu as fait ton possible.

Puis elle regarde les enfants.

— Êtes-vous d'accord avec ça?

Cédric demeure plus en verve que ses aînés qui, eux, retrouvent leur réserve.

— Oui, mais ce n'est pas vous…

— Tu, dites-moi tu.

— … tu, toi qui as mangé du spaghetti la première fois qu'il a fait de la sauce à spaghetti!

Ayant enfin trouvé une occasion pour se liguer contre leur père, les enfants deviennent soudain très volubiles et ses aptitudes culinaires subissent maintenant un assaut en règle, plat par plat, au grand plaisir de l'invitée qui rigole de la déconfiture de son amoureux et qui décide de prendre le parti des enfants pour taquiner Adam.

— C'est vrai, c'est facile pour moi de parler, je n'ai pas eu à subir tout ça.

Adam lève les bras en signe de dépit.

— C'est ça, mets-toi de leur bord.

Radieuse, Ève lui fait un grand sourire. Qu'il est bon de découvrir son compagnon dans son environnement, non plus dans leurs rencontres en milieu fermé, centrées sur leur relation.

— N'empêche, c'est délicieux, mon chéri.

Les enfants tiquent aussitôt sur le mot. Ève s'en aperçoit immédiatement. Adam aussi. Il saisit l'occasion pour bien faire comprendre la nouvelle réalité de leur père aux enfants.

— Merci, mon amour.

Il lui fait un sourire et lui souffle un baiser suivi d'un moment de silence, les enfants se réfugiant à nouveau dans le mutisme.

Le repas terminé, Adam propose une marche à son invitée, qui accepte aussitôt, curieuse de visiter le quartier.

— Les enfants, vous desservez la table, s'il vous plaît ?

Une fois à l'extérieur, elle prend la main d'Adam et ils déambulent lentement dans la rue.

C'est Ève qui, la première, revient sur leur début de soirée.

— Ça s'est bien passé avec les enfants. Je ne savais pas à quoi m'attendre.

— J'avais peur d'une réaction, disons, plus… réservée. Ils sont sans doute tombés sous ton charme, eux aussi.

— Tu as bien repris ça, avec le « mon chéri ». Je ne pensais pas causer un traumatisme comme ça.

— Fallait régler ça rapidement. C'est fait.

Curieuse, Ève a plein de questions sur les maisons, les voisins. Si elle semble en pâmoison devant les maisons du quartier, Adam refroidit rapidement son enthousiasme.

— En fait, c'est plutôt le choix de Valérie de venir s'établir ici.

— Tu serais allé où, toi ?

Adam hausse les épaules.

— Précisément, je ne sais pas. Mais j'aurais préféré quelque chose en banlieue. Ici, les maisons sont belles, mais elles sont toutes entassées les unes sur les autres. Il n'y a pas de verdure, pas d'arbre. Les terrains sont à peine plus grands que les maisons. Les enfants n'ont pas le choix de jouer dans la rue.

— C'est le cas de tous les quartiers résidentiels.

— C'est pourquoi j'aurais préféré m'établir ailleurs.

— Dans le bois ? Avec les ours ?

Adam sourit en balançant la tête à gauche et à droite.

— Pas tout à fait, mais pas loin. Cependant, pour les enfants, leurs activités, les amis, l'école, le travail, c'est plus pratique ici.

— Et les voisins ?

— Comme ailleurs. Des sympathiques, des trous du cul. Des vrais riches, des faux. Des riches sympathiques, d'autres réellement chiants.

Ève rit en collant quelques secondes son visage sur le manteau froid de son compagnon.

— Tu es vraiment asocial. Tu serais peut-être à ta place avec les ours, finalement.

Ils marchent en silence un moment avant qu'Adam ne réponde :

— Je n'ai pas perdu espoir. J'ai toujours mon projet de chalet en tête.

— Un chalet ? C'est intéressant. Avec des ours autour ?

Il ne peut s'empêcher de sourire.

— Oui, avec des ours pas très loin. Mais le temps file, il ne me reste plus beaucoup de temps pour me décider.

— Pourquoi ?

— L'option d'achat que j'ai sur le terrain expire à l'été.

— Et ?

— Je ne suis pas encore décidé. C'est un projet dispendieux. On verra.

La neige commence à tomber et de gros flocons atterrissent sur le nez d'Ève, ce qui la fait rire.

— Ta femme, Valérie, comment elle t'a séduit ?

Songeur, il garde le silence quelques instants.

— Disons qu'elle a été très persévérante. Et patiente.

Malgré elle, Ève éclate de rire.

— Je suis prête à la croire. Ça lui a pris combien de temps ?

— Plus ou moins trois ans.

Ève sursaute.

— Trois ans !

— Oui. Il faut dire que là-dessus, j'ai été presque un an en Europe.

— En Europe ? Tu ne m'as jamais parlé de ça.

— En Autriche, pour le hockey.

— Tu me l'as déjà mentionné, je me souviens. Mais tu ne m'en as jamais parlé.

— Je t'en parlerai.

— J'aimerais ça.

— Bref, c'est quand je suis revenu que ça a vraiment marché. Je ne sais pas si je m'étais ennuyé, mais quand je l'ai revue, je suis tombé amoureux en un rien de temps.

— Trois ans ! Je n'ai pas à me plaindre dans ce cas.

— Pas encore.

Adam est un moment silencieux, perdu dans ses pensées.

— Oui, trois ans à me courir après. Pourtant, je ne lui prêtais aucune attention. Les gars me prenaient pour un fou. Elle était la fille la plus convoitée de l'université.

— Elle était jolie.

— Jolie, oui. Mais c'est son charme, son énergie, qui attirait les gens, filles et garçons. Elle magnétisait littéralement les gens. Tous les gars la courtisaient. Mais pas de chance pour eux. Toute son attention était toujours fixée sur moi. Elle a eu quelques relations, mais ça ne marchait jamais. Elle n'a jamais osé me le dire, mais Diane, ma sœur, m'a avoué qu'elle a souvent pleuré de rage devant mon indifférence.

Il se penche, prend un peu de neige et forme une balle. Détendant le bras, il la projette au loin.

— Un jour, je ne sais pas pourquoi, je l'ai trouvée plus jolie et plus gentille que d'habitude. J'ai commencé à m'intéresser à elle. Puis je suis parti pour l'Europe, avec Frédéric. Quand je suis revenu pour Noël, elle m'a invité à sortir dans un bar. J'y suis allé un peu à contrecœur. Tu connais mon aversion pour les discothèques ! Mais ce soir-là, il s'est passé quelque chose. Plus rien n'a jamais été pareil par la suite. Je suis retourné en Autriche, mais mon cœur était resté ici, près d'elle. Je l'appelais tous les soirs.

Il s'interrompt, songeant à un fait amusant.

— Malheureusement, Skype n'existait pas à ce moment. Je passais mon salaire en frais d'interurbain. Après quelques semaines, je ne tenais plus, j'ai quitté l'équipe et j'ai pris l'avion. Je l'ai demandée en mariage à ma descente de l'avion. À la fin de l'été, nous étions mariés.

— Wow ! Au fond, tu es un grand romantique !

— Peut-être bien.

Adam se perd un instant en contemplation dans les yeux amoureux de sa compagne, qui fait battre ses cils pour lui soutirer un sourire.

— Le hockey, là-bas, tu n'aimais pas ça ?

— Comme je disais, je m'ennuyais de Valérie. Et la ligue n'était pas assez forte. J'étais le meilleur joueur de la ligue. Nous gagnions aisément tous les matchs. Je n'avais pas de défi. J'aurais dû aller jouer en Suisse.

— Pourquoi t'es pas allé là ?

— L'équipe autrichienne qui nous a engagés est la seule qui avait montré de l'intérêt pour Frédéric, mon ami. Elle était prête à l'engager seulement si je me joignais aussi à eux.

— Oh ! Belle preuve d'amitié, ça !

Adam acquiesce d'un sourire qui ressemble plutôt à une grimace.

— Ouais.

Ève lui rend son sourire avant de poursuivre sa quête d'information. Pour une fois que son chum parle de lui librement, elle compte bien en profiter.

— Ta sœur et Valérie, elles étaient amies ?

— Les meilleures amies du monde.

— Et moi ? Elle sera amie avec moi, tu crois ?

Adam se tourne vers elle et lui caresse la joue gelée.

— Je n'en doute pas un seul instant. Diane, c'est de l'or en barre. Le seul à qui elle donne des coups de pied aux fesses, c'est à moi. Et parfois aussi à son mari, Charles. Mais moi, je les mérite !

De retour à la maison, ils se vautrent sur le canapé, devant le foyer. Non pas une belle structure en pierres ou en briques avec un grand âtre où l'on peut déposer de belles bûches dont l'odeur embaume la maison, mais bien un appareil d'apparence quelconque alimenté au gaz naturel. Pour le plus grand déplaisir d'Adam, Valérie s'était opposée au foyer traditionnel, prétextant — avec raison, il doit l'admettre — que c'était trop salissant.

Bientôt, Katniss vient se coucher sur les pieds d'Ève. Elle tend la main pour la caresser.

— Elle s'ennuie. Elle était la compagne de Valérie.

Adoptée pour les enfants, Katniss était effectivement devenue la compagne de Valérie dès le début de sa maladie. Plusieurs fois, Adam les avait trouvées endormies toutes les deux sur le divan, Katniss bien pelotonnée contre Valérie.

Roxanne, passant par là, rappelle l'animal avec sécheresse. Adam prend la parole :

— Laisse le chien tranquille.

Frustrée, l'adolescente repart immédiatement.

— Si Katniss t'adopte, ils devront rendre les armes rapidement et t'adopter à leur tour.

— C'est une guerre ?

— Non, façon de parler.

La soirée s'étire et, le film terminé, Ève s'échappe à contrecœur des bras de son amoureux et déclare, d'une voix morose :

— Il faut que j'y aille.

— Déjà ?

Les enfants viennent saluer Ève, puis Adam l'accompagne à sa voiture.

— Tes enfants sont gentils. Et bien élevés.

— Merci.

Ils s'embrassent. Ève amorce le mouvement pour s'installer dans l'auto puis se ravise.

— Adam, je suis heureuse de t'avoir rappelé... et que tu m'aies accordé une deuxième chance.

— Je suis heureux aussi que tu m'aies rappelé.

Il lui pose la main sur la joue et la regarde dans les yeux pour mieux lui avouer :

— Tu commences à me connaître. Avec ma tête de mule, je ne t'aurais pas appelée.

Ève ne répond pas, se contentant de le regarder, l'obligeant à poursuivre.

— Pour ce qui est de la deuxième chance... je... je crois que j'aurais été prêt à t'en accorder autant que tu en aurais eu besoin.

Elle s'approche et pose ses lèvres sur les siennes.

— Je t'aime, Adam Bernier. Même si tu es têtu.

Il l'embrasse à son tour.

— Moi aussi. Bonne nuit.

33

Le visage caressé par le vent glacial, Adam, le « Roi de la montagne », jette un regard chargé d'envie vers le remonte-pente. Déjà, les enfants apparaissent au pied de la piste, complétant leur première descente de la journée. Mais lui a un tout autre plan pour la journée. Pas question de renier sa parole. Il a été difficile de convaincre Ève de l'accompagner sur les pistes et elle l'a fait uniquement sur la promesse qu'Adam sera son instructeur de ski privé.

Heureux que leur père les emmène sur les pentes, les enfants avaient tout de même manifesté leur mécontentement à leur arrivée au chalet lorsqu'ils avaient réalisé que leur père partagerait sa chambre avec sa blonde. Il les avait trouvés bien naïfs de croire qu'ils feraient chambre à part. Leur émotion avait conforté Adam dans son idée de passer la première nuit tous ensemble en dehors de la maison familiale. En dehors de la chambre et du lit de leur mère.

Malgré tous les efforts et l'attention dont Adam fait preuve avec son élève, adorable à croquer avec ses joues rougies par le froid et son nez gelé, il n'y arrive pas. Ève est aussi douée sur des skis que Bambi l'est sur la surface gelée d'un lac. Après plusieurs chutes, Adam tente une descente en tandem. Encore une fois, Ève chute, entraînant son chum avec elle. Adam encaisse le choc, Ève amortissant sa chute sur le corps de son compagnon.

— Mon chéri, j'abandonne.

— Moi aussi.

Ils se retrouvent tous au chalet pour le dîner. Les enfants, impatients de retourner sur les pentes, avalent leurs sandwichs sans prendre la peine de mastiquer. Ève, quant à elle, capitule. Tout de go, elle déclare à son instructeur adoré que sa journée de ski est terminée.

— Va faire des descentes avec les enfants. Va t'amuser. Je vais rester tranquille ici.

— Tu es certaine ?

— Oui. Je vais profiter du foyer et j'accueillerai Audrey à son arrivée.

— D'accord. Les enfants, le dernier arrivé au bas de la pente paie la bière.

Avant qu'il ne franchisse la porte, Ève l'agrippe par le col.

— Sois prudent.

Ce à quoi Adam réplique en souriant :

— Toujours !

À la fin de l'après-midi, Adam a retrouvé ses repères. Il est temps d'effectuer une dernière descente. La Descente. Celle où les membres de la famille Bernier s'affrontent à la course avec, pour enjeu, le titre convoité de « Roi de la montagne », titre qu'Adam a toujours remporté jusqu'à ce jour.

Déjà, il sait qu'il sera difficile de conserver son titre cette année. Les enfants lui ont prouvé tout l'après-midi leur progression sur les planches. Nathan, de loin le meilleur des trois, sera un adversaire particulièrement coriace.

Dès le départ, grâce à son poids et à la puissance de ses jambes, Adam prend la tête, suivi de Roxanne, gracieuse dans tout ce qu'elle fait. Rapidement, il sent le souffle de Nathan dans son cou. Fluide et précis, il se porte à la hauteur de son père.

Oubliant la promesse faite à sa dulcinée, Adam abaisse sa posture pour être plus aérodynamique et prendre de la vitesse à l'approche de la bosse qui lui a causé des problèmes toute la journée. Relaxant les muscles de ses jambes afin d'absorber le choc, Adam hésite une fraction de seconde. Propulsé dans les airs, les bras en croix, le corps complètement désaxé, il se prépare pour un atterrissage catastrophique.

Dès que son ski gauche touche le sol, son corps est propulsé vers l'avant et s'écrase au sol. La force de l'impact l'emporte dans une série de tonneaux. Impuissant, emporté par son propre élan, Adam voit une succession d'images de sol enneigé et de ciel ensoleillé jusqu'à ce que, finalement, il cesse de virevolter et que son corps glisse lentement jusque sur le côté de la piste.

Luttant pour reprendre sa respiration, il aperçoit le visage inquiet de Cédric au-dessus du sien.

— Ça va ?

Lentement, Adam lève la main, le pouce dressé. Puis il étire la main vers son fils afin que ce dernier l'aide à se remettre debout. Résigné, le cadet consacre la victoire de son frère.

— C'est Nathan, le roi, maintenant.

— Je sais. Je crois que je vais en entendre parler longtemps.

Au souper, auquel se joint Audrey, arrivée alors qu'ils étaient sur les pistes, Nathan regarde son père avec un large sourire.

— Même si j'ai gagné la course, je paie quand même la bière. La fouille de mon père mérite la première position de la journée.

Adam lève son verre et déclare :

— Et moi, j'ai besoin de bière pour me remettre de ma chute.

Sous les rires de tous, Ève se penche vers lui et lui murmure à l'oreille :

— Je soignerai tes blessures, ce soir.

La table desservie, la vaisselle nettoyée et rangée, ils s'installent devant le foyer, un véritable feu de bois crépitant dans l'âtre.

Alors qu'Adam revient du frigo, vin et bière à la main, il aperçoit le regard que jette son aîné à la jolie Audrey. Il s'approche discrètement de son oreille.

— N'y pense même pas !

Agacé, Nathan lui jette un regard furieux. Quand Adam s'assoit près d'Ève, qui a assisté à la scène, elle s'informe de la situation :

— Un problème ?

— Non, rien.

— Qu'est-ce qu'il y a ? Tu as le sourire fendu jusqu'aux oreilles !

— Il semble que ta fille fait de l'effet sur un de mes gars.

— Audrey ?

— Oui, je pense que Nathan la trouve bien jolie.

Ève se colle contre lui et l'embrasse.

— Et si Audrey est comme sa mère, elle doit le trouver très beau aussi. Il te ressemble beaucoup. Il est presque aussi beau que toi !

La soirée se passe dans la joie jusqu'à ce qu'elle soit partiellement assombrie par la requête de Cédric, le seul n'ayant pas le droit de consommer de l'alcool, mais qui voudrait bien boire une bière, lui aussi. Inflexible, comme toujours, Adam s'oppose et la tension monte rapidement entre le père et le fils.

— Tu connais la règle : pas avant quinze ans.

— Mais c'est quatorze ans, la règle !

— Ça, c'est ce que ta mère disait ; moi, j'ai toujours dit quinze ans !

— Mais ce n'est pas juste que tu changes les règles comme ça. Et là, je suis le seul à ne pas en boire. J'aimerais ça, moi aussi… Les autres, ils ont tous eu le droit à quatorze ans !

C'est ce moment que choisit Roxanne pour intervenir dans la discussion :

— C'est vrai.

Son père la regarde, surpris.

— Depuis quand tu prends la défense de ton frère, toi ? Juste pour me défier ?

Nathan prend la parole à son tour :

— On se calme. On a du *fun*, ce soir. Vous n'allez pas commencer à vous obstiner ?

Inflexible, Adam regarde Cédric et rétorque :

— Je suis désolé. C'est comme ça. Pas avant quinze ans.

La réplique du père ne plaît pas au cadet. La tension monte à nouveau. Ève prend alors la main d'Adam et la serre doucement. Il se retourne et ils échangent un regard quelques secondes, sans broncher. Elle serre à nouveau sa main, légèrement. Puis Adam regarde son fils et le pointe du doigt :

— OK, on va faire un marché, une exception. Une bière, uniquement ce soir. Et que j'en entende plus parler avant tes quinze ans. Marché conclu ?

Timidement, le cadet des Bernier réplique à voix basse :

— Je peux en avoir deux ?

Son père le regarde en coin, la tête baissée.

— Pousse pas ta chance.

— OK.

— Une ce soir, mais plus un mot avant quinze ans.

— C'est promis. Merci.

Pendant qu'il va chercher sa bière, Ève porte la main d'Adam à ses lèvres. Bien que se voulant discret, le geste ne passe pas inaperçu auprès des enfants.

La soirée avance et la fatigue de la journée passée au grand air commence à se faire sentir. Adam donne le signal qu'il est temps d'aller au lit. Il se lève, met une dernière bûche dans le feu, s'assure que le foyer est bien sécurisé puis embrasse chacun de ses enfants.

Malgré la fatigue, les enfants se dirigent d'un pas hésitant vers leurs chambres, jetant de fréquents regards désapprobateurs vers leur père et son amie qui marchent main dans la main vers leur chambre.

34

Adam ouvre les yeux : 2 h 42.

Évidemment, se dit-il. *Toujours la même heure, l'heure du décès.*

Depuis qu'il est avec Ève, ça ne lui arrive presque plus.

Il se repositionne pour se blottir contre elle, contre son petit corps, si chaud, si doux, avec l'espoir de retrouver rapidement le sommeil.

Cette fois, il ne peut se rendormir. Une désagréable sensation lui taraude les entrailles.

S'il a été facile de convaincre sa compagne de passer sa première nuit à la maison, ce fut une tout autre histoire de la faire entrer dans la chambre. Dans cette chambre où Valérie a dormi, aux côtés d'Adam. Cette chambre où elle a pris soin des enfants lorsqu'ils étaient malades. Cette chambre où elle les a rassurés à la suite d'horribles cauchemars. Cette chambre où elle a fait l'amour avec Adam.

Hésitante, elle s'est arrêtée sur le pas de la porte. Il a dû la prendre par la main pour l'attirer à l'intérieur. Face au lit, devant le portrait de Valérie, elle a figé. Adam s'est excusé, conscient que sa bien-aimée entrait dans un univers encore hanté par la présence de son épouse.

— Je suis désolé, a commencé Adam. J'aurais dû le décrocher avant que tu viennes. Je n'avais pas prévu que ce soit ce soir.

— Non, c'est correct.

Le malaise toujours présent, elle s'est empressée de se réfugier dans les bras de son chum en prenant bien soin de ne pas regarder la photo géante.

Rien à faire ! Malgré ses efforts et la présence rassurante de son amoureuse, il ne parvient pas à retrouver le sommeil, la désagréable sensation ne voulant s'estomper.

Certes, il éprouve une vague culpabilité à l'idée qu'Ève prenne la place de Valérie dans le lit conjugal. Mais il se doute bien que son malaise vient également de la présence de Ludovic, le copain de Roxanne, dans la chambre d'ami. Et du peu de confiance qu'il a envers les deux adolescents.

Plus tôt dans la soirée, ils ont célébré le seizième anniversaire de naissance de sa fille. Seize ans, déjà. Pourtant, il semble à Adam qu'il la tenait dans ses bras il n'y a encore pas si longtemps, sa petite fille.

Bien que le repas et la soirée organisés par le chef de famille se soient passés dans la joie, les choses se sont un peu corsées en fin de soirée lorsque Roxanne a demandé à son père la permission de garder son ami à dormir.

Grâce à la médiation d'Ève, Adam a surmonté sa réticence et a accepté, mais pas avant d'avoir imposé des conditions strictes. Ludovic doit dormir dans la chambre d'amis, au sous-sol, alors que Roxanne doit évidemment dormir dans sa chambre, au deuxième étage. Adam a bien lu dans les yeux de sa fille l'envie de lui répliquer que sa blonde à lui dormirait dans le lit de sa mère. Mais l'adolescente est assez intelligente pour ne pas pousser son père dans ses derniers retranchements.

Malgré l'obscurité de la nuit, le sommeil l'a fui irrémédiablement. Adam ne le retrouvera pas. Il se lève donc en arrachant un grognement à sa compagne qui vient de perdre sa source de chaleur, et fait le tour de la maison pour s'assurer que tout est en ordre. Évidemment, la première étape de l'inspection est le passage en revue des chambres des enfants.

Il découvre, avec un étrange amalgame de stupéfaction et de résignation, que Roxanne n'est pas dans la sienne. Lui laissant le bénéfice du doute, il termine l'inspection de la maison sans trouver trace de sa fille. Il ne reste donc qu'un seul endroit où elle peut se trouver. Le père descend au sous-sol et s'assoit devant la porte de la chambre d'ami.

Là, il doit attendre longtemps avant d'entendre du bruit de l'autre côté de la porte. Il se lève prestement, en silence.

La porte s'ouvre bientôt sur une Roxanne sortant à reculons, refermant silencieusement derrière elle. Se retournant, ses yeux rencontrent ceux de son père. Elle tressaille et leurs regards restent soudés l'un à l'autre quelques secondes.

Puis, sans un mot, Adam se retourne et monte l'escalier.

Adam s'affaire à préparer le déjeuner avec ses deux fils, Ève étant mise à l'écart malgré ses protestations, lorsque Roxanne fait timidement son apparition en compagnie de son ami.

En apparence calme, Adam dépose les aliments qu'il manipule et se dirige lentement vers le jeune couple. Il pointe son index vers le jeune homme :

— Toi, tu retournes chez toi.

Aussitôt, Roxanne manifeste son mécontentement :

— Tu n'as pas le droit.

Adam dirige son index vers sa fille.

— J'ai tous les droits.

— Ce n'est pas juste. Je n'ai rien fait.

— Tu m'as désobéi. Tu m'as menti. Pire, tu m'as trahi. Je t'ai fait confiance, et c'est de cette façon que tu me remercies.

Le ton monte entre le père et la fille. Ève se sent obligée d'intervenir :

— Calme-toi.

Adam lui réplique sèchement :

— Reste en dehors de ça.

— Tu as raison d'être en colère. Mais ce n'est pas en criant que tu vas résoudre la situation.

La réplique d'Ève calme quelque peu Adam, jusqu'à ce que Roxanne contre-attaque :

— Je ne peux pas dormir avec mon chum, mais, toi, tu couches avec ta pute dans le lit à maman!

La main de son père se dresse vivement, prête à s'abattre. Adam réussit heureusement à contrôler son geste. Il n'a jamais frappé ses enfants. Ce n'est pas aujourd'hui que ça débutera. Mais l'insolence, l'impolitesse de sa fille le plonge dans une colère noire. Pourtant, il ne trouve rien de mieux que de hurler le nom de l'effrontée.

— ROXANNE!

Réalisant qu'elle est allée trop loin, elle se recroqueville lorsque son père fait un pas vers elle. Ève, surgie de nulle part, s'avance pour s'interposer :

— Adam, non!

Arrêté dans son élan, Adam jette un regard furieux à sa fille.

— Ta chambre. T'en sors pas tant que je t'ai pas donné l'autorisation.

Sans attendre la réponse de sa fille, il pointe à nouveau le jeune homme.

— Toi, j'ai dit : dehors ! Je te le répèterai pas !

Adam remonte le couloir de l'hôpital au pas de course, droit vers les urgences. Ève, sur ses talons, peine à le suivre.

Il a été naïf. Très naïf.

Comment a-t-il pu croire que Roxanne respecterait ses consignes ?

Il n'a fallu à Roxanne que quelques heures pour désobéir à son père. Têtue, elle a profité de l'absence de son père, sorti avec Ève, pour s'éclipser avec Ludovic.

C'est un Cédric catastrophé qui a réussi à joindre son père sur son cellulaire pour lui annoncer que la voiture conduite par Ludovic a été victime d'un accident et que Roxanne a été transportée à l'hôpital.

Arrivé au poste de garde, Adam réussit à garder son calme alors que l'infirmière lui annonce que Roxanne est hors de danger, mais toujours en salle d'examen. Elle lui assure que le médecin viendra le voir dès que possible.

Lorsqu'il s'assoit sur un petit banc, dans le couloir, le calme disparaît. Retenant ses sanglots, il éprouve de la difficulté à respirer. Ève tente de le rassurer du mieux qu'elle peut, lui rappelant d'attendre de voir le médecin avant de se faire des scénarios catastrophes.

Sans avertissement, Adam fait un brusque mouvement vers l'arrière et tape violemment l'arrière de son crâne contre le mur de béton. Surprise, Ève n'a pas le temps de réagir. Il se frappe le crâne une deuxième fois avant qu'Ève puisse lui agripper la tête pour l'empêcher de se frapper à nouveau.

— Arrête, tu vas te faire mal. Et ça ne changera rien.

Elle l'attire contre elle et il pose sa tête sur son épaule.

— Calme-toi. Ils t'ont dit qu'elle allait s'en sortir.

— C'est aussi ce qu'ils ont dit pour Valérie !

— Ce n'est pas pareil.

— Tu ne comprends pas ? Chaque femme que je viens voir dans un hôpital n'en ressort jamais !

— Ça va aller, Adam, ça va aller.

Il reste un long moment silencieux, le visage enfoui dans l'épaule d'Ève, le nez dans le petit creux formé à la jonction du cou et de la clavicule.

— Je suis distant avec mes enfants. Je suis dur avec eux. Mais, je les aime !

— Je sais.

— Je suis prêt à tout donner ce que j'ai pour eux.

— Je sais Adam, je sais.

— Je ne serais pas capable d'en perdre un. Je ne serais plus capable.

— Calme-toi. Tout ira bien, je te le promets. Elle va avoir besoin de toi.

— Je sais. Tout le monde a besoin de moi. Tout le temps.

— Mais cette fois, je suis là. Avec toi. Pour toi.

Calmé par les caresses de son amoureuse, il se lève promptement à l'approche du médecin, qui se présente brièvement avant de prononcer son diagnostic :

— Votre fille n'a rien. Du moins, les examens ne montrent rien. Elle a subi un choc sévère. Elle a des contusions et quelques lacérations. Elle souffre probablement d'une légère commotion cérébrale. Aussi, nous aimerions la garder en observation pour la nuit. Si tout va bien demain matin, tel que nous le pensons, elle pourra retourner à la maison. Mais elle devra rester tranquille quelques jours. Les prochains jours, elle risque de souffrir.

Adam se lève à l'arrivée de la civière. Il attend que le brancardier l'ait immobilisée contre le mur du couloir avant de se diriger lentement vers sa fille, la main d'Ève dans la sienne.

Roxanne est endormie et semble paisible. Son cœur se serre lorsqu'il aperçoit le visage tuméfié et lacéré de sa petite fille. Encore une fois, il a l'impression qu'il a failli à protéger les siens. Il renifle avant de parler d'une voix que l'émotion rend chevrotante :

— Tu sais c'est ce qu'il y a de plus difficile dans la vie ? Dans ma vie ? C'est d'être là, à côté d'elle, sans rien pouvoir faire. Tu ne peux imaginer le sentiment d'impuissance, la frustration, la colère que ça provoque.

Ève lui prend doucement le bras.

— Tu fais quelque chose, Adam, quelque chose d'important : tu es là. Quand elle se réveillera, tu seras là. Tu la réconforteras. Tu lui donneras de la force. Une raison de se battre, comme tu l'as donnée à Valérie.

— Je n'avais jamais vu ça de cette façon.

Peut-être, effectivement, était-ce la raison pour laquelle Valérie s'était accrochée si longtemps, déjouant les prévisions des médecins.

À nouveau concentré sur sa fille, il lui observe attentivement le visage, préoccupé par une tuméfaction près de l'œil droit.

Il intercepte le médecin traitant lorsque ce dernier passe dans le couloir :

— La tuméfaction près de l'œil, vous croyez vraiment qu'elle provient de l'accident ?

Circonspect, le médecin se penche vers Roxanne et lui examine le visage un long moment.

— Écoutez, je crois que tout concorde avec le reste des blessures. C'est mon avis professionnel. Mais je ne le jurerais pas sur la tête de mes enfants. Mais, à défaut de plus de preuves, c'est ce que je dirais devant un juge. Vous pensez à quoi ? Un coup ?

— Pour être honnête, oui.

— Je ne peux vous rassurer plus que ça.

— Merci, docteur.

Après que le médecin est parti s'occuper d'autres patients, Adam s'assoit dans une chaise du corridor et attend l'éveil de sa fille. Il doit se concentrer et se calmer pour éviter que son cerveau ne s'emballe. Mais la tuméfaction à l'œil de sa fille le met dans tous ses états.

Ève lui pend la main.

— Ne t'invente pas d'histoire. Attends qu'elle s'éveille. Tu le lui demanderas.

Quelques instants plus tard, Roxanne s'agite et ouvre lentement les yeux. Adam se lève et se penche doucement vers elle avec un sourire. Ève demeure en retrait.

— Bonjour, jolie jeune fille. Bien dormi ?

Elle sourit faiblement avant de faire la grimace.

— Ne dis pas ça, je dois être affreuse.

Son père lui prend la main.

— Roxanne, tu es comme ta mère : peu importe ce qui se passe, tu es toujours jolie.

Elle lui répond avec un sourire :

— Tu dois être fâché contre moi.

— Oublie ça. Je suis juste content que tu ailles bien.

Roxanne ferme les yeux un moment. Adam s'éloigne un peu, croyant qu'elle s'est endormie à nouveau. Lorsqu'elle ouvre les yeux à nouveau, il ne peut s'empêcher de poser la question :

— Ton œil, c'est pendant l'accident ?

— Oui.

— Tu me le dirais si c'était ton chum qui t'avait fait ça ?

— Oui, je te le dirais. Ce n'est pas lui, papa.

— D'accord.

Le père délaisse sa fille pour qu'elle puisse se reposer et retourne s'asseoir près de sa compagne. Le temps passe lentement dans le cœur du père inquiet. Au moins, il peut compter sur le soutien d'Ève, qui appuie sa tête sur l'épaule de son chum et lui murmure à l'oreille des mots d'encouragement.

Par bonheur, une chambre se libère une heure plus tard et Roxanne n'aura pas à passer la nuit dans le couloir. Ne reste plus qu'à patienter quelques minutes tandis que les infirmières préparent la place.

En attendant, Adam et Ève discutent à voix basse aux côtés du lit pour ne pas troubler le sommeil de la jeune femme, déjà plongée dans les bras de Morphée. Ève touche le bras d'Adam.

— Tu veux que je reste avec toi ?

— C'est inutile. De toute manière, passer une nuit sur un fauteuil dans une chambre d'hôpital, j'ai l'habitude.

— Tu veux que je t'apporte des vêtements propres pour demain ?

— Ce ne sera pas nécessaire. Si elle reçoit son congé, je resterai avec elle à la maison. Je t'appellerai.

— À demain alors.

Elle lui caresse la joue avant de l'embrasser.

— Bonne nuit, mon chéri

— Bonne nuit. Merci d'être venue.

— C'est normal, Adam. Je t'ai dit que je suis avec toi, maintenant.

Avec un dernier regard, un dernier baiser, elle le quitte.

Seul dans la noirceur de la chambre, Adam regarde sa fille dormir, meurtri de s'être disputée avec elle. Il s'en serait voulu si le pire était arrivé et que les derniers mots échangés aient été des insultes et des méchancetés.

Il est trop sévère. Roxanne n'est pas encore adulte. Il lui en demande beaucoup. Comme à ses frères, d'ailleurs. Ils ont dû mûrir plus vite, à la suite du décès de leur mère. Il ne leur a pas laissé le temps de vivre leur enfance. Plein de remords, il pense à ces dernières années où il n'a pas été proche de ses enfants. Il pense aussi à tout ce dont ils ont manqué. Eux, ils ne voulaient qu'un père présent.

Le problème, c'est qu'ils lui rappellent tellement leur mère. Leur présence est si douloureuse.

Veiller sa fille dans le noir lui remémore toutes les nuits passées auprès de Valérie, dans cet hôpital, dans une chambre similaire. Et son père avant elle. Et sa mère encore plus tôt. Et maintenant sa fille. Tous ont souffert dans cet hôpital, comme s'il était maudit.

Sa fille sera la première à survivre. Comme quoi le sort s'apprête peut-être à tourner, à cesser de s'acharner sur lui. Il est peut-être temps pour lui aussi de changer les choses, de profiter de ce qu'il a, de prendre soin de ses enfants, de s'ouvrir davantage encore à Ève.

Roxanne s'éveille à ce moment en criant :

— Maman !

Il se lève rapidement pour venir près d'elle, lui prendre la main.

— Je suis là, je suis là.

— Papa ?

— Oui.

— J'ai rêvé que maman était ici. Elle venait m'embrasser.

Il regarde l'horloge : 2 h 42. Instinctivement, il scrute lentement la chambre, attentif au moindre détail, sans rien voir. *Qu'est-ce tu pensais, vieux, voir son fantôme ?* pense-t-il pour lui même.

Il approche la main et caresse le front de sa fille, un des rares moments de tendresse envers ses enfants depuis le départ de leur mère. Puis il lui murmure tout aussi affectueusement :

— Elle l'a sûrement fait. Elle est sûrement venue t'embrasser.

— Je ne veux pas rester ici. J'ai peur.

— Je suis là. Je ne te quitterai pas. Je reste avec toi.

Elle reste un moment silencieuse, puis elle reprend :

— Maman, elle était ici quand elle est morte ?

— Dans cet hôpital, oui, mais pas ici. Deux étages plus haut.

Elle se tourne lentement, en grimaçant, pour faire face à son père.

— Je m'ennuie d'elle, tu sais.

— Oui, je sais.

Il lui caresse les cheveux.

— Moi aussi, je m'ennuie d'elle. Tes frères aussi pensent souvent à elle.

Elle le regarde dans les yeux, timide, presque implorante.

— Je suis désolée, papa.

— Ce n'est rien.

— C'est dur de vivre sans elle. Et tu n'es pas souvent là.

Les larmes montent aux yeux d'Adam.

— Je sais.

Elle ferme les yeux et fait la grimace.

— Tu as mal, lui demande-t-il?

— Un peu. Je t'ai menti.

— Pas grave.

— C'est grave, papa. Je t'ai menti! Je t'ai désobéi!

— Ne t'en fais pas. Je ne t'en veux pas.

— Ça me gêne d'en parler avec toi.

— Parler de quoi, Roxanne?

— De ce qui m'est arrivé. J'ose pas t'en parler.

— C'est comme tu veux, Roxanne, c'est comme tu veux.

Voyant sa fille soucieuse et indécise, Adam tente de l'apaiser :

— Ça ira mieux si tu m'en parles ou non?

— Mieux!

— Tu préfères en parler avec Diane?

— Non.

Adam garde le silence pour laisser à sa fille le temps de réfléchir. Lorsqu'elle se décide enfin à parler, c'est d'une voix hésitante qu'elle s'adresse à son père :

— Ludovic me met de la pression.

La fatigue, peut-être, empêche son père de comprendre. Gênée, elle spécifie.

— Il veut qu'on couche ensemble.

Le père lève les yeux au ciel. *OK*, se dit-il, *on y est*.

Il réalise aussi qu'il a porté un jugement hâtif sur les événements de la nuit dernière.

Incapable de cacher sa gêne, Roxanne reprend d'une voix à peine audible :

— Je lui avais dit d'attendre mes seize ans. Et hier soir, j'avais pas envie et il s'est fâché. Tandis qu'il conduisait, nous avons eu une dispute et c'est à ce moment que nous avons eu l'accident.

À nouveau, le sang d'Adam bout dans ses veines. Il a envie de traverser le couloir et d'aller tordre le cou de l'adolescent qui a tenté d'intimider sa fille. Pire, le petit crisse a mis la vie de sa fille en danger.

— Nous allons arranger ça. Veux-tu que je lui parle ? Veux-tu que je lui dise que tu veux rompre ?

— Je ne sais pas si je veux rompre. Mais je ne veux pas qu'il m'appelle. Je le ferai seulement quand j'en aurai envie. Si j'en ai envie.

— Compte sur moi. Je lui ferai le message.

Adam s'approche de sa fille et lui pose un baiser sur le front.

— Merci, Roxanne. De m'en avoir parlé.

Le père hésite un instant puis se penche à nouveau vers sa fille et parle avec douceur :

— Roxanne, tu sais, tu devras t'excuser auprès d'Ève.

— Je sais. Je le ferai, je te le promets.

Au matin, furieux, Adam arpente le couloir des urgences jusqu'à ce qu'il aperçoive les parents de Ludovic. Tentant de se calmer, il les aborde tout de même sans ménagement :

— Que votre fils reste loin de ma fille.

— Monsieur Bernier, je comprends votre colère. Mais c'est un accident. Ça aurait pu vous arriver.

— Demandez-lui pourquoi ils ont eu un accident. Demandez-lui la véritable raison.

Les parents du jeune le regardent sans comprendre.

— Qu'il ne s'approche plus de ma fille. Ou je ferai lever une injonction contre lui.

Il hésite une seconde avant d'ajouter :

— Si ça ne suffit pas, je réglerai ça moi-même.

N'attendant pas la réponse du couple, il tourne les talons et retourne auprès de sa fille.

35

Adam a l'impression de marcher sur des œufs depuis son arrivée chez Ève. C'est leur première rencontre depuis l'accident de Roxanne, ayant eu lieu la fin de semaine précédente. Depuis le souper, l'attitude de son amoureuse met de l'ombre sur la soirée.

Ève est irritable et semble prête à exploser à tout moment. L'ambiance est si désagréable qu'Adam songe à retourner chez lui, le temps qu'elle retrouve sa bonne humeur habituelle.

— Est-ce que j'ai fait quelque chose de mal ? questionne-t-il.

Audrey, de passage dans la salle à manger, le regarde.

— Ne t'en fais pas. C'est ma mère, le problème, pas toi. Avant ton arrivée, c'est moi qui en prenais plein la gueule !

La mère réplique aussitôt à sa fille :

— Toi, mêle-toi de tes affaires !

— OK, on se calme ! coupe Adam. C'est vraiment pas agréable. Si tu me disais ce qui va pas ?

Ève s'apaise un peu. Elle reprend :

— Il y a des choses qui m'énervent !

— Chez moi ?

— Oui !

Adam ne s'est trop quoi dire. Ève n'a pas l'habitude de lui faire des reproches.

– C'est juste une mauvaise journée ou nous avons un problème ?

Elle est un long moment sans répondre, s'affairant dans la cuisine.

– Juste une mauvaise journée, je crois, lance-t-elle derrière son épaule, sans se retourner.

– Si ça ne va pas, tu dois m'en parler. Tu ne dois pas me sauter à la gorge comme tu le fais.

Toujours affairée, elle grogne quelques répliques pour elle seule avant de se retourner vers lui.

– Je ne sais pas si tu avais des conflits avec ta femme, mais avec moi, si on fait un bout ensemble, des conflits et des chicanes, tu vas en avoir.

– J'en suis conscient. Mais je ne crois pas nécessaire d'avoir une chicane. Si tu as des choses à me reprocher, fais-le distinctement. S'il n'y a pas de raison et que tu es juste de mauvaise humeur, ça arrive. Pas de problème. Passe une belle soirée, couche-toi tôt. Moi, je vais aller voir mes enfants qui me reprochent de ne pas être assez présent. Demain, si tu te sens mieux, je viendrai faire un tour. Et on fera la même chose, quand moi je serai de mauvaise humeur. Je resterai chez moi.

Audrey intervient :

– C'est plaisant ça. Si tu t'en vas, c'est encore moi qui vais me faire ramasser…

– Hé ! Je t'ai dit de te mêler de tes affaires, toi ! coupe Ève, avec dureté.

Audrey n'a pas le temps de répondre à sa mère qu'Adam intervient :

— Hé ! Les nerfs, le pitbull !

Ève s'arrête nette, stupéfaite.

— Comment tu m'as appelée ?

— Le pitbull.

— Tu as du front en maudit de me dire ça !

— C'est vrai, pardonne-moi. Est-ce qu'on peut se parler calmement ? Parce que moi, je ne comprends pas ce qui se passe.

Furieuse, Ève ne réplique pas et retourne au comptoir de la cuisine. Adam hésite entre la suivre ou faire comme il l'a mentionné et retourner chez lui.

Semblant s'être calmée, Ève revient vers lui, la mine basse, repentante.

— Excuse-moi, Adam. J'ai une mauvaise journée et, tu as raison, je n'ai pas à m'en prendre à toi. Ni à Audrey.

— Qu'est-ce qui se passe ?

— Mon auto est vieille, tu le sais, et je n'ai pas les moyens de la changer. Et là, j'ai d'énormes réparations à faire. Et je n'ai pas plus les moyens.

— Tu aurais dû commencer par me dire ça.

— Peut-être bien, en effet.

Ève s'est toujours montrée sensible aux questions d'argent. Aussi, il est hésitant à proposer son aide.

— Tu sais, je peux te donner un coup de main.

Elle rétorque sans même le regarder :

— Pas question !

Il crispe le visage et esquisse un mouvement de tête de côté.

— Pourquoi, Ève ? Pourquoi ?

— Parce que je ne veux rien te devoir. Comme ça, les choses sont claires. Les choses sont plus simples.

— Je ne comprends pas.

— C'est ma décision, c'est ma vie. T'as rien à redire sur ma prise de décision. Je gère ma vie toute seule, comme une grande. Je n'ai pas besoin de toi pour ça. Je n'ai besoin de personne pour le faire d'ailleurs.

Audrey serre les poings en regardant au plafond avant de prendre la direction du salon, laissant derrière elle lui les soi-disant adultes régler leurs problèmes.

Adam, lui, encaisse le choc. Il secoue la tête, ébranlé.

— Qu'est-ce que tu fais avec moi, alors, si t'as pas besoin de moi ? On est ensemble, on est un couple, dans les moments les plus faciles, comme les plus durs. T'étais bien là quand Roxanne a eu son accident. À moi d'être à tes côtés, maintenant.

— Je suis bien avec toi. Mais on ne se doit rien. Je ne te dois rien. Et je ne veux rien te devoir.

La décision nette, sans appel, d'Ève le blesse. Contre son gré, il sent naître la colère en lui.

— Ça veut dire quoi, dans ce cas, les « je t'aime » et les « je serai toujours là », si tu n'es pas prête à accepter mon aide ?

Ève ne répond pas, mais jette sur lui un regard perçant.

— Je ne comprends pas ton attitude, reprend Adam. Est-ce que c'est juste une question d'argent ou il y a autre chose ?

— C'est pas ça…

— Parce que, si c'est juste une question d'argent, je te fais un prêt sur cinq ans à 3 % d'intérêt.

Il prend une pause.

— Puis, si l'on se laisse avant la fin du prêt, je ferai une note de crédit à ton prochain chum.

Avant même de voir sa réaction, il sait qu'il vient de commettre une bourde.

Elle se fige à ses mots. Elle devient blême. Puis rouge. Il s'attend à une explosion prodigieuse. Son visage reprend peu à peu une couleur normale. Ses yeux n'ont jamais quitté ceux d'Adam. Adam, de son côté, tente tant bien que mal de se rattraper.

— Je suis désolé. Ce n'est pas…

Ève retrouve lentement la parole. Elle bredouille :

— C'est chien, ça !

Des larmes apparaissent dans ses yeux tandis qu'elle poursuit :

— Finalement, t'es comme tous les autres !

Elle a parlé si bas qu'Adam n'a rien entendu.

— Excuse-moi, je n'ai pas entendu.

Elle reprend la parole, plus fort cette fois :

— J'ai dit que t'es un ostie de bel écœurant, comme tous les autres. T'es pas mieux que les autres. T'es juste plus hypocrite, c'est tout.

L'attaque fait sursauter Adam, qui réagit instinctivement :

— Hé ! Du calme ! Tu te prends pour qui pour me parler de même ?

Elle essuie une larme qui lui coule sur la joue avant de lui répondre :

— Pour une fille qui est écœurée de se faire naisier par les hommes de ton genre.

— De mon genre ? Explique-toi, je ne comprends pas !

Elle fait un geste brusque de la main.

— Ah, pis va-t'en ! Je ne veux plus te voir !

Abasourdi, Adam secoue la tête. L'attaque est violente et inattendue. Il tente de temporiser.

— Écoute, je suis…

— Va-t'en, j'ai dit!

La colère, la frustration, le sentiment d'injustice montent en lui implacablement.

— Donc, on y est? C'est le moment où tu me tends la pomme et on se fait expulser du jardin d'Éden?

Elle lui coupe la parole, l'index pointé, la fureur dans les yeux :

— Eille, ne recommence pas avec ton histoire de Bible pis de Genèse.

Il n'a pas le temps de répliquer qu'elle reprend, toujours furieuse :

— À part de ça, étouffe-toi avec ta crisse de pomme! Comme ça, je vais être débarrassée!

Il inspire, mais répond sur le même ton colérique qu'elle :

— D'accord. Mais il va falloir que tu te branches un jour ou l'autre. Tu me cours après, tu te plains que je suis difficile à suivre, ou à cerner, je ne sais plus trop, puis quand ça commence à bien aller, tu fais tout pour tout foutre en l'air. C'est la deuxième fois que tu fais ça. Peut-être pas pour rien que les autres t'ont crissée là.

Cette fois, il est allé trop loin. La fureur déforme le visage d'Ève.

— Sacre ton camp. Je veux plus te voir.

Il lève les mains en guise de geste de paix pour l'apaiser. Poursuivre sur la voie de la colère ne réglera pas la situation.

— Écoute…

— Qu'est-ce que tu comprends pas dans « sacre ton camp » ?

— Faut parler…

— Crisse ton camp, c'est-tu assez clair?

Elle se retourne pour aller vers sa chambre. Adam lancé à sa suite s'écrie :

— Attends !

Ève revient vers lui en le pointant d'un index accusateur.

— J'ai dit : va-t'en ! Crisse ton camp ! DÉ-CÂ-LISSE ! JE - NE - VEUX PLUS - TE - VOIR !

— Attends, on ne peut se laisser comme ça. Il faut en discuter.

Elle reprend la direction de sa chambre sans se retourner cette fois et ferme la porte avec violence. Planté sur place, les bras ballants, Adam aperçoit du coin de l'œil Audrey, qui a assisté à toute la scène depuis le salon où elle s'était réfugiée.

— Je suis désolé pour tout ça, dit-il, peiné, un peu dépassé.

D'un léger signe de tête, elle lui fait comprendre qu'elle le sait. Puis elle ajoute :

— Je n'excuse pas ma mère, mais t'es allé un peu fort toi aussi, tu sais ?

Adam hoche la tête.

— J'en ai bien peur, en effet.

— Je n'ai rien contre toi. Je t'aime bien, en fait. Mais je vais te demander de partir.

— Bien sûr.

Il prend une pause, et continue ensuite :

— Je suis désolé. Peux-tu le dire à ta mère ?

— Je lui dirai.

— Merci.

Le lendemain soir, toujours sans nouvelles d'Ève, Adam se rend au centre sportif, la mort dans l'âme, pour le match hebdomadaire des Phénix. Frédéric remarque le visage défait de son ami dès que ce dernier franchit la porte du vestiaire.

— Qu'est-ce qui se passe, vieux ? T'as pas l'air de filer. C'est Roxanne ?

Au nom de la fille d'Adam, Serge s'approche aussitôt.

— Quoi ? Qu'est-ce qu'elle a, ma Princesse Bouton d'or ?

Serge a toujours eu une faible pour Roxanne, dont la natte blonde lui rappelle le personnage dans le film du même nom interprété par l'actrice Robin Wright. Ce film est le plaisir coupable du colosse, secret dont seuls les Phénix connaissent l'existence. Adam sourit à son ami pour le rassurer.

— T'inquiète pas, Serge. Elle a passé un moment difficile après l'accident, mais elle va bien maintenant.

Adam se tourne vers son capitaine.

— Ses frères sont aux petits soins avec elle. J'ai jamais vu les enfants s'entendre aussi bien !

— Qu'est-ce qu'il y a alors ?

— C'est Ève !

Fred lui jette un regard de dépit, les bars ballants.

— Vous vous êtes pas laissés, toujours ?

Adam secoue la tête.

— Je sais pas. Je pense pas. Mais, on s'est engueulés solide hier soir. Et elle a refusé tous mes appels aujourd'hui.

— Qu'est-ce tu y'as dis, calvaire ?

— Évidemment, c'est moi le problème !

Fred lui met la main sur l'épaule.

— Adam, c'est tout le temps toi, le problème ! Qu'est-ce tu y'as dis ?

— Pas grand-chose, il me semble. Elle a piqué une sainte colère. J'ai dû toucher un point sensible. Mais, comme elle ne veut pas me parler, je sais pas trop ce que j'ai fait de travers.

— Rappelle-la, Adam, rappelle-la ! Laisse-la pas aller.

— T'inquiète ! C'est ça que j'arrête pas de faire !

Puis, Frédéric étant Frédéric, il doit vérifier la motivation de son joueur en prévision du match :

— Et pour la partie ?

— Je suis OK, t'inquiète pas.

Malheureusement, Adam ne tient pas sa promesse et joue de façon lamentable. Les Phénix arrachent néanmoins la victoire et se qualifient pour les séries de championnat.

36

Les jours passent, Ève refuse de donner signe de vie et Adam vit un véritable enfer. Croyant que la colère d'Ève s'atténuerait et qu'il pourrait s'excuser et discuter calmement de la situation, Adam tente à de multiples reprises de la joindre. Mais l'amoureuse blessée refuse systématiquement de prendre ses appels.

Il a été malhabile, il le reconnaît. Mais l'attitude d'Ève est incompréhensible. Sa réaction lui semble disproportionnée. Il croyait leur relation solide. S'était-il trompé ? Bercé d'illusions ?

Devant le mutisme d'Ève, Adam décide de laisser le temps à son amoureuse de se calmer. Malheureusement, l'attente est difficile, douloureuse, éprouvante. Inquiet, il ne peut croire que leur histoire risque de finir sur un fait aussi banal. Les jours passent et l'inquiétude se transforme en frustration, qui devient bientôt de la colère.

Comme pour tout être humain, la vie d'Adam est fortement influencée par son humeur. Il le prouve encore une fois dans les jours qui suivent. Sa performance sur la glace est pitoyable, son rendement au travail est proche du néant et ses relations professionnelles sont encore plus houleuses, particulièrement avec Bill, dont il n'a plus la patience d'entendre les doléances.

Vendredi soir, 20 h.

Après une semaine sans nouvelles d'Ève, Adam n'en peut plus. Il passe à l'attaque. Il doit savoir, quoi qu'il advienne.

Une fois stationné dans la cour, derrière la voiture d'Ève, il avance vers la porte d'entrée avec une appréhension encore plus prononcée que lors de la première rencontre après leur rupture. Nerveux, presque nauséeux, il sonne à la porte. En l'absence de réponse, il insiste. La porte s'ouvre à la volée lors de la troisième tentative.

Il sursaute lorsqu'il la voit. Elle a les yeux rouges, gonflés, d'une femme qui a beaucoup pleuré. Elle n'est ni maquillée ni coiffée. Il ne l'a jamais vue aussi négligée. Ni aussi vulnérable. Il comprend à ce moment à quel point il aime cette petite femme têtue et indépendante.

Il est tiré de sa contemplation rêveuse lorsqu'il réalise qu'elle s'adresse à lui :

— Hein ? Quoi ? Pardon, demande-t-il ?

Elle reprend d'un ton sans aucune chaleur ni gentillesse :

— J'ai dit : que fais-tu ici ?

— Je suis venu te voir.

— Tu m'as vue ! Bonne soirée.

Comme elle s'apprête à refermer la porte, il s'avance dans l'embrasure pour l'en empêcher.

— Attends, je veux te parler.

— Pas moi. Sors d'ici !

Adam ferme les yeux et se tourne un moment vers la rue, tournant presque le dos à Ève, pour se calmer et se concentrer sur ce qu'il doit dire.

Ève garde les yeux fixés sur lui. Elle demeure sévère, imperturbable.

— Laisse-moi entrer s'il te plaît. Nous devons nous expliquer. Tu me mettras dehors après si tu ne veux plus de moi. Au moins, ce sera clair.

Encore furieuse, Ève déverse alors un flot ininterrompu de reproches à Adam qui encaisse sans broncher, sans répliquer. Habitué qu'il est de se faire narguer au hockey, il ne veut pas réagir aux propos d'Ève. Pourtant, tous ne sont pas fondés. Loin de là !

— Ève…

Elle ne l'écoute pas, ne lui répond pas. Toute à sa colère, elle élève encore un peu le ton pour l'interrompre. À ce rythme, les remarques blessantes risquent d'arriver bientôt.

Adam peine à garder son flegme. Dans la vie de tous les jours, les propos des autres ne l'atteignent guère. Mais là, il se tient devant Ève, dont chacune des remarques martèle son cœur sans pitié. Et bientôt, Adam n'en peut plus.

— JE T'AIME !

Il a presque hurlé, avec une force qui la fige nette. Il en profite alors pour confesser sa faute :

— J'ai fait une erreur. J'ai été stupide, c'est vrai. Je suis désolé. Mais c'est fait, je ne peux revenir en arrière.

Sans voix, Ève est pétrifiée devant la porte, comme si elle venait d'apercevoir la Méduse. Adam retrouve son calme et reprend, plus doucement :

— S'il te plaît, écoute-moi. Je veux juste te parler.

Avec peine, elle réussit à articuler une réponse. Le ton est catégorique. La voix, tranchante.

— Dans ce cas, dégage. Immédiatement!

La remarque frappe l'homme de plein fouet. Secoué, il articule avec peine la conclusion qu'il tire de l'attitude de son amoureuse. Ou ex-amoureuse? Il commence à se le demander.

— C'est fini? C'est ça?

Elle reste figée, sans un mot, à le regarder. Comprenant que tout espoir est vain, il tourne les talons et se dirige vers l'auto, son monde s'écroulant à nouveau alors que la porte d'entrée claque avec vigueur derrière lui.

Arrivé à quelques pas de son véhicule, il entend à nouveau le bruit de la porte qui s'ouvre et que l'on ferme énergiquement. Puis une voix s'élève dans la nuit :

— Adam, attends!

Il se retourne pour apercevoir Audrey marchant à sa rencontre et l'interpellant :

— Ne pars pas. Pas avant d'avoir parlé avec ma mère.

— J'ai tenté de le faire. Elle m'a mis dehors.

— Laisse-moi faire.

— Qu'est-ce que ça va donner? Elle ne veut rien savoir.

— Adam, ma mère est bien avec toi. Elle est amoureuse de toi, je le sais. Sinon, elle ne serait pas aussi en colère. Aussi triste. Je souhaite que ça continue. Elle n'a pas été travailler hier et a pleuré toute la journée aujourd'hui. Je n'ai pas à juger ce qui s'est passé, Adam. Mais ma mère a son caractère et j'ai peur qu'elle s'entête et je trouverais ça dommage que vous vous laissiez aussi… bêtement.

— Que dois-je faire?

— Tu lui as fait mal, Adam. Et elle ne pardonne pas, elle ne pardonne plus qu'on lui fasse mal. Elle a été blessée trop souvent.

– J'ai pas voulu ça. J'ai fait une erreur.

– Elle le comprend pas comme ça. Il faut que toi, tu le comprennes. Tu lui as fait très mal.

– Je ne voulais pas… c'est un malentendu… un simple malentendu. Elle ne veut pas m'écouter.

– Je m'en occupe. Mais tu auras une chance. Une seule.

Penaud, il lui emboîte le pas. Une fois à l'intérieur, parvenu au salon, il s'assoit sur le divan en attendant que la fille convainque la mère de lui parler.

Il n'a pas à attendre longtemps avant d'entendre des éclats de voix. Il n'est pourtant pas en mesure de déchiffrer les propos qu'elles échangent, sauf lorsque Audrey lève le ton :

– MAUDITE TÊTE DE COCHON !

Chacune baisse ensuite la voix, si bien qu'Adam n'entend plus que des propos incompréhensibles. Quelques minutes plus tard, Audrey sort de la chambre de sa mère et se dirige vers le salon, où Adam fait les cent pas, incapable de rester assis. Elle s'adresse à lui en passant :

– Elle va venir te voir. Ce ne sera pas facile. Pense à ce que je t'ai dit. Bonne chance.

Audrey quitte la maison, la porte claquant derrière elle. Elle disparaît aussi vite qu'elle est apparue, le laissant seul avec ses doutes.

Il attend un long moment. Elle le fait patienter, comme si elle souhaitait qu'il se décide à partir. Mais il est têtu, lui aussi.

Elle arrive enfin, marchant à petits pas sans le regarder, sans lui adresser la parole. Elle s'assoit dans le sofa, prostrée.

Muette, les yeux rouges, le visage crispé, fermé, elle fixe le sol. Il l'observe en repassant dans sa tête les mots d'Audrey.

Il ne sait comment l'aborder, comment amorcer la discussion. Comment éviter d'ouvrir involontairement les hostilités par des propos déplacés.

— J'ai été égoïste. Je suis désolé.

Elle bouge à peine la tête. Même si elle ne parle pas ni ne le regarde, il sait qu'il vient d'attirer son attention.

— Il y a une chose que je ne t'ai jamais dite, une chose que j'aurais dû te dire depuis un moment déjà. Je t'aime, Ève.

Il entend la respiration d'Ève s'approfondir, encore un peu saccadée.

— En fait, je te l'ai crié tout à l'heure, mais je ne te l'ai jamais dit posément. Je peux même te le répéter. Je t'aime.

Elle ne réagit pas.

— Je n'ai pas pris la peine de comprendre tes blessures. Je me suis concentré sur mes propres malheurs, sans tenir compte de ceux que tu as vécus. Je n'ai pas compris combien tu étais blessée.

Encore une fois, elle se contente de respirer profondément, le regard fixé sur un point imaginaire bien ancré dans le plancher.

— Et, même si je me plaignais de mon malheur, sans me soucier du tien, tu m'as aimé. Et pour ça, je t'ai aimée, moi aussi. Je t'aime toujours, d'ailleurs.

Il la voit trembler ; il soupçonne même la naissance de larmes.

— Je t'ai présenté mes enfants, j'ai fait l'amour avec toi, j'ai dormi avec toi dans le lit que je partageais avec Valérie. J'espère que ça suffit à te prouver à quel point je tiens à toi.

Cette fois, il la voit se raidir, lutter intérieurement, retenir ses pleurs. Ou sa colère. Pourtant, elle reste muette.

Lui aussi se tait. Il a dit ce qu'il avait à dire. Il ne sait pas quoi ajouter d'autre. Soit elle prend la parole et s'explique, soit il devra partir. Définitivement.

Enfin, elle parle d'une voix enrouée, au prix d'un terrible effort :

— Je voudrais tellement te haïr ! Tellement te haïr. Mais j'en suis incapable.

Cette fois, les larmes coulent, il les voit, tandis qu'elle s'enferme à nouveau dans le silence.

Maintenant, il peut reprendre. Elle accepte de discuter. Il reste de l'espoir.

— Je suis imparfait. Je fais beaucoup d'erreurs. Beaucoup. Je suis doué pour faire souffrir les miens. Je suis désolé. Tellement désolé.

Il la laisse pleurer en silence un moment, retenant ses propres larmes.

— Je ne peux pas revenir en arrière. Ce que j'ai fait, je l'ai fait. Dis-moi seulement ce que je dois faire, maintenant.

Ève s'arrache à son mutisme. Sa voix, faible et éraillée, s'élève dans le silence qui a suivi l'acte de contrition.

— Si tu commençais par ne plus jamais me faire mal ?

— Je n'ai jamais voulu ça. Jamais. Je n'ai pas l'intention de le refaire non plus.

Elle garde les yeux fixés au sol, alors qu'un filet de voix s'échappe de ses lèvres :

— J'ai peur, moi aussi. Je suis effrayée.

— Qu'est-ce qui t'effraie ?

— Je sens toujours Valérie présente.

Elle reprend la parole avant qu'il puisse répliquer :

— Je ne suis pas jalouse. Mais…

Adam n'ose parler. C'est au tour de sa partenaire de s'exprimer.

— Crois-tu que ce soit facile à vivre ? De ne jamais savoir ce que tu penses. De toujours me demander si tu finiras par m'aimer au-delà du souvenir de ta femme. D'avoir peur de m'attacher à toi sans jamais savoir si tu ne préféreras pas me quitter pour vivre avec son fantôme ! Quand tu as parlé de *mon prochain chum*, l'autre soir, tu as insinué qu'il était évident que tu me quitterais. Mes pires craintes semblaient se confirmer.

— Ève…

— Je ne veux pas te faire de peine. Ni te mettre en colère. Mais Valérie est morte. C'est triste. C'est malheureux. Mais elle est morte. Moi, je suis vivante. Je me sens parfois coupable de profiter de son décès, mais… Je suis ici. Et je ne demande qu'à t'aimer.

— Je sais tout ça. Je pensais que tu le savais aussi.

— Je veux y croire. Mais avec toi… tu… tu… je ne sais jamais sur quel pied danser…

Malgré la tension, Adam sourit.

— Ne dansons pas alors. Tu sais que je n'aime pas danser.

Ève contient son sourire, mais ne peut retenir un léger tressautement de ses lèvres. Adam sent la victoire proche. Il fait un geste pour se lever et s'approcher d'elle, puis il se ravise, estimant n'est pas encore venu.

— Tu n'as pas à t'inquiéter, je te l'assure.

Il la laisse décanter tout ça un instant avant de sceller la réconciliation par une ultime question :

— Alors, cet homme imparfait aux beaux yeux bleus, est-ce que tu l'aimes encore ?

Après une courte inspiration, elle répond enfin avec sa toute petite voix, presque enfantine, cette voix qu'elle utilise quand elle veut le séduire ou le fait sourire :

— Voui !

Soulagé, il ouvre les mains pour l'inviter à le rejoindre.

— Allez, viens.

Elle accourt presque se réfugier tout contre lui, dans ses bras grands ouverts. Alors qu'elle lui enfouit le visage dans la poitrine, il referme ses bras et la serre contre lui le plus fort qu'il peut sans lui faire mal et colle le nez dans les cheveux parfumés qui abondent. Seigneur qu'elle lui a manqué.

— J'ai craint de t'avoir perdue ! lui avoue-t-il, le souffle court.

La chaleur d'Ève l'envahit peu à peu, propageant le bien-être dans son corps et son âme.

Elle ne bouge pas, mais il peut sentir à quel point elle tremble. Il aimerait la garder ainsi tout contre lui, sans parler, pour le reste de la soirée. Néanmoins, il doit savoir ce qui l'a mise dans une telle colère.

— Pourquoi t'es-tu mise en colère ? Mon offre était honnête. Sans arrière-pensées.

Elle se déplace légèrement pour fixer ses yeux dans les siens.

— Toute ma vie, j'ai appris à me débrouiller toute seule. Et je n'aime pas qu'on se mêle de mes affaires. La façon dont j'ai été *jetée*, à plus d'une reprise d'ailleurs, c'est humiliant. Je préfère me débrouiller toute seule. Chaque fois que j'ai laissé un homme rentrer dans ma vie, j'en suis sortie blessée, tôt ou tard.

— Je suis différent.

Elle se blottit à nouveau contre lui, se laissant caresser le dos et les cheveux.

– C'est ce que m'a dit Audrey, lui répond-elle.

– Nous lui devons une fière chandelle.

– Elle a pris ta défense. Réellement. Elle peut s'avérer une avocate très douée, tu sais ?

– J'apprécie.

Bien qu'hésitant, Adam doit poser la question qui lui brûle les lèvres :

– Pour ton auto, que comptes-tu faire ? Je… mon offre tient toujours, tu sais ?

Elle lui caresse la joue.

– Je sais. Peut-être aurais-je dû l'accepter… mais… c'est arrangé. J'ai parlé avec mes parents et… c'est arrangé.

Adam ne tient pas à connaître la nature de l'entente. Tout ce qui lui importe, c'est qu'une solution soit trouvée et qu'il puisse se réconcilier avec sa blonde.

– Ève, l'argent ne doit pas être un problème entre nous. Il ne doit plus l'être. Jamais.

– Je vais faire des efforts, je te promets.

La paix revenue, le couple reste immobile encore un long moment, l'un contre l'autre.

– Sais-tu ce que j'aimerais vraiment ? demande Ève.

– Non.

– Tu ne te moqueras pas ?

– Jamais.

– J'aimerais que tu me berces, comme au soir de la Saint-Valentin.

Adam lui caresse les cheveux et le visage, puis il lui murmure tendrement :

— Avec plaisir.

Cet instant de tendresse s'étire, au plus grand bonheur des amoureux réconciliés. Lorsqu'au bout d'un long moment, elle veut se détacher de lui, Adam la retient par le bras, la forçant à s'asseoir, face à lui. Un point capital hante toujours Adam. Un point qu'Adam hésite à aborder.

Prenant les deux mains d'Ève, il les porte à ses lèvres avant de les faire disparaître entre ses paumes. Il fixe son regard dans le sien un moment.

— Une dernière chose, Ève.

Elle sent son cœur se serrer. Il n'y a pas de « chérie », pas de « mon amour ». Juste Ève.

— Il y a une question à laquelle tu dois répondre.

Elle tente de soutenir son regard. Adam a des yeux si bleus, un regard si intense qu'elle sent son âme mise à nu. Bientôt, elle détourne les yeux, affectée par la désagréable sensation de malaise qui grandit en elle.

— Quelle question, Adam ?

— L'autre soir, où était passée la femme qui m'a dit qu'elle serait toujours là ?

Fragilisée par l'entrée en matière d'Adam, elle sent ce reproche la frapper de plein fouet. Les larmes inondent ses yeux. Elle doit grimacer pour les retenir.

— Où était la femme qui m'a dit qu'elle botterait le derrière du Destin ?

Elle se penche vers Adam et colle son front contre le sien. Les larmes coulent le long de son nez avant de tomber sur leurs mains.

— Je dois le savoir, Ève. C'est important. Des erreurs, j'en ferai encore.

Ève se laisse aller contre Adam. Elle lui sanglote sur l'épaule alors qu'il la serre contre lui.

— Elle est là, Adam.

— Je peux compter sur toi ?

— Oui, à partir de cet instant, oui, tu peux compter sur moi.

Après avoir épanché ses larmes, Ève quitte Adam pour se préparer pour la nuit. Elle revient au salon vêtue non pas d'une de ses ravissantes robes de nuit, mais plutôt d'un chaud et douillet pyjama. Pour peu, il ne lui manquerait qu'un ourson en peluche.

Presque gênée, elle vient s'asseoir sur Adam qui l'entoure de ses bras rassurants. La joue appuyée sur la poitrine d'Adam, le visage enfoui dans ses bras, elle se laisse bercer par son amoureux.

— Adam ?

— Oui.

— Je ne veux plus jamais que l'on se dispute.

— Je te jure que je vais tout faire pour l'éviter.

— Ça fait trop mal !

Adam la berce doucement et, rapidement, il entend le rythme de la respiration changer.

Les yeux grands ouverts dans la pénombre du salon, le cœur ravi, Adam songe à leurs retrouvailles. C'est son deuxième rapprochement, coup sur coup, après celui avec Roxanne, des suites de l'accident. Qu'il est heureux que les choses s'arrangent après tant de peines et d'angoisses !

Et les Phénix qui se sont remis à gagner.

Est-ce que les choses vont enfin s'arranger? Il serait temps.

Enfin, lui aussi s'assoupit, soulagé et apaisé.

À son arrivée, plus tard en soirée, Audrey aperçoit sa mère endormie sur Adam. Elle est ravie qu'ils se soient réconciliés. Elle sait qu'Adam rend sa mère heureuse. En fait, elle ne l'a jamais vue aussi heureuse que depuis qu'ils se fréquentent. Elle sourit à l'amoureux de sa mère.

— Elle a l'air d'un gros bébé. Tu devrais aller la coucher, ta Belle au bois dormant.

— Je veux pas la réveiller.

Audrey observe sa mère un instant, un sourire radieux aux lèvres.

— Vous êtes mignons.

— Je crois que c'est la première fois qu'on me dit que j'ai l'air mignon.

Audrey lui fait un clin d'œil avant de gagner sa chambre.

37

Adam désirait arriver tôt à l'aréna pour faire affûter ses lames de patins.

Concentré sur la partie à venir, Adam a oublié de consulter l'horaire des matchs. Résultat : il se présente à l'aréna une heure plus tôt que prévu.

Pour meubler le temps, il grimpe dans les gradins pour épier les prouesses des jeunes hockeyeurs qui évoluent sur la glace, comme il le faisait quand il était jeune. Il pouvait passer des heures à analyser leur façon de jouer, toujours à la recherche d'une astuce pour améliorer son propre jeu.

Frédéric arrive à l'avance lui aussi. Il l'aperçoit et monte lui tenir compagnie quelques instants.

— Tu es de bonne heure aujourd'hui, commence le capitaine.

— Me suis trompé d'heure ...

— Ève ne t'accompagne pas ?

— Pas ce soir.

Il aurait tant aimé qu'Ève l'accompagne. Mais sa fille l'a retenue à la maison pour une soirée mère-fille. Comment s'opposer à ça ? Il est conscient qu'Ève passe de moins en moins de temps avec elle afin d'être avec lui le plus souvent possible.

Ils observent les jeunes attentivement. Frédéric les scrute comme s'il tentait de dénicher le futur remplaçant d'Adam. Impressionné, le capitaine pousse son ami du coude.

— Qu'est-ce que t'en penses, Adam ? Ils sont bons, hein ?

— Te souviens-tu quand nous avions leur âge ? On se voyait tous dans la Ligue nationale.

Frédéric se tourne vers son ami et lui affirme, avec conviction :

— Oui. Toi, tu aurais pu la faire.

— Peut-être. Je n'ai pas pris le bon chemin.

— Si tu avais persisté, en Europe.

— En Suisse, peut-être. Pas en Autriche. Pas à cette époque. Le niveau de jeu n'était pas assez fort . C'était pas sérieux. Les recruteurs ne venaient même pas nous voir jouer.

— En tous les cas, moi, avoir eu ton talent…

— Et moi, avoir eu ta passion… Fred, c'est un débat stérile ! J'ai pas ta passion et t'as pas mon talent, il faut faire avec.

Frédéric tourne la tête pour plonger son regard dans celui de son ami, puis il ajoute :

— N'essaye pas de me faire croire que t'y penses jamais.

— Bien sûr que j'y pense, qu'est-ce que tu crois ?

Leur discussion marque un temps d'arrêt, où chacun plonge dans ses souvenirs et ses doutes. Adam, perdu dans ses pensées, reporte son attention sur les jeunes patineurs. Qu'aurait été sa vie, s'il avait joué professionnel ? L'argent, la gloire ? Assurément ! Aurait-il été plus heureux ? Valérie aurait-elle fait partie de sa vie ?

Il rompt enfin le silence :

— Une seule question me tracasse. Aurais-je été assez bon pour faire la LNH ?

– Bien oui, tu l'aurais fait. Ne te pose même pas la question.

– Ça ne change rien. L'essentiel, c'est que Valérie est morte beaucoup trop tôt. Qu'elle ait été avec moi ou non.

Frédéric penche la tête en la secouant. Il garde le silence un moment, avant de reprendre :

– Valérie... Quelle femme magnifique. Tu sais que j'étais jaloux de toi ?

– Ne me dis pas que tu étais amoureux d'elle !

– Non, bien sûr. J'aurais pu. En fait, tout le monde était un peu amoureux d'elle. Mais nous avions juste à la regarder quand elle était avec toi pour savoir que nous n'avions aucune chance.

Adam lui coupe la parole, le cœur lourd :

– Je crois que nous devrions changer de sujet.

– Moi, mes femmes, je les ai toutes perdues... C'est pas mieux.

– Un peu par ta faute, peut-être ?

– T'es dur, là ! Mais t'as raison. Je ne me suis pas toujours aidé. Enfin... Allons. Changeons de sujet, veux-tu ? Ça mène nulle part, les regrets. On va-tu finir par le gagner, ce championnat ?

Adam sourit et frappe l'épaule de son ami avec le poing.

– Tu vas l'avoir, ton championnat. Nous gagnerons ce soir et samedi prochain, nous la remporterons, ta coupe.

– J'y crois plus. Nous aurions pu le gagner il y a quelques années, peut-être. Mais depuis que les Spartiates ont réussi à ramasser le petit Lemieux, ils sont invincibles. À croire qu'ils ont engagé Mario Lemieux lui-même.

– C'est un joueur unidimensionnel, mais il est bon.

– Bon ? Personne n'est capable de le suivre. Il patine comme s'il avait le diable à ses trousses. S'il était juste bon, le petit maudit ! Il est arrogant et baveux comme ce n'est pas possible.

– C'est sa faiblesse. À nous d'en tirer profit !

– Comment ?

– J'ai mon plan. Laisse-moi faire.

Adam et Ève entrent à pas feutrés dans la maison pour ne pas éveiller les enfants.

La partie a été une formalité. Trop fort plus leurs adversaires, Adam a volé sur la glace et mené son équipe à une éclatante victoire, permettant aux Phénix de disputer la finale du championnat contre les puissants Spartiates, le samedi suivant.

C'est après le match que les choses se sont corsées. À la suite de l'appel de son amoureuse en pleurs, Adam s'est rué chez elle pour la consoler. La mère venait d'apprendre que sa grande fille allait quitter le nid familial au début de l'été pour aller travailler à Montréal. Comme Audrey dormait déjà et qu'elle travaillait tôt le lendemain matin, Adam s'était fait insistant pour qu'Ève accepte de dormir chez lui.

Affamé, Adam passe par la cuisine pour dévorer les restes du repas du soir. Avec trois ados à la maison, c'est un luxe plutôt rare qu'il puisse manger sans avoir à cuisiner ! Un vrai miracle !

S'empiffrant sans trop d'élégance, il regarde Ève, qui a refusé de partager la nourriture avec lui, et lui demande, entre deux bouchées :

— Ça va mieux?

— Ma petite fille... Je savais que ça viendrait, mais... je repoussais toujours l'idée. J'étais tellement préoccupée par notre relation, à essayer de te convaincre de m'aimer, que je ne me suis même pas rendu compte qu'elle terminait ses études et qu'elle était en recherche d'emploi.

Elle laisse aller sa tête en arrière, songeuse. Adam délaisse la nourriture un instant pour lui prendre la main.

— Est-ce que tu as trouvé si difficile de me *convaincre* de t'aimer?

Elle émet un petit rire tout en faisant papilloter ses yeux.

— Oh oui, crois-moi. Mais, ça valait la peine.

Son casse-croûte avalé, Adam se lève de table et émet un grognement.

— Que se passe-t-il?

— J'ai mal partout.

Adam dépose la vaisselle sale sur le comptoir, se lave les mains, puis ils se dirigent vers la chambre à coucher.

À peine le seuil de la porte franchi, elle s'empresse de se réfugier dans les bras de son chum pour éviter de regarder la photo. Comme toujours, elle demeure intimidée par cette présence de la défunte épouse.

Profitant encore un instant de la chaleur du corps d'Ève, Adam s'éloigne ensuite et retire sa chemise. Sa compagne pousse aussitôt un cri de surprise :

— Seigneur, Adam, tu es plein de contusions!

— Je sais : coups de bâton!

— Ça n'a pas de bons sens. Vous n'êtes pas civilisés, dans votre ligue?

— Civilisé et hockey, ça ne va pas ensemble.

— Quand même! Ça pas d'allure!

— Ce sont les séries. Comme dans les grandes ligues, l'arbitrage est plus permissif. Et les gars savent que je n'aime pas être frappé. Alors, ils ne se gênent pas. Ils pensent m'intimider en faisant ça.

— Ça fonctionne ?

— Pas du tout ! Je n'aime pas la violence, mais je ne reculerai jamais devant rien ni personne.

Il réalise qu'il a durci le ton. Alors, il sourit pour montrer à Ève qu'il n'est pas fâché. Cette dernière lui pose délicatement la main sur le bras, tout en faisant la moue.

— Je commence à peine à le découvrir, ce corps. Il ne faudrait pas qu'ils l'abîment !

— Ne t'inquiète pas, il est solide.

— Une armure solide, c'est vrai. Belle et solide.

— Que tu es la seule à pouvoir percer.

Il se penche pour l'embrasser, puis ajoute :

— Je vais aller prendre une douche bien chaude.

Il l'embrasse à nouveau et se dirige vers la salle de bain attenante à la chambre.

S'abandonnant aux bienfaits de l'eau sur son corps, Adam se laisse inonder par la vague de chaleur, sans entendre la porte de la douche s'ouvrir. Quelques secondes plus tard, il sent le contact agréable d'Ève blottie contre son dos, lui passant les bras autour de la taille.

Elle reste ainsi un long moment, profitant du contact physique, protégée du jet d'eau brûlant par le corps de son amoureux. Puis elle entreprend de frotter doucement le corps d'Adam avec l'éponge avant de le masser minutieusement.

Bien sûr, ses doigts délicats ne peuvent masser en profondeur la masse musculaire importante de son compagnon. Mais le doux contact est des plus agréables. Amoureuse, elle retourne Adam vers elle et termine le massage par une longue étreinte.

Ils frissonnent à la sortie de la douche et s'assèchent rapidement avant de se mettre au lit.

38

Adam marche lentement dans le cimetière.

Toute la semaine, la nervosité liée à la tenue du match de championnat samedi a vrillé les entrailles d'Adam. C'est la première fois qu'il aura la chance de remporter un titre, et probablement aussi sa dernière chance. Il ne tient pas à la rater.

Par ailleurs, la présence de l'efficace et pétillante nouvelle secrétaire, Véronique, dont la beauté de ses vingt-sept ans en a rapidement fait la coqueluche de la compagnie, n'a pu remplacer la présence rassurante d'Aline. Pas pour Adam du moins, qui s'ennuie ferme de sa vieille complice.

Aussi, il a décidé de prendre son vendredi après-midi en congé. Il souhaite se détendre et passer la soirée en famille. D'ailleurs, Ève a accepté de dormir à la maison. Il est convaincu qu'il dormira mieux avec elle à ses côtés. Mais avant, il a une chose importante à faire.

Adam poursuit son chemin dans les allées. La neige a disparu, mais le sol n'a pas encore séché et reste boueux. Bien que sa dernière visite remonte à longtemps, bien trop longtemps, il s'oriente sans problème dans le cimetière malgré son étendue.

Même si l'incinération est à la mode, il n'avait pu se résigner à faire brûler le corps de Valérie. Bien qu'on lui ait dit que son corps se décomposerait de toute façon, il trouvait plus naturel de laisser le temps faire son œuvre. Et cela lui laisserait aussi le temps de faire son deuil, le temps de se faire à l'idée de sa disparition, comme si cette disparition physique plus graduelle, plus lente, était plus proche du patient travail de deuil qu'il devrait lui-même faire.

Perdu dans ses pensées, il n'a même pas remarqué que ses pas l'ont mené inconsciemment devant la pierre tombale où repose sa bien-aimée, où il s'agenouille.

Après avoir fait son signe de croix, il entame son monologue :

— Bonjour, mon amour. J'ai oublié de t'apporter des fleurs.

Il avait pris l'habitude, dès ses premières visites, de lui apporter un bouquet de lilas, les fleurs préférées de son épouse.

— Il y a longtemps que je suis venu te voir. Beaucoup de choses ont changé depuis. Les enfants vont bien, tu le sais. Roxanne me donne encore du mal, mais ça s'améliore.

Il penche la tête un instant avant de poser à nouveau son regard sur le nom de sa défunte épouse, gravé dans la pierre.

— Depuis longtemps déjà, j'en suis venu à croire que je portais malheur aux femmes qui m'entourent. Même ma chère collègue Aline a failli y passer. Maman et toi êtes parties. J'ai même eu peur de perdre Roxanne, ces dernières semaines. Elle a eu un accident. Mais je présume que tu veillais sur elle, d'où que tu es.

Adam prend une pose, cherchant ses mots, comme si les mots avaient un réel pouvoir sur les choses à venir.

— Avant de partir, tu m'as fait promettre de m'occuper des enfants. Je l'ai toujours fait. Pas aussi bien que tu l'aurais fait, mais j'ai fait de mon mieux.

Il s'assoit, mouillant complètement son pantalon au contact du sol imbibé d'eau par la fonte de la neige. Mais cela lui importe peu. De plus hautes considérations l'animent.

— Tu m'as aussi fait promettre de refaire ma vie. Malgré ton insistance, je t'ai dit qu'il n'y aurait pas d'autre femme. Je n'ai pas tenu ma promesse. Une autre se profile à l'horizon. Tu le sais aussi, évidemment.

Il inspire profondément.

— Et là, aujourd'hui, je réalise à quel point j'ai peur de la perdre, elle aussi. Je ne peux rien contre le destin. Nous sommes tous les deux bien placés pour le savoir, n'est-ce pas ? Mais je peux agir afin de lui faire comprendre que j'ai besoin d'elle.

Il réprime un tremblement.

— Je ne suis plus capable de continuer seul. C'est trop difficile. C'est trop dur. J'ai besoin d'aide. J'ai besoin d'Ève.

Les larmes coulent. Il ne peut les retenir. Il n'a aucune envie de les retenir.

— Tu sais, elle ne prendra jamais ta place. Je t'ai tellement aimée, Valérie. Je t'aime encore tellement. Je t'aimerai toujours. Mais j'ai besoin d'elle. Samedi, demain, je vais gagner le championnat qui nous est si cher. Après, je me consacrerai à Ève. Je te demande pardon, Valérie. Je suis désolé.

39

Dès leur arrivée à l'aréna, les enfants se dirigent vers une grande femme dans le hall et la saluent d'une seule voix :

— Bonjour, tante Diane !

— Bonjour, les enfants.

La femme attire Roxanne contre elle et la serre un moment.

— Comment vas-tu, ma grande ? Es-tu bien remise de ton accident ?

— Ça va bien, ma tante, je te jure.

— Si tu savais comme tu m'as fait peur !

Rassurée, Diane se tourne vers Adam.

— Bonjour, petit frère.

Elle l'embrasse et lui donne l'accolade avant de fixer son attention sur Ève, un grand sourire aux lèvres.

— Vous devez être Ève ? Je suis Diane, la sœur d'Adam.

Elle lui tend la main alors qu'Adam fait officiellement les présentations. Puis il s'informe de la famille de sa sœur.

— Où sont Charles et les enfants ? Ils ne sont pas avec toi ?

— Tu les connais : ils avaient faim. Charles est au restaurant avec eux. Moi, je ne voulais pas te manquer.

Cédric saisit l'excuse pour s'éclipser :

— Papa, on peut aller les rejoindre au resto ?

— C'est beau, allez-y.

Puis il tourne à nouveau son attention vers sa sœur, dont la présence l'intrigue.

— Mais que fais-tu ici ?

— Hé ! Ce n'est pas tous les jours que mon petit frère joue pour le championnat ! Et il fallait bien que je rencontre Ève, dont j'ai tant entendu parler !

— Je ne t'en ai jamais parlé !

— Justement ! Mais tes enfants, eux, m'en ont parlé.

Diane, complice, sourit à Ève, pour qui elle ajoute :

— Il est très secret, mon frère.

— Oui, je l'ai remarqué.

Diane lui pose la main sur le bras et lui dit :

— Je suis contente de te connaître. Viens, je dois te prévenir de tout ce qui t'attend avec mon frère.

Gênée, Ève lui sourit timidement. L'idée que cette grande sœur pourrait lui faire de nouvelles révélations attire néanmoins grandement son attention.

Adam a une coupe à gagner. Aussi, il doit prendre congé des deux femmes, deux des personnes les plus importantes de sa vie.

— Bon bien, moi, je dois vous laisser. Diane, on se revoit après le match ?

— Oui, nous resterons avec vous. Vous serez où ?

— Victoire ou défaite, nous allons à la brasserie après.

— D'accord.

Ève s'approche de lui et l'embrasse avec timidité, intimidée par la présence de Diane. Adam l'embrasse un peu plus passionnément. Elle lui souffle un encouragement à l'oreille :

— Bon match.

— Merci

Il l'embrasse à nouveau avant de murmurer à son oreille :

— J'aurai besoin de toi après le match pour soigner mes blessures.

— Je vais le faire avec amour.

Un dernier baiser et le voilà parti.

Assis devant son casier, perdu dans ses pensées, Adam enfile machinalement son équipement. Ses équipiers, généralement enjoués, survoltés même avant un match, sont étrangement calmes.

Frédéric sent que ses gars sont nerveux. Il se lève et prend la parole :

— Je pourrais vous faire un *speech* sur la dureté du mental[8].

Les gars se mettent à rire.

— Mais je ne pense pas que vous en ayez besoin. On a plus vingt ans depuis longtemps. Vous connaissez l'importance de la rencontre de ce soir. Alors, donnez tout ce que vous avez. Et nous verrons où ça va nous mener.

Adam trouve la réaction de ses équipiers trop faible. Il se lève à son tour pour s'adresser à eux :

— Moi, j'ai une raison de gagner ce soir. Je ne sais pas encore si je jouerai l'an prochain.

Aussitôt, les joueurs protestent. Ils ne peuvent s'imaginer jouer sans Adam, le pilier de l'équipe. Surtout pas après la fin de saison qu'ils ont connue. Que lui a connue.

— Ah, *come on*, Adam !

8. Réplique célèbre du film québécois *les Boys*.

— Bernier, crisse, fais-nous pas chier!

Agitant les mains de haut en bas, Adam cherche à apaiser le tumulte pour reprendre la parole. Il leur répond :

— Je ne sais pas encore ce que je ferai. Mais, mais, je sais une chose. Je n'ai encore jamais gagné de championnat. Aucun.

Les murmures se poursuivent devant l'éventualité de la retraite du grand numéro 15. Élevant la voix au milieu du chahut, Adam continue :

— Frédéric a raison. Il pourrait nous faire le fameux discours sur la *dureté du mental.* Je pourrais vous faire des citations du film *Lancer frappé.* Que nous allons jouer du hockey *comme dans l'temps. Comme Eddie Shore.*

Les Phénix sourient. Adam se tourne vers la porte du vestiaire et la pointe du doigt.

— Mais dans la chambre à côté, il y a un gars qui est déjà en train de faire ça. Tous les joueurs de hockey de notre niveau connaissent ces classiques-là par cœur. Nous avons tous quelque chose que les autres n'ont pas. C'est à vous de savoir quoi. Pour moi, c'est simple : le souvenir de Valérie.

L'évocation du nom de sa défunte épouse surprend ses équipiers qui le regardent, interloqués. Il prend une pause pour préparer son effet.

— Vous avez tous connu Valérie. Presque tous. Sans rien enlever à vos conjointes, Valérie a été la plus grande partisane de l'histoire des Phénix.

Les gars marmonnent en baissant la tête. Au fil des années, Valérie était devenue la mascotte des Phénix, au même titre qu'Adam en était la pierre angulaire.

— Elle a assisté à tous nos matchs avant d'être malade. Trois semaines avant de nous quitter, elle était encore assise derrière notre banc à nous encourager. Elle faisait partie de l'équipe. Elle venait prendre une bière avec nous après les parties, parfois même dans la chambre. Rappelez-vous, elle a même surpris certains d'entre vous nus, avec sa façon bien à elle de rentrer de manière impromptue dans la chambre pour nous nous dire que nous avions bien joué. Ou que nous avions mal joué. Ou pour me dire de *faire ça vite* parce que les enfants étaient fatigués.

Tout le monde hoche la tête en souriant et en marmonnant des « oui, c'est vrai » ou « oui, je me rappelle ».

— Et je l'aimais, reprend-il en secouant la tête. Seigneur Dieu que je l'aimais.

Il doit s'arrêter un instant, la voix étranglée par un sanglot, une larme naissante au coin de l'œil, avant de pouvoir continuer :

— Je me suis recueilli sur sa tombe, hier.

À ces mots, les joueurs baissent la tête en signe de recueillement. Valérie était leur amie. Ils avaient vécu le drame aux côtés d'Adam.

— Avant son décès, je lui ai promis que nous, les Phénix, gagnerions un championnat. Ensemble. C'est ce soir, les gars. Ce soir. Pour Valérie !

Les gars le regardent, stupéfaits. Adam répète :

— Allez ! On le fait pour Valérie !

Les gars commencent à s'agiter. Mais Adam juge la réaction trop timide. Ses équipiers sont trop tendus, ils ne semblent pas prêts à gagner ce foutu championnat. Il doit les réveiller. Peut-être ne s'y prend-il pas de la bonne manière.

– Les gars, moi je le fais pour Valérie. Vous, faites-le pour qui vous voulez.

Les joueurs s'animent quelque peu, mais Adam ne perçoit pas de passion, de détermination. Alors, il doit leur montrer sa passion à lui, sa rage de vaincre. Il s'écrie :

– POUR VALÉRIE !

Ses équipiers le regardent, plus surpris qu'autre chose, ne sachant pas vraiment quoi dire. Adam se dirige vers le coin de la chambre et frappe violemment du pied la poubelle, qui vole à travers la pièce, déversant son contenant sur le sol, faisant sursauter les joueurs.

Il s'écrie encore plus fort :

– EILLE ! RÉVEILLEZ-VOUS, TABARNAK ! POUR VALÉRIE !

Ses amis sortent enfin de leur torpeur. Marc, le premier, bondit sur ses patins et hurle à son tour :

– POUR MES ENFANTS ! Pour une fois, j'aimerais ça voir de la fierté dans leurs yeux quand ils me regardent.

Puis Frédéric lance :

– POUR MON PÈRE ! Il a toujours rêvé me voir lever la Coupe Stanley à bout de bras. J'aimerais au moins lui montrer celle-là avant qu'il me quitte.

Puis Jean-Louis, et Simon, et tour à tour, chaque Phénix se lève pour dédier la victoire à un proche. Serge, le dernier, se lève enfin.

– POUR SERGE !

Sous les éclats de rire, Adam reprend :

– POUR SERGE !

Reste Dave, toujours assis dans son coin, qui les regarde sans rien dire. Il se lève enfin et se dirige vers Adam. Alors qu'il s'apprête à s'adresser à lui, les Phénix font silence pour entendre ce qu'il a à dire.

— Je te suis, capitaine !

Interloqué, Adam le regarde et pointe Frédéric du doigt avant de répliquer :

— C'est Fred, le capitaine.

Dave lève les mains pour protester :

— Arrête de niaiser avec ça, câlisse. Tout le monde sait icitte que c'est toé le leader du club. Alors, fais ta job et j'te couvre. Je veux l'gagner moi aussi, le crisse de championnat.

Surpris, Adam lève le poing dans les airs et s'écrie :

— POUR DAVE !

Les Phénix répondent à l'unisson :

— POUR DAVE !

À ce moment, Adam sait qu'ils ont une chance.

Frédéric, fier de voir enfin ses joueurs prêts à en découdre, reprend la parole :

— Adam a proposé une stratégie… Adam, tu expliques ?

— La stratégie n'est pas très compliquée : il faut arrêter Lemieux.

Sa déclaration refroidit soudainement les ardeurs. Alors que certains lèvent les bras ou les yeux au ciel, d'autres baissent les yeux en secouant la tête. Dave — il faut toujours compter sur lui — revient vite à son naturel et l'interpelle :

— Et comment tu penses faire ça, le stratège ?

Adam lui jette un regard agacé avant de reprendre :

— Moi, je me charge de lui. Je serai dans ses culottes toute la partie. Je ne lui laisserai aucune marge de manœuvre. Je suis certain que, tôt ou tard, il va nous péter une coche.

Il pointe Marc :

— J'ai besoin d'un autre patineur rapide pour m'aider à le couvrir. Ce sera toi. Vous autres...

Il pointe l'ensemble de l'équipe.

— ... soyez attentifs aux apparitions de Lemieux. Dès qu'il embarque sur la glace, vous nous laissez la place.

Il s'interrompt un instant, ses équipiers le regardant avec intensité. Puis il reprend, en secouant le poing, plein de conviction :

— Comme je ne pourrai prendre de risque, je ne supporterai pas l'attaque. Vous devrez prendre le relais. *Let's go, gang !* Allons le remporter, ce championnat!

Survoltés à la suite des paroles d'Adam, leur leader, tous se lèvent avec une détermination guerrière. En rang, ils sortent de la chambre. En route vers la patinoire, ils récupèrent leurs bâtons près de la porte, tels des gladiateurs récupérant leurs armes avant d'entrer dans l'arène.

C'est avec la détermination d'un kamikaze qu'Adam leur emboîte le pas.

Enfin, Frédéric ferme la marche derrière, tout aussi déterminé que ses amis.

40

L'atmosphère dans l'aréna est différente ce soir. Habituellement, les gradins sont pratiquement vides. Pas de parents hystériques, pas de petites amies rêvant de la grande vie quand leurs chums seront chez les pros, pas de groupies non plus. Tout au plus, une rare épouse et parfois quelques enfants assistent à un match. Mais en ce soir de championnat, les gradins sont bondés de partisans survoltés regroupés selon leurs allégeances.

Adam sent l'adrénaline couler dans ses veines au son des cris et des applaudissements de la foule. Il n'a pas vécu ça depuis si longtemps.

Dès le début de la partie, emporté par son discours enflammé, Adam oublie son propre plan de match et se lance dans une montée spectaculaire, déjouant tous les joueurs sur la patinoire à l'exception du gardien adverse. Ce faisant, il est piégé loin de sa position lorsque la rondelle se retrouve sur la lame du bâton de Lemieux, le joueur qu'Adam devait surveiller. Ce dernier, reconnu pour son accélération extraordinaire, jongle avec le disque une fraction de seconde avant de s'élancer vers le gardien des Phénix, telle une fusée.

Heureusement pour Adam, il a déjà presque atteint sa vitesse maximale. L'hésitation de Lemieux, même infinitésimale, permet à Adam de le rattraper. Forçant encore l'allure, peu à peu, centimètre par centimètre, Adam rejoint Lemieux grâce à ses enjambées puissantes et fluides.

Au dernier moment, il réussit à s'approcher suffisamment pour le harceler de son bâton et nuire au lancer de Lemieux. La rondelle bondit sur la poitrine du gardien des Phénix, qui la gobe par la suite avec son gant.

Alors qu'Adam félicite son gardien d'un petit coup de bâton sur les jambières, Frédéric l'apostrophe :

– Crisse, Adam ! Tu ne devais pas le surveiller, ce gars-là ?

– Oui. J'ai fait une erreur. Je ne recommencerai pas.

Pour le reste de la partie, effectivement, Adam se concentre sur la couverture du fameux joueur, ne lui laissant aucune marge de manœuvre. Contrairement à ses habitudes, il le harcèle verbalement à chaque occasion. La couverture et les commentaires d'Adam tapent rapidement sur les nerfs de l'adversaire, qui finit par lui administrer un violent coup de bâton sur la cheville, ce qui lui vaut deux minutes au banc des pénalités. Malgré la douleur fulgurante, Adam profite de l'avantage numérique pour donner les devants à son équipe.

À la suite d'un rare éclair de lucidité, Dave fait une passe parfaite à Adam au lieu de tirer toutes ses forces comme d'habitude. Puisque tous les joueurs adverses ont anticipé son lancer et convergé vers le colosse, Adam est laissé sans surveillance. Ce dernier a tout le temps nécessaire pour manœuvrer.

Telle l'ancienne vedette des Canadiens de Montréal, P. K. Subban[9], il s'élance et décoche un tir sur réception foudroyant qui se fraie un chemin jusqu'au fond du filet.

---

9. Ancien défenseur étoile des Canadiens de Montréal au lancer foudroyant.

Après les célébrations d'usage, il retourne au banc et croise Lemieux qui sort du banc des pénalités. Pour le narguer, il lui lance :

— T'as pas frappé assez fort.

— La prochaine fois, je vais te la casser, la cheville, mon tabarnak !

Adam se tourne vers l'arbitre :

— Hé, Ref ! Tu as entendu ça ?

— Non, je n'ai rien entendu. Écoute, Adam, lâche-le un peu. Ça va mal tourner.

L'entraîneur adverse use d'astuce et réussi à soustraire son joueur à la surveillance d'Adam l'espace d'une présence. Lemieux réussit à marquer un superbe but. Malgré sa personnalité déplaisante, il est tout un joueur de hockey. Lorsqu'il croise Adam, il ne peut se retenir :

— Tu as vu ça ? Es-tu capable d'en faire autant ?

Adam réplique du tac au tac :

— T'as pas de mérite. Tu marques seulement quand je ne suis pas là. Si tu veux être mon égal, marque quand tu joues contre moi !

Lemieux lui réplique avec un violent coup de poing derrière la tête. Adam bascule aussitôt vers l'avant, alors qu'autour, une bousculade éclate, les joueurs s'échangeant des bourrades et des mots à ne pas répéter devant les enfants, où les réputations des mères et des conjointes sont mises à rude épreuve.

Pendant ce temps, Adam s'est agenouillé péniblement. Le calme revenu, Frédéric lui tend la main afin de l'aider à se relever.

— Es-tu correct ?

— Ça tourne un peu, mais ça va.

Si le plan des Phénix est d'arrêter Lemieux, celui des Spartiates est évidemment de contrer Adam. Par tous les moyens.

Le coup de poing sournois de la vedette des Spartiates ne l'a pas ralenti, mais il est évident qu'il protège sa cheville blessée.

Alors qu'il revient du coin de la patinoire et qu'il est encore loin du filet protégé par le gardien, un défenseur adverse décoche un puissant lancer. Mais l'adversaire n'a pas visé le but. La rondelle fonce droit sur Adam et effleure sa cheville. Ce dernier jette un regard furieux au défenseur adverse avant de faire signe à l'arbitre. L'intention du joueur était évidente.

Quelques instants plus tard, un second tir du même défenseur atteint sa cheville blessée. Alors qu'Adam s'effondre sur la glace, Dave fonce sur l'agresseur pour lui régler son compte. L'intervention des arbitres et l'expulsion du joueur des Spartiates sont nécessaires pour calmer les esprits.

Soutenu par Marc et Frédéric, Adam regagne de peine et misère le banc des joueurs.

Avant la reprise du jeu, l'arbitre convoque les capitaines des deux équipes pour les aviser qu'il ne tolérera aucun autre geste aussi violent que douteux sous peine de disqualification.

Avec moins d'une minute à jouer, la marque est égale, 2 à 2, comme lors du match d'ouverture de la saison. Après une saison complète, les deux équipes se retrouvent au même point. Les entraîneurs mettent leurs meilleurs éléments sur la patinoire. Et c'est encore Adam, même blessé à la cheville, qui influencera l'issue du match. Encore une fois, il démontre l'étendue de sa volonté et de sa détermination !

Le jeu reprend près du gardien des Phénix. L'attaque des Spartiates se positionne pour prendre d'assaut le filet adverse. Dès la mise au jeu, que gagne le joueur de centre des Phénix, Adam récupère la rondelle et se réfugie derrière le filet de son équipe. Les joueurs des Spartiates se déploient de manière stratégique, coupant toutes les options de jeu à Adam.

Il sait que les adversaires attendent qu'il s'élance pour refermer l'étau et l'obliger à commettre une erreur. Et comme sa douleur à la cheville ne cesse de croître, Adam n'a pas envie de prendre de risque inutile.

Voyant son ami Marc se démarquer près de la bande, il se remémore un jeu qu'ils ont pratiqué ensemble, à l'occasion, lors des entraînements. Inspirant profondément, Adam crie le nom qu'il a donné à la manœuvre il y a déjà longtemps en regardant vers Marc :

– VALÉRIE !

Marc détale aussitôt vers la zone adverse alors qu'Adam lobe la rondelle vers le centre de la patinoire. Dans une trajectoire parabolique parfaite, la rondelle semble rester suspendue une éternité dans les airs avant de retomber sur la ligne rouge. Après un léger bond, elle glisse lentement vers la zone des Spartiates. Pas longtemps puisque Marc, dont l'accélération soudaine a surpris les défenseurs, arrive à pleine vitesse pour saisir la rondelle et filer, seul, vers le gardien.

Alors que tout le monde dans l'aréna retient sa respiration, Marc réalise une feinte brillante pour déjouer le gardien et loger le disque dans le haut du filet d'un lancer du revers, semant l'hystérie dans la moitié de la foule présente au match et l'effroi dans l'autre moitié.

Après avoir congratulé leur coéquipier, les joueurs des Phénix se positionnent pour la remise en jeu. Il reste encore une minute à jouer et ils ne tiennent pas à laisser aux Spartiates la moindre chance de niveler le pointage. Adam harangue ses équipiers avant la reprise du jeu :

– *Come on, gang !* Encore une minute ! Soixante petites secondes ! Restez concentrés !

La nervosité est perceptible chez les joueurs des deux équipes lors de la remise en jeu. Mais, tel un général, c'est Adam qui prend le contrôle du jeu. Il conserve la rondelle en sa possession. Galvanisé par la proximité de leur triomphe, il oublie sa douleur à la cheville et donne une leçon de patinage à tous les joueurs présents sur la patinoire. Difficile de croire qu'il est un joueur blessé et en fin de carrière tant il s'élance avec aisance. Il patine comme rarement il l'a fait dans sa vie, contournant les joueurs un après l'autre, revenant sur ses pas pour mieux repartir, conservant la rondelle comme si elle représentait la destinée du championnat et qu'il voulait en garder le contrôle.

Il survole la glace comme s'il voulait montrer une toute dernière fois à l'assistance, et particulièrement à ses enfants, quel grand joueur il avait été. Ou peut-être seulement pour se remémorer, pour lui-même, quel grand joueur aurait pu être Adam Bernier.

Les dernières secondes s'écoulent et la sirène retentit, concrétisant la victoire et la conquête du championnat par les

Phénix. Alors que toute l'équipe quitte le banc et se rue vers le gardien pour le congratuler, Adam continue de patiner quelques secondes, ne voulant pas que ce moment se termine.

Puis il se penche et récupère la rondelle, qu'il glisse à l'intérieur de son pantalon. Elle trônera pour toujours dans sa maison. Il se joint ensuite aux célébrations de ses amis.

Participant quelques minutes au tumulte festif, Adam s'éloigne finalement de ses équipiers en retirant son casque et ses gants. Frédéric l'interpelle :

– Adam ! Hé, Adam ! Où tu vas comme ça ?

Faisant fi de son ami, Adam poursuit son chemin jusqu'au centre de la patinoire.

Alors, il scrute les gradins à la recherche de ses enfants. Les apercevant, il porte ses trois doigts à ses lèvres puis les pointe vers la foule en un salut imitant celui rendu célèbre par le personnage de Katniss Everdeen dans *Hunger Games*.

Dans la foule en délire, il aperçoit aussitôt ses trois enfants brandir le bras pour lui rendre le célèbre salut, imités quelques secondes plus tard par Diane et sa famille.

Alors, deux énormes larmes coulent sur ses joues. Il murmure :

– Adieu, mon amour !

Troisième partie

RENAISSANCE

41

Dans le vestiaire, Adam se rend péniblement à son emplacement et s'y assoit alors que tous les autres restent debout pour festoyer.

Il sort lentement une bouteille d'alcool et un chiffon de son sac. Il crie à son capitaine, qui brandit la coupe :

— Hé, *Cap'tain* ! Passe-moi la coupe !

Frédéric lui remet le trophée, un peu à contrecœur. Adam asperge la coupole avec l'alcool, puis la frotte soigneusement avec le chiffon. Il la rince ensuite avec sa bouteille d'eau et l'essuie avec un nouveau chiffon. Une fois le trophée propre, il sort une bouteille de champagne de son sac, l'ouvre et verse une rasade dans la coupole qu'il porte à ses lèvres sous les acclamations de ses équipiers. Il donne ensuite le trophée à son capitaine qui y boit fièrement. L'objet convoité passe enfin de joueur en joueur pour célébrer la victoire tant attendue.

Une fois le champagne bu, tout le monde se regroupe pour la photo d'équipe, la coupe si désirée trônant au centre du groupe. Adam, lui, reste assis. Marc s'impatiente :

— Allez, Bernier ! On t'attend !

— Excusez-moi les gars, mais je ne suis pas capable.

L'adrénaline retombée, la douleur a augmenté à un point tel qu'il soupçonne une blessure plus sérieuse qu'il ne croyait. Fred s'inquiète aussitôt en le voyant grimacer.

— Pas capable de quoi ?

— Pas capable de me lever. Ni d'enlever mes patins. Je pense que j'ai la cheville cassée.

Marc frappe le poing dans sa main, la rage dans la voix :

— Il est salaud, ce petit maudit-là. Il devrait être chassé de la ligue.

Ce à quoi réplique Serge :

— L'autre là, Marois je pense, n'est pas mieux. Il a visé Adam de façon préméditée.

Malgré la douleur, Adam ne peut s'empêcher de se payer la tête de leur bouffon.

— De façon préméditée ? Mon vieux, ton français fait des progrès.

— Va…

Adam interrompt le colosse :

— Nous avons gagné, c'est tout ce qui compte. Aidez-moi à enlever mes patins, on va prendre la photo. Après on va à la brasserie et on se saoule la gueule pour fêter ça.

Aidé par Frédéric et Marc, Adam rejoint ses équipiers pour la photo. Puis c'est la ruée vers la douche. Chacun d'eux se doute bien que leurs partisans les attendent impatiemment.

Alors que la bousculade fait rage dans les douches, Jean-Louis, physiothérapeute quand il n'est pas un Phénix, examine la cheville d'Adam.

— Je ne crois pas qu'elle soit cassée. Si tu es capable de marcher dessus, on va à la brasserie comme prévu. Mais tu vas passer des radios demain !

– Dimanche ?

– Je te le conseille.

Dès qu'il sort de la chambre, les enfants, prenant Ève de vitesse, se jettent sur leur père. Adam les enlace et les tient contre lui quelques secondes avant de faire signe à Ève de les rejoindre. Devant son hésitation, Diane la pousse gentiment dans le dos.

– Allez, allez !

Ève se joint au groupe. Puis les enfants se retirent et Adam a droit au baiser de la victoire.

– Félicitations ! Commence-t-elle.

– Merci. J'ai gagné le match juste pour avoir ce baiser !

– Nono ! Tu en aurais eu un de toute manière.

– Il n'aurait pas été aussi bon.

– Probable. Ça va ? Tu as l'air souffrant.

Adam hoche la tête.

– Ma cheville… Ils n'y sont pas allés de main morte !

Mathis, le fils de Diane, s'approche de lui à ce moment.

– Hé ! Oncle Adam, il était *cool*, ton but. On aurait dit P. K. Subban !

Le garçon idolâtrait l'ancienne vedette du Canadien de Montréal et a été catastrophé à l'annonce de la transaction envoyant le joueur à Nashville. Adam ne peut s'empêcher de taquiner son neveu :

– Tu sais, c'est moi qui lui ai montré comment faire son lancer frappé.

Son neveu le regarde, perplexe.

— Je t'aime bien, mon oncle, mais je crois que tu te moques de moi.

Clopinant vers la voiture, soutenu par Ève et suivi de Nathan qui transporte son sac d'équipement, Adam aperçoit un homme aux cheveux grisonnant s'avancer vers lui la main tendue et avec un large sourire.

— Enchanté, monsieur Bernier. Alain Marrier, agent de joueur.

— Vous êtes l'agent de Dave, n'est-ce pas ?

— Effectivement. J'ai regardé votre match avec attention. Vous êtes un patineur fantastique. Quand je vous ai vu rattraper Lemieux, en début de partie, je me suis dit : wow, quel coup de patin ! Bien des professionnels, même dans la LNH, n'ont pas votre qualité de patinage. Et très peu auraient réussi à rattraper Lemieux comme vous l'avez fait.

— Merci.

— Je me souviens vaguement de vous à vos débuts. Puis vous avez disparu pour des raisons nébuleuses. J'ai fait des recherches sur vous, mais je n'ai rien trouvé de probant. Quelques rumeurs, mais rien de concret.

Adam hausse les épaules tandis qu'il ajoute :

— C'est la vie.

— Vous savez, vous êtes le prototype de défenseur parfait dans la nouvelle LNH.

— Je dirais plutôt un vieux prototype.

— Je vous l'accorde. Si vous permettez, j'aimerais tenter une expérience avec vous.

La grimace d'incompréhension d'Adam l'invite à poursuivre :

— J'aimerais que vous travailliez avec mon équipe de préparateurs physiques. Je suis curieux de voir à quel point vous pourriez vous améliorer, malgré votre âge.

— Je trouve l'idée intéressante, mais je n'ai pas une fortune à investir avec une équipe de préparateurs professionnels.

L'agent lui tend sa carte.

— Ne vous inquiétez pas, c'est à mes frais. Dites-leur que c'est moi qui vous envoie. Ils attendent votre appel.

Une dernière poignée de main et l'homme disparaît aussi vite qu'il était apparu.

Ève se tourne vers Adam, qu'elle questionne, avec un sourcillement de surprise au visage :

— C'est quoi, ces histoires de rumeurs et de disparition mystérieuse ?

— Pas maintenant, Ève.

Elle lève les yeux au ciel avant de reprendre le bras de son compagnon pour l'aider à regagner la voiture.

Les enfants d'Adam tiennent à essayer le nouveau véhicule sept passagers de Charles, si bien que leur père se retrouve maintenant seul à seul avec Ève. En route vers la brasserie, la blonde du nouveau champion lui confie :

— C'était très beau, ton geste. Diane m'a expliqué.

Il conduit en silence un moment, attentif aux indications du GPS, avant de lui répondre :

— Je crois qu'elle n'a jamais manqué un de mes matchs. Ou très peu. Je pense qu'elle souhaitait plus que moi que je gagne un championnat. Peut-être parce qu'elle se sentait un peu coupable.

— Pourquoi ?

— J'ai quitté mon équipe en Autriche pour venir la trouver. Nous avions repris ensemble dans la période des Fêtes et je m'ennuyais. Je n'ai pas complété la saison. Le club s'est effondré après mon départ. Les gars ont enchaîné les défaites et n'ont même pas fait les séries de fin de saison. Alors qu'avant mon départ, nous étions les favoris pour tout rafler. Frédéric était furieux après moi. Et Valérie s'est sentie coupable toute sa vie. C'est le seul championnat que j'aurais pu gagner. Frédéric aussi. Il me l'a jamais vraiment pardonné.

— OK. Ça vient de là, votre histoire.

— Je n'étais vraiment pas destiné à une carrière au hockey… J'ai eu des opportunités, mais… j'ai toujours priorisé autre chose.

— Des regrets ?

— Aucun.

Délaissant la route une fraction de seconde, il se tourne vers elle avec un sourire plein de fierté. Il lui déclare avec un clin d œil :

— Mais je suis bien content d'avoir gagné ce soir.

À la brasserie, la bière remplace le champagne et elle coule à flots chez les Phénix. Un championnat, ça se fête.

Malgré les incitations et les encouragements de son entourage, Adam préfère célébrer sobrement.

À la fin du repas, Frédéric demande un moment d'attention à ses troupes et leurs invités.

— Mes amis, toutes mes félicitations.

Les acclamations et les applaudissements interrompent le capitaine des Phénix. Il demande le silence en levant les mains.

— Cette victoire que nous attendions depuis si longtemps vient clore une autre belle saison.

Encore une fois, les cris de triomphe forcent Frédéric à s'interrompre le temps que ses amis réfrènent leur enthousiasme.

— Cette victoire, j'aimerais bien la dédier à Valérie. Le temps a passé, mais nous ne t'oublierons jamais, chère amie.

Instinctivement, l'assemblée observe un long silence en mémoire de la disparue pendant lequel Adam baisse la tête. Ève lui passe le bras autour du cou et colle sa tête contre la sienne.

Surpris de la réaction forte des siens, Frédéric respecte le silence de ses joueurs et attend qu'ils recommencent à s'activer avant de reprendre la parole :

— Je pourrais aussi la dédier à Ève. Elle a su nous ramener notre Adam, sans qui nous n'aurions pas gagné. Je crois que nous sommes tous d'accord là-dessus.

L'assemblée acquiesce aussitôt avec de grands hochements de tête.

— Mais cette victoire, c'est plutôt à vous tous ici présents que je vais la dédier. Vous tous, joueurs, parents et amis.

Il marque un temps d'arrêt pour délier sa gorge nouée d'émotions, moment que personne n'ose interrompre. Il cherche Adam du regard avant de reprendre :

— Dans le vibrant discours qu'il a tenu avant le début du match, mon ami Adam nous a rappelé le souvenir de Valérie, elle qui a pratiquement fondé le club avec lui et moi. Mais il m'a surtout fait comprendre — il a peut-être même fait comprendre à chacun d'entre vous — que si nous sommes en mesure de gagner un match de hockey ou un championnat, c'est que derrière chacun des joueurs, vous êtes tous là pour nous motiver, nous encourager, nous permettre de nous absenter deux ou trois fois semaines pour venir nous amuser comme des gamins.

Il se racle la gorge avant de reprendre :

— Nous prenons souvent tout ça trop à cœur, moi le premier. Aussi, ça prend des drames, des peines, et aussi de bons moments en famille et entre amis pour comprendre la chance qu'on a de former une si belle équipe et d'avoir tant de plaisir ensemble, même si on s'engueule souvent.

— Surtout cette année, lance Serge.

Frédéric secoue la tête en souriant.

— T'as raison, on s'est engueulés comme jamais, cette année. Pourtant, on a gagné.

Il marque un autre temps d'arrêt, durant lequel les Phénix n'osent regarder les leurs pour ne pas montrer leurs émotions.

— Et là, je vais vous surprendre, mais, au-delà de la victoire, ce qui me réjouit le plus de la dernière saison, c'est de voir le bonheur revenir dans la vie de mon vieux chum Adam. Oui, notre grand numéro 15 a toujours été un Phénix. Cette année, il l'a été encore plus. Nous l'avons vu renaître de ses cendres au hockey et dans sa vie personnelle. C'est avec un grand plaisir que je le vois assis avec les siens ce soir. Que je le vois avec Ève, la nouvelle femme de sa vie. Les copains, je lève mon verre à notre ami : Adam!

42

Dès l'arrivée à la maison, les enfants se ruent dans le sous-sol pour profiter des installations dernier cri : cinéma pour Audrey et Roxanne, qui ont rapidement développé un lien d'amitié malgré leur différence d'âge, et jeux vidéo pour les garçons.

Au salon, Charles sert une bière à Adam, étalé sur le sofa.

— Où sont nos femmes ?

— Elles discutent dans la cuisine, je pense.

— Elles semblent être devenues les « nouvelles meilleures amies du monde ».

Adam lève sa bière vers Charles, auquel il porte son habituel toast :

— Alors, à toi, Sa Majesté !

Adam a toujours taquiné son beau-frère portant le même nom que l'héritier de la Couronne britannique, le prince Charles. De plus, l'allégorie était facile, comme le nom de sa sœur ressemble étrangement à celui de la défunte épouse de l'héritier du trône, Lady Diana.

— À toi, champion.

Les deux amis boivent une grande rasade. Charles jette ensuite un sourire narquois à son beau-frère.

— Je crois que tu mérites que je te nomme chevalier. En tant que prince, j'ai bien le droit de t'anoblir, non ?

— Tout à fait ! Sir Adam Bernier ? Ça sonne plutôt bien.

Les femmes reviennent à ce moment. Diane les interpelle :

— Bon, quelle niaiserie êtes-vous en train de faire, encore ?

Charles proteste :

— Diane ! Voyons ! Comme si c'était notre genre.

— Charles ? Je te connais trop bien.

— Je disais à Adam que je songeais à le nommer chevalier.

Ève, qui a apporté un sac de glace, oublie la présence de Diane et de Charles et dépose tendrement la glace sur la cheville d'Adam avant de se blottir contre lui et l'embrasser longuement. Charles, qui n'a rien manqué de cette démonstration d'affection, mentionne d'un ton exagérément rêveur destiné à picosser Diane :

— Ouais, c'est beau l'amour ! Les petits soins et tout !

Adam serre Ève contre lui avant de lui répondre :

— Tu veux me faire croire que ma sœur n'est pas aux petits soins avec toi, peut-être ?

— Tu sais, nous sommes un vieux couple, maintenant.

Sa réplique lui vaut une tape de la part de son épouse. Terminant sa bière, Adam repose la bouteille sur la petite table près du sofa.

— La bière est bonne. Mais pour contrer la douleur, le vin est plus efficace. Qui m'accompagne ?

L'assemblée approuvant la suggestion, Diane se porte volontaire et à la suggestion d'Adam, elle se rend au cellier pour revenir, quelques instants plus tard, avec deux bouteilles de rouge.

Le vin aidant, la soirée se poursuit dans la joie. Câline, Ève se blottit presque avec sensualité contre son compagnon, nouvellement champion, dont elle caresse la joue de la main.

— Il va falloir que tu fasses attention à toi. Les méchants n'arrêtent pas de te faire du mal.

Diane saisit l'occasion :

— Ève a raison, Adam. Je sais que tu n'aimes pas la violence, mais tu ne devrais pas te laisser faire.

Ève abonde dans le même sens.

— Tu n'apprécies pas beaucoup Dave, mais qu'est-ce qui serait arrivé s'il n'était pas intervenu pour te défendre ?

Charles s'étire en bâillant et ajoute avec nonchalance :

— Pourtant, il fut un temps où personne n'aurait osé s'en prendre à lui !

Ce qui amène Ève à intervenir :

— Charles, voyons. Il peut être un peu rude parfois, mais il n'est pas méchant, mon Adam. C'est un gros nounours. C'est mon gros nounours d'amour.

La remarque d'Ève l'anime.

— Ah non ? Il n'est pas méchant, ton *gros nounours d'amour* ? Pourtant, je n'ai jamais eu autant la chienne que le jour où Diane m'a annoncé qu'elle voulait me présenter son frère. Tous les gars en avaient peur.

Elle lui lance un regard interrogateur.

— Ben voyons, pourquoi tu dis ça ?

— Tout le monde savait qu'il ne fallait pas s'approcher de Diane. Car son frère veillait et il ne tolérait pas qu'on tourne autour d'elle.

Soudain dégrisée et son humeur câline refroidie, Ève se redresse pour regarder Charles dans les yeux.

— Je ne sais pas de quoi tu parles. Il est vrai qu'il est protecteur…

— Protecteur ? Un bel euphémisme ! C'était une terreur !

Charles regarde son épouse, puis Adam, conscient qu'il vient de commettre un impair.

— Elle n'est pas au courant ?

Adam secoue la tête. Charles se confesse alors :

— Je suis désolé.

Mais Ève contre-attaque, sa curiosité piquée :

— Au courant de quoi ?

Comme personne ne lui répond, son irritation s'exacerbe.

— Au courant de quoi ?

Agacé, c'est Adam qui lui répond :

— De rien. Ce n'est rien.

Mais Ève ne l'entend pas de la sorte. Depuis trop longtemps déjà, Adam esquive les questions à son sujet, sur son passé, sur plein de choses. Cette fois, elle ne laissera pas la vérité lui échapper.

— À voir vos têtes, je ne crois pas que ce soit rien. Allez ! Dites-moi la vérité !

Encore une fois, le silence fait écho à la requête d'Ève, qui ne veut pas lâcher prise.

— Alors, c'est quoi l'histoire ?

Diane regarde son frère.

— Adam, elle a le droit de savoir.

Ève insiste :

— Savoir quoi ?

Adam regarde Ève et parle d'une voix neutre :

— Oui, tu as le droit de savoir. Mais pas ce soir, s'il te plaît.

— Pourquoi?

— Parce que je viens de gagner un championnat, le seul que j'ai jamais gagné, et j'aimerais en profiter.

— C'est si grave?

Diane interrompt un nouveau silence :

— Tôt ou tard, tu devras lui dire. Les enfants sont dans le sous-sol, ils n'entendront rien.

Adam lance à son beau-frère un regard accusateur.

— Tu aurais dû te la fermer.

— Je suis désolé.

Diane s'avance pour être bien en face d'Ève.

— Je vais te raconter l'histoire. Mais, comme nous venons de le dire, les enfants ne sont pas au courant.

Adam précise :

— Pas grand monde est au courant, en fait.

Diane la met en garde :

— Alors, tu dois garder ça pour toi.

— Vous commencez à m'inquiéter.

— Il n'y a pas de raison. Mais Adam préfère ne pas en parler.

Comme toujours, Ève a mille questions.

— Valérie était au courant?

Diane, toujours elle, lui répond, devant les autres spectateurs muets.

— Oui.

— Elle était impliquée?

— Non, elle ne l'était pas.

Diane commence le récit. Adam, lui, ferme les bras et détourne le regard.

— Ça s'est passé il y a longtemps. J'avais seize ans. Adam et moi fréquentions la même école. Un gars, une brute, un an ou deux de plus que moi, a commencé à me courtiser. Quand il a réalisé qu'il ne m'intéressait pas, il s'est mis à me harceler. Il était déplaisant. Un jour, le gars en question était plus insistant que d'habitude. Lorsqu'il m'a mis la main sur les fesses, Adam en a eu assez et s'est rué sur lui.

Elle jette un coup d'œil à son frère.

— Ce n'était pas encore le Adam que l'on connaît aujourd'hui. Il n'avait que quatorze ans et devait faire 50 livres de moins que son adversaire. Plus vieux, plus costaud, plus fort qu'Adam, le gars aurait pu se limiter à le secouer un peu et à le projeter contre les cases. Au lieu de ça, une vraie brute, il lui a donné un violent coup de poing au visage, le mettant K.O. Lorsque Adam a repris connaissance, il s'est relevé et, sans un mot, refusant d'aller à l'infirmerie, il s'est dirigé vers sa classe. Il n'a consenti à quitter sa classe que lorsqu'il a été convoqué chez le directeur. Après l'avoir interrogé, le directeur lui a passé un savon puis lui a conseillé d'aller à l'hôpital. Le médecin lui a par la suite diagnostiqué une légère commotion cérébrale et il a conseillé à mes parents de le garder à la maison quelques jours. À son retour à l'école, le visage toujours tuméfié, tout le monde s'est moqué de lui. Il n'a pas dit un mot. Il ne s'est jamais plaint.

Diane s'interrompt. Ce silence inquiète Ève. Elle s'empresse de la questionner :

— Et alors ? Ça ne s'arrête pas là ?

— Non ! Malheureusement, non.

Elle se déplace légèrement pour faire face à Ève. Adam se tasse dans son coin. S'en apercevant, Ève lui prend la main.

— Les jours suivants, je me suis fait harceler par les amis du gars. Lui, la brute, il a été suspendu une semaine. Mais on me promettait qu'il s'occuperait bien de moi à son retour, que je n'avais encore rien vu, et que mon *p'tit frère* avait intérêt à ne pas se mettre en travers de sa route. Le harcèlement s'est amplifié lors du retour d'Adam, car ils s'en prenaient maintenant aussi à lui. Un soir, à la sortie des classes, les amis de la brute nous ont avisés qu'il serait de retour le lendemain.

Diane prend une pause, respire à fond.

— Le soir, mes parents se demandaient quoi faire. La direction de l'école leur avait assuré qu'elle prenait la situation au sérieux. Adam, lui, n'a jamais dit un mot.

— Dois-je être surprise ?

— La nuit précédant le retour de cette petite ordure, j'ai pleuré toutes les larmes de mon corps. Adam est venu me trouver et s'est couché avec moi en me murmurant que tout irait bien.

Diane hausse les yeux et les épaules.

— Le lendemain, à notre arrivée à l'école…

Adam n'a plus besoin d'écouter sa sœur. Les images, très nettes, défilent devant ses yeux.

Dès la descente de l'autobus, il les a aperçus. Ils les attendaient, leur chef debout à l'avant du groupe, un large sourire aux lèvres. Adam s'est dirigé droit sur lui, ce qui les a fait rire. Sûr de lui, il a regardé le *petit frère* s'approcher de lui sans crainte, sans méfiance.

À deux mètres de la brute, Adam ne s'est pas arrêté, comme tout être sensé l'aurait fait. Il a poursuivi son élan, a levé les bras puis les a repliés derrière sa tête pour saisir le pied-de-biche de son père, qu'il avait caché dans son sac à dos. Dans un mouvement circulaire fluide et parfaitement calculé, il a frappé le chef de la bande directement sur la rotule du genou gauche. De toutes ses forces.

— Pendant qu'il se tordait de douleur au sol, Adam l'a frappé au visage d'un coup de pied. Le sang a giclé ! Puis, calmement, il s'est penché vers lui et lui a dit : « Ne t'approche plus jamais de ma sœur ! »

Stupéfaite, Ève regarde Adam. Ce dernier conserve son visage de marbre caractéristique, quoiqu'un peu plus crispé que d'habitude. Elle lui serre la main un peu plus fort et lui souffle :

— Adam… chéri…

Il passe un long silence avant que Diane ne poursuive, se parlant à elle-même :

— C'était irréel, comme si le temps s'était arrêté. Adam ressemblait à un ange vengeur descendu du ciel, debout devant sa victime, son arme levée, comme un chevalier vainqueur d'un duel. Il était beau. Effrayant aussi. Le calme et le flegme avec lesquels il avait agi donnaient froid dans le dos. Personne n'osait parler, bouger, respirer même. Encore moins s'interposer. Un enseignant a fini par s'approcher lentement et, avec une extrême douceur, a demandé à Adam de lui remettre l'arme. Puis il lui a demandé de le suivre.

Diane laisse le temps à Ève, dont la stupéfaction fige le visage, d'assimiler les faits avant de reprendre :

— La police est débarquée… et les ennuis ont commencé. Pour Adam bien sûr.

— Dossier criminel ?

— Oui…

— La raison pour laquelle il n'a pu jouer dans une université américaine…

— Entre autres choses… Les charges ont finalement été abandonnées. Mais le mal était fait.

Diane marque un temps d'arrêt pour essuyer ses larmes qui se sont aussi mises à couler avant de regarder son petit frère avec tendresse.

— Tout ça pour moi.

Adam lui répond d'une voix étranglée :

— Je ne l'ai jamais regretté. Et je le referai à chaque fois que ce sera nécessaire.

— Je sais.

L'histoire ayant ébranlé tout le monde, tous restent un moment silencieux. À commencer par Charles qui s'en veut d'avoir lancé le sujet et qui tente de se faire oublier, en sirotant sa bière dans son coin. Ève, de son côté, en profite pour se glisser contre son amoureux avant que Diane ne reprenne :

— Si ce n'avait été de ça, il aurait fait carrière au hockey. Il serait millionnaire aujourd'hui.

Adam s'oppose en secouant la tête :

— Rien ne le garantit !

Comme si elle ne l'avait pas entendu, Diane poursuit sur sa lancée avec verve. Elle ne prendrait pas un autre ton pour convaincre quelqu'un.

— Et il serait membre du Temple de la renommée.

— J'étais pas aussi bon que ça !

Diane se redresse et regarde son frère droit dans les yeux, presque furieuse :

— Dis-moi, dis-moi réellement, que t'as pas quitté les Cataractes parce que tu te sentais coupable de frapper un autre joueur. Que tu refusais de te battre quand l'entraîneur te le demandait. Dis-le !

Adam la regarde sans répondre.

— Et comme l'a si bien dit Ève, c'est en raison de tes ennuis avec la justice que l'université américaine ne t'a pas pris.

De la même manière que lorsque ses enfants sont en crise, Adam parle lentement et à voix basse, pour calmer les émotions :

— Ce que je dis, c'est que rien ne garantit que j'aurais fait les ligues majeures.

— Papa a toujours dit que tu étais le nouveau Bobby Orr !

Adam hausse les épaules, un peu indifférent.

— Tu sais, papa et son objectivité…

— Que veux-tu insinuer ?

— Il disait aussi de toi que tu étais la nouvelle Marie Curie !

Bien qu'il veuille rester calme, Diane a réussi à le piquer et à l'énerver. Adam se retourne sans cesse sur le divan, forçant Ève à s'éloigner un peu de lui.

À ses yeux, la discussion s'égare. Qu'importe la carrière manquée. Il devait protéger sa sœur. Il l'a fait.

— Tu aurais voulu que je fasse quoi ? Tu voulais que je laisse faire ce fils de pute ? Tu aurais probablement fini par te faire violer. C'était un vrai bandit, ce gars-là. Et personne n'osait l'arrêter.

Il s'interrompt un instant et avance le haut du corps vers sa sœur, la rage dans les yeux.

— Moi, je l'ai fait !

Adam baisse le ton, mais reste toujours aussi sérieux, sévère. Encore une fois, Ève est frappée par cette dureté de caractère dont il peut faire preuve. Lui, si doux, pouvait-il être la terreur décrite depuis quelques minutes ? Oui, elle était convaincue que pour défendre les siens, il était capable de violence. À preuve, elle avait été témoin de sa réaction avec l'itinérant dans le Vieux-Québec, puis avec Pierre.

– Et si c'était arrivé, hein? Si j'avais fait les grandes ligues, est-ce que nos vies auraient été meilleures? Diane, tu n'aurais peut-être pas rencontré Charles. Moi, je n'aurais peut-être pas marié Valérie et je ne serais pas avec Ève aujourd'hui.

Diane n'ose regarder son frère, alors que Charles demeure toujours aussi silencieux, muet de culpabilité à l'idée d'avoir lancé cette discussion. Ève, quant à elle, hésite entre tenter de calmer son chum ou le laisser évacuer ses émotions.

Adam conclut brièvement, d'un ton qui n'appelle pas à la réplique :

– Tout est très bien comme ça. Ça me convient parfaitement.

Puis, fulminant, il se lève et se dirige vers la cuisine, laissant derrière lui quelques paroles amères :

– Merci à tous de célébrer ma victoire avec autant de joie!

Ève se lève pour le suivre, jetant un œil à Diane qui lui fait un signe d'approbation de la tête.

– Adam?

Son amoureux, homme plein de contrastes, ne bouge pas. Il s'est immobilisé, les deux poings appuyés contre la table. Il ne lui offre que son dos.

Comme il ne répond pas, elle s'approche lentement de lui, le prend par la taille et appuie son visage contre ce dos si puissant, mais si fragile en même temps. Contre cette armure si résistante qui protège un être si fragile. Elle lui parle doucement, un murmure à peine audible.

– Ça va?

Adam conserve son mutisme.

— Je suis désolée. Tu as raison, le moment était mal choisi.

Dès qu'Adam est de retour au salon, Diane se lève et l'embrasse en le prenant dans ses bras.

— Pardonne-moi, Adam. Je ne voulais pas m'emporter. Mais, ça remue tellement de choses quand j'en parle.

— Je sais. C'est pourquoi je ne voulais pas en parler ce soir.

— Ève devait savoir.

— Elle aurait pu l'apprendre une autre fois.

La soirée s'étire encore un moment, dans une ambiance plus légère, avant que Diane et Charles montent se coucher dans la chambre d'invités. La chambre dans laquelle Diane a dormi si souvent après le décès de Valérie, pour aider son frère à remettre un semblant d'ordre dans sa vie.

Ève se préparant à faire de même, Adam demeure encore un moment sur le divan. Elle se penche vers lui pour lui demander s'il vient dormir. Mais, secoué, Adam n'est pas encore prêt à s'abandonner aux bras de Morphée. Et d'Ève.

— Encore un moment. J'ai besoin de me calmer.

— Tu repenses encore à ton histoire ?

Il hoche la tête, affirmatif. Elle enchaîne :

— Alors, c'est vrai ? C'est pour cette raison que tu as quitté le hockey junior ?

— Plus ou moins. J'aime jouer au hockey, patiner, transporter la rondelle, improviser les jeux. Un peu comme Bobby Orr, c'est vrai. Dans le junior, ce n'est plus vraiment possible.

Ève s'assoit près de lui avec la certitude qu'il ne lui a pas tout révélé.

— Il s'est sûrement passé quelque chose, non?

Adam réfléchit un instant. Tant qu'à avoir commencé à révéler l'histoire, aussi bien la terminer.

— En raison de mes performances, tout indiquait que je serais sélectionné parmi les premiers lors du repêchage de la Ligue junior du Québec, la LHJMQ. L'histoire n'est jamais sortie publiquement, mais des rumeurs circulaient. Il y avait quand même eu plusieurs témoins. Alors, pour ce qui est du secret… Une à une, les équipes annonçaient leur choix et jamais mon nom n'était prononcé. Chaque fois, mon ego en prenait un coup. Chaque fois, mes espoirs s'amenuisaient. Déjà que j'avais été refusé par les universités américaines, la LHJMQ était mon dernier espoir. J'ai finalement été sélectionné en troisième ronde. Le trente-cinquième choix. J'aurais dû être choisi dans les trois premiers.

— L'important, c'était d'être choisi, non?

Il hausse les épaules. Dans une carrière, surtout au début, les perceptions sont importantes. N'empêche, dès l'automne suivant, à seize ans, il faisait l'équipe.

Adam n'a pas à se concentrer longtemps, pour que tous ses souvenirs lui reviennent. Des souvenirs qu'il confie à Ève, toute attentive, qui ferme une main sur la sienne.

La décision de le garder avec l'équipe avait été une erreur. Si son talent était indéniable, sa maturité physique n'était pas adéquate. Il n'était pas assez fort pour affronter les gars plus vieux que lui, des durs qui ne se gênaient pas pour le bousculer rondement. Quand les joueurs avaient réalisé qu'il n'aimait pas se faire frapper et qu'il ne répliquait pas aux coups, il était devenu la cible de tous.

Cédant à la pression de son entraîneur, il s'était battu à quelques reprises, sans jamais gagner un combat. Il avait été blessé deux fois. Au retour de sa dernière blessure, l'entraîneur ne cessait de le harceler pour son jeu *trop mou*, selon lui.

Un soir, après une cinglante défaite, l'entraîneur était entré dans le vestiaire en criant et en invectivant tout le monde. Puis il s'était avancé vers Adam pour se mettre à lui hurler à quelques centimètres du visage, ses postillons arrosant copieusement la jeune recrue.

Ève l'interrompt, curieuse et triste à la fois :

– Tu te rappelles ce qu'il t'a dit à ce moment-là ?

– Comme si c'était hier : « Moi, j'ai repêché un gars de talent, mais aussi un gars qui a la réputation d'être *tough*. Ce n'est pas ce que je vois. Il est passé où, le gars surnommé *Crazy Crowbar* ? Hein ? »

– *Crazy Crowbar ?*

– C'est le surnom que certains, au village, m'avaient donné. Tous les membres de l'équipe ont ri dans la chambre, sans connaître le fond de l'histoire.

Adam prend une pause, respirant à fond, puis continue, visiblement ému :

– Je ne sais pas comment il avait appris l'histoire. Mais il savait. Et il venait de s'en servir pour me *planter* devant tout le monde.

En arrivant à la pension ce soir-là, furieux, il avait appelé à la maison et avait dit à sa mère qu'il serait dans le prochain autobus. Puis il avait appelé le capitaine pour l'informer qu'il serait absent de l'entraînement le lendemain et de dire à l'entraîneur de manger « un ostie de char de marde ».

– Adam ! T'as pas dit ça ?

— Oh oui ! J'étais furieux. Assis dans l'autobus, ce soir-là, je savais que je disais au revoir à mes chances de devenir professionnel. Je n'étais pas déçu. Pas pour moi. J'étais déçu pour mon père. Je venais d'anéantir son rêve. Il ne m'en a jamais parlé, mais je n'avais qu'à le regarder pour le savoir. Il était convaincu que je deviendrais une étoile de la LNH.

— Donc, Diane a raison, l'événement a ruiné ta carrière.

— Je ne crois pas. Tôt ou tard, j'aurais compris que j'étais pas fait pour ça.

— T'en reparleras au recruteur.

— Quel recruteur ?

— Celui du stationnement. T'as déjà oublié ça ? Même à ton âge, il veut te repêcher.

— Bah, sa balloune va dessouffler avant longtemps. J'ai passé l'âge de jouer pro.

Ça sonne faux, il le sait. En son for intérieur, il aurait tant aimé prouver tout son talent au monde entier. Mais... il avait tout fait rater. Et ce recruteur, Marrier, pourquoi venait-il nourrir de vains espoirs ? Simplement pour réveiller de vieilles blessures ?

Ève n'est pas dupe, elle non plus. Elle voit bien l'éclat qui lui illumine les yeux derrière le regard triste avec lequel il contemple son propre passé, ses propres échecs. Mais elle ne réplique pas, lui caresse la joue un instant avant de poser ses lèvres contre les siennes.

— Bobby Orr ? Vraiment ?

— J'étais très bon. Vraiment très bon.

— Je suis désolée, mon chéri.

43

Nerveuse depuis des jours à l'idée de vivre son baptême de l'air, Ève s'est finalement endormie, sa tête reposant sur l'épaule d'Adam.

Diane les a déposés tôt à l'aéroport. Une longue attente a suivi le toujours désagréable passage aux douanes. Puis tout le monde s'est incompréhensiblement bousculé lors de l'embarquement, comme si l'avion pouvait partir sans eux.

Enfin assis, ils ont attendu le décollage avant de choisir un film sur le petit écran encastré devant leurs sièges. Ève s'est endormie peu après le générique d'ouverture.

Adam l'observe avec tendresse et avidité. La courte jupe qu'elle porte révèle des cuisses si tentantes. Il a, de plus, une vue en plongée sur son décolleté. Il sent le désir monter en lui. Ce qu'il peut être impatient de parvenir à l'hôtel !

Les dernières semaines ont été rudes et émotives. Diane a incité son frère à prendre un moment avec Ève pour qu'ils se retrouvent, se découvrent, fassent le point sur leur relation. Adam se rappelle encore leur discussion, surtout la manière dont Diane l'a lancée.

— Je l'aime. Elle est adorable. J'adore l'éclat dans tes yeux quand tu la regardes. Je suis contente pour toi. Mais…

— Mais ?

— Elle est amoureuse, c'est évident. Hélas oui, il y a un « mais » : elle est terrifiée, la pauvre fille. Lui as-tu dit que tu l'aimes ?

— Oui, évidemment.

— Lui as-tu fait comprendre ?

— Comment veux-tu que je fasse ça ?

— À toi de le trouver.

Adam a haussé les épaules en signe de désespoir. La grande sœur a poursuivi, afin d'être certaine que son frère, qu'elle ne trouve pas très doué avec les femmes, comprenne bien le sens de ses paroles :

— Le spectre de Valérie lui fait encore peur. Terriblement peur.

— Pourtant, à la fin du match, hier soir, je lui ai fait mes adieux, à Valérie.

— Je sais. Tu m'as fait pleurer, mon p'tit maudit.

Elle a accompagné ses paroles d'un coup de poing sur l'épaule, la fameuse « bine » qu'ils se donnaient fréquemment dans leur enfance.

— Mais Ève, elle, elle ne le sait pas.

C'est ainsi qu'ils se sont retrouvés dans l'avion, en direction du Mexique. Certes, Ève a commencé par protester contre les frais du voyage, mais il lui a fait comprendre qu'il était temps qu'elle lui fasse confiance.

La course effrénée reprend dès l'atterrissage de l'avion. Une fois Ève éveillée, ils s'élancent tous deux pour récupérer les bagages et trouver le transport les menant à l'hôtel.

Deux gigantesques statues de dieux mayas les accueillent à l'entrée de l'hôtel. Dans la file qui s'étire devant la réception, ils s'émerveillent devant la beauté du hall et l'entrée d'un des restaurants de l'hôtel. Leur tour enfin venu, la réceptionniste procède à leur inscription et leur explique les consignes nécessaires à rendre leur séjour agréable. Puis, la suite n'étant pas encore prête, elle les invite à patienter au bar.

Un verre à la main, les yeux pétillants, Ève interroge Adam :

— Une suite ?

— Euh… ce devait être une surprise…

— Cachottier !

Elle l'embrasse, déjà charmée par l'ambiance à la fois festive et romantique des lieux. L'hôtel surpasse ses attentes, certes. Mais elle, tout ce qu'elle désire vraiment, c'est avoir Adam juste à elle, tout à elle, pour la semaine.

— Ce n'était pas nécessaire. Juste un lit propre avec une salle de bain décente et un peu d'intimité auraient été suffisants.

Elle observe les lieux et ajoute, d'une voix rêveuse :

— C'est tellement beau. On dirait un conte de fées.

— C'est un conte de fées. C'est notre conte de fées. Tu es ma princesse, je suis ton prince, et ceci est notre château pour la semaine.

Elle le regarde, amusée et amoureuse, avant d'acquiescer.

— Oui, ça me convient.

Enfin leur chambre se libère. Un court trajet les y mène. Une fois entré, Adam découvre qu'elle est plus spacieuse qu'il ne l'espérait. Ève déambule dans la pièce les mains sur ses joues, les yeux grands ouverts, en s'exclamant :

— C'est pour nous ? Mais, Adam, ça doit te coûter une fortune !

– Ne t'inquiète pas pour ça. Je veux te choyer. Laisse-moi faire.

La suite contient un lit qui promet beaucoup de confort, un ameublement élégant, une décoration ravissante et une salle de bain munie d'une grande douche. La terrasse attenante à la chambre, offrant sur une vue à couper le souffle sur le lagon devant l'hôtel, est pourvue d'un spa qui semble superflu dans un pareil endroit.

Après avoir exploré la chambre de fond en comble et embrassé Adam, Ève fourrage dans ses valises et en extrait son maillot de bain. Excité, elle demande :

– On va à la plage ?

Adam s'approche et la prend par la taille, la forçant à venir se réfugier dans ses bras.

– J'ai autre chose à te proposer avant. J'ai reluqué tes cuisses durant tout le vol…

Il l'embrasse et la bascule lentement sur le lit. Un sourire coquin aux lèvres, elle ne peut se retenir de narguer son chevalier servant :

– Il est temps de payer mon voyage ?

La remarque a fait l'effet d'une gifle. Adam relève la tête et fixe son regard dans le sien avec irritation.

– Ne dis jamais ça !

– Je blaguais, mon chéri, je blaguais. Calme-toi. J'en ai autant envie que toi. Allez, viens.

Elle attire sa bouche vers la sienne pour cueillir un premier baiser.

– J'espérais bien que tu les reluques, mes cuisses. Et le reste.

À la suggestion du concierge de l'hôtel, Ève et Adam se rendent à un petit restaurant de fruits de mer près du port, à quelques minutes de marche de l'hôtel.

Après s'être régalés, ils font une longue promenade les menant vers le port puis reviennent par la plage.

Négligeant le spectacle de fin de soirée, dans l'enceinte de l'hôtel, ils s'empressent de monter à leur chambre pour reprendre les activités de l'après-midi.

44

Assis dans le sable, Adam laisse les vagues lui caresser les pieds. Sa compagne s'est placée entre ses jambes, le dos pressé contre lui.

Ils observent l'immensité de la mer qui s'étale devant eux. Cette mer qui les a bercés par l'ondulation de ses flots et qui a assaisonné leur peau d'un goût exquis de sel.

Se reposer, quand a-t-il fait ça pour la dernière fois ?

Il se remémore la discussion qu'il a eue avec sa bien-aimée lorsqu'il lui a demandé de l'accompagner. Après l'interminable négociation sur la répartition des frais du voyage, lui voulant offrir le voyage à sa compagne, elle voulant payer sa part, Ève s'était enfin laissée convaincre. Elle lui avait ensuite fait une promesse :

— Nous pourrons nous reposer et enfin passer du temps ensemble.

— Me reposer ? Ce ne sera pas facile.

— Que veux-tu dire ?

Il avait souri, un peu honteux :

— Une semaine sur la plage avec toi, en maillot à côté de moi ! Comment veux-tu que je me repose ?

Avec un sourire coquin, elle s'était blottie contre lui, assez proche pour lui murmurer :

— Je t'assure que tu vas te reposer. En fait, tout ce que tu auras le droit de faire, en dehors de te reposer, c'est de t'occuper de mon petit corps ! Et ça, ce sera très reposant, tu verras.

Elle avait vu juste. Leur séjour est une succession de siestes, de longues promenades sur la plage et de moments de tendresse entrecoupés de moments plus sulfureux.

Lui aussi, il avait vu juste.

Ils n'ont pas eu souvent l'occasion de faire l'amour avant le voyage et si Ève se donnait avec passion, Adam y allait toujours avec beaucoup de retenue. Mais ces derniers jours… il s'y livre avec une fougue qu'Ève ne lui connaissait pas et dont elle se réjouit !

Adam ne sait pas si c'est le soleil, l'odeur de la mer, son bikini, le goût salé de sa peau ou la lotion qui lui embaume le corps et les cheveux d'une odeur de noix de coco, mais elle le rend complètement dingue. Et il répond avec furie à la passion dévorante et incandescente de sa compagne.

Cependant, ce soir, c'est elle qui met un frein à ses avances en fin de soirée, fermement et à contrecœur. Repue ou fatiguée, elle le repousse avant d'appuyer la tête sur la poitrine de son amant.

— Nous devrons y aller doucement ce soir, mon chéri. Je crois que mon corps a besoin d'un petit repos.

Surpris, Adam sent naître en lui un sentiment de culpabilité.

— Tu es souffrante ou j'ai été maladroit ?

Elle sourit en lui caressant la joue.

— Tu as été très bien. Nous avons peut-être un peu abusé. C'est un peu gênant de dire ça : tu m'as épuisée. Mon petit corps n'est pas entraîné pour… euh… disons, une utilisation aussi intensive…

Adam l'enveloppe de ses bras.

— Je suis désolé, je me suis peut-être laissé emporter. J'aurais dû être plus raisonnable.

— Me suis-je plainte? Je n'avais pas envie que tu sois raisonnable!

Il la garde un long moment contre lui. Puis il lui propose d'inaugurer le spa, proposition qu'elle accepte aussitôt.

— Je fais monter du champagne?

— Ce serait de la folie!

— Ça fait des années que je n'ai pas fait de folie. Et dans deux jours, je retrouverai ma vie ordinaire et quasi monastique. Alors…

— Comme tu veux. Mais j'espère qu'au retour, ta vie ne sera pas trop monastique, comme tu dis.

— Je pense que je vais avoir de la difficulté à respecter mon vœu de chasteté!

Rêveuse, Ève est allongée sur le dos, contre Adam, l'eau la recouvrant jusqu'au menton. Parfois, les remous lui envoient des goulettes d'eau dans le visage. Son amoureux lui caresse doucement le ventre. Elle lui soupire :

— Si c'est à ça que ressemble le paradis, je n'ai pas peur de mourir.

Adam ne répond pas. Elle réalise sa maladresse.

— Excuse-moi, mon chéri. Ce n'est pas ce que je voulais dire.

Adam garde encore le silence quelques instants.

— Non, tu as raison. J'aime croire qu'il y a une vie après la mort, et que cette vie est paradisiaque. J'aime à croire que Valérie y est heureuse.

Il la serre plus fort contre lui. La gorge nouée, la voix rauque, tremblante, il reprend la parole :

— Il y a quelque chose que je dois te dire.

— Concernant Valérie ?

— Oui. Le but de venir ici est de se retrouver ensemble, de prendre du temps pour nous, de profiter de nous. D'avoir plus d'intimité.

— De faire l'amour ?

Elle a pris sa toute petite voix. Adam sourit.

— Oui, et faire l'amour.

Il la caresse un moment, l'esprit occupé par la discussion avec sa sœur au sujet d'Ève et de lui, au lendemain de la conquête du championnat.

— Mais, selon ma sœur, ce n'est pas suffisant.

— Où veux-tu en venir ?

— Tu sais que j'ai aimé Valérie de tout mon cœur. Et que je l'aimerai toujours.

— Oui, je sais.

— Ce que je veux te dire… ce que Diane… ce que je dois te dire…

— Chéri ? Tu commences à m'inquiéter.

— J'aimerai toujours Valérie, mais… je l'ai laissée partir…

— Que veux-tu dire ?

— Je lui ai fait mes adieux. Le soir du championnat, lors du baiser, à la fin de la partie, je lui ai dit adieu. Je l'ai laissée partir. Elle est partie, elle est ailleurs, je suis ici, tu es ici. Je veux me consacrer à toi désormais. Je veux être totalement libre pour tenter de bâtir ma relation avec toi. Nous donner le plus de chance possible pour que ça fonctionne.

Ève se tourne vers lui, remuant encore plus l'eau autour d'eux.

— Tu es sérieux ?

Il la regarde intensément.

— Ève, je t'aime sincèrement. Profondément.

— Moi aussi, Adam chéri, je t'aime profondément.

Elle essuie une larme.

— Et dire que c'est ce soir que mon corps me trahit. J'ai tellement envie de faire l'amour avec toi.

Elle appuie sa tête contre la poitrine de son prince charmant, celui qui est venu la sauver d'une vie sans espoir d'amour. Il la serre très fort contre lui. Presque triste, elle ajoute enfin :

— J'aimerais tellement que cette semaine ne finisse jamais.

Lui non plus ne voudrait pas que cette semaine se termine. La seule pensée du retour à la maison, dans la vie réelle, privée d'Ève, emplit son cœur d'amertume.

Ce n'est pas le sexe, abondant et exquis, qui lui manquera, mais surtout sa présence en continu à ses côtés. Dormir avec Ève blottie contre lui, s'éveiller auprès d'elle, prendre son café en sa compagnie, partager chaque moment de sa journée avec elle.

Ils n'ont encore jamais vécu ça, se voyant toujours à la course entre deux activités, passant une soirée tranquille une fois de temps en temps, dormant ensemble à l'occasion. Difficile de retourner à cet état de choses, après cette magnifique semaine passée ensemble.

Il dort bien avec elle. Il se plaît à la sentir contre lui et, lorsqu'il se réveille la nuit, il aime lui mettre la main sur le ventre pour sentir le rythme de la respiration et pouvoir y calquer la sienne. Sa présence le calme et l'aide à se rendormir plutôt que de se retourner dans son lit durant des heures, comme il lui arrivait souvent.

Ces quelques jours de vacances lui ont enfin fait réaliser la profondeur de ses sentiments. Elle le complète. Avec elle, il est enfin entier.

Ève, qu'il croyait endormie à cause de sa respiration lente, profonde et régulière, le tire de sa rêverie.

— Pour finir le voyage, que pourrait-on faire de spécial?

— Si nous retournions au petit restaurant de fruits de mer où nous sommes allés le premier soir, celui près du port?

— Oh oui! Ce serait formidable.

— Alors, allons-y pour le formidable.

45

Adam sort de la douche, sa serviette autour de la taille, et découvre une Ève tout en beauté.

Magnifique toute la semaine dans ses petites robes, elle a trouvé le moyen d'être encore plus belle. Elle porte une robe couleur émeraude s'agençant parfaitement avec la couleur de sa peau et de ses yeux. De petits coquillages, achetés dans un étal au marché public près du port, égaient sa chevelure abondante. Elle lui rappelle une sirène tirée d'un conte de fées.

Il s'approche doucement pour ne pas la faire sursauter, puis il lui embrasse la nuque avant de lui murmurer à l'oreille :

– Tu es la plus jolie femme à avoir foulé le sol du Mexique.

Au restaurant, la nervosité d'Adam est palpable. Ève le remarque rapidement et le questionne :

– Voyons, tu es bien agité, qu'est-ce qui se passe ?

– Rien. C'est juste que… je ne peux m'empêcher de penser que c'est notre dernière soirée.

— Et si on oubliait demain pour se concentrer sur ce soir ?

Avec effort, Adam tente de porter son attention sur les excellents fruits de mer servis par l'établissement.

Le repas terminé, après avoir étiré longuement leurs digestifs, Adam propose à sa compagne une dernière promenade. Ils marchent sans se presser sur l'allée jouxtant les flots jusqu'au petit port. De là, ils admirent le paysage. Les bateaux de pêche et les bateaux de touristes sont amarrés. La seule activité provient des autres flâneurs qui, comme eux, marchent d'un pas traînant pour admirer le coucher de soleil qui embrase la mer et fait rougeoyer les bateaux. Ils s'arrêtent au bout de la jetée et se laissent envoûter par la mer. Ève se réfugie contre Adam, qui resserre son étreinte.

Adam demande à des touristes de les prendre en photo avec la mer et le coucher de soleil derrière eux.

Malgré la beauté du paysage, c'est au tour d'Ève de ressentir de la tristesse, de la nostalgie.

— C'est tellement beau. Tellement romantique. J'aimerais pouvoir graver ce moment dans ma tête. J'ai tellement peur de l'oublier. La photo ne suffira pas.

— Tu ne l'oublieras jamais.

— Tu crois ?

— Oui, je le crois.

Stupéfaite, elle voit Adam s'agenouiller devant elle. Dans un geste très solennel, il lui tend une magnifique bague, ému.

— Ève Bélanger, veux-tu m'épouser ?

— Quoi ?

— Ève, belle Ève, veux-tu devenir ma femme ?

— Tu es sérieux ? Vraiment sérieux ?

— Le plus sérieux des hommes !

Les yeux pleins d'eau, la voix chevrotante, c'est un Adam presque implorant qui poursuit :

— Ne m'oblige pas à le répéter une troisième fois, s'il te plaît.

Les larmes coulent sur les joues d'Ève.

— Oui, mon chéri. Oh ! oui, je le veux !

Sous le tonnerre d'applaudissements des touristes s'étant rassemblés, elle se jette dans ses bras et l'embrasse passionnément.

Épuisée après une dernière séance d'amour en terre mexicaine, empreinte d'une nouvelle tendresse et motivée par une promesse d'un avenir fécond, Ève pose la tête sur la poitrine d'Adam, à qui elle clame tout son amour en quelques simples mots :

— Je vais me marier !

— Avec moi ! Contente ?

— Heureuse. Comblée. Je ne m'y attendais plus. Et tu as bien caché ton jeu, je ne me doutais de rien.

— Pourtant…

— Nous habiterons où ? Chez toi et chez moi ?

Adam reste bouche bée. Il n'a jamais réfléchi à la question. Il lui semblait évident qu'ils habiteraient chez lui. Mais il n'avait pas de plan B. Il n'a jamais imaginé qu'Ève pourrait s'opposer à son offre.

— Honnêtement, je croyais que tu accepterais de venir vivre chez moi. Il ne serait pas évident d'héberger toute la tribu chez toi. Mais je ne t'ai pas demandé ton avis. Qu'en penses-tu ?

— La logique te donne raison. Je ne sais pas. Audrey partie… Je ne crois pas que j'aurai de problème à aller vivre chez toi.

– Pour Audrey, je lui ferai son propre petit coin à la maison. Elle viendra tant qu'elle le voudra. Elle aura sa chambre et une salle de bain privée.

– C'est gentil. Et tes enfants, que vont-ils penser de tout ça ?

– Euh… je ne saurais te dire…

– Et la maison, que vais-je en faire ?

– Tu en as, des questions…

– Disons que je ne l'ai pas vu venir. Ça implique quand même beaucoup de choses.

– Tout ce que je veux, c'est de vivre avec toi. Le reste, nous ferons avec. D'accord ?

46

Diane attend le retour d'Adam et Ève à l'aéroport depuis une heure au moins, quand elle les aperçoit enfin. Son frère et son amie remontent le couloir avec leurs bagages. Ils sont souriants, radieux. Adam s'élance vers elle et la prend dans ses bras.

— Salut, grande sœur.

— Tu devrais prendre des vacances plus souvent, il y a longtemps que je ne t'ai pas vu aussi heureux.

— Et pour cause !

Il prend Ève par la taille alors que celle-ci, avec un large sourire, montre sa main gauche à Diane. Puis il s'écrie, tout sourire :

— Ma blonde a dit oui !

Diane ne l'a pas vu venir. Elle ne peut réprimer un petit cri de surprise.

— Quoi ?

— J'ai demandé ma blonde en mariage. Et elle a dit oui... nous allons nous marier !

— Wow ! Vous ne perdez pas de temps.

— C'est tout ce que tu trouves à dire ?

— Non, évidemment. Toutes mes félicitations !

Elle les embrasse, émue.

– C'est juste que je ne m'attendais pas à ça, s'excuse Diane. Vous aviez tout prévu ?

C'est Ève qui lui répond :

– Adam avait tout prévu. Moi, j'ai été encore plus surprise que toi.

Le futur marié intervient :

– Tellement surprise, en fait, qu'elle a failli oublier de répondre. Ça devenait gênant.

Ève rit, la main sur la bouche, ce qui déforme sa voix lorsqu'elle ajoute :

– Je suis tellement heureuse.

Diane secoue la tête.

– Wow ! Je ne reviens pas encore… Je suis tellement contente pour vous !

La grande sœur encore ébranlée par la nouvelle, ils se dirigent vers le stationnement pour prendre la voiture. En route, préoccupée, Diane demande :

– Et les enfants, comment crois-tu qu'ils réagiront ?

– Je ne sais pas, je ne sais réellement pas.

– Veux-tu que je sois présente quand tu vas leur annoncer ?

Adam regarde Ève, qui consent d'un signe de tête, avant de répondre :

– C'est une bonne idée.

À leur arrivée à la maison, les enfants se ruent sur leur père, à sa grande surprise, et le pressent de questions sur le voyage. Après les réponses, les salutations et les accolades, Adam les invite à s'asseoir. Diane se joint à eux également, comme convenu.

— Bon. J'ai une annonce à vous faire.

Nerveux, il prend la main d'Ève dans la sienne.

— Hier soir, j'ai demandé à Ève de m'épouser. Et elle a accepté.

Un long silence traduit la stupéfaction des enfants. Diane les observe un à un avec un sourire encourageant, alors qu'Ève, nerveuse, serre doucement la main d'Adam. Ce dernier en profite pour continuer :

— Je sais que c'est une grosse nouvelle. Une nouvelle inattendue, probablement. Je comprends votre surprise.

Cédric est le premier à retrouver l'usage de la parole :

— Si je comprends bien, vous allez vous marier. C'est ça ?

D'apparence anodine, la question du cadet des enfants alourdit sensiblement le climat. Adam confirme le raisonnement de son cadet :

— Effectivement, nous allons nous marier.

Roxanne choisit ce moment pour bondir sur ses pieds et fixer sa tante avec des yeux de feu.

— Je te l'avais dit, hein, que c'est ça qui finirait par arriver ! Tu le savais ?

Diane lui répond calmement, le regard soudé au sien :

— Non, Roxanne, je l'ai appris tout à l'heure. À l'aéroport.

L'adolescente regarde vivement son père, puis elle jette un regard dédaigneux vers Ève, dont le malaise grandit.

— Puis maman, elle ?

Elle étire le *L* un peu trop longtemps au goût de son père. Le ton, l'attitude, la façon dont elle a regardé Ève, tout chez elle n'est qu'insolence. Une insolence qu'Adam ne peut tolérer.

Pourtant, il choisit la patience et l'indulgence pour calmer le jeu.

– Roxanne, ta mère n'est plus là depuis longtemps. C'est malheureux, mais c'est la réalité.

– Elle, elle ne se serait jamais remariée.

Le père s'interroge. Comment répondre à ça ? Il se lève et fait quelques pas avant de s'approcher de sa fille.

– C'est possible, Roxanne, c'est possible. Mais moi, je vais me remarier.

Cédric intervient :

– Et nous, nous allons habiter où ?

– Ici. Rien ne change pour vous. Ève emménagera bientôt avec nous.

Les enfants replongent dans le mutisme. Adam regarde Ève, puis Diane. La tension est lourde. Nathan se lève à son tour et se dirige vers son père. En voyant son fils venir à lui, Adam croit que son aîné vient le féliciter et montrer la voie à ses cadets. Il ne se prépare donc pas à l'attaque de son fils.

Nathan s'arrête près de lui pour le fixer dans les yeux et lui parle d'une voix calme et lente, afin que son père comprenne bien ce qu'il a à lui dire :

– Tu nous as ignorés toutes ces années. Et maintenant que tu commences à t'intéresser à nous, tu décides de te marier. Et là, je suppose que tu vas recommencer à te *crisser* de nous autres !

Diane intervient aussitôt :

– Nathan, voyons !

Adam accuse le coup. Il reste planté debout au milieu de la pièce. La sévérité du jugement le blesse profondément. Une douleur sourde lui compresse la poitrine.

Certes, les plus jeunes lui ont déjà dit à quelques reprises qu'ils auraient préféré que ce soit lui qui soit mort plutôt que leur mère. Bien que blessantes, ces paroles venaient d'adolescents en colère qui ne réalisaient pas réellement ce qu'ils disaient.

Mais les propos de Nathan, plus vieux, plus réfléchi, frappent durement Adam. Il comprend que son fils, en apparence serein, a lui aussi enfoui sa tristesse profondément en lui.

Ébranlé, étranglé par l'émotion et la douleur, Adam soutient le regard de son fils et réussit à reprendre la parole :

— Écoutez, je comprends que vous soyez sous le choc, que vous ayez de la difficulté à accepter la nouvelle. Laissons-nous un peu de temps.

Comme Nathan continue de le fixer sans rien dire, et que personne d'autre ne semble vouloir briser le silence, Adam poursuit :

— Non, Nathan, je ne me recommencerai pas à me « crisser » de vous autres, comme tu dis. D'ailleurs, je ne me suis jamais, tu m'entends, jamais, « crissé » de vous autres. Je comprends ta douleur, Nathan. Je la ressens.

Nathan regarde Ève, puis fixe à nouveau son père et martèle chacun des mots :

— Elle ne sera jamais ma mère !

Sur ces paroles, il tourne les talons et marche jusqu'à l'extérieur en claquant la porte.

Alors que Roxanne se réfugie de nouveau dans le mutisme et qu'Ève lance un regard désespéré à Diane, qui lui sourit, Cédric se lève à son tour et s'approche de son père, toujours debout.

— Maman, tu vas l'oublier ?

Adam lui met la main sur l'épaule. Il réalise à ce moment que son cadet a profité de l'hiver pour devenir plus grand que lui.

— Jamais je n'oublierais ta mère, Cédric. Jamais!

— Moi, j'ai peur de l'oublier. Des fois, j'ai de la difficulté à me rappeler son visage.

— Tu ne l'oublieras jamais, je te le promets.

Son cadet le regarde avec l'intensité de quelqu'un qui veut croire de telles paroles, mais les yeux dégagent surtout le doute. Doute que le père aimerait apaiser.

— Cédric, si tu savais comment je voudrais que ta mère soit encore avec nous! Mais elle n'est plus là. Il faut que nous continuions à vivre. Sans elle. C'est triste, mais c'est la réalité. Il m'a fallu longtemps pour le comprendre. Cela dit, je te jure que jamais je ne l'oublierai, ta mère. Et toi non plus, crois-moi.

Le chef de famille comprend que les félicitations d'usage ne seront pas pour aujourd'hui. Il doit reconduire Ève, mais il ne sait plus s'il doit rester avec les enfants ou les quitter pour les laisser digérer la nouvelle. C'est Diane qui lui suggère d'aller reconduire sa future épouse pendant qu'elle tenterait de jouer la médiatrice avec eux.

Adam ne sait qu'en penser. Après réflexion, il ajoute :

— Diane, ne te sens pas obligée de réparer les pots cassés. Je vais m'en occuper à mon retour.

Sortir de la maison fait du bien à Adam. Conduire son véhicule l'apaise davantage encore. Au moins, il peut se concentrer sur autre chose.

Son attention se reporte bientôt sur Ève, assise à ses côtés. Elle a dû souffrir également du climat familial. Cette dernière le rassure aussitôt :

— Ça va. Nous savions tous les deux que ce serait difficile. Mais, je l'avoue, ce n'est pas facile. Et toi ?

— Nathan m'a complètement démoli.

— Il était en colère.

— Pas juste en colère. Ses reproches me semblaient très sincères.

— Ça va s'arranger.

— Je vais lui parler avant qu'il ne retourne à Sherbrooke. Il aura peut-être eu le temps de réfléchir à tout ça.

— Il faut maintenant l'annoncer à Audrey.

— Oui, j'espère qu'elle le prendra mieux que mes enfants.

— Ça devrait. Espérons-le. Est-ce que tu regrettes ?

— Moi, je veux vivre avec toi. Mariage ou pas. Mais tant qu'à aller vivre ensemble, aussi bien se marier.

— Mais, les enfants, Nathan, Roxanne…

— Nathan n'est pas contre le mariage, il est contre le fait que je vive avec toi. Le mariage ne changera rien à l'histoire. Tu sais, ce n'est pas contre toi. Il aurait eu la même réaction, peu importe la femme que j'aurais fréquentée. Roxanne, elle… elle en veut juste au monde entier… à moi, en particulier… Ça va passer, comme le reste.

Il conduit en silence un moment. Il poursuit enfin :

— Moi, je ne veux plus me passer de toi. Je veux être avec toi tout le temps. Je veux pouvoir te prendre dans mes bras, t'embrasser chaque fois que j'en ai envie. Dormir avec toi toutes les nuits.

— Ce n'est pas moi qui vais te contredire.

À leur arrivée, Audrey s'approche de sa mère pour lui donner une longue accolade.

— Allo, les vacanciers ! Vous êtes-vous bien reposés, bande de chanceux ?

— Oui, c'était fantastique. Adam m'a beaucoup gâtée.

— Allez, raconte !

Elle regarde sa mère avec un sourire narquois, puis ajoute :

— Je n'ai pas besoin de tout savoir, tu sais.

Ils lui rendent son sourire tandis qu'elle continue :

— Avez-vous fait des activités spéciales ? Ou êtes-vous restés allongés sur la plage toute la semaine ?

— Nous avons fait plein de choses, mais oui, à la fin du voyage, nous avons fait une activité très spéciale. En fait, Adam a fait une activité très spéciale.

La jeune femme le regarde, intéressée.

— Qu'est-ce que tu as fait ?

C'est Ève qui répond à sa fille :

— Il m'a demandée en mariage.

La surprise fige le visage de la jeune femme. Ève répète :

— Il m'a demandée en mariage.

— Sérieux ?

— Sérieux !

La fille prend la mère dans ses bras.

— Je t'aime, maman. Je suis tellement contente pour toi !

— Merci, ma chérie. Je suis tellement heureuse !

Puis Audrey embrasse Adam.

— Félicitations, Adam. Mais, avant de t'accorder la main de ma mère, je veux que tu me promettes de toujours prendre soin d'elle.

Charmé, Adam se contente pour toute réponse de sourire aux propos d'Audrey, qui ne semble pas apprécier.

— Je suis sérieuse !

Toujours souriant, Adam lui met les deux mains sur les épaules et la regarde droit dans les yeux :

— Audrey, je t'en fais le serment.

L'heure avance et Adam doit partir. Bien qu'il appréhende le moment, il doit retourner auprès de ses enfants et se réconcilier avec eux. Ève se réfugie dans ses bras. Le visage contre la poitrine d'Adam, elle anticipe leur séparation.

— Je m'ennuie déjà, se plaint-elle. Après la semaine que l'on vient de passer, je ne peux croire que nous devons nous séparer.

— Je suis d'accord, c'est difficile. J'aimerais rester, mais tu as beaucoup de choses à discuter avec Audrey.

— Et toi aussi, avec tes enfants. Je sais. Qui va me réchauffer cette nuit, dans mon lit ?

— J'aimerais que ce soit moi. Audrey peut-être ? Il ne vous reste plus beaucoup de temps. Car bientôt, j'exigerai l'exclusivité !

À son retour chez lui, Adam trouve Diane seule au salon.

Elle lui résume en quelques mots ce qui s'est passé durant son absence.

– Les enfants sont dans leurs chambres.

– Comment ça s'est passé durant mon absence ?

– Cédric et Roxanne, ça ira. Laisse-leur le temps.

– Nathan ?

– Il n'a pas voulu me parler. Il est parti pour Sherbrooke.

– Déjà ! J'ai remarqué que son auto n'était plus dans l'entrée. Je croyais qu'il était juste parti prendre l'air.

– Non, malheureusement.

Adam s'assoit près de sa sœur. Les yeux dans le vague, il ajoute :

– Je réalise aujourd'hui à quel point j'ai échoué dans mon rôle de père.

– Ne sois pas aussi dur avec toi. Ce n'est pas facile, ce que vous avez vécu. As-tu été parfait ? Non, probablement pas. Mais tu as fait de ton mieux. Les enfants aussi, ils ont fait de leur mieux.

– Nathan était plus vieux. Il a réalisé plus de choses que les plus jeunes. Et il a toujours tout gardé pour lui.

– Oui, pour ça, il me rappelle quelqu'un.

Adam baisse les yeux. Sa sœur a raison. Nathan est comme lui. C'est bien son fils. Dur et flegmatique en apparence, tendre et sensible à l'intérieur.

Après un court silence, Diane reprend :

– Laisse-lui un peu de temps. Laisse-leur à tous un peu de temps. Tu les aimes, ils t'aiment. Ève est super, ils vont l'aimer aussi.

Adam prend sa sœur dans ses bras et l'embrasse sur la joue.

– Merci. Merci pour tout, grande sœur.

— C'est un plaisir, petit frère. Je suis réellement heureuse pour toi.

— Un dernier point, Diane.

— Quoi ?

— Pour le mariage, accepterais-tu d'être ma *mère* ?

— Tu veux dire, pour te conduire à l'autel ?

— Oui.

Elle lui jette un regard sévère.

— Adam, c'est ma place ! Je ne la laisserai à personne !

47

Dès le lendemain matin, retour au boulot. À son réveil, Adam constate que sa promise lui a envoyé un message texte sur son cellulaire :

— M'ennuie. Nuit triste sans toi.

Adam sourit. Il a effectivement moins bien dormi sans Ève près de lui. Et il trouve difficile de s'éveiller seul, sans pouvoir l'admirer abandonnée au sommeil et l'embrasser dès les premières lueurs du jour. Ses pouces volent sur l'écran tactile.

— Idem.

Puis il se douche et avale rapidement son petit-déjeuner avant de se rendre au travail pour s'attaquer à sa semaine de travail. Il y a un coût à prendre congé une semaine.

La première activité à son agenda est la rencontre avec son associé. Avant d'entrer dans le vif du sujet, Adam lui annonce qu'il va se marier. Après les félicitations d'usage, il est sidéré par la déclaration la plus désarmante qu'il ait entendue concernant son mariage :

– *Good !* Maintenant, tu pourras aller en Ontario. Plus besoin de te soucier des enfants !

Adam lève les yeux vers le plafond. Bill ne changera jamais. Il lui rétorque :

— Minute, minute. Je me suis trouvé une épouse, pas une mère pour mes enfants. L'entente demeure la même. Je veux rester avec mes enfants… et avec ma femme. Compris ?!

Le visage de Bill s'assombrit.

— Écoute, Adam, il va falloir que l'on discute sérieusement. Nous avons encore perdu un client. Il faut élargir notre marché. Il faut baisser nos prix. Nous sommes trop chers. Sans parler de la compétition tellement féroce. On se prend même des attaques informatiques.

— Qu'importe ! Cette attaque a été sans conséquence. Et tu crois que nos compétiteurs n'en sont pas victimes, eux aussi ?

Bill élude la question d'un geste de la main, comme si la remarque de son associé était sans importance.

— Les gens ne sont pas conscients de la qualité que nous leur offrons, poursuit Adam. L'encadrement que nous leur fournissons.

— Les gens s'en sacrent, de ça. Ils ne veulent pas payer.

— Et ils se ramassent avec Amazon et tout ce genre d'entreprises qui offrent un service de merde.

— C'est ce qu'ils veulent.

— Alors, à quoi servons-nous ?

— Justement, il est peut-être temps de vendre.

— Je ne suis pas prêt pour ça.

— Tu devrais. J'ai un acheteur. Il est sérieux.

— Je te demande pardon ?

— Durant ton absence, j'ai eu des contacts avec des investisseurs qui seraient intéressés à acquérir l'entreprise. En totalité… ou en partie.

— En totalité ou en partie ? Ça sonne presque comme une menace.

— Si tu n'es pas prêt à ce que nous passions à la vitesse supérieure, je suis prêt à vendre mes parts. Ils n'attendent que ça. Tu m'as demandé de trouver une solution, voilà !

Frappé de plein fouet par la déclaration de son associé, Adam sent se lever une tempête d'émotions. Sa compagnie ? Vendre sa compagnie ? Ce n'est pas encore clair dans sa tête. Mais en attendant de prendre une décision, il tient à préciser un point à son associé :

— Légalement parlant, j'ai un droit de premier regard pour l'acquisition de tes parts.

— As-tu les moyens de les acheter ?

— Je les trouverai. S'il le faut.

Bill, visiblement sur les dents, contre-attaque :

— J'ai le même droit d'achat concernant tes parts. Es-tu prêt à me les vendre, tes parts ?

— Tu n'as pas plus les moyens que moi.

— Eux, oui. Ils sont prêts à acheter la compagnie et nous garder à leur emploi.

— Ça, je ne suis pas certain que ça m'intéresse. S'ils achètent, je sacrerai le camp.

Adam l'observe un moment sans savoir s'il a envie de continuer cette discussion stérile et, surtout, de se battre contre vents et marées pour maintenir à flot son entreprise. Il est las des conflits permanents avec son associé. Du travail qu'il doit effectuer semaine après semaine.

Tout ça pour un salaire qui n'est pas à la hauteur des sacrifices qu'il doit faire.

Son beau rêve d'une entreprise florissante semble s'éloigner de plus en plus. Le marché est difficile, chaque journée est combat contre l'adversité. Et voilà que même les pirates informatiques s'en mêlent, le forçant à redoubler d'efforts.

A-t-il encore envie de passer sa vie derrière un bureau ? D'être toujours seul, loin d'Ève, des enfants et du confort de la maison ? Le cœur plein de doute, il finit par ajouter :

– Laisse-moi penser à tout cela quelques jours.

– D'accord. Mais fais ça vite. Nous attendions ton retour pour conclure la transaction. Mes investisseurs souhaitent régler ça rapidement. Ou passer à autre chose.

Le reste de la semaine passe lentement, presque péniblement. Adam tente de laisser de côté les préoccupations de la compagnie pour se consacrer à ses enfants. Les relations avec les deux plus jeunes s'assainissent peu à peu, les enfants se font à l'idée qu'Ève sera de plus en plus présente dans leur vie. Cependant, Adam reste sans nouvelles de son aîné et il attend impatiemment son retour pour en discuter.

Le vendredi soir, dans l'attente de son fils pour le souper, il a la surprise de recevoir un texto de son aîné lui annonçant qu'il reste à Sherbrooke pour la fin de semaine.

Samedi matin, très tôt, le paternel prend la route de Sherbrooke accompagné d'Ève, qui a insisté pour l'accompagner. Arrivé dans la « Reine des Cantons-de-l'Est », il laisse sa compagne au petit café au coin de la rue, près de l'immeuble où habite Nathan.

Dans l'entrée de l'édifice, Adam texte son fils pour lui dire qu'il sera là dans quelques secondes. Nathan ne s'est pas encore remis de sa surprise lorsqu'il ouvre la porte.

– Qu'est-ce tu fais ici ?

– Je suis venu te parler, si t'es d'accord.

– Entre.

Nathan offre à boire à son père, qui décline. Il en profite pour s'excuser.

— Pour la semaine dernière, je suis désolé de ce que j'ai dit.

— Tu étais en colère, c'est correct.

— Je ne voulais pas t'insulter. Ève non plus. Mais... j'ai de la difficulté à pas t'en vouloir.

— Tu es mon fils. Je t'aime. Rien ne changera ça. Je ne peux pas — non, je reprends — je ne veux pas te forcer à être d'accord avec ma décision.

Le fils baisse la tête, découragé.

— Tout va changer. Encore !

— Rien ne changera, Nathan. Je vais me marier avec Ève et elle viendra vivre avec nous. Avec moi. Ce sera différent, bien sûr. Mais je suis toujours votre père. Elle ne sera pas votre mère. Mais nous formerons une famille, une nouvelle sorte de famille. Tu auras une autre sœur.

Nathan lève les yeux au plafond, puis il émet un rire en secouant la tête.

— J'espère qu'elle est plus facile à vivre que Roxanne !

Adam ne peut s'empêcher de sourire tandis qu'il lui répond :

— Je pense que oui. Elle est plus âgée aussi, ça aide.

Nathan sourit à son tour. Faiblement, mais il sourit.

— Tu sais, je n'ai rien contre Ève. Elle est gentille et a toujours été très correcte avec nous.

— Mais tu n'acceptes pas que j'aie une autre femme. Que j'aime une autre femme.

— Ouais, c'est pas mal ça !

Fatigué, épuisé par toutes les tensions et les émotions avec lesquelles il vit tous les jours depuis si longtemps, Adam s'assoit à la table de la cuisine. Le fils l'imite, s'asseyant lourdement, visiblement épuisé lui aussi.

Les épaules voûtées sous le poids de tout ce qu'il porte, le père commence avec douleur :

— Le départ de ta mère m'a détruit, Nathan.

— Comme nous tous.

— Je sais. Ève, c'est la pièce manquante pour compléter ma reconstruction.

— Et moi, qui va m'aider à me reconstruire ? Et Roxanne ? Et Cédric ? Qui ?

— Ça aurait dû être moi, Nathan. Moi. Mais, je l'ai pas fait.

Le père et le fils demeurent un moment silencieux, les coudes appuyés sur la table.

— Je ne peux changer le passé, Nathan. Avec Ève à mes côtés, je serai une meilleure personne. Je serai un meilleur père. Et cette fois, je serai plus présent. Je tenterai de vous aider à vous reconstruire, vous aussi.

Nathan soupire, désabusé.

— Ben oui…

— Je veux vivre avec Ève. J'ai besoin de vivre avec elle.

— Je le comprends. J'ai de la difficulté à l'accepter. C'est tout.

— Sois sans crainte, je n'oublierai jamais ta mère.

Après une hésitation, Adam poursuit :

— Je sais que je n'ai pas été un bon père depuis son décès.

Nathan le fixe, sans répondre.

— Votre mère aurait probablement été meilleure que moi pour s'occuper de vous. Mais, ça ne s'est pas passé comme ça.

— On ne le saura jamais, papa. Alors, pourquoi en parler ? On peut rien y faire.

— Tu as raison. C'est comme ça. Mais rassure-toi. J'ai besoin d'Ève, c'est vrai. J'ai aussi besoin de toi. Besoin de Roxanne. Besoin de Cédric.

Comme ni l'un ni l'autre ne semble vouloir en ajouter davantage, Adam se lève et ouvre les bras vers son fils qui se dresse debout à son tour.

— Allez, viens.

Nathan fait une accolade timide à son père. Ainsi réconcilié, Adam propose à son fils de l'accompagner :

— Tu viens ? Je vais rejoindre Ève. Elle nous attend.

Le jeune homme hésite un moment. Enfin il ajoute, en haussant les épaules, repentant :

— D'accord. Je lui dois des excuses. Et des félicitations. À toi aussi d'ailleurs.

— Merci.

Ils empruntent l'escalier pour sortir et, laissant la voiture devant l'immeuble, ils font une courte marche jusqu'au café où Ève attend. Chemin faisant, Adam interroge son fils sur un sujet qui lui est totalement sorti de la tête jusqu'à aujourd'hui.

— Nathan, la jeune femme que tu voulais inviter à la maison l'automne dernier, tu ne m'en as jamais reparlé.

Le fils se mord la lèvre inférieure pour ne pas répondre sèchement à son père. Encore une fois, il a manqué à son rôle de père. Jamais il ne s'est informé d'un sujet aussi important pour son fils. Mais comme Adam fait des efforts, il décide de se taire. Ce n'est pas le bon moment pour lui rappeler ses carences paternelles.

— C'est terminé, papa. Ça n'a pas duré longtemps.

— Oh ! répond le père. Je suis désolé, Nathan. Une autre en vue ?

Nathan détourne la tête avec un sourire gêné.

— Peut-être. Je te tiendrai informé.

La discussion les a menés jusqu'au café dont ils franchissent la porte. À peine entrés, qu'ils aperçoivent Ève assise à une table au fond du commerce.

Elle se lève à leur approche, soulagée de les voir sourire.

— Bonjour, Nathan. Je suis contente de te voir.

— Bonjour, Ève. Je te présente mes excuses pour mon comportement lors de notre dernière rencontre.

— J'ai déjà oublié.

— Et j'ai oublié de te féliciter.

Il l'embrasse et lui donne l'accolade. Ève le garde un long moment contre elle.

— Merci, Nathan. J'aime ton père. Je vais prendre soin de lui. Je vais prendre soin de vous, si vous êtes d'accord.

Adam, un peu en retrait, n'a rien manqué de la scène. Il reste planté là, les bras ballants, ému, secoué d'un frisson.

48

De retour chez lui, Adam doit maintenant se concentrer sur la situation de l'entreprise. Il n'envisage pas d'acheter les parts de son associé. L'argent à investir mettrait à risque sa santé financière.

Bill n'a pas tort. La situation de la compagnie est délicate. Elle a besoin de capitaux pour rehausser sa capacité de production et pour se munir des ressources qualifiées pour veiller à sa bonne marche. Adam devra aussi trouver un adjoint pour pallier le départ de Bill, car il n'arrivera pas à tout faire.

Reste la suggestion d'Audrey, dont les études en administration s'avèrent utiles : elle lui a proposé de s'associer avec ses employés. Bien que la suggestion soit intéressante sur papier, Adam a déjà de la difficulté à travailler avec un seul partenaire, il ne se voit pas négocier jour après jour avec l'ensemble de ses collègues.

Arrivé tôt, comme toujours, Adam contemple avec un certain découragement la pile de dossiers qui croît quotidiennement sur son bureau. Il n'a pas encore rattrapé le retard pris durant sa semaine de vacances et de nouveaux cas urgents sollicitent son attention. Après s'être servi un café dans la petite salle à manger, près du local des serveurs, il s'attaque à la tâche.

En milieu d'après-midi, malgré ses efforts, la pile de dossiers urgents n'a presque pas baissé et il constate qu'il devra encore une fois travailler jusqu'à 19 h ou 20 h, peut-être même 21 h. Il ne pourra pas voir les enfants. Il ne pourra pas voir Ève.

La réalité le frappe alors de plein fouet. C'est hélas le type de journée qu'il devra se taper, semaine après semaine, après le départ de Bill. Peut-être que l'absence de son associé sera un grand soulagement et allégera le climat dans le bureau. Par contre, la charge de travail sera considérablement alourdie.

Fixant le curseur figé sur l'écran de son portable, il réalise que ce n'est plus ce qu'il souhaite.

Il ne veut plus en découdre avec Bill ou un autre associé, avec les clients, avec la banque, et affronter encore et encore des compétiteurs pugnaces et autres menaces de piratage. Ni se battre avec les chiffres chaque mois pour que les colonnes « REVENUS » et « DÉPENSES » s'équilibrent.

Après la mort de Valérie, il s'est jeté corps et âme dans la réussite de son entreprise pour tenter d'étouffer et d'étourdir la douleur par le travail. Mais il ne l'a jamais supprimée. Lors des retours à la maison, à la vue des enfants qu'il négligeait, la douleur réapparaissait. Ils lui rappelaient trop cruellement l'absence de Valérie et la honte qu'il ressentait de les négliger.

Il constate aujourd'hui la futilité de son comportement.

Après plus d'une heure à réfléchir seul dans son bureau non éclairé, sa décision est prise. Sans même consulter Ève, il envoie un court message à son associé :

« Je suis prêt à écouter votre offre. »

L'offre d'achat lui parvient au début de la semaine suivante. Si elle est honnête, Adam souhaite négocier quelques points avant de l'accepter et d'apposer sa signature au bas du contrat. Comme il l'avait prévu, les bénéfices de la vente, une fois divisés avec Bill, ne seront pas mirobolants.

Les acheteurs tiennent à conserver Adam à leur service pour une durée minimale de deux ans, ce à quoi Adam hésite à consentir malgré l'offre salariale et les conditions de travail plus qu'intéressantes. Ainsi qu'il l'a mentionné à Bill précédemment, il ne souhaite pas vraiment demeurer dans l'entreprise une fois qu'il ne sera plus propriétaire. D'ailleurs, il a déjà reçu plusieurs propositions alléchantes de la part de compétiteurs.

Ceci étant dit, l'offre s'avère correcte. Ce qui le trouble et qui le fait tiquer, c'est l'inclusion de sa solution de cryptage dans la vente. Ce projet lui tient à cœur et n'a jamais fait partie de la compagnie. Il a toujours travaillé à ce projet chez lui, à temps perdu. Ce projet n'a jamais été associé à la compagnie.

Bill a vraiment du culot d'inclure cette clause dans le contrat. Adam réalise que toutes les précautions qu'il a prises ne sont pas superflues. Et ça confirme également que Bill et lui, c'est terminé. Ils n'ont plus rien en commun. Comment continuer avec quelqu'un en qui il n'a plus confiance ?

Occupé par la gestion quotidienne de l'entreprise, il n'aborde ce sujet avec son associé qu'à l'arrivée du représentant des investisseurs. Ce dernier est installé et bien assis dans les bureaux de la compagnie, quand Bill et Adam entrent dans la pièce l'un derrière l'autre sans se regarder. Comme s'il y avait une entente tacite entre eux, ils se dirigent vers la table de conférence, où ils s'assoient à bonne distance l'un de l'autre pour marquer l'abîme s'étant creusé entre eux.

La rencontre n'a pas encore commencé qu'Adam interpelle déjà Bill :

– Nous avons un problème.

Bill reste les bras croisés, silencieux, dédaigneux même, tandis que le représentant prodigue un large sourire à Adam avant de lui répondre, sûr de lui :

– Monsieur Bernier, tout problème peut être solutionné. Je vous assure.

Adam rétorque :

– Nous avons un gros problème.

Cette fois, Bill grimace. L'homme, quant à lui, paraît saisir la menace sous-entendue. Son sourire s'efface. L'entente est en péril.

– Quel est-il ?

– Mon logiciel…

Bill lui coupe la parole aussitôt :

– C'est un produit de la compagnie !

– C'est ma propriété intellectuelle ! Je n'ai jamais travaillé à ce projet sur mon temps de travail à la compagnie.

Adam se tourne vers le représentant.

– Je ne démordrai pas de ce point, quitte à refuser la vente.

Bill revient à la charge :

– Je vais te faire un procès.

– D'accord, et nous perdrons les profits de la vente en frais d'avocats.

Adam fait à nouveau face à l'envoyé :

— Le brevet ne m'a pas encore été accordé, mais les démarches sont entreprises depuis un moment déjà.

Bouche bée, Bill le regarde, surprit de l'initiative de son associé.

— Crisse d'enfant d'chienne !

— À ton service, mon *ami*.

La tension étant à son comble, le représentant des investisseurs prend la parole :

— Ce ne sera pas nécessaire. Nous tenons à vous faire une offre qui vous convienne. Votre produit nous intéresse et nous souhaitons devenir votre partenaire dans cette aventure. Nous trouverons certainement un terrain d'entente.

Durant plusieurs minutes, l'homme expose la situation, chiffres à l'appui, et tente de les convaincre en manœuvrant au milieu de l'animosité qui couve entre les deux associés. Puis la rencontre s'achève avec la promesse d'une nouvelle offre, plus proche des besoins des camps en présence.

Le lendemain, une autre proposition parvient à Adam, dans laquelle les investisseurs ajoutent une clause concernant un partenariat pour le développement et la mise en marché de son logiciel.

Partenariat dont Bill est exclu.

Après avoir fait valider le contrat par ses avocates, les anciennes associées de Valérie, Adam signe les papiers et devient officiellement un employé de son ancienne entreprise.

Bien que libéré de la pression énorme qu'exerçait sur lui la compagnie, Adam ne peut s'empêcher de ressentir une grande tristesse, un grand vide. Il s'était investi sans compter dans ce projet. Surtout après le décès de Valérie. Au moins, le nouveau partenariat lui donne l'espoir de voir naître son logiciel.

Lors de son arrivée à la maison, où sont rassemblés tous les membres de la famille, dont Audrey, Adam prend Ève longuement dans ses bras. Une page de sa vie se tourne, une autre s'ouvre.

Puis Ève lui tend la bouteille de champagne achetée tout spécialement pour célébrer l'événement. Cédric, bien qu'il n'ait rien demandé, se voit octroyer la permission de prendre une coupe du nectar à bulles.

49

Transformée par la grande demande d'Adam, Ève se prépare à sa nouvelle vie de femme mariée. Elle met sa maison en vente et prépare son déménagement chez Adam.

Aussi, un mardi soir où Adam est abandonné une fois de plus par les enfants, occupés à leurs activités sportives et sociales, Ève lui fait la surprise de le rejoindre pour le souper. Seul à seul sur la terrasse, ils discutent de leur avenir. C'est Ève qui, encore une fois, amorce la conversation :

— Je sais que je vais être bien chez toi, mais ton projet de chalet m'intrigue. Il pourrait devenir notre petit coin à nous. J'aimerais que tu m'en parles.

— Nous allons faire mieux que cela. S'il fait beau en fin de semaine, nous irons. C'est environ une heure et demie de route, parfois deux heures l'hiver, selon les conditions météorologiques.

Le samedi suivant, laissant les enfants à la maison, ils prennent la route tôt le matin. Un trajet sans histoire permet à Ève de découvrir un nouveau coin de pays, qui s'épanouit sous le chaud soleil de ce début d'été.

Ils quittent la route pour un chemin de campagne et traversent deux villages avant qu'Adam n'engage son gros VUS dans un petit chemin de terre, presque un sentier. Après avoir parcouru près de huit cents mètres, il arrête le véhicule sur le côté de la route et déclare, tout content :

– Nous y sommes !

Ève regarde aux alentours.

– Il n'y a que des arbres, ici.

Adam sourit en descendant du véhicule.

– Je t'ai dit que je voulais une maison dans la nature. Viens !

Il l'entraîne vers un petit sentier dissimulé entre deux énormes pins. Ils parcourent encore quelques dizaines de mètres avant d'arriver sur le site. La bouche grande ouverte, les yeux écarquillés, elle finit par bredouiller :

– C'est ici ?

– Oui.

– Tout ça est à toi ?

– Ça dépend de ce que tu inclus dans *tout ça*, mais techniquement, oui.

Encore sous le coup de la surprise, elle se tourne vers lui, lui touche le bras.

– Wow ! C'est fantastique !

Émerveillée, Ève contemple le site avec les yeux d'une petite fille découvrant Disney World. Le lac, au fond d'une vallée, est bordé de montagnes où conifères et feuillus se disputent le territoire.

Un détail la titille encore :

– Qu'est-ce qui t'appartient vraiment, *techniquement* ?

– J'ai une entente avec l'actuel propriétaire pour tout ça. Mais je dois me décider rapidement, l'entente expire bientôt.

Il lui désigne, approximativement, les limites du terrain :

– Tout ce qui borde la crique, jusqu'à la pointe, là-bas.

Situé au bout le plus étroit du lac, le terrain est au fond d'une petite crique. On peut donc voir presque tout le lac, mais pas la rive du même côté. Les montagnes sont également visibles à partir de terrain.

Enthousiaste, Adam poursuit ses explications :

— L'autre rive appartient à la zec, donc personne ou presque ne s'y construira jamais.

— Donc, tu aurais pratiquement tout le lac à toi ?

— Non, seulement la crique, et toute la pointe du lac. Mais les voisins éventuels seront si loin que ce sera bien tranquille.

La tenant par la main, Adam lui explique avec enthousiasme son plan d'aménagement. Il désigne un petit promontoire précédent une lente descente vers le lac.

— La maison serait ici, la façade face au lac, évidemment. J'envisage une maison en bois rond, avec une devanture entièrement fenêtrée pour maximiser la vue sur le lac. Comme tu peux l'observer, le paysage est magnifique. Je suis venu en hiver et c'est tout aussi superbe. Le lac est gelé, les arbres sur l'autre rive sont couverts de neige, les montagnes aussi.

— J'ai hâte de voir ça !

— Et le matin, le soleil se lève derrière les montagnes. Avant de réussir à les dominer, il crée un halo de lumière au-dessus d'elles, un peu comme une éclipse. Je crois que je me lasserai jamais de regarder ça.

Adam poursuit ses explications, se déplaçant en gesticulant. Ève a rarement vu son compagnon dans un tel état d'excitation.

— Je construirais un mur de bois ou de pierre ici pour remplir et égaliser le terrain. Je laisserais la pente là descendre jusqu'au lac. Il y aurait un quai ici pour accéder au lac et un hangar à bateau juste en retrait.

— On peut pêcher sur le lac ?

— Oui. Et il y a plein de lacs pour pêcher dans les alentours. Donc…

Il se retourne en allongeant le bras derrière lui.

— … par là, le bâtiment d'intendance… pour abriter les véhicules tout-terrain, l'équipement mécanique de toute sorte. Et une génératrice en cas de panne de courant.

— Le bâtiment d'intendance ? C'est un château que tu veux construire ?

— Non, mais un manoir, ce serait bien.

Il regarde longuement le terrain, puis Ève, devant laquelle il ne peut cacher son excitation.

— C'est certain qu'il y a beaucoup de travail à faire : défricher, niveler, construire, etc. Mais…

— Ce serait fantastique !

— Oui, ce serait fantastique. Surtout si tu partages mon rêve.

— Oh, je le partage déjà. Ce serait notre petit nid d'amour. Un merveilleux petit nid d'amour.

Il lui sourit, puis il pointe dans une autre direction où trônent d'immenses arbres.

— Et, peut-être par là, plus tard, on pourrait construire une cabane dans les arbres pour nos petits-enfants.

— Nos petits-enfants… Tu es fou !

Ils observent un moment de silence, les yeux rivés sur le lac.

— Tu as vraiment pensé à tout !

Elle contemple les lieux, tentant de visualiser tous les détails dont Adam vient de lui faire part, y compris les petits-enfants courant partout en criant « grand-maman ! ». Sortant de sa rêverie, émue, elle s'extasie :

— Ce serait magnifique !

Elle le prend par le bras et l'attire à elle avec tendresse pour lui dire, d'une voix amoureuse :

— Je ne sais pas comment tu fais, mais tu réussis toujours à me séduire.

Après avoir mangé sur la berge, ils arpentent le long du lac et les bois avoisinants le reste de la journée, avec une grande fébrilité.

Prenant une pause, s'asseyant sur une vieille souche pour observer des canards nager au loin, Ève se remémore tout ce que lui a dit Adam, en particulier ce qui a trait aux petits-enfants. Elle lui prend doucement la main et le regarde, les yeux tristes.

— Tu sais Adam, je n'ai qu'un seul regret.

Adam la regarde, intrigué par la déclaration et par les larmes naissantes qu'il aperçoit dans les yeux de sa future épouse.

— Quel est ce terrible regret, mon amour ?

Ève s'essuie discrètement le nez. Une larme choisit ce moment pour couler le long de sa joue.

— Je ne porterai jamais ton enfant.

Adam l'amène contre lui pour l'embrasser.

— Nous en avons quatre, beaux enfants. Et nous deviendrons grands-parents ensemble. Tu seras la plus belle de toutes les grands-mères.

50

Adam respire à fond, essuie la sueur sur son front et entame sa dernière série d'exercices. Profitant de semaines de travail allégées, il suit à la lettre le programme d'entraînement draconien du préparateur physique référé par Alain Marrier, l'agent de Dave. Il a hâte d'en voir les résultats, lorsque la saison des Phénix débutera. Avec l'entraînement, le repos et les petits soins d'Ève, il n'a pas été dans une aussi bonne forme depuis fort longtemps.

Quant à Ève, survoltée, elle prépare le mariage et sa venue chez Adam avec énergie et enthousiasme. Ce soir, elle accueille son fiancé avec une coupe de vin. Elle est porteuse d'une bonne nouvelle : la vente de la maison est conclue.

C'est la nouvelle qu'elle attendait pour passer à l'étape suivante : convaincre son fiancé d'acquérir le terrain et d'y construire le chalet dont il rêve. De bâtir *leur* chalet. Leur *nid d'amour.* Aussi, dès la première gorgée de vin avalée pour souligner l'événement, Ève passe aux aveux :

— Mon chéri, avec la vente de ma maison et celle de ta compagnie, nous aurions les capitaux pour construire le chalet. À condition bien sûr d'avoir un peu d'aide, quelques bras de plus pour clouer, scier, défricher ou tout ce genre de choses. Nous sauverions ainsi sur les coûts de la main-d'œuvre.

— Hum, moi, je n'aime pas trop demander ça.

Elle se lève sur la pointe des pieds pour l'embrasser sur le bout du nez.

— Je sais, oui. Je m'en occupe.

Persuasive et excellente organisatrice, elle réussit à obtenir la contribution des Phénix pour la construction du chalet lors de leur traditionnel BBQ de fin de saison, celle de la famille étant déjà acquise.

Libéré de son importante charge de travail, Adam prend un long congé afin de s'occuper du chantier, qui demande beaucoup de temps et d'énergie.

L'emménagement d'Ève chez Adam apporte son lot d'ajustements. Cédric, en pleine période d'affirmation de soi, s'adapte plutôt bien. Ève vient combler le besoin d'une figure maternelle dont il a cruellement été privé. Roxanne, au tempérament plus calme depuis l'accident, accepte plutôt bien la situation. Une présence féminine dans la maison, entièrement masculine jusque-là, semble lui plaire. Nathan, retenu à Sherbrooke par un emploi d'été, vient à la maison seulement la fin de semaine et s'il semble bien s'adapter, même s'il demeure en retrait. Audrey leur rend également visite à l'occasion et développe peu à peu sa relation avec les membres de la famille Bernier, particulièrement avec Roxanne.

Au début, les enfants évitaient d'affronter directement Ève, craignant la réaction de leur père. D'ailleurs, les premiers jours, Adam intervenait souvent, jusqu'à ce qu'Ève lui demande de la laisser faire :

— Chéri, je sais que tu veux bien faire. Mais tu dois me laisser développer ma relation avec tes enfants. Peut-être que nous nous disputerons. Mais il faut que nous prenions nos places.

Ève amène une douceur qui faisait cruellement défaut à la famille Bernier. Une douceur dont les enfants et le père avaient grandement besoin.

La présence d'Ève adoucit Adam, qui devient moins tranchant, moins incisif. Tout ne se passe pas sans accrocs, mais Ève sait gérer les situations problématiques et Adam devient plus tolérant, pour le plus grand bonheur des enfants, irrités par ce trait de caractère qui leur rendait la vie impossible.

La nouvelle vie de famille, et de couple, amène aussi quelques moments cocasses. Ainsi, un bon matin, Adam tâtonne dans le haut de son armoire lorsqu'une petite boîte lui tombe sur la tête. Le contenu de la boîte s'étale sur le sol.

Adam s'affaire à ramasser le tout lorsqu'il trouve un objet inhabituel. Alors que son cerveau en analyse encore la nature, Ève fait son entrée dans la chambre et le surprend dans son examen. Rougissante, elle le regarde avant de lui lancer :

— Ah ! Tu as trouvé mon amant ?

Adam rougit à son tour.

— Oui, enfin je crois.

— Il m'a été très utile, tu sais, jusqu'à ce que tu te décides à t'occuper de moi.

— Jusqu'à ce que je me décide…

— Ça te choque ?

— Non, pas du tout.

Embarrassé, il replace l'objet dans la boîte, qu'il dépose ensuite dans le haut de l'armoire. Puis il se tourne vers elle et lance, pince-sans-rire :

— Pour dire vrai, j'ai toujours rêvé d'un *trip à trois* !

Ève éclate de rire.

– Niaiseux !

À la sortie du centre d'entraînement, il rend l'appel qu'Alain Marrier lui a passé alors qu'il s'affairait à torturer ses muscles.

– Bonjour, Adam. Comment allez-vous ?

– Je ne me suis jamais senti aussi en forme. J'ai conservé le même poids, mais je me sens plus léger. Mon coup de patin n'a jamais été aussi explosif. Je vais faire des malheurs la saison prochaine.

– Justement, plusieurs joueurs de notre agence louent un aréna pour un mini-camp d'entraînement estival. Il n'y aura pas juste nos clients, mais je pourrais vous avoir une invitation pour que vous puissiez vous entraîner avec eux.

– Je suis touché. Mais je n'ai pas les moyens.

– Ne vous inquiétez pas pour l'argent.

– Pourquoi je ferais ça ?

– Pour votre satisfaction personnelle. Voir si vous êtes à niveau.

– Qu'avez-vous à y gagner ?

– Moi ? Imaginez la pub que j'aurais si vous aviez une invitation à un camp professionnel !

– Invité par une équipe professionnelle ? Vous êtes fou ! Je suis déjà plus vieux que tous les joueurs de la ligue. Mon fils était en âge d'être repêché il y a deux ans !

– Qu'avez-vous à perdre ?

– Ma fierté mise à part, rien, vous avez raison.

– Je peux donc compter sur vous ?

– Ouais. Je serai là.

51

Après une semaine au camp d'entraînement estival, Adam s'affaire à reprendre le temps perdu. Il a été absent de chez lui trop longtemps. Le gazon n'a que faire des projets sportifs de son propriétaire. Et l'entretien du terrain nécessite une pléiade de petits travaux qu'il n'a que trop repoussés.

Intimidé à son arrivée par les joueurs professionnels qui partageaient le vestiaire avec lui, il s'est rendu compte dès les premiers exercices de patinage qu'il pouvait les suivre sans problème.

La première partie simulée, en revanche, lui a fait réaliser à quel point ces gars-là étaient bons. Avec un peu d'ajustement, il a tout de même bien performé. Plusieurs joueurs l'ont d'ailleurs complimenté, particulièrement Patrick Baillargeon, le nouveau capitaine des Bruins de Boston.

Absorbé par ses réflexions et par la tonte du gazon, il n'entend pas arriver Frédéric, venu lui rendre visite pour prendre de ses nouvelles. Des nouvelles de son expérience avec les professionnels, surtout. Après quelques cris et simagrées, Frédéric finit par se faire entendre. Adam coupe le moteur de la tondeuse et vient le rejoindre, devant la maison.

— Calvaire, Adam, t'es-tu vu la *shape* ? C'est l'amour ou l'entraînement ?

Le t-shirt moulant et trempé de sueur que porte Adam laisse apparaître les fruits de l'entraînement estival.

— Un peu des deux, je crois.

— Arrête, tu vas finir par nous complexer !

Ève les rejoint, enroule son bras autour de la taille de son conjoint et lui appuie la joue contre l'épaule. Elle regarde Frédéric et lui affirme, avec un sourire radieux :

— Moi, je le garde comme ça.

Après avoir ri un coup, Frédéric reprend son sérieux.

— As-tu entendu les propos de Baillargeon à ton sujet ?

— Non. Où ça ?

— À RDS[10], hier.

— Pis ? Pis ? Qu'est-ce qu'il disait de moi ? C'était bien ?

— Mets-en !

— Viens.

Le trio se dirige vers la maison. Une fois installé devant son portable, Adam cherche sur le site du réseau sportif l'entrevue avec le nouveau capitaine des Bruins, auprès duquel il a joué ces derniers jours. Baillargeon parle de la semaine d'entraînement et de ses ambitions pour la prochaine saison. En conclusion, le reporter lui demande ses impressions sur Adam.

— Adam a un coup de patin fantastique. Je ne m'attendais pas à ça de la part d'un homme de son âge. Surtout qu'il n'a pas joué chez les professionnels. Et ses passes ! Ce gars-là lance des missiles à tête chercheuse qui explosent sur notre palette. C'est incroyable. J'ai rarement joué avec un aussi bon passeur !

L'entrevue terminée, Adam ferme l'ordinateur alors que Frédéric lui tape sur l'épaule et déclare :

10. Réseau des sports.

— Je lâche ma job et je deviens ton agent.

Adam lui lance un sourire moqueur, accompagné d'un doigt d'honneur.

— Je pense qu'Alain Marrier mérite cette place-là.

Grisé de tels commentaires, Adam se lève pour se rendre au frigo chercher des bières. Il a bien l'intention de souligner ça. Ève l'attrape alors au passage, l'attire à elle et pose les lèvres sur les siennes.

— Je suis fière de toi.

Puis ils passent à la terrasse, bière à la main, où les deux amis discutent de la dernière semaine. Frédéric désire connaître tous les détails de l'expérience de son vieil ami en compagnie des stars du hockey. Ève décide de laisser les deux hommes discuter tranquilles et de se concentrer sur son jardinage. Elle aura la soirée pour féliciter son chum.

Ce dernier répond avec moult détails aux questions de son ami, bien qu'il soit constamment déconcentré par la vue des adorables petites fesses d'Ève, bien moulées dans son pantalon seyant, qui s'affaire près d'eux. La semaine loin d'elle lui a paru très longue. D'autant que les sourires enjôleurs, et surtout lubriques, qu'elle lui lance dès que Frédéric a le dos tourné annoncent la manière dont ils célébreront l'événement avec fougue et ardeur le soir venu.

Les amis sont interrompus par la sonnerie du téléphone. Consultant l'afficheur, Adam fronce les sourcils, perplexe. C'est justement le recruteur qui l'appelle. Quelle coïncidence ! À l'autre bout du fil résonne la voix du recruteur.

— Bonjour, Adam. Alain Marrier à l'appareil.

— Bonjour. Que me vaut l'honneur ?

— J'ai eu de bons commentaires sur ta semaine passée à Montréal.

— C'était une belle expérience, en effet.

— Es-tu bien assis ?

— Bien comme il faut. Pourquoi ?

— Tu es invité au camp des Canadiens.

— QUOI ? Ce n'est pas sérieux !

— Oh que oui. Ils t'attendent au camp des recrues. Si tu performes bien, ils t'inviteront au véritable camp par la suite.

Chaque année, les équipes tiennent un camp d'entraînement de quelques jours pour évaluer les jeunes joueurs de l'organisation n'ayant jamais évolué de façon régulière dans la LNH. Les meilleurs sont par la suite invités au camp officiel de l'équipe dont l'objectif est de former l'alignement de départ de la saison à venir.

Si être invité au camp des recrues est déjà une nouvelle inespérée pour Adam, cette allusion à une possible entrée dans l'équipe officielle des Canadiens est au-dessus de toute attente. Il n'en croit tout simplement pas ses oreilles.

— C'est une blague !

— Pas du tout. Je te fais suivre les documents dans la minute. On se reparle de tout ça lundi.

Adam raccroche et regarde Fred, très curieux. Il se tourne ensuite vers Ève, elle aussi intriguée par l'expression de son chum.

— Qu'est-ce qui se passe, mon amour ? Tu es tout pâle.

— Le club des Canadiens de Montréal m'invite à son camp d'entraînement.

— Quoi ?

Frédéric bondit de son siège et s'écrie :

— Crisse, vieux, me niaises-tu ?

Ève s'élance vers Adam.

— Wow ! Bravo !

Pendant qu'elle l'enlace et l'embrasse avec passion, Frédéric intervient de nouveau, sautillant sur place :

— C'est sérieux, cette histoire ?

— Il semble que oui.

— Je suis content pour toi, mon chum, tu ne sais pas comment !

— Ouais, bien là, je ne sais pas encore si je vais y aller.

Frédéric se jette sur lui pour le secouer, agrippant au passage le bras droit d'Ève, toujours pendue au cou de son chum.

— Quessé ça, « je ne sais pas si je vais y aller » ? Calvaire, le Canadien t'invite, tu fermes ta gueule puis tu y vas !

— Écoute, nous sommes tous conscients que c'est une opération marketing.

— Mais on s'en crisse, de ça !

Moins exubérante, Ève intervient elle aussi auprès de son fiancé :

— Chéri, c'est toi qu'ils veulent. C'est toi qui les intéresses.

Frédéric ne tient pas en place. Il renchérit :

— Voyons, Adam, c'est le rêve de tous les gars. Tu ne peux pas refuser.

— Je ne sais pas si j'ai envie, moi, d'aller me ridiculiser face à des professionnels. Ou de me faire courir après par des gars de 25 ans qui veulent m'arracher la tête pour avoir la rondelle.

Frédéric commence à s'échauffer. Il ne peut tolérer que son ami laisse passer une telle chance. Lui, en tout cas, il ne la laisserait pas passer. Inévitablement, il hausse le ton :

— Hé, bonhomme, réveille. Tu vas jouer pro, calvaire, arrête de niaiser.

Ève juge sage de s'interposer. Elle prend Frédéric par le bras et l'attire doucement plus loin.

— Je comprends ton point, Frédéric. Je ne crois pas que c'est le moment de brusquer mon chum. Laisse-lui le temps de digérer tout ça. Demain, ça ira mieux. Il te rappellera.

— Tu me mets dehors ?

Elle lui fait l'un de ses sourires séducteurs, qui fait fondre Frédéric presque aussi facilement que son futur époux.

— Non, je pense juste que ce serait une bonne idée de me laisser lui parler. Tranquille. Sans brusquerie.

— D'accord. Si tu crois pouvoir le convaincre.

— Frédéric, je sais à quel point c'est important pour toi. Je sais à quel point c'est important pour les Phénix. C'est important pour Adam aussi, tu le sais. Je vis avec lui, je veux qu'il soit heureux, pas qu'il se morfonde le reste de ses jours pour avoir laissé passer l'occasion de jouer dans la Ligue nationale de hockey. Tu sais à quel point il a des regrets à propos du hockey junior, de ses enfants. Il ne l'admettra jamais, mais ajoute à ça de t'avoir déçu en Europe, d'avoir trop tardé à tomber amoureux de Valérie, et j'en passe… Je ne le laisserai pas regretter une chose de plus. Pas besoin d'en ajouter une couche !

— Oui, mais…

Ève l'interrompt aussitôt :

— Frédéric, il ne faut pas brusquer Adam. Je suis bien placée pour le savoir. Tu dois le savoir aussi.

— T'as raison, admet Frédéric. Je te fais confiance.

Il étire le cou pour interpeller son ami. Adam est toujours assis sur la terrasse, plongé dans de profondes réflexions.

— Salut, vieux. Appelle-moi demain.

Frédéric parti, Adam rentre et s'enferme dans le mutisme, enfoncé dans son fauteuil, devant la télé éteinte.

Ève le laisse cogiter un temps avant de le rejoindre. Elle s'assoit sur lui et l'embrasse.

— Ça t'effraie, toute cette histoire ?

— Nous sommes tous conscients que c'est juste une opération marketing.

— Tu l'as déjà dit.

— Je ferai le camp des recrues, peut-être un ou deux jours du vrai camp et après, bye bye ! Je suis pas assez bon, c'est évident. J'ai pas le talent pour ça, est-ce que je suis le seul à le comprendre ?.

Ève lui prend le visage entre ses deux mains et colle son nez contre le sien, son regard fixe et sévère planté dans le sien.

— Ne dis pas ça. Ne redis jamais ça ! Je t'interdis de dire ça !

— Pourtant, c'est la vérité.

— C'est grâce à ton talent que tu as été invité. À rien d'autre. Selon Diane, tu t'es toujours posé la question. Tu t'es toujours demandé si t'avais le talent pour jouer dans la Grande Ligue. Saute sur l'occasion. Va chercher la réponse que tu cherches.

— Les gars…

— C'est leur rêve que tu réalises. Ils donneraient tout pour être à ta place. Si tu réussis, ils auront l'impression de réussir, eux aussi.

Adam soupire en détournant la tête.

— Comme toujours, tout le monde compte sur moi.

— Adam, ne le fais pas pour les autres. Ni même pour moi. Je veux que tu le fasses pour toi. Je veux que tu le fasses seulement si toi, tu en as envie.

— Si j'ai pas ce qu'il faut?

— Et alors? Tu auras essayé. Tu seras heureux de l'avoir fait.

Elle lui caresse doucement la joue.

— Adam, tu m'as dit qu'avec moi à tes côtés, rien était impossible.

— Peut-être. Mais je ne pensais pas que tu utiliserais ça contre moi.

Sur le point de succomber aux arguments de son amoureuse, il l'attire contre lui.

— Ça n'arrivera pas, mais… disons que…

— Tu fais l'équipe?

— Oui, qu'arrive-t-il avec notre projet?

— Adam, profite de ce qui passe. Je serai là. Je serai toujours là. Le chalet peut attendre, le mariage peut attendre. Je vis avec toi, c'est tout ce qui compte.

— Oui, mais ça implique un déménagement, tout un tas de choses.

— Par le passé, tu as basé tes choix sur l'amour et l'amitié. Aujourd'hui, t'as pas cet obstacle-là. Je ne te servirai pas d'excuses. Je veux seulement ton bonheur. Tu ne veux pas y aller, c'est bon pour moi. Tu veux y aller, je suis à 100 % derrière toi. Je veux ton bonheur. Sois heureux, je le serai aussi.

Elle recule la tête pour le regarder et lui pose la main sur la joue.

— Adam, profite de ce qui passe.

52

Méticuleusement, Adam range son équipement fraîchement nettoyé dans son sac. Le grand départ approche. Dans la pochette intérieure du sac, il trouve le médaillon offert par Valérie lors de leur premier anniversaire de mariage. Au centre, une photo d'elle dans sa robe de mariée.

Étrangement, il n'a pas repensé au médaillon lors de sa semaine d'entraînement avec les professionnels.

Depuis le décès de Valérie, le médaillon lui a servi de talisman. Jusqu'à récemment, il l'a serré dans ses mains et embrassé avant chaque match.

Il a fait ses adieux à Valérie, ce printemps. Doit-il encore le conserver avec lui et poursuivre son rituel avant chaque match ?

Après une longue réflexion, il tend le bras et le dépose sur la table. La voix d'Ève s'élève dans la pièce.

— Pourquoi ne le gardes-tu pas ?

Silencieuse jusque-là, Ève ne s'est pas fait remarquer par Adam. Il dirige son regard vers elle.

— Je lui ai fait mes adieux. Je suis avec toi, maintenant.

Sa fiancée s'approche et lui pose la main sur le bras.

— Jamais je ne te demanderai de l'oublier. Tu l'aimes. Tu m'aimes. Elle est partie. Je suis là. C'est tout.

– Je sais.

L'homme qu'elle a attendu toute sa vie ne faisant aucun mouvement pour reprendre le médaillon, elle le saisit et le lui dépose dans la paume de la main.

– Elle a toujours veillé sur toi. Garde-le, je veux que tu me reviennes en un seul morceau !

Il l'attire sur ses genoux. À son contact, il sent la tension qui l'habite.

– Tu as peur ?

– Je suis derrière toi. Je veux que tu profites de ta chance.

– Tu ne réponds pas à la question.

– Je sais que tu peux être blessé. Ça ne sert à rien de s'inquiéter avant que les choses se produisent. Mais, si Valérie peut continuer à te protéger, je ne vois rien de mal à ça.

Le camp des recrues se déroule rondement et, sans même avoir participé à un match contre les recrues d'une autre équipe, Adam se voit invité au camp officiel de l'équipe. Sans grande surprise de sa part, puisqu'il est toujours convaincu que toute cette histoire n'est qu'une opération marketing.

Si les recrues le regardent comme un extra-terrestre, les vétérans l'accueillent plutôt avec sympathie.

Les journées sont une succession de sessions de patinage, d'entraînement en salle et de parties simulées. Pourtant en forme, Adam se sent rapidement épuisé et s'effondre littéralement sur son lit le soir.Heureusement, le début des matchs hors-concours devrait ralentir la cadence des entraînements.

Exténué, il appelle à la maison chaque soir avant de se mettre au lit. Et chaque soir, Cédric est le premier à s'entretenir avec son père. Cette fois-ci, porteur d'une bonne nouvelle, il est encore plus excité que d'habitude.

— C'est super *cool*, toutes les filles s'intéressent à moi depuis que tu participes au camp. Manuela a même accepté de m'accompagner au cinéma en fin de semaine.

— Je suis content pour toi, Cédric. Mais sais-tu ce qui me rendrait encore plus heureux ?

— Que j'aie de meilleures notes à l'école ?

— Oui, bien sûr. Mais c'est pas tout. J'aimerais beaucoup que cette jeune fille accepte d'aller au cinéma avec Cédric Bernier, et non avec le fils d'Adam Bernier. Tu comprends ?

— Oui. Je vais le lui demander.

— Non, ne fais pas ça !

Le père ferme les yeux en secouant la tête.

— Demande plutôt à Roxanne, ou à Ève — ça lui ferait plaisir — comment aborder la question avec ton amie.

— D'accord. Je te passe Roxanne. Bye !

Son adolescente est moins volubile que le cadet. Aussi doit-il alimenter la conversation :

— Et toi, plus populaire auprès des garçons ?

— Ça ne m'intéresse pas.

Il sait que papa au camp des Canadiens ou pas, Roxanne a toujours été très populaire auprès des garçons. Mais une autre question le titille.

— Et Ludovic ? Tu as des nouvelles de lui ?

— Je lui ai dit de me sacrer patience. Alors non, je n'ai pas de nouvelles.

— Et Ève, vous êtes gentils avec elle ?

— Oui, papa, oui. Nous te l'avons promis.

— J'aimerais que vous soyez gentils avec elle. Pas juste parce que je vous l'ai demandé.

— Papa, j'ai dit oui.

Sentant la tension dans la voix de sa fille, il lui demande de lui passer Ève avant qu'une scène ne vienne gâcher la soirée.

Après quelques mots doux, Adam la questionne :

— Des nouvelles de Nathan ?

— Il n'est pas venu cette semaine. Mais il était là la semaine dernière. En même temps qu'Audrey, comme par hasard. Il semble bien l'aimer.

— Tu as remarqué, toi aussi ?

— Oui, je ne sais pas si c'est une bonne idée.

— Je ne crois pas. Laissons-lui un peu de temps.

— Toi, ça va ?

— Oui, j'adore. C'est une expérience extraordinaire.

Adam a semblé hésiter un peu à l'autre bout de la ligne. La tonalité de sa voix fait comprendre à Ève que son compagnon n'a pas fini son idée.

— Mais ?

Adam hésite encore avant de lui répondre. Un bref silence s'installe. Il se questionne. Pourquoi l'inquiéter avec ses douleurs aux genoux ? Aussi, doit-il lui avouer sa douleur morale ? Il aurait besoin de sentir son corps contre lui, la nuit, pour l'aider à apaiser cette crainte de ne pas être à la hauteur qui lui tenaille toujours les entrailles.

Le silence dure. Ève le questionne, mais il ne répond que des généralités, tandis qu'il jette avec envie un regard au flacon scellé déposé sur sa table de chevet. L'entraînement est intense et tous les muscles de son corps sont douloureux. L'intensité de la douleur a dépassé depuis longtemps l'efficacité de l'ibuprofène. C'est surtout la mise en échec encaissée à la fin de la dernière partie intraéquipe qui a laissé des traces. Il a été frappé dans le coin de la patinoire par un jeune homme se démenant avec l'énergie du désespoir pour tenter d'obtenir un contrat dans la Ligue américaine. Son bras est resté coincé sous lui et l'articulation a été mise sous forte tension.

Témoin de sa souffrance lorsqu'il a retiré son équipement, le soigneur de l'équipe lui a dit qu'il n'avait pas à endurer ça. Il lui a remis des antidouleurs apparemment très efficaces. Devant l'inquiétude d'Adam, il l'a assuré que les comprimés étaient tout à fait légaux.

Ève l'interpelle de nouveau :

– Adam ? Adam ? T'es là ? Tu me réponds pas.

Adam sursaute. Ses pensées reviennent alors vers elle et leur conversation téléphonique. Il ajoute :

– Tu me manques. Ce serait le paradis de vous avoir avec moi.

– Tu me manques, à moi aussi. Je suis tellement fière de toi. Tes genoux ne te font pas trop souffrir ?

– C'est pas si pire.

Ève n'insiste pas. Elle sait que son chum ne précisera pas sa pensée. Pas plus qu'il ne lui dira la vérité. Pas toute la vérité. D'ailleurs, il change de sujet :

– Comment ça se passe avec les enfants ?

– Arrête de t'inquiéter avec ça. Nous apprenons à nous connaître. Tu as de bons enfants. Ils sont tellement fiers de toi, ils vont s'assurer de ne pas te déranger avec les problèmes à la maison.

– Je reviendrai bientôt, les premières coupures auront lieu demain.

— Adam, mon amour, soit positif !
— Je suis positif. Et je suis réaliste.

À la sortie de la douche, Adam observe un amas de joueurs excités près du mur au fond du vestiaire où deux listes ont été épinglées. Le visage défait de certains joueurs ayant lu celle de droite laisse présager qu'elle contient le nom des joueurs retranchés, alors que l'exultation de certains autres ayant consulté celle de gauche laisse croire qu'il s'agit de l'alignement pour le premier match hors-concours.

Si Adam souhaite ne pas voir son nom sur celle de droite, il n'a pas grand espoir de voir son nom sur celle de gauche. L'activité étant trop intense du côté droit, parmi les joueurs retranchés, il se dirige vers le papier révélant l'alignement du prochain match.

Il se dresse sur le bout des pieds pour lire la liste par-dessus la tête d'un autre joueur. Son cœur s'arrête. Là, devant ses yeux, sur la banale feuille de papier blanc, dans l'encadré titré « DÉFENSEURS », sont écrits deux mots qu'il ne s'attendait pas à voir : Adam Bernier.

Qui l'eût cru ? Non seulement Adam est encore au camp, mais il jouera un match dans la LNH, la Ligue nationale de hockey.

La nouvelle a l'effet d'une bombe dans son entourage. La chasse aux billets fait rage afin que parents et amis assistent au début d'Adam dans l'uniforme tricolore.

Hélas, Adam joue très peu en début de match. L'adrénaline, une molécule aussi appelée épinéphrine, dont il est saturé en début de partie, a laissé la place au doute et à la nervosité pendant les longues minutes où l'entraîneur le laisse poireauter sur le banc. Avait-il raison ? Sa présence n'est-elle qu'une opération marketing ?

Enfin, il reçoit la tape dans le dos tant attendue de la part de l'assistant du patron. Nerveux, il saute sur la patinoire alors qu'un attaquant adverse fonce sur lui à toute allure. Jugeant mal la vitesse de l'adversaire, Adam est débordé. Dans un réflexe, il tend son bâton et fait trébucher le joueur. Honteux, le dos courbé, il patine vers le banc des pénalités avec la certitude que sa carrière dans la LNH n'aura duré qu'une dizaine de secondes.

À son retour au banc, l'entraîneur ne lui jette même pas un regard. La longue attente reprend. La première période se termine et Adam n'a pas remis les patins sur la glace. Les siens sont déçus, sidérés. Certains sont même furieux, Frédéric particulièrement.

Dans le vestiaire, l'entraîneur revoit sa stratégie avec les joueurs sans porter attention à sa recrue.

C'est au début de la deuxième période que les choses changent. Petrovicky, un défenseur régulier de l'équipe, fait une vilaine chute près de la bande. Par précaution, il est retiré du match. L'entraîneur se tourne alors vers Adam pour le remplacer. Malgré ses fourmis dans les jambes, le joueur invité répond, cette fois, aux attentes de son entraîneur.

À la sortie de l'amphithéâtre, les joueurs se dirigent en vitesse vers l'autobus pour ne pas rater l'avion. Jubilant, Adam prend deux secondes pour embrasser Ève et serrer les enfants dans ses bras.

Le lendemain matin, dans le vestiaire, Ryan, un jeune de dix-neuf ans repêché en première ronde l'année précédente, interpelle Adam :

– Hé, Bernier ! La jolie blonde que tu as vue après le match, c'est ta fille ?

– Oui.

– Elle est pas mal cute. Elle doit ressembler à sa mère.

Adam participe au rire de l'assemblée.

– Sérieux, elle est vraiment jolie. Est-ce qu'elle a un chum ?

Cette fois, Adam ne rit plus. Avec son visage de marbre caractéristique, il fixe le jeune homme dans les yeux.

– N'y pense même pas !

À nouveau, les joueurs à proximité rient aux éclats.

– *Come on*, Bernier. Je viens de signer mon premier contrat professionnel. Je suis déjà millionnaire !

La réplique frappe Adam de plein fouet. Le jeune qui se tient devant lui, bien qu'un an plus jeune que Nathan, est déjà millionnaire.

– Ce n'est pas ton compte de banque qui m'intéresse. Ce qui m'intéresse, c'est quel genre d'homme tu vas devenir. Alors, je vais te donner mon numéro de cellulaire et, dans quelques années, nous en reparlerons.

– Tu es sérieux ?

– Tu ne sais même pas à quel point.

À sa grande surprise, Adam a la chance de jouer une deuxième partie. Dans celle-ci, la pression exercée sur lui par les attaquants adverses est plus incisive et le jeu, plus robuste.

Après avoir été épinglé une première fois dans la bande en début de match, il se fait frapper solidement une deuxième fois alors qu'il tournait le dos au jeu pour récupérer la rondelle le long de la bande. Sous la force de l'impact, il croit entendre craquer ses os et s'effondre sur la patinoire. Oubliant la douleur, il se relève rapidement et retourne au banc, où son entraîneur l'attend.

— Tu es une cible facile, Bernier. Patine, bouge plus vite. À ce rythme , tu ne termineras pas le match.

Il a compris le message et, dès la présence suivante, il se met à patiner comme il en est capable et sa mobilité lui permet d'échapper à ses poursuivants.

Il n'a pas encore réussi à inscrire son premier point, mais ses sorties de zone rapides, avec des passes vives et précises, sont un des facteurs du succès de l'équipe montréalaise.

Tirant de l'arrière par trois buts en deuxième période, les joueurs d'Ottawa tentent de renverser l'allure du match. McNeil, l'agitateur en chef des Sénateurs et redoutable bagarreur, prend Adam comme cible, le houspillant et le bousculant dès qu'il en a l'occasion.

Lors d'une nouvelle bousculade après le sifflet de l'arbitre, Adam se chamaille avec un Sénateur lorsque McNeil lui passe le bras autour du cou et l'étrangle, assez fortement pour lui écraser le larynx et la trachée. Le matamore s'écrie, haut et fort pour être certain d'être entendu de tous dans le tumulte de la bousculade et les grognements qui l'accompagnent :

— Tu te prends pour Reggie Dunlop[11] ? Va donc te rhabiller, le vieux, ta place n'est pas ici !

---

11. Autre référence au film *Lancer Frappé*.

Suffocant, Adam se débat pour se défaire de la prise jusqu'à ce qu'un jeune équipier, désireux de faire ses preuves, vienne à sa rescousse et engage le combat contre l'agresseur. Le jeune homme tout droit sorti des rangs juniors n'a pas l'étoffe pour se mesurer à un bagarreur de la trempe de McNeil et le vieux routier le lui fait regretter amèrement. Atteint solidement au visage, le jeune s'effondre sur la patinoire.

La fureur gagne Adam. La scène lui rappelle ce jeune homme de quatorze ans qui a déjà voulu défendre sa sœur. Dès la fin du combat, il se dirige vers le matamore. Contournant les joueurs, équipiers et adversaires qui veulent s'interposer, il hurle à McNeil par-dessus l'épaule du juge de ligne :

— Repose-toi bien. On va régler nos comptes à ta sortie du banc des pénalités.

— Avec plaisir.

Adam retourne au banc, la tête basse, motivé par l'idée de venger son jeune équipier, mais plus encore par celle de promouvoir sa carrière. Toute sa vie, il a été prêt à se battre pour les autres, pour les protéger. Ce soir, il est temps qu'il se batte pour lui, pour se faire une place. Son rêve est si proche, si tangible, qu'il ne laissera aucun doute dans l'esprit des dirigeants. Ils doivent savoir qu'il est prêt à tout faire pour rester avec l'équipe. Y compris se plier aux règles non écrites du hockey selon lesquelles il faut gagner le respect des adversaires pour pouvoir jouer tranquille, quitte à utiliser les poings.

Même s'il déteste la violence, il sait que sa seule chance de rester avec l'équipe, c'est d'être capable de tenir son bout dans cette ligue. Savoir qu'il ne se laissera pas intimider n'est pas suffisant. Il doit *faire sa place.*

Entre deux apparitions sur la patinoire, Adam guette la sortie du bagarreur du banc des pénalités. Il attend sur le banc des joueurs quand Chris, un jeune joueur qui aime bien défier les hommes forts de la ligue, se glisse près de lui.

— Je sais que tu vas faire à ta tête, alors écoute : McNeil est droitier. Il frappe rapidement le premier coup pour déstabiliser son assaillant et prendre l'avantage du combat !

Adam acquiesce d'un signe de tête. À la présence suivante, il rejoint ses équipiers pour la mise en jeu et lance un long regard de défi à McNeil, tout juste sorti du cachot.

Dès que la rondelle touche la glace, Adam projette son bâton et ses gants loin de lui. Il ne s'est jamais battu, mais il a vu suffisamment de hockey pour savoir que les bagarreurs éloignent toujours les pièces d'équipement afin d'éviter une chute malencontreuse et dangereuse. Les joueurs des deux équipes s'éloignent aussi, formant un grand cercle autour des belligérants, les juges de ligne s'assurant qu'aucun joueur ne s'approche.

Depuis qu'il a réglé le compte de la brute qui importunait sa sœur, Adam ne s'est jamais battu. Maintenant, il doit se battre à nouveau. Se battre, pour mettre fin à cette crainte, cette honte, ce blocage psychologique qu'il conserve de l'altercation avec le persécuteur de Diane.

Confiant en sa force physique, Adam sait que son adversaire est un combattant expérimenté et coriace, un des bons pugilistes de la ligue. Sans craindre la douleur qu'il ressentira probablement bientôt, il mord son protecteur buccal et s'approche avec l'intention de saisir le bras droit de son adversaire.

Un moment d'hésitation et il sent le côté gauche de son visage exploser de douleur. Le poing de McNeil l'a atteint à la base de la visière, qui s'affaisse sur son visage. Heureusement, son assaillant n'a pas mis tout son poids dans la frappe.

Sonné, Adam n'a pas le temps d'attraper le bras de son adversaire avant qu'un deuxième coup s'abatte sur lui. Au moins, il a l'heureux réflexe de pencher la tête et le poing heurte son casque. Le coup, très appuyé cette fois, lui donne l'impression d'être frappé par Mjolnir, le marteau de Thor. Ses genoux plient, mais son cou de taureau lui permet d'absorber le choc.

Mais il a toujours la vision brouillée par une pluie d'étoiles. Son instinct de survie se ravive alors. D'un geste désespéré, il réussit à bloquer le bras de son adversaire et à l'attraper avant qu'il ne s'élance à nouveau pour mettre fin à son match, sa soirée et, peut-être même, sa carrière.

Une épreuve de lutte s'engage. Sa force lui permet à présent de tenir son assaillant à distance. À l'université, on ne l'appelait pas le « Petit Hercule » pour rien. Expérimenté, McNeil tente de le déséquilibrer. Mais le vétéran défenseur tient bon.

Échouant dans sa tentative de le renverser, McNeil se met alors à se démener comme un diable dans l'eau bénite pour libérer sa main de l'étau dans lequel Adam l'a enfermée. Il doit y arriver, afin de terminer le travail et le mettre K.O.

Ce faisant, McNeil commet l'erreur de desserrer son étreinte sur le coude d'Adam. Dans un effort titanesque, Bernier dégage son bras de la poigne de son adversaire et lui assène un violent coup de poing à la base du casque, juste au-dessus de l'oreille.

Adam grimace. Le coup lui a fait mal. Une douleur terrible lui remonte de la main au coude. Sans lui prêter attention, il récidive, en y mettant toute sa force. La douleur, cette fois, lui fait monter les larmes aux yeux. Mais il semble avoir sonné son assaillant, qui ne réplique pas.

Bernier lance un troisième coup. Son élan l'emporte et le déséquilibre un peu. Son adversaire esquive et, profitant de ce déséquilibre, il le fait basculer sur la glace. Dans sa chute, Adam agrippe l'homme par le casque afin de l'amener au sol avec lui. Adam chute violemment. L'impact de son dos sur la patinoire est brutal. Le souffle coupé, il retient contre lui son assaillant.

Les juges de ligne interviennent enfin pour les séparer.

— OK, les gars, c'est terminé disent-ils, l'un et l'autre.

Par crainte de recevoir un autre coup, Adam refuse de relâcher son étreinte. Alors, l'un de juges de ligne tente de le calmer :

— C'est terminé, Bernier ! Lâche-le.

McNeil, épuisé par le combat et par cette résistance inattendue, ajoute :

— C'est beau, Bernier, c'est fini. Tu peux me lâcher. Tu te défends bien, pour un vieux.

Enfin, Adam libère son adversaire et se relève avec l'aide d'un juge de ligne alors que les joueurs des deux équipes frappent la bande avec leurs bâtons et que la foule en délire les applaudit. Levant les yeux au ciel, il désespère un peu. Il n'a jamais compris ce goût des amateurs de hockey pour la bagarre.

Avant d'arriver au banc des pénalités, le juge de ligne qui l'accompagne lui glisse à l'oreille :

— Tu devrais plutôt te rendre au vestiaire.

Adam prend alors conscience du liquide chaud qui coule sur sa joue. Il baisse les yeux et voit son chandail maculé de sang.

En sortant de la patinoire, près du banc des siens, il reçoit multiples tapes et mots d'encouragement.

Le soigneur l'accompagne dans le vestiaire et le fait asseoir sur la table médicale. Il commence son examen par quelques questions de routine.

— Étourdi ?

— Pas vraiment.

— Douleur à la tête ?

— Juste à la gueule !

— Tu veux dire à l'œil ?

— Pas vraiment, j'ai tout le côté de la face engourdie. J'ai de la difficulté à articuler quand je parle.

— Pas surprenant avec le coup que t'as mangé. Tu veux voir la reprise vidéo ?

— Pas nécessaire. Mes chums vont me la faire jouer en boucle pour les quinze ou vingt prochaines années !

— Avec un commentaire du type : « T'sais, la fois où Bernier s'est fait péter la yeule ! »

— Dans le genre, ouais.

Le médecin se penche vers le visage blessé et presse ses doigts sur la plaie, provoquant des picotements désagréables.

— Ta visière t'a coupé sous l'œil lors du premier coup de poing. Ça arrive souvent. Je crois que quelques sutures adhésives seront suffisantes. Pas besoin de te recoudre.

Adam laisse échapper un soupir de soulagement. Il n'aimait pas l'idée que le soigneur lui joue près de l'œil avec une aiguille. Cependant, un détail le chicote.

— Je pourrai retourner au jeu ?

— Sans problème. Mais je te conseille de ne plus te battre. Pas ce soir.

Adam tente de sourire, mais le taux d'adrénaline est en baisse et celui de la douleur, en hausse.

— Y'a pas de danger problème, doc. Je crois que j'ai eu ma leçon.

— Ta main est dans un sale état. Pense à mettre de la glace. Nous ferons une radio après la partie.

Enflée, sa main est légèrement bleutée. Ses jointures, elles, sont écorchées et sanguinolentes.

— Elle est cassée ?

— Je crois pas. Mais on ne prendra pas de chance. On va vérifier ça après la partie.

Le soigneur s'approche avec sa trousse à réparer les mauvais garçons.

— Si ta blonde n'a pas vu le match, elle risque de ne pas te reconnaître.

— Merde, Ève !

Elle doit être dans tous ses états. Les enfants aussi. Et Diane. Seigneur ! Il n'a jamais pensé à tout ça avant de jeter les gants.

— Je peux utiliser ton cellulaire pour l'appeler ?

— Désolé, c'est interdit. Ne t'inquiète pas, elle va te revoir sur la glace dans quelques minutes.

En sortant de l'édifice, Adam aperçoit ses enfants près de l'autobus, avant de voir Ève accourir vers lui. Il n'a pas le temps réagir qu'elle se jette sur lui. Deux bras vigoureux s'enroulent aussitôt autour de lui.

— Qu'est-ce qui t'a pris, grand niaiseux ? Tu veux me faire mourir ? Ne refais jamais ça !

En larmes, elle qui laisse toujours les enfants s'approcher de leur père en premier ne veut plus lâcher son conjoint. Elle sanglote contre sa poitrine.

— J'ai eu si peur. Ne refais jamais, jamais ça!

— Ève, je n'avais pas le choix. Et je ne l'aurai peut-être pas non plus la prochaine fois.

— Plus jamais! Compris?

Elle lui effleure la joue de son pouce, l'observant avec minutie.

— Tu as abîmé ton beau visage. C'est douloureux?

Bien sûr qu'il a mal. Pas seulement au visage. Il a de la difficulté à plier sa main. Son orgueil aussi en a pris un coup. Mais c'est surtout son désir de ne pas l'inquiéter qui dicte ses paroles :

— Non.

— Je ne te crois pas!

— Quand tu es près de moi, je ne ressens jamais aucune douleur.

— C'est gentil, mais je ne te crois toujours pas.

Un dernier baiser, une accolade aux enfants et il grimpe dans l'autobus où il croise les sourires narquois de ses équipiers. Enfin, Brendan, un jeune Américain, lui lance :

– *That's so cute!*

Jusque-là silencieux, les autres joueurs s'esclaffent. Adam sait bien qu'ils veulent se moquer lui gentiment, mais il n'a pas vraiment le cœur à ça. Aussi, il tente d'acheter la paix :

– *Oh, come on, guys! Give me a break*[12] *!*

Assis, ignorant ses équipiers, il saisit son cellulaire pour lire la multitude de textos qu'il a reçus, comme toujours, après un match.

12. OK les gars! Laissez-moi tranquille!

Ève : « Ne refais plus jamais ça ! Tu vas me faire mourir !! »

Diane : « Ce n'était pas nécessaire. Ce n'est pas toi ! Mauvais souvenirs : je vais faire des cauchemars !! »

Cédric : « Freakant !!!! Mais cool... après coup. »

Frédéric : « Du hockey comme dans l'temps ! »

Adam sourit à la citation faisant référence à leur film culte, *Lancer Frappé*.

Même Dave lui a écrit : « Tu aurais dû me demander des conseils ! »

En effet, pense Adam, il aurait dû le faire avant de partir au camp.

53

Tendu, Adam traverse le vestiaire sans vraiment regarder ses équipiers. La journée ne s'est pas passée comme il l'aurait souhaité. Arrivé au Centre Vidéotron directement de Montréal avec l'autobus du club, il n'a pas eu le temps de voir Ève ni les enfants, comme il l'avait espéré.

À la descente de l'autobus, il a été assailli par la horde de journalistes de Québec qui voulaient lui arracher ses impressions sur la manière dont il avait vécu son camp d'entraînement avec les Canadiens de Montréal.

À son dernier match, son troisième dans l'uniforme montréalais, il a affronté une équipe new-yorkaise aguerrie et, s'il a été moins flamboyant que contre Ottawa, il a été très bon.

Il sera de la formation ce soir, dans sa ville, devant ses partisans, tous ces gens qui croient en lui peut-être même plus que lui-même. L'espoir d'un peuple, l'espoir d'une ville. Un peuple espérant l'arrivée d'un authentique héros qui, sortant de nulle part, viendra lui prouver que tout est possible, que tous les espoirs sont permis. Une ville qui, dépouillée de son équipe, attend le retour des Nordiques avec impatience et fébrilité.

Il est conscient que ce match est le dernier du camp d'entraînement. Ce soir, l'équipe sera presque complète et il est toujours là. Conscient aussi que ses chances de rester avec le club sont réelles. Personne n'aurait parié là-dessus il y a quelques semaines. Personne, surtout pas lui.

Aussi, lorsqu'il arrive devant son casier et voit son chandail, il n'a pas envie de rire. D'un regard circulaire, il toise ses équipiers, qui lui rendent son regard avec un sourire narquois. D'un geste brusque, il décroche le chandail et se dirige vers le préposé à l'équipement.

— Paul, c'est quoi ça ?

Interloqué, l'homme lui répond :

— C'est ton chandail ! Regarde derrière : 15 – BERNIER.

— Je sais. Le « C » en avant, c'est quoi ?

— Ça veut dire ce que ça veut dire : tu es le capitaine du Canadien de Montréal.

D'un mouvement rageur, Adam se retourne et marche au pas de charge vers le bureau de l'entraîneur. Il frappe une fois et entre sans être invité. Devant l'air surpris du coach, Adam lui montre son chandail.

— Patron, les gars me niaisent. C'est quoi l'histoire ?

L'homme sévère fait un de ses rares sourires.

— Tu es notre capitaine, ce soir. Pour faire plaisir aux tiens et à nos partisans de Québec pour leur soutien.

Éberlué, Adam retourne à son casier sans même penser remercier son entraîneur. Matt, le capitaine en titre du club, lui tape l'épaule au passage.

– *Tonight, you're the captain !*

– *Thanks, Matt. Thanks a lot !*

Touché par le geste, il sait que le capitaine a donné son accord pour laisser sa place, histoire d'un soir.

Arrivé devant son casier où l'attend son équipement, il s'assoit et expire longuement. La pression vient de monter d'un cran. Il prend son cellulaire et texte un court message aux siens :

« Regardez bien mon chandail. Une surprise vous attend ! »

Dans le corridor menant à la patinoire, Adam attend, fébrile, nerveux, très nerveux même, les mains moites, l'esprit agité, debout derrière ses équipiers. Le capitaine entend la foule ovationner l'équipe adverse. Puis, lorsque les joueurs des Canadiens entrent à leur tour, ils sont accueillis par un mélange violent d'applaudissements et de huées, jusqu'au moment où Adam, qui ferme la marche, met le patin sur la glace. En quelques secondes, l'agressivité se transforme en une longue ovation.

Lorsque les gens réalisent qu'il est capitaine, les cris augmentent de façon exponentielle et risque de faire exploser le toit de l'amphithéâtre.

Au fil des semaines, il est peu à peu devenu le nouveau héros populaire du Québec, les Québécois ayant toujours un amour inconsidéré pour les *outsiders*.

Patinant lentement, Adam se laisse bercer par les cris de joie et de satisfaction de la foule. Devant pareille réaction, il n'a aucune difficulté à imaginer la trépidation de sa famille.

Bientôt, la clameur chaotique se précise en deux seuls sons scandés à l'unisson : « BER-NIER ! BER-NIER ! BER-NIER ! »

Il lève les yeux vers le plafond avec le sourire et une pensée pour Valérie, puis pour ses parents, pour son père décédé, si déçu que son fils ait abandonné ses ambitions professionnelles.

— Tu entends ça, papa ? Ils scandent ton nom.

Il se prête avec plaisir à la cérémonie d'avant-match, dont la mise au jeu protocolaire avec le capitaine des Bruins, Patrick Baillargeon, et le maire de la ville.

Puis, debout sur la ligne bleue, il écoute l'hymne national en regardant le plafond, où trônent les bannières honorant les joueurs et les équipes qui ont marqué la ville de Québec. L'adrénaline coule alors dans ses veines comme jamais auparavant.

Le jeune chanteur entonne l'hymne américain. Les notes s'étirent et Adam commence à en avoir marre. Il veut jouer ! Ici et maintenant ! Devant les partisans qui hurlent son nom.

Enfin, les invités d'honneur quittent la patinoire. Arbitres et joueurs se positionnent pour le début de la partie. Plus que jamais, il prend conscience de sa chance de faire partie de l'alignement de départ des Canadiens de Montréal. Qui plus est, en tant que capitaine.

Devant ses partisans, dans sa ville, Adam connaît un match presque parfait. Il patine avec aisance et joue avec une intensité peu commune. Mais il n'a toujours aucun point à sa fiche. Pour un défenseur dit offensif comme lui, ce n'est pas une bonne statistique. Cependant, sa vitesse et sa compréhension du jeu lui permettent de briller en défensive. Et ses relances sont toujours aussi vives et précises.

En milieu de partie, la confiance le rend audacieux. Il soulève la foule avec une montée à l'emporte-pièce, le type de jeu qui faisait dire à son regretté père qu'il était l'émule de Bobby Orr. Une longue ovation l'accompagne jusqu'à son retour au banc, lors de l'arrêt de jeu.

En fin de match, en retard d'un but, les Bruins enlèvent leur gardien au bénéfice d'un sixième attaquant. L'entraîneur montréalais demande un arrêt de jeu pour expliquer sa stratégie aux joueurs. Il réplique à la manœuvre de leur adversaire avec son unité défensive, dont fait partie Adam. Au regard étonné de celui-ci, il lui dit :

— Mon capitaine doit être sur la glace pour la fin d'un match serré.

Adam se place pour la mise en jeu, malheureusement perdue par son joueur de centre. La rondelle se dirige vers le défenseur adverse, qui décoche un lancer frappé en direction du gardien montréalais. Adam se place dans la trajectoire du disque, qui l'atteint juste sous le genou et dévie dans le coin de la patinoire, laissant au passage une douleur vive au vétéran défenseur.

Adam se dirige dans le coin de la patinoire et envoie un joueur adverse dans la bande d'un coup d'épaule avant de récupérer la rondelle. Pourchassé par les joueurs bostonnais, il résiste à l'envie de propulser la rondelle à l'autre bout de la patinoire. Protégeant le disque de son corps, il bouscule un adversaire d'un autre coup d'épaule, il prend deux ou trois enjambées avant d'apercevoir Matt disponible près de la ligne bleue. Adam lui remet le disque et se laisse glisser vers la zone centrale alors que son équipier fonce vers la zone adverse.

Soudain, il entend crier Matt, qui a ralenti sa course :

— Beurrniéé !

Il lève la tête pour voir la passe parfaite de son équipier. Nerveux, il manque sa réception de passe et la rondelle bondit. Il jongle avec le disque pour en reprendre le contrôle. Il lève la tête pour voir les options de jeu lorsqu'il entend à nouveau le jeune Américain, dont la voix perce malgré les cris endiablés de la foule :

– *Shoot !* Beurrniéé ! *Shoot* !

Adam prend son temps. Nerveux, il lance la rondelle vers la cage abandonnée. Concentré sur la précision de son lancer, Adam a oublié d'ajouter de la puissance. La rondelle file, lentement, vers le filet.

Le défenseur bostonnais accélère pour la rattraper. À chaque coup de patin, il s'en approche, centimètre par centimètre.

Tout le monde dans le Centre Vidéotron retient son souffle, Adam le premier. Malgré un plongeon désespéré, le défenseur perd la course et la rondelle pénètre le filet. Le toit du Centre Vidéotron explose sous les cris de joie.

Adam Bernier, quelques mois après avoir enfin gagné son premier championnat, quelques mois après avoir songé à la retraite, vient de marquer son premier but dans la LNH.

Que le but soit marqué dans un match présaison ou non, Adam s'en tape !

Royalement !

La foule aussi.

Après les congratulations de ses équipiers, Matt lui glisse la rondelle dans la main.

– *Good job, man* !

La sirène annonce la fin de la partie. Adam se dirige vers son gardien pour le féliciter. À sa sortie de la patinoire, il est saisi au bras par l'annonceur maison.

– Reste ici, tu es choisi l'étoile du match.

Estomaqué, Adam attend patiemment que ses deux équipiers reçoivent leur ovation.

– Et la première étoile du match, le capitaine des Canadiens de Montréal : Adam Bernier.

Alors que l'annonceur étire le *É* de son nom, la foule bondit en hurlant. Adam pose les patins sur la glace et fait une courte tournée, embrassant ses doigts et les pointant vers la foule : trois doigts dressés, le pouce replié sur l'auriculaire. Leur salut, à Valérie et à lui.

Bercé par les cris de joie, il jette un regard plein de nostalgie à la foule. Même s'il gagne son pari et parvient à convaincre l'organisation de le garder, il sait que jamais plus il n'aura l'occasion de se produire à nouveau dans sa ville. Il fera carrière un an, peut-être deux. Jamais une équipe n'aura le temps de s'implanter à Québec d'ici là.

À son retour dans la chambre, il a tout juste le temps de prendre une douche avant que la horde de journalistes se rue vers lui et le bombarde de questions. Submergé par le feu roulant des questions, il comprend pourquoi on reproche aux joueurs de ne pas toujours répondre de façon très songée.

— Quelle impression ça te fait, d'être le joueur le plus âgé à avoir marqué un but dans la LNH, après le vénérable Gordie Howe ?

— Je ne savais pas. C'est flatteur d'être dans la même phrase que Gordie Howe.

— Quel camp tu connais ! Peu d'observateurs auraient pu imaginer une telle performance. Crois-tu en tes chances de rester avec le club ?

— J'y ai toujours cru. Sinon, je n'aurais pas participé au camp.

— Capitaine du Canadien, c'est un bel honneur…

— Oui, je suis très fier. Je ne saurai jamais comment remercier l'organisation. Et Matt, évidemment.

Les journalistes partis, encore fébrile, congratulé par ses coéquipiers, Adam sent une douche froide s'abattre sur lui lorsque l'entraîneur adjoint lui signifie que le patron veut lui parler. En fait, ce n'est pas une douche froide qu'il se prend, mais bien une tonne de briques.

Lentement, portant le poids du monde sur ses épaules, il se dirige vers la porte fermée du bureau de l'entraîneur. Il frappe une seule fois avant que la porte s'ouvre. Outre l'entraîneur, le directeur général de l'équipe, Martin Langevin, est également présent. C'est l'entraîneur qui prend la parole :

— Belle partie, Adam. Tu as été impressionnant.

Adam accepte le compliment d'un hochement de tête. Pourtant, il appréhende toujours la suite.

— En fait, tu nous as beaucoup surpris, ces dernières semaines.

— C'est fini, c'est ça ?

L'entraîneur et le directeur général se regardent. Le premier poursuit :

— Tu savais que ça finirait comme ça. Nous le savions tous depuis le début.

Oui, il le savait. Cela n'en atténue pas moins le choc.

— Je ne suis pas assez bon, je sais.

— Au contraire, Adam. Honnêtement, tu es présentement mon septième meilleur défenseur. Normalement, nous t'offririons un contrat et tu commencerais la saison avec nous.

Stupéfait, il reste sans voix, la bouche grande ouverte.

C'est Langevin, le directeur général, qui poursuit :

— Le problème, c'est ton âge. Nous doutons que tu puisses survivre à une saison complète. Regarde-toi, tu as déjà l'air épuisé.

Adam consent d'un hochement de la tête. À contrecœur, il doit admettre qu'il a l'impression d'avoir poussé son corps dans ses derniers retranchements, ces dernières semaines. Il ignore s'il pourra faire lui faire subir ce traitement encore longtemps. D'ailleurs, chaque terminaison nerveuse de son corps le supplie d'accepter le verdict sans s'obstiner et de retourner au plus tôt auprès d'Ève et de ses douces caresses.

Langevin interrompt ses pensées :

— Te garder nous priverait aussi d'un an de développement pour un de nos jeunes défenseurs.

Adam hoche la tête.

— Je comprends parfaitement.

— Bernier, ce que tu as fait, c'est tout un exploit.

Il accepte le compliment avec humilité, alors que l'entraîneur poursuit :

— Nous devions te garder pas plus de deux jours au camp. Pourtant, aujourd'hui, ça nous brise le cœur de te retrancher. Je ne comprends pas que tu n'aies pas fait carrière. Tu aurais été un formidable défenseur. Pourtant, je n'ai jamais entendu parler de toi.

— Oh, longue histoire. Et les conséquences de plusieurs mauvaises décisions.

Les deux hommes lui tendent la main. Adam saisit celle de son entraîneur, le plus proche de lui, en premier.

— Ce fut un honneur de travailler avec toi, commence l'entraîneur. Réellement.

Puis Adam se tourne vers le directeur général.

— Tu as conservé une attitude exemplaire tout au long du camp, poursuit ce dernier. Tu nous as donné toute une leçon.

— Je ne vous remercierai jamais assez pour l'opportunité que vous m'avez offerte.

Langevin a un sourire et gesticule, comme s'il balayait le propos du vétéran.

— Tu n'as pas à nous remercier. Tu as gagné ton temps de glace. Tu as gagné ta place. Tu méritais d'être capitaine ce soir. C'était notre façon de te rendre hommage.

L'entraîneur lui donne une tape amicale sur le bras avant d'ajouter :

— C'est nous qui sommes gagnants. Tu seras un exemple pour nos joueurs cette saison.

Ce à quoi le directeur général ajoute :

— Et si l'aventure t'intéresse, nous aurions besoin d'un bon vétéran pour nos filiales. Comme joueur ou dans le personnel d'entraîneurs.

Adam sourit.

— Je ne crois pas, non.

Le directeur général lui met la main sur l'épaule.

— Va voir ta famille. Prends le temps de te reposer. Tu me donneras ta réponse dans quelques jours, quand ta déception sera passée.

Adam esquisse un mouvement vers la sortie pour prendre congé puis se ravise et le regarde.

— Une dernière chose, si je peux me permettre. Le chandail que j'ai porté…

— Il est à toi.

— Avec le «C» dessus?

L'entraîneur sourit, un de ses rares sourires proches de la grimace, tandis que le directeur général ajoute :

— Tu l'as mérité. Ce soir, les gars ont joué pour toi. Tu as été leur capitaine.

En sortant du bureau, Adam croise Matt, lequel lui jette un regard interrogateur. Adam lui fait un léger signe de négation de la tête. Le jeune américain s'avance vers lui pour lui faire l'accolade.

— Jo souis *sorry*, Adammme. *So Sorry!*

— Merci pour la passe, en fin de match.

Le jeune homme lui saisit le bras et, de son autre main, applique son poing fermé contre la poitrine d'Adam.

– *You're my captain*, Adamme !

Adam pose à son tour son poing sur la poitrine de Matt.

– *And you're mine. For always !*

Le jeune homme lui fait un clin d'œil et Adam se dirige vers la sortie. Les siens l'attendent. Il a hâte de les voir, de les embrasser.

Il a aussi hâte de se faire consoler. Que l'aventure se termine n'est pas une surprise. La douleur et la déception n'en sont pas moins présentes.

Devançant les journalistes qui attendent les retrouvailles familiales du nouveau héros du Québec, Ève et les enfants se ruent sur lui, suivis de la horde de parents et amis, dont Diane qui bondit de tous les côtés pour réussir à approcher son petit frère. Frédéric, quant à lui, bouscule sans gêne ses amis pour s'approcher de son fidèle camarade.

Adam serre longuement Ève contre lui. Il ne peut retenir les larmes qui cherchent à s'échapper depuis sa discussion avec les dirigeants du club. Le corps d'Ève perçoit les vibrations du sanglot étouffé. Elle lui murmure à l'oreille :

– C'est fini, c'est ça ?

– Oui !

Sans un mot, la future épouse resserre son étreinte.

L'étreinte se prolonge et ses épaules tressautent lorsque Adam étouffe un nouveau sanglot, alertant les enfants. Cédric, le premier, aperçoit les larmes de son père. Il est pris de vitesse par sa sœur :

– Qu'est-ce qui se passe ?

Le cadet renchérit :

— Pourquoi pleures-tu, papa ?

À la vue de la mine défaite de leur père, les étreintes et les congratulations font place à la consternation. Adam s'extirpe alors des bras de son amoureuse, essuie timidement ses larmes du revers de la main.

— Je viens d'être retranché. C'est terminé.

Avec tout ce qu'il a accompli, ses proches sont outrés, indignés. L'homme meurtri tente d'apaiser les siens.

— Nous savions tous que c'était une opération marketing.

Frédéric, qui n'est pas la patience incarnée, s'emporte :

— Voyons donc, câlisse, c'est quoi ces niaiseries-là !

Et Serge, qui s'anime, en remet :

— Batinse, Adam, tu as été le meilleur du camp !

Adam se tourne vers les siens, qu'il tente d'apaiser avec ses mains et de la voix.

— Écoutez, c'est terminé. Nous ne pouvons rien y faire. Rentrons à la maison, maintenant.

Ayant attendu son tour avec patience, Diane s'avance enfin vers son frère pour le prendre dans ses bras.

— Je suis fière de toi.

Elle l'embrasse, puis le regarde avec tendresse, lui caressant la joue.

— Tu as eu tes réponses ?

— Oui. J'aurais pu jouer dans cette ligue. J'aurais même été bon.

— Très bon, je dirais.

— Peut-être. Tout ce que je souhaite, maintenant, c'est épouser Ève et me rapprocher des enfants.

— C'est tout ce que je te souhaite, Adam. C'est tout ce que je te souhaite.

Adam aperçoit du coin de l'œil quelques caméramans pointer leurs objectifs vers eux alors que des journalistes s'approchent.

— Fred ! s'écrie-t-il. Occupe-toi d'eux, s'il te plaît !

Il pointe du menton les arrivants. Aussitôt, son ami rassemble les Phénix, sur lesquels on peut toujours compter. Ensemble, ils s'avancent pour les intercepter et dresser un rempart entre la meute de journalistes et leur ami.

Un peu en retrait de toute cette agitation, profitant que Diane s'écarte, Ève s'approche à nouveau d'Adam.

— Tu es blessé ?

Blessé ? Chaque parcelle de son épiderme, chaque fibre musculaire, chaque terminaison nerveuse est douleur. Maintenant que c'est terminé, oui, maintenant il peut le lui dire.

— J'ai mal partout.

Les lèvres d'Ève effleurent celles de son amoureux en un doux baiser.

— J'embrasserai chacune de tes blessures.

— Tu as besoin d'être patiente. Mon corps est une blessure !

Elle lui effleure à nouveau les lèvres avant de lui chuchoter :

— Je prendrai le temps nécessaire.

Elle baisse la voix en un léger murmure :

— Tout le temps nécessaire.

Frédéric revient vers Adam et les interrompt :

— Les journalistes en démordent pas. Ils veulent absolument te parler.

L'ex-joueur des Canadiens hoche la tête, prend la main de son amoureuse et regarde ses enfants.

– Venez !

Entouré des siens et encadré par les Phénix, Adam fait face aux micros. Un premier journaliste se lance :

– Qu'est-ce qui se passe Adam ? T'as été retranché ?

– Je ne suis pas habilité à vous dire ça.

– Nous ne sommes pas fous, Adam. Nous voyons bien ce qui se passe.

– Écoutez, tout ce que je peux dire, tout ce que je dirai, c'est que je vis une expérience extraordinaire. C'est un rêve qui se réalise. L'organisation me traite avec une classe incroyable et je ne saurai jamais assez les remercier.

– Pourtant, tu as connu un camp au-delà de toutes les espérances. Tu ne crois pas que tu méritais de commencer la saison avec le club ?

– Ce que je crois n'a pas d'importance. J'ai fait ce que j'avais à faire. Je l'ai fait du mieux que je le pouvais. Pour le reste, je n'ai aucun contrôle sur la suite des événements.

– Si c'est fini ici, es-tu prêt à écouter des offres d'autres équipes ?

Malgré lui, Adam sourit et regarde Ève avant de répondre :

– Je ne crois pas. Mais ça, c'est une autre histoire.

– Tu as le talent pour jouer dans la ligue.

– Peut-être. C'est triste ce que je vais vous dire, mais je suis devenu trop vieux pour tout ça !

Les journalistes, dont plusieurs sont de son âge ou plus, roulent les yeux à la suite de sa déclaration. L'un d'eux revient à la charge, en pointant les coéquipiers d'Adam :

– Une dernière question : qui sont ces hommes ?

– Ces hommes, ce sont tous mes camarades. Ce sont les Phénix, mon équipe de hockey.

Gonflés d'orgueil et de fierté, ses amis croisent les bras sur leurs poitrines et affichent leurs plus beaux sourires aux caméras.

54

Si Adam pensait que l'été et le début de l'automne avaient été intenses, les jours précédant le mariage sont tout simplement endiablés. Tant de choses à faire. Tant de stress à gérer, même pour un mariage qui se veut *petit*, malgré les quelque cent vingt invités.

Fatigué, victime d'une autre nuit écourtée, Adam se lève promptement au signal de son réveille-matin. Il sait qu'aujourd'hui, il franchira une autre étape importante de sa vie. Aujourd'hui, c'est le grand jour. C'est son mariage !

Sans avoir vu la journée passer, il se retrouve dans la voiture le conduisant à l'église en compagnie de Diane et de Nathan, sa « mère » et son « père » pour la cérémonie.

La voiture se stationne devant l'église et il s'en extirpe en multipliant les contorsions, son corps emprisonné dans un smoking limitant quelque peu ses mouvements. Puis, accompagné de Diane et de Nathan, il gravit avec tension les marches du perron menant à l'intérieur du temple où sera présidée la cérémonie.

Il remonte l'allée, accompagné de Nathan et de Diane. Cédric et Roxanne ouvrent la marche. Adam regarde et salue chacun de ses invités. Famille et amis se sont déplacés bien sûr pour l'événement. Les Phénix sont là au grand complet, qui plus est. Plusieurs amies de Valérie ont également répondu à l'invitation. Même les parents de Valérie, monsieur et madame Savoie, sont présents.

Alors que ces derniers lui sourient, Adam se remémore le moment chargé d'émotion où il leur a annoncé qu'il se marierait avec Ève. Il s'était rendu chez eux, dans leur maison, pour leur parler, pour leur rappeler à quel point il aimait Valérie et que jamais il ne l'oublierait. En larmes, tout comme lui, les parents de Valérie lui avaient alors promis d'être présents.

Ayant remonté l'allée, Adam, Diane et Nathan s'arrêtent devant l'autel et se retournent pour attendre que la mariée fasse son apparition.

Adam sursaute lorsque l'orgue entonne la *Marche nuptiale*. Ève apparaît bientôt à l'autre bout de l'allée. L'espace d'un instant, il manque d'air et la salle entière se met à tourner. Il baisse les yeux et inspire à fond pour reprendre ses esprits. Une fois calmé, il relève les yeux et admire Ève.

Magnifique dans sa robe immaculée, le front ceint d'un diadème scintillant, le visage radieux, elle n'a jamais été aussi belle. Dès lors, elle emplit son univers. Elle devient son univers. Il en oublie tout le reste : l'assemblée, sa sœur, le prêtre, l'église. Tout. Il n'a d'yeux que pour elle. Ève choisit ce moment pour lui sourire.

Elle s'avance vers lui, telle une reine d'une autre époque, belle comme l'impératrice Sissi elle-même. Il regarde son fils, le souffle court.

— Je rêve ou elle est merveilleuse ?

— Elle est très belle, papa. Elle est très belle.

Ève arrive enfin à sa hauteur et se dégage gracieusement du bras de son père, qu'elle embrasse. Ce dernier laisse alors les deux époux seuls et retourne auprès de sa femme, tout comme Diane et Nathan rejoignent leur banc à leur tour.

Maintenant qu'ils sont réunis devant l'autel, elle lui demande discrètement :

— Ça va ?

— Maintenant, oui. Ne me quitte plus. Jamais.

— Jamais.

Puis le prêtre prend la parole. De toute la cérémonie, Adam ne garde que quelques vagues souvenirs. Dans un état second, il n'attend qu'un seul moment. Un seul. Celui où ils uniront leur destinée. Le moment d'échanger leurs vœux. Le moment de sceller leur union. Leur destin.

Le reste du temps, il récite machinalement les prières apprises après tant d'années, il se lève lorsqu'on doit se lever et s'assoit lorsqu'on doit s'asseoir. Et enfin, enfin, le MOMENT arrive.

Le prêtre s'adresse d'abord à Adam :

— Adam, promettez-vous de…

Adam peine à se contenir jusqu'à la fin de la formulation. Il n'a que faire du rituel. Il veut juste que le prêtre les déclare unis par le lien sacré du mariage. Le reste lui importe peu.

— Oui, je le veux.

Puis le prêtre recommence la formule sainte, cette fois avec Ève qui, après ce qui lui semble une éternité, finit par répondre :

— Oui, je le veux.

Et enfin, le célébrant prononce les seules paroles qui intéressent Adam :

— Je vous déclare mari et femme. Vous pouvez embrasser la mariée.

Adam s'exécute sous les applaudissements de la foule.

Plusieurs moments forts viennent ponctuer les félicitations aux mariés qui débutent dès l'arrivée dans la salle de réception. Deux moments resteront gravés dans les mémoires.

Certes, les enfants d'Adam congratulent chaleureusement les mariés. Son tour venu, Audrey fait une étreinte sans fin à sa mère, les deux femmes échangeant quelques larmes.

Puis elle s'approche d'Adam et l'embrasse sur la joue. Au moment où il recule, elle le retient contre elle et lui murmure à l'oreille :

— Félicitations, papa.

Adam la regarde, surpris. À son tour, les larmes apparaissent aux coins de ses yeux.

— Merci, Audrey. C'est... c'est gentil.

— Je sais que tu vas prendre soin de maman. Mais promets-le-moi encore.

— Je te le promets.

— Merci, Adam.

Touché par les propos d'Audrey, Adam s'effondre presque, tellement l'émotion devient alors insoutenable.

Les parents de Valérie s'avancent déjà vers les mariés. Après une chaleureuse accolade à Ève, Mme Savoie s'approche d'Adam. Submergé par les vagues violentes d'émotions qu'il ne peut endiguer, il la prend dans ses bras pour la serrer contre lui et laisse couler ses larmes rédemptrices.

— Sois heureux, Adam.

Elle a dit ça simplement, mais avec tellement de conviction que ça le retourne encore plus.

Comme il continue de sangloter contre elle, le père de sa défunte épouse lui met la main sur l'épaule.

– La vie t'offre une deuxième chance, mon grand. Profites-en, tu le mérites.

La gorge serrée, Adam réussit de peine et de misère à bafouiller un «merci» avant de les laisser poursuivre leur chemin. Mais il a besoin de quelques instants avant de reprendre la ronde des félicitations.

Pour y parvenir, il doit embrasser tendrement son épouse qui lui tient la main. La mariée est émue de voir son époux montrer tant de sensibilité en cette journée inoubliable.

À la fin du repas, plutôt animé, où les mariés n'ont pas vraiment été en mesure de savourer les mets fins proposés, où ils ont été constamment dérangés par leurs engagements envers leurs invités, Adam prend la main de son épouse et, ensemble, ils se lèvent pour s'adresser à leurs convives.

Les invités se taisent et Ève prend la parole, ainsi qu'elle en avait convenu avec son époux. Mais elle est submergée par ses émotions. Elle est incapable d'exprimer tout ce qu'elle souhaiterait partager avec leurs invités. Aussi, son allocution est brève :

– Je vous remercie tous d'être présents. De célébrer avec nous. Depuis la naissance d'Audrey, c'est le plus beau jour de ma vie. Un jour que je n'attendais plus depuis longtemps. M'unir à Adam, l'homme que j'ai attendu toute ma vie, c'est… Je suis si… heureuse… Je… je crois que je vais laisser la parole à Adam, il a plus de talent que moi dans ce domaine. Merci.

Les applaudissements et quelques cris suivent ses paroles.

À son tour, Adam tente de s'adresser à ses invités. Submergé par ses émotions, lui aussi, il bafouille quelques mots incompréhensibles avant de se reprendre :

— Merci à vous tous. Je ne sais comment vous exprimer le bonheur que je ressens.

Il s'interrompt quelques instants. Le silence perdure, chacun attendant qu'il reprenne la parole. Adam aurait préféré en rester là, mais il voit bien que les gens souhaitent qu'il poursuive.

— Les dernières années... pour moi... ont été difficiles.

Il s'interrompt à nouveau, ne sachant comment poursuivre.

— Les marins d'autrefois, lors des tempêtes, tentaient d'apercevoir le phare pour rentrer à bon port. Il y a un peu plus d'un an, j'ai rencontré Ève. À ce moment, je ne savais pas encore que nous nous retrouverions ici ce soir. Mais à la fin de notre première rencontre, je savais déjà que quelque chose d'extraordinaire venait de se produire. Je savais que, dans la tempête de ma vie, je venais d'apercevoir le phare qui me guiderait à bon port. Ève est ce phare. Mon phare. Sa lumière, si éblouissante, a éclairé la noirceur de ma vie. Elle m'a sauvé du naufrage. Elle m'a guidé vers ma maison.

Il prend une pause, le temps de reprendre son souffle.

— Ève a dû se montrer patiente. J'ai eu de la difficulté à... à...

Il expire bruyamment et se reprend :

— J'ai eu de la difficulté à aimer de nouveau. Beaucoup de difficulté. Elle a été ma Pénélope, attendant patiemment et avec une conviction sans faille son Ulysse.

Il cesse de parler et, encore une fois, le silence lui fait écho. L'assistance attend la suite. Cette fois, il ne veut plus parler. Aussi, il faut qu'Ève l'encourage doucement avec une caresse sur le bras pour qu'il se décide. C'est d'une voix chevrotante qu'il reprend :

— Je n'ai jamais caché à Ève, pas plus qu'à quiconque, que j'ai aimé Valérie de tout mon être.

Il cherche du regard les parents de Valérie, assis à une table près de la leur. Enfin il les trouve, suspendus à ses lèvres, eux aussi émus.

— Et je l'aimerai toujours.

Il baisse la tête. Son épouse lui prend la main.

— Je sais aussi, depuis un bon moment déjà, que j'aime Ève. De tout mon cœur. De tout mon être.

Il lève les yeux vers l'assemblée, qu'il fouille du regard à la recherche de ses coéquipiers. Il les trouve enfin regroupés autour de Frédéric. Ses amis, tous ces hommes intenses, souvent bravaches, parfois teigneux, semblent émus eux aussi.

— Le printemps dernier, après notre conquête du championnat, mon ami Frédéric m'a rendu hommage, mentionnant qu'il m'avait vu renaître, tel un Phénix.

Adam prend une pause en souriant, afin de préparer son effet.

— Mais, vous connaissez Frédéric, il parlait du hockey, évidemment. Il sait juste parler de ça. De ça et du championnat qu'il voulait toujours gagner.

Adam laisse les rires s'éteindre avant de poursuivre :

— Ce soir, il est vrai que je me sens comme un Phénix. J'ai l'impression de renaître.

Il se tourne vers elle.

— C'est grâce à toi, Ève.

Elle le regarde en souriant, tout en faisant un effort pour retenir une autre série de larmes, qui abîmeraient encore une fois son maquillage sophistiqué.

— Ève, je promets que je vais t'aimer de toutes mes forces. Jour après jour. Chaque heure qu'il me reste à vivre. Je veux que tu sois la première chose que je vois en me réveillant le matin. Je désire que tu sois la dernière chose que je vois avant de dormir le soir. Je veux t'embrasser tous les matins en me réveillant, et t'embrasser tous les soirs avant de m'endormir. Ève, je veux que tu sois la dernière chose que je verrai avant de mourir. Ève, je t'aime. Ève, je t'aimerai toujours.

Une fois remis de leurs émotions, les mariés se préparent à ouvrir la danse. Dans les semaines précédant le grand jour, Ève s'est empressée d'apprendre la valse à Adam, qui a tout oublié depuis son premier mariage.

Pour le reste de la soirée, si Adam fait des efforts pour l'accompagner, Ève danse sans s'arrêter, elle s'élance et virevolte gracieusement au milieu des invités. Chaque fois qu'elle prend une pause, elle cherche Adam du regard. Lorsqu'elle le trouve, elle lui adresse un magnifique sourire avant de se joindre de nouveau à la horde de danseurs frénétiques.

Adam, lui, ne la quitte pas des yeux, sauf en quelques occasions où l'on vient le déranger pour le féliciter ou discuter de sujets divers. Mais, bien vite, les invités comprennent qu'il est dans sa bulle et que seule Ève compte à ses yeux.

L'heure avance et bientôt, le nombre des fêtards se met à décroître. Même les vaillants Phénix doivent se résoudre à aller dormir.

Avec un moins grand nombre de cavaliers disponibles, Ève se tourne vers son mari et lui intime de le rejoindre de l'index.

Cette fois, pas de valse. Juste son épouse dans sa robe immaculée serrée contre lui, se balançant tous deux au rythme de la musique, coupés du reste de l'univers.

Puis la musique s'éteint, la soirée s'achève. Diane, en merveilleuse hôtesse, leur suggère de partir. Elle fermera boutique avec les enfants.

Les derniers invités s'approchent des mariés. Les au revoir se prolongent chaleureusement avant qu'ils ne se retrouvent dans la voiture, au grand plaisir d'Adam.

— Enfin !

— Voyons, mon chéri, tu n'as pas aimé ta journée ?

— Oui. Mais, j'ai surtout hâte d'être seul avec toi.

Épilogue

Laissant derrière eux les enfants et les derniers invités en pleins préparatifs de départ, Adam conduit lentement et prudemment, exténué par les activités des derniers jours et, surtout, par toute la charge émotionnelle de l'événement. Heureusement, les conditions routières sont excellentes. À peine quelques flocons, annonciateurs d'un hiver précoce, tombent de temps à autre. Si bien qu'ils pensent mettre un peu plus d'une heure pour rejoindre le chalet.

Ouvert à tous les souhaits de sa belle, Adam avait proposé Venise, Rome, Tahiti et autres comme destinations pour leur lune de miel. Mais le seul désir de la jeune mariée était d'inaugurer le chalet, leur cocon d'amour, avec Adam juste pour elle. Sans partage. Elle s'était approchée de lui pour lui murmurer, en lui mordillant l'oreille :

— T'avoir juste pour moi, toute une semaine dans notre petit nid d'amour, je ne trouve rien de plus exotique, et rien de plus romantique.

Petit n'est pas juste comme affirmation. Le chalet a des dimensions hors-norme même pour une maison. Et pour arriver à leurs fins, les propriétaires ont dû accélérer l'exécution des travaux afin que le *petit nid d'amour* soit apte à les accueillir, juste à temps pour la nuit de noces.

Après une heure de route, un peu plus peut-être, ils aperçoivent enfin la petite route de terre indiquant qu'ils ne sont plus qu'à quelques minutes de leur retraite.

Adam gare la voiture près des escaliers menant à la galerie. Ils descendent du véhicule et s'approchent de la porte.

Un instant, Adam reste immobile sur la galerie en fixant la forêt.

— Qu'est-ce qu'il y a, mon chéri ? Tu as vu un fantôme ?

Machinalement, il regarde sa montre : 2 h 42.

— Pas vraiment. Peut-être plus un ange !

— Que veux-tu dire ?

— Laisse tomber. Ce n'est pas important.

Puis Adam prend Ève par la main et la guide vers la porte d'entrée, l'ouvre et, avec tendresse et sans effort, soulève la mariée pour lui faire passer le seuil de la porte.

— Bienvenue chez toi, madame Bernier !

— Bienvenue chez toi, monsieur Bélanger !

Adam sourit à la taquinerie. Il est au-dessus de tout ça, les histoires de noms et tout le reste. Elle est à lui, maintenant. Tout comme il est à elle. Ils seront heureux, il en est convaincu. C'est tout ce qui compte.

— Je t'aime !

— Je t'aime !

Adam pose son épouse délicatement au sol et la garde contre lui un instant. Puis ils retirent leurs manteaux. Ève se rend au frigo et s'écrie :

— Hé ! Les enfants nous ont offert du champagne.

— On peut attendre à demain ?

— Veux-tu manger quelque chose ?

Adam lui lance un regard plein de désir.

— Ce n'est pas ce dont j'ai envie.

Langoureuse, elle fait quelques pas vers lui pour venir coller son nez contre le sien.

— Et de quoi avez-vous envie, monsieur Bernier ?

— D'une seule chose : te faire l'amour !

— Toute la nuit ?

— Toute la vie !

FIN

ÉDITIONS MONARQUE

001 – *Le retour d'Annabelle,* Katherine Girard

002 – *Les plaines de Nouvelle-France,* François Guilbault

003 – *Combat d'amour : Tome 1,* Loraline Bradern

004 – *La fleur et le loup,* C.J. Belmour

005 – *Le jardin des délices : Tome 1,* Chloé Andrews

006 – *Combat d'amour : Tome 2,* Loraline Bradern

007 – *Pour ceux qui restent,* Katherine Girard

008 – *13 Étoiles : Partie 1,* François Guilbault

009 – *13 Étoiles : Partie 2,* François Guilbault

010 – *Tout pour toi,* Sara Agnès L.

011 – *Combat d'amour : Tome 3,* Loraline Bradern

012 – *Un amour en héritage,* Francine Schaller

013 – *Le jardin des délices : Tome 2,* Chloé Andrews

014 – *Héritière recherchée,* Rosette Laberge

015 – *Un cœur vide,* Suzanne Roy

016 – *Combat d'amour : Tome 4,* Loraline Bradern

017 – *Le baiser du monarque,* Monia Proulx

018 – *Pour quelques vapeurs de femmes,* Gabriel Thériault

019 – *Révolution,* François Guilbault

020 – *Pour quelques vapeurs de femmes,* Gabriel Thériault

021 – *Anxieuse,* Katherine Girard

022 – *Le phénix,* Carl Chiasson

023 – *Les flammes jumelles* – Marjorie D. Lafond & Caroline Ermel